LA KERMESSE DU DIABLE

DANS LA MÊME COLLECTION

Jean Anglade, *Un parrain de cendre*
Jean Anglade, *Le Jardin de Mercure*
Jean Anglade, *Y a pas d' Bon Dieu*
Jean-Jacques Antier, *Autant en apporte la mer*
Marie-Paul Armand, *La Poussière des corons*
Marie-Paul Armand, *Le Vent de la haine*
Marie-Paul Armand, *Le Pain rouge*
Marie-Paul Armand, *La Courée*
tome I *La Courée*
tome II *Louise*
tome III *Benoît*
Édouard Axelrad, *La Cavale irlandaise*
Erwan Bergot, *Les Marches vers la gloire*
Erwan Bergot, *L'Héritage*
Erwan Bergot, *Sud lointain*
tome I *Le Courrier de Saigon*
tome II *La Rivière des parfums*
tome III *Le Maître de Bao-Tan*
Erwan Bergot, *Rendez-vous à Vera-Cruz*
Georges Coulonges, *Les Terres gelées*
Anne Courtillé, *Les Dames de Clermont*
Alain Gandy, *Les Chiens jaunes*
Alain Gandy, *L'Escadron*
Alain Gandy, *La Dernière Rafale*
Michel Hérubel, *Anna*
Denis Humbert, *La Malvialle*
Denis Humbert, *Un si joli village*
Michel Jeury, *Au cabaret des oiseaux*
Henry Noullet, *La Pagode rouge*
Henry Noullet, *Les Trois Cavaliers de Langson*
Henry Noullet, *Sur la piste de Samrang*
Michel Peyramaure, *Les Tambours sauvages*
Claude Riffaud, *Mékong Palace*
Pierre Sergent, *Les Voies de l'honneur*
tome I *Les Voies de l'honneur*
tome II *La Revanche*
tome III *Le Coup de grâce*
Claude Veillot et Jean Michel Thibaux, *L'Enfant qui venait du froid*
Jeane Westin, *Amour et Gloire*

Annie Sanerot-Degroote

LA KERMESSE DU DIABLE

Roman

Production
Jeannine Balland

PRESSES DE LA CITÉ

ISBN 2-258-03829-4

A Julie et Katia, nées de la Flandre et de la Bourgogne...
A mes parents, pour l'amour...

Merci,
Laurent, Ronny et Jacques...

Préface
par Jacques Duquesne

Dans ces régions, constatait au siècle dernier l'historien Jules Michelet, « la femme vaut un homme et souvent mieux ». Il voyait juste. Ce que la Flandre, les Flandres (qui, au siècle de Louis XIV, s'étendaient à peu près de la Somme jusqu'aux bouches mêlées de la Meuse, de l'Escaut et du Rhin) doivent aux femmes, on ne le soulignera jamais assez. Renelde, la douce et forte héroïne du roman d'Annie Sanerot-Degroote, en est la parfaite illustration.

L'auteur l'a fait naître à Lille, la capitale « des Flandres ». C'était l'époque où les Provinces-Unies (les actuels Pays-Bas), l'Angleterre et la France se disputaient dans ce septentrion les restes de l'empire de Charles Quint. Espagnols le matin, français à midi, anglais le soir, puis français à nouveau, les habitants de ces régions auraient pu attraper le tournis. Mais s'ils en voyaient de dures, comme Annie Sanerot-Degroote le rappelle, les conquérants français n'étant pas plus tendres que les autres, ils se tenaient toujours fermes, solides, bien droits, bien enracinés. Les femmes aussi, les femmes d'abord.

Elles réussirent à séduire les Français, qui se

croyaient pourtant malins et blasés. L'intendant Des Madrys, important personnage envoyé là par Louis XIV pour y installer son pouvoir, avouait :

« Les femmes y sont blanches et assez belles. Elles ont plus d'esprit et de meilleure qualité que les hommes. [...] S'il fallait en croire nos jeunes officiers, les Flamandes se laissent toucher aussi bien que les Françaises et poussent même quelquefois plus loin qu'elles la liberté quand c'est en vue d'un établissement. Mais le mariage opère si bien en Flandre qu'il fait d'une fille très coquette une femme attachée à ses devoirs, aussi les maris n'y sont point jaloux, et les femmes qui font la plus grande partie des affaires de la maison et qui sont extrêmement employées en toutes choses conversent librement avec tout le monde sans aucun scandale, prennent part aux festins et aux divertissements de leurs maris, et le vin est aussi bien fait pour elles que pour les hommes. »

Autant dire que ces solides et fidèles femmes qui ne détestaient point la bagatelle et régentaient leur maisonnée, ces gracieuses qu'un Français condescendait à juger « assez belles », ne s'en laissaient point conter et savaient même lever le coude à l'occasion pour accompagner leurs époux de noces en banquets. Elles n'attendirent pas le XXe siècle pour prendre leur place.

J'ai souvent pensé à ce texte en lisant le roman d'Annie Sanerot-Degroote. Sa Renelde, « née d'une race fière » comme elle l'écrit, mais émouvante et bonne, traverse sans faiblir ni abdiquer les pires épreuves. Et elle garde, intact, son capital d'amour. Elle est toujours prête à secourir, lutter, s'émerveiller.

Vous qui ouvrez ce livre, vous aimerez, vous souffrirez et triompherez avec elle. Vous admirerez aussi la précision d'une documentation jamais trop lourde (ce qui est rare dans les romans appelés « historiques »), toujours évocatrice, qui fait revivre, à travers les passions et les souffrances d'une femme et d'un peuple, toute une époque, où le sort de l'Europe se joua en Flandres. Bref, vous y prendrez bien du plaisir.

Les Flandres, années 1657 à 1677...

En ce milieu du XVIIe siècle, l'ensemble des dix-sept provinces composant les Pays-Bas s'est fissuré. Au Nord, sept sont acquises au protestantisme. Elles se sont révoltées contre l'Espagne, et ont créé la république des Provinces-Unies. Celles du Sud (futures Belgique et Flandre française) sont demeurées fidèles au roi catholique d'Espagne. Ce sont les Pays-Bas espagnols.

S'administrer en toute indépendance (l'Espagne est loin), être maître chez soi, sont les privilèges auxquels sont attachés les bourgeois de Lille et du Plat Pays flamand.

En France, le jeune Louis XIV a épousé l'infante Marie-Thérèse, fille du roi d'Espagne. A la mort de celui-ci en 1665, Louis XIV prétend récupérer l'héritage de sa femme, et sans déclaration de guerre, en mai 1667, il entre en Flandre. En août, Lille est cernée. La garnison lilloise résiste dix-sept jours et capitule le 28 août 1667. L'invasion des troupes françaises est alors à l'origine d'une grave épidémie de peste. Un dixième de la population lilloise y trouvera la mort, et la peste ne disparaîtra que grâce à des mesures draconiennes.

Le traité de paix d'Aix-la-Chapelle est signé en

mai 1668. Désormais Lille est française, mais une grande partie du Plat Pays reste espagnole, et ce jusqu'au traité de Nimègue en 1678.

En 1672, Louis XIV déclenche la guerre contre la Hollande.

Il faudra attendre 1713, pour que les frontières de la France deviennent celles d'aujourd'hui.

Avec sa fâcheuse habitude d'augmenter les impôts, d'exercer de sévères contrôles sur l'économie, et de créer des barrières douanières, Louis XIV est impopulaire. Sa politique expansionniste entraîne pillages et famines. Il soumet à ses lois nombre de corporations. Écrire ou chanter en patois est désormais considéré comme un acte subversif. Toute « libre pensée » est hérétique. La censure est virulente.

Avant l'annexion à la France, en 1667, les Flamands se sentaient enfin « flamands et espagnols », on leur demande brutalement de se sentir « françois ». Cela mettra un certain temps, puisque, en 1682, Vauban s'exclamera : « Ce pays n'est pas encore désespagnolé. »

Au XVIIe siècle, on quitte le Moyen Age pour entrer dans ce que l'on a appelé les « Temps modernes ». Ce passage ne se fait pas sans heurt, ni douleur. La Flandre baroque, héritière de Charles Quint, résiste encore à la France classique, dominée par un pouvoir absolutiste.

Pour lutter contre la Réforme protestante, l'Église catholique lance une offensive de normalisation religieuse : la Contre-Réforme. Les ordres fleurissent. Il y a regain de ferveur, et réactivation de la chasse aux sorcières. De nombreux bûchers sont érigés, vers l'an 1657.

C'est le siècle de l'âme, que l'on essaie de sauver, faute d'être en mesure de soigner les corps. Le bonheur n'existe pas sur terre, seul compte le bonheur céleste. Ici-bas règnent le fanatisme, le mysticisme et la peur de Satan. Les êtres vivent en état de soumission, de frustration, de culpabilité.

Quelques-uns commencent à se poser des questions...

1657-1669

LE TEMPS DES CORBEAUX

1

C'était le jour du sang. Une puanteur envahissait ce quartier de Lille où les bouchers tuaient en plein air, devant un attroupement d'enfants curieux et désœuvrés.

Imperturbable, le Lion des Flandres dominait les pignons des nouvelles boucheries de la Grand-Place.

Autrefois, elle se mettait à courir, un mouchoir aux lèvres, pour réprimer la nausée. Aujourd'hui, envoûtée par une statuette au visage grimaçant, elle en oubliait les odeurs incommodantes. Les yeux de pierre la fixaient — sûrement. Le regard troublant de la statue lui souhaitait la bienvenue.

Elle était fascinée par la beauté de l'édifice dressé devant elle. Lors de ses sorties, en période de fêtes, elle avait vu s'élever peu à peu la Bourse de Lille, superbe monument baroque composé de vingt-quatre maisons identiques, décorées de cariatides, de guirlandes fleuries, d'écussons aux armes de leur roi Philippe IV d'Espagne. Mais à chaque fois, le temps au-dehors était bien trop compté pour qu'elle s'y arrêtât.

Tantôt, à midi sonnant au beffroi et à toutes les églises de la ville, les quatre portes d'accès à la cour intérieure s'ouvriraient et la Bourse si paisible ne serait plus qu'une ruche d'abeilles, grouillant de marchands de tous lieux et climats.

Aujourd'hui, du haut de ses quinze années, elle se sentait fière d'être lilloise.

Aujourd'hui, en cet heureux jour de mai 1657, elle quittait les Ursulines !

Il faisait bon. La brique rouge était chaude au soleil. Le carillon sonnait — sûr qu'il fêtait son retour ! Elle allait retrouver sa maison, sa famille.

Plus de couvent ! Plus de lever avant l'aube !

La lumière l'inondait de bien-être. Tout lui semblait signe de bonheur. Même ce ruisseau charriant les détritus animaux et domestiques, qui courait au milieu des ruelles étroites à l'arrière de la Grand-Place, même ce rouge « merderel » annonçait sa venue parmi le monde des aînés.

Oui, c'était un signe ; bien qu'elle n'osât, consciemment, en faire le rapprochement avec son entrée récente dans le monde obscur de la féminité.

Elle se haussa sur la pointe des pieds, et se mit à regarder de tous côtés.

— Que fais-tu, Renelde ? lui demanda la vieille Flamande qui la chaperonnait.

— J'essaie d'apercevoir Tis'je.

— Oh ! Tu as bien le temps, à présent !

— Peut-être ! Mais je suis tellement heureuse, Meï ! Je voudrais qu'il le sache.

Elle retira de son sac en toile de lin un napperon brodé. Elle le tint, serré contre elle ; fit un vœu ; eut foi en son étoile.

Ce petit morceau de batiste ne la quittait plus depuis un certain dimanche de la Saint-Gilles, à la fin de l'été.

Quel âge avait-elle donc ? Tout au plus sept... ou huit ans.

C'était l'ouverture de la foire annuelle de septembre...

Dans la foule, elle tremblait de perdre sa jeune mère.

Oui, Renelde suivait sagement Marie-Adine Van Eyck, au doux visage, petit chignon rond et frisures aux oreilles. Elle regardait le bas de robe relevé, retroussé dans les poches de côté, et se trouvait chanceuse de posséder une si jolie maman.

Exposés en pleine rue, de nombreux tableaux de maîtres flamands et hollandais s'offraient à la convoitise des amateurs.

Sa mère lui recommandait toujours de bien les observer car ils étaient de bons modèles pour les ouvrages de broderie.

Et la petite ouvrait grands ses yeux, et s'enorgueillissait alors de porter le même nom qu'un peintre célèbre.

C'était un signe !

Ce jour-là, Marie-Adine avait interrompu subitement ses conseils pour héler un colporteur au sarrau bleu, qui transportait images et objets divers dans son étal ambulant. Il vantait ses poteries vernissées, fabriquées à Bailleul, en Plat Pays, la campagne flamande. La mère acheta l'une des merveilles.

— Mon époux m'en fera le reproche. Tant pis ! Ce n'est pas tous les jours fête ! se justifia-t-elle en rougissant.

Elle se jugeait d'autant plus frivole que l'on sortait à peine, en cette année 1650, d'une période difficile de famine. Le blé devenu trop cher, les émeutes s'étaient aggravées, et même le guetteur du clocher de Saint-Étienne avait été mêlé à ce désordre. Quant à une certaine Marie Canone, fauteuse de troubles, elle était à jamais bannie de la ville.

L'attention du camelot se fixa sur la petite Lilloise, absorbée par une toile représentant une scène de la vie bourgeoise en Hollande. Il sortit une broderie, et la lui offrit.

— Je m'appelle Jean-Baptiste. Ce présent te portera chance.

Et comme le jeune homme pointait le nez en l'air, et

trottinait le cœur sur la main, on le surnomma « Tis'je-sur-le-généreux ».

Renelde avait grandi.

— Tu sais, Marraine, je l'ai guetté, Tis'je, à chacune de mes sorties.

— Oui, je sais. Et vous discutez beaucoup tous les deux.

— Il a toujours plein d'histoires étranges à raconter. (Elle sourit.) Comme toi, ma Meï !

Une abondante chevelure blanche, parfaitement coiffée, auréolait le beau visage de son aïeule. Celle-ci lui rendit le sourire, mais poursuivit néanmoins sur un ton de réprobation :

— Tu es une femme à présent. Il ne faudrait pas trop le fréquenter. Ce n'est qu'un colporteur, tout de même.

— Ne t'inquiète pas, Marraine.

— Je ne m'inquiète pas, protesta Meï.

— Si ! Je te connais !

— Non !

Têtue, la jeune fille décréta :

— C'est mon vieil ami.

— Eh bien ! Je croyais que c'était moi, ta vieille amie !

— Mais toi, plus que tout autre, tu es... (Elle croisa le regard facétieux de Meï, et s'exclama :) Oh ! Marraine, tu me fais marcher !

— Bien sûr, ma chérie. Ma confiance t'est acquise.

— Tis'je me fait rire avec son drôle d'accent. Il mélange sans cesse le « tu » et le « vous », et il parle si bien de sa contrée...

« Entre Lille et Dunkerque, il est une plaine. C'est la mienne.

» Plus tard, je vous y emmènerai, mademoiselle Renelde.

» Tu verras ! Elle te paraîtra hostile au premier abord. Tu n'oseras t'y aventurer, de peur des marécages, des grands bois sans fin abritant loups et brigands. C'est comme dans les contes de fées. On croit pénétrer dans une épaisse et sombre forêt, mais plus on avance, plus la vision s'éloigne. On découvre un havre de paix au milieu des chênes et des frênes qui ombragent les pâturages et cachent des fermes bien entretenues. Et si tu t'y enfonces davantage, tu es surprise de trouver alors joyeuse compagnie dans des villages proches les uns des autres. Leurs seuls remparts sont des plantations odorantes de fleurs de houblon, dont on cueille les cônes parfumés à la fin de l'été. Le dernier jour, toutes les petites filles comme vous abandonnent leurs fuseaux ou leur broderie pour participer à la fête.

» Mon pays, c'est le Houtland, le pays au bois.

» Il porte bien son nom. »

— Bon. On cause, on traîne, mais on nous attend. Il faut y aller ! reprit la Flamande.

Ah ! Sa vieille marraine !... Catherine Maes, dite Meï ; la tante de sa mère. Vieille ? Renelde l'ignorait. Peut-être une cinquantaine bien sonnée. Personne, du reste, ne semblait connaître son âge... Meï non plus. Cela ne l'intéressait guère. Sur son visage, plein et malicieux, se reflétaient les traces de sa jeunesse, et ses yeux couleur pervenche pétillaient de gaieté et de tendresse.

« De ses expressions émane une grande bonté », se disait la jeune fille.

— Ah ! Marraine ! Si tu savais comme tes histoires de revenants et de sorcellerie m'ont manqué !...

— A ce point ?

— Oh oui !... Et surtout tes fables, le soir, pour nous endormir ! Celle de la grand-mère à poussière, et ma préférée : Loripette, aux yeux rouges, monstrueux, tellement effrayants, Meï, qu'avec mon frère nous fermions vite nos paupières pour ne pas la voir !

— Le crieur de sablon passait par là, dit-on, pour vous plonger dans le sommeil des braves !

— Et le récit de la cabaretière... Tu te rappelles... La Jeanne, elle chassa les bandes d'agitateurs, les Hurlus, de Lille et de ses faubourgs... Tu étais née, Marraine?

— J'ai de l'âge, mais pas assez, Dieu merci! Non, cela se passait à l'époque de Philippe II, vers 1580 peut-être...

— C'est donc une histoire vraie, parce que...

Meï l'interrompit, les sourcils froncés :

— Tu n'as pas été raconter ça chez les ursulines, au moins?

— Elles m'ont de suite imposé le silence.

— Je m'en doute : une femme qui agit comme un homme! Même pour la bonne cause!...

Renelde imita la grosse voix de la supérieure :

— Elle se doit d'être douce et obéissante au maître avant tout!...

Elle sentit la chaleur d'un baiser. Son visage de robuste Flamande s'illumina et éclaira ses yeux bleu-gris, « couleur de paradis » comme disait Meï.

Bras dessus, bras dessous, les deux femmes reprirent le chemin de leur maison de la paroisse Saint-Étienne, foyer du brasseur, le père... Toutes deux un peu désuètes, l'une par ses années de couvent où la fantaisie n'était pas de mise, l'autre par ses vêtements noirs — à l'ancienne mode —, au col espagnol ou « fraise » épaisse et bien amidonnée, qui lui donnait un air très respectable, très prude.

« Et pourtant, Marraine, pensait Renelde, tu es l'amie de mes secrets, de mes tourments, de mes peurs d'enfant, de mes hontes aussi. Oserai-je encore tout te dire? Oserai-je encore te confier... Mais quoi? Aujourd'hui, je reviens vierge et blanche. Mille fois confessée, mille fois absoute. Tout est à venir... Mais quoi?... Rirons-nous encore pour rien, tandis que mon père élèvera la voix pour montrer son autorité, pour faire comme il se doit? »

Marchant en silence, côte à côte le long des habitations de bois à pignon pointu, des nouvelles demeures de briques au fronton en « pas-de-moineaux », toutes deux avaient conscience de vivre des moments solennels.

Elles prenaient soin de ne pas être crottées par la boue projetée sur les murs et aussi sur les passants, lors des bousculades.

Elles croisèrent d'innombrables porteurs d'eau. Elles rendirent le bonjour aux vieilles gens sur leur banc.

Des femmes appuyées sur le bas de leur porte à double battant regardaient le spectacle de la rue : rémouleurs, portefaix, cireurs de bottes, pâtissiers, mendiants exhibant leurs moignons authentiques ou simulés. Les petits carreaux jaunes des fenêtres brillaient. Les ménagères écoutaient un instant le carillon, les cris et les chansons, et reprenaient leur ouvrage. A l'intérieur des maisons ouvertes, on pouvait voir les tisserands s'activer inlassablement sur leur métier, dont le rythme régulier berçait le petit enfant nourri au sein, et le chat se reposant, paisible, sur les dallages chauffés par le soleil de printemps.

« Ah ! Renelde ! pensait la marraine, ma petite Renelde, comme tu as changé ! Plus fine et fragile, plus émotive, semble-t-il. Et malgré cela, si pouponne quand tu me souris, le visage arrondi par tes cheveux blonds, retenus en arrière par ta coiffe de dentelle. Seras-tu encore capable de ces accès d'humeur si contraires à ton sexe, et qui firent ma joie ? »

Inconsciemment, elle poursuivit à voix haute :

— La vieille femme que je suis devenue sera inutile, à présent...

— Oh ! Marraine ! Je t'interdis de dire des bêtises !

— Mais tu t'es exercée à tant de choses pendant ces années : les bonnes mœurs, l'hygiène, l'espagnol... Même ce françois, tellement en vogue !... Tu n'y mêles plus de patois ou de *vlaemsch*...

Les Maes étaient originaires du marquisat d'Anvers. Ces drapiers étaient venus à Lille un siècle auparavant pour y apprendre le français. L'un d'entre eux s'y était installé et marié. Née à Lille, la marraine s'amusait toujours à mélanger allégrement le flamand et le français.

— Et la dentelle! ajouta Meï. Je t'en avais donné les premiers rudiments, j'aurais bien continué, moi!

Initiée à la broderie, Renelde avait quitté l'aiguille et le support de toile de lin pour les fuseaux, selon la technique lilloise de dentelle à fil continu.

— C'est Charles Quint qui a ordonné l'enseignement de la dentelle dans les couvents, dit Renelde, légèrement moqueuse.

— Ah?... Tu es sûre de ça?... Alors, entre nous, c'est parce que l'empereur ne me connaissait pas... Sinon...

— Meï, tu es la meilleure marraine du monde!

— Peut-être, ma chérie, peut-être, mais cela n'a pas suffi pour te garder à mes côtés. « Il faut tenir son rang! » qu'il dit, ton père. Ah!... Depuis qu'il est « bourgeois », celui-là!...

Pierre Van Eyck était effectivement très fier du titre obtenu grâce à son travail, et à tout l'argent rapporté par la brasserie, l'une des plus grandes et des plus florissantes de la ville.

Il se plaisait à dire que Lille comptait au moins quarante mille habitants et quarante mille « ventres à bière ». Sa bonne fortune ne s'était pas faite en un jour. Son père, qui tenait ce commerce du grand-père, lui avait transmis sa manière d'y travailler. L'enrichissement brutal était douteux et rare, mais pas à pas, de génération en génération, avec courage et patience, l'ascension s'était réalisée. Autour de la brasserie, et par sa présence, de nombreux artisans comme les tonneliers, menuisiers et sabotiers vivaient bien. Pierre espérait que son œuvre ne s'achèverait pas avec lui. Grâce à Dieu, il avait un fils.

A la naissance de Renelde, la famille avait quitté la brasserie, située sur le rivage de la Deûle. Le logement y était exigu, et la salle de débit leur tenait lieu de salle à manger et de cuisine. Les Van Eyck s'étaient alors établis au cœur de la cité, dans la belle demeure à pignon sur rue, dans l'honorabilité et la richesse. Élevée dans l'aisance, l'enfant vivait comme maintes petites Flamandes, assez librement...

Et Meï se souvint de ce jour de colère, jour de départ chez les ursulines...

— Pourquoi l'y envoyer ? Mais pour y apprendre à se conduire ! s'exclamait le maître de maison. Enfin, pour... s'initier à... à la propreté !

La marraine l'affrontait ouvertement.

— Bêtises, tout ça ! Nous avons déjà de bonnes manières chez nous !

Pierre ne savait plus à quel saint se vouer pour se faire entendre. Chacune de ses raisons était aussitôt réfutée par sa vieille parente. Il rétorquait :

— Raison de plus ! Il est grand temps que ma fille change ses vilaines habitudes !

— En quoi ses habitudes vous gênent-elles, Pierre ? Qu'ont-elles de si vilain ?

— Enfin, Meï !... Cette coquine a même osé revêtir les habits de son frère !

— L'instant d'une mascarade.

— Ce n'était pas carnaval.

— Elle fut sévèrement punie, n'est-ce pas assez ?

— Veut-elle devenir plus tard femme de mauvaise vie que de se divertir de jeux honteux ? Non, j'ai dit. Cela suffit !

De cette altercation entre adultes, Renelde ne comprit qu'une chose : elle ne serait jamais pareille à son frère. Il lui fallait réagir. Elle refusa d'aller chez les ursulines. Elle s'accrocha aux meubles, à la grosse porte de chêne.

Elle cria tant qu'elle put à l'adresse de Nicolas. Celui-ci ne répondit pas à son appel. Pour la première fois, il la trahissait.

Indifférent, calme, il s'habillait avec soin et prenait ses affaires pour rejoindre le nouveau collège des jésuites, de la paroisse Sainte-Catherine proche de chez eux. L'honneur d'y entrer, avec les fils de gentilshommes et d'officiers, était grand. Il se devait d'assumer, et ne pas se laisser distraire. Non, il ne partageait plus. Tant pis pour la petite.

Mais Renelde ne voulait pas quitter ce grand frère aux larges fossettes, aux yeux bleus rieurs, si séduisant ce matin-là dans son pourpoint de velours noir. Il n'était pas l'heure d'abandonner sa mère, alitée, fragilisée par une nouvelle fausse couche. Pas question de renoncer à sa marraine, grommelant entre ses dents, mais fière des mouvements de révolte de sa filleule, « digne descendante de Charles Quint! ».

Rébellion incongrue — certes : la décision était irrévocable. Cette agitation agaçait Pierre Van Eyck et le mettait en retard à son travail. Entouré presque exclusivement de femmes, il peinait à faire respecter son statut menacé.

Renelde hurlait, le corps agité d'un tremblement incontrôlable :

— Maria, elle dort tranquille, elle! Je l'envie d'être au paradis!

Une main vigoureuse, à court d'arguments, lui donna un soufflet.

— Votre sœur fut agressée dans son berceau par un insecte malveillant, mais vous, mademoiselle, vous êtes possédée par le Diable en personne! Allez! Au couvent, et plus vite que ça! Vous y apprendrez au moins à baisser les yeux et à avoir cet air de modestie qui sied à votre état...!

Berger, pourquoi ne laisses-tu pas sortir tes moutons?
Ils ont peur du vieux loup!
Le loup repose dans les roseaux, où il n'entend ni ne [voit.
Sortez mes moutons, sortez, courez!

... Plus loin, bien plus loin vers la mer...

Dans le Houtland, où se mêlent houblonnières, ormes et peupliers protégeant les manoirs de briques roses aux pignons hauts, les fermes, et les moulins...

Tis'je, sa hotte sur le dos, traversait d'humides pâturages de chevaux et de moutons. Il sautait allégrement les becques, ces ruisseaux délimitant les champs de blé, de lin ou de colza. Sur le chemin, il chantonnait avec entrain. Pourtant il se méfiait. Dans la plaine, là où les yeux portent loin, Espagnols, Français, Anglais n'hésitaient pas à rançonner. Un colporteur n'est pas bien riche. Tout ce qu'il possède, il le porte sur lui.

Soudain, il arrêta sa marche et sa chanson. Il se signa.

Par-dessus une haie de buissons fleuris, où s'accouplaient arbrisseaux et fleurs de l'aubépine, il contempla un spectacle étrange dans une pâture : les pères de l'archevêché d'Ypres exorcisaient des vaches dans le petit matin brumeux, à l'aide d'une mystérieuse potion. Tis'je rajusta sa hotte, frotta le bas de ses chausses, trempé de rosée. Il repartit, reprit son air et son entrain.

Il s'éloigna vers le village.

Là-bas, on s'y activait, on obéissait, on avait peur et on allait faire la fête.

Était-ce un incendie qui s'élevait du centre du bourg?... Quelle était cette complainte que le vent du nord transportait vers les marais?...

On dit que l'âme des morts s'y fait entendre après l'angélus, et qu'un bruit de chaînes effraie les voyageurs attardés.

Nicolette, Clayse, Jacquemine, le Diable s'est joué de votre innocence.

1657 : On a encore brûlé des sorcières à Moerbeke.

2

— Tu possèdes le plus bel animal de Moerbeke, sais-tu, et peut-être même du pays entier... à rendre jaloux notre seigneur de Montmorency ! dit Jehan Van Abeele en tapant sur l'épaule de son ami, venu récupérer son cheval.

— Ce n'est pas pour me déplaire, répondit Corneille Van Noort. Marcel est un magnifique pur-sang, ma grande fierté.

— Avec ta *hofstède*[1] !

Corneille caressa l'échine de la bête.

— Je suis heureux. Tu t'en occupes sérieusement.

— Autant que l'aurait fait mon père pour le tien. Dieu garde leurs âmes.

— Ensemble, j'espère, précisa Corneille, un léger sourire aux lèvres.

Jehan venait de prendre la succession de maître Van Abeele, le forgeron-barbier du village.

— Quelles sont les dernières nouvelles de la place ?

— Ah ! Corneille, j'aime quand tu sors de ton isolement.

1. *Hofstède* : grande ferme flamande, à plusieurs bâtiments et à cour ouverte.

— Là-haut, on vit à l'écart, que veux-tu...

— Oui, oui, on dit ça...

— Bon, tu me racontes ?

— Eh bien, à propos de cheval, justement : tout le monde ce matin commente la mort de celui de Gussch.

— Voilà pourquoi Tis'je distribuait des faire-part de décès. Ce n'est pas le travail d'un colporteur...

— Tis'je est en bons termes avec le Gussch.

— De qui n'est-il pas l'ami, ce vaurien ?

— Oui, même de toi, Corneille-le-solitaire ! s'exclama Jehan, l'humeur joyeuse. Enfin, je t'aime bien comme tu es.

— Merci.

— Quoique... tu ne viens pas assez à l'estaminet ; tu ne danses pas aux kermesses... T'es trop réfléchi, Corneille.

— Arrête de plaisanter. Nous venons de traverser une saison particulièrement dramatique. Des femmes ont péri dans le feu du bûcher...

Jehan ne répondit rien. Il poursuivit :

— Tu crois qu'il en a terminé, le marquis, avec ses terribles sentences ?

— Les exorcisations se multiplient. Tout y passe : vaches, cochons, fillettes... Pour que la disgrâce ne retombe plus sur notre village.

— Paroles de M. l'abbé, à la messe.

Jehan ignora le ton sarcastique de son ami :

— Ils vont peut-être encore nous dénicher une de ces créatures à tondre... Bah ! cela me changera des barbes des hommes ! Mon père a achevé son œuvre en rasant Jacquemine, l'ensorcelée.

— Ce n'est pas ce qu'il a fait de mieux ! Tu perds ta salive à proférer des bêtises. J'espère bien que le temps des sorcières est révolu. D'ailleurs, on a autre chose à faire. Chaque mois porte déjà ses peines et sa besogne : cultures, semailles, récoltes, foins, moissons, curage des fossés, et j'en passe !... Non, ces croyances sont des superstitions ridicules.

— Corneille, tu es revenu du collège d'Haesebroek avec trop d'idées dans la tête. Moi, je me contente de raser. C'est pas désagréable.

— Tu dis cela, Jehan, parce que tu ne l'as jamais fait sur une malheureuse qu'on va supplicier. Que veux-tu, j'ai mes doutes sur les aveux obtenus par la torture. Je ne suis pas le seul. Mais personne n'ose en parler. Toi, tu es pareil.

— Allons!... Prier, travailler, prier! Voilà ce que nous devons faire. Mais il faut encore que tu penses. Tu te fatigues! (Il ajouta en plaisantant :) Et tu nous fatigues!

— Excuse-moi, mais je te trouve stupide.

Vexé, Jehan répliqua :

— Tes études à Haesebroek t'ont donné de drôles de sentiments! D'ailleurs, comment voulez-vous que ça tourne rond dans une ville où le clocher et le cimetière ne sont pas au centre?

— Au temps des premières tribus, ce fut une simple question de hauteur, la crainte des inondations...

— Oui. Bon. Tout de même...

— ... Et c'est peut-être pour cela qu'elle m'intéresse, cette cité. Pour son hôtel de ville au centre et sa superbe église au-dehors. C'est la liberté, ça!... Un pied de nez à la mort et au pouvoir!

— Méfie-toi que le Ciel ne t'entende! dit Jehan en se signant, et il ajouta, en éclatant de rire : Et le curé non plus!... Mais, dis-moi, c'est vrai, ce qu'on raconte au village? Tu réclames ton moulin, comme un vrai seigneur, à présent?

— L'affaire est conclue, mon vieux. Tu peux l'annoncer à la ronde. Le bailli[1] vient de m'accorder l'autorisation d'en faire construire un... Juste sur la butte, face au vent!

— Par tous les saints!... Comme ça? Sans rien en échange?

---

1. Bailli : maître du bourg (équivalent du maire).

— Sous réserve d'un revenu supplémentaire pour le marquisat !

— Dis donc, morceau par morceau, ton exploitation grandit drôlement... Avec la ferme qui avait brûlé...

— Oui. Je l'ai récupérée à bon prix. Et quelques mesures de-ci, de-ça, vendues par les journaliers embauchés au halage par les mariniers...

— ... Ou partant faire fortune à Lille ou à Dunkerque !

— Qu'ils croient, les pauvres !... Enfin... Avec mes nouveaux attelages, j'obtiens un meilleur rendement au labour. Mes légumineuses ont de bons effets sur la fertilité des sols. Les pois et les fèves vont accroître le profit, tout en aidant la prochaine récolte de blé...

— C'est prodigieux !... Tu vas bientôt être le plus riche de la contrée !

— Après le prince de Montmorency, tout de même !

— Méfie-toi de ne pas amener la suspicion chez les autres. Déjà, tu emploies des ouvriers venus d'ailleurs, alors que la plupart des paysans travaillent en famille !...

— Écoute, Jehan. Les travaux ne suivent pas le même rythme en haut et en bas du marquisat. Les ressources du bas dépendent des eaux, de la boue et des intempéries. Ils viennent quérir du travail à la ferme de l'Orme. Je ne vais pas refuser les bras dont j'ai besoin. Quant à la famille, elle ne peut se plaindre, les fiancés de mes deux sœurs sont embauchés, que je sache !

— Excuse-moi, mon ami, je répétais bêtement des insinuations. Je t'admire, Corneille, car en dépit de tes longues études, tu es revenu à la terre, et tu ne nous prends pas de haut.

— Je vais te confier un secret : tu te rappelles, nous étions enfants quand j'ai achevé de mes mains l'étage de la *hofstède*...

— L'agrandissement qui avait coûté la vie à ton pauvre père ?

— Oui, je m'étais fait un point d'honneur de finir

son ouvrage. De la petite ouverture de la chambre, j'aperçus les tours carrées du château, les tourelles pointues, l'étang aux cygnes, la brasserie. Alors, face aux superbes allées des jardins entourant la demeure du prince, je jurai d'être un jour respecté et riche... J'aime les livres, c'est vrai, mais je connais trop bien la bouse de vache pour l'abandonner !

Corneille Van Noort circulait volontiers à cheval, des terres d'élevage aux champs.

Attrayante, la campagne s'allongeait à perte de vue.

Il s'imaginait que seuls les grands ormes les empêchaient de voir la mer, mais les protégeaient contre les envahisseurs. Aucun tintement ne venait annoncer le feu d'un chaume ou l'arrivée des soldats.

Dieu merci !

Il entendit soudain le rire cristallin d'une paysanne d'une quinzaine d'années.

Elle avait de longs cheveux couleur de blé doré. Assise à l'arrière d'une charrette dégorgeant de cerises et conduite par un vieil homme, elle se dirigeait vers le château de Montmorency.

« Une petite employée du seigneur, se dit-il. Dieu qu'elle est belle avec ses cerises autour des oreilles ! »

Il s'arrêta sur le bord du chemin du Prince. Elle passa à sa hauteur. Les cahots du véhicule la renversèrent dans le chargement, provoquant sa gaieté.

Comment ne l'avait-il jamais croisée ? Obsédé par le rendement, il ne s'était jusqu'alors grisé que de la joie de l'effort, et non des autres réjouissances. Il décida d'y remédier sans délai.

Était-ce son allure altière sur Marcel, ce majestueux cheval ? Perçut-elle son regard insistant et troublé ? Elle se releva. Debout sur la carriole, l'air effronté, elle lui lança une poignée de cerises et un superbe sourire, qu'il jugea provocant, mais qui n'allait plus quitter son cœur.

Il mit longtemps à regagner la ferme de l'Orme. Marcel l'y reconduisit lentement... Respectueux, semblait-il, de la métamorphose de son maître.

« J'ai dix ans de plus qu'elle, au moins... Dix ans », se répétait Corneille.

3

Le conseil de famille fut réuni dans la maison flamande, afin de décider de l'avenir des enfants.

Revêtu de sa robe de chambre satinée couleur de feu, offerte par sa femme quand il était devenu « bourgeois », Pierre arborait un air de grande circonstance.

Après un bon repas de viande salée, fromages et dessert de crème, repu et satisfait, il emmena son fils dans son étude, avec le dessein de l'entretenir de ses affaires.

Les femmes attendirent en silence.

Marie-Adine garda sa place dans la pénombre.

Assise devant le précieux clavecin de sa mère, incapable d'en extirper un soupir, Renelde fixait l'ombre de leurs silhouettes que les chandelles projetaient sur le mur.

Le jour était aux secrets. Dans ce cabinet paternel, elle ne pouvait entrer. Tout au plus y avait-elle aperçu, par la porte entrouverte, des livres et des collections de médailles.

Enfin les deux hommes réintégrèrent le salon, symbole de la nouvelle opulence. Paré de dentelles jusqu'aux miroirs, avec ses meubles trapus et volumineux, sa grande cheminée au manteau décoré de bas-reliefs à motifs religieux, il contribuait à la fierté des Van Eyck.

Le maître se racla la gorge, et annonça :

— Nicolas ne retournera pas chez les jésuites. Dès demain, il travaillera à la brasserie comme apprenti, puis compagnon. Il m'y succédera, à l'heure choisie par le Seigneur pour me rappeler à lui. (S'adressant plus particulièrement à son fils, il dit :) C'est un métier difficile, qui requiert une surveillance de tous les instants ; le grain doit être moût, cuit, houblonné, clarifié, refroidi, puis fermenté. Mais c'est un métier noble, ne l'oublie pas. D'autant que les Van Eyck ne font pas de petite bière[1], ni de bière faible de couvent[2] !

Moustachu, élancé, conscient d'avoir franchi un cap important, le jeune homme ne prêtait plus attention à sa petite sœur. Elle n'était qu'une fille. Renelde en souffrait, maudissait son propre sexe, et n'en soufflait mot. Il allait même prendre épouse incessamment, disait-on ; sans doute cette pimbêche à la bouche mince, du nom de Ludivine. Renelde l'avait entrevue à plusieurs reprises, et elle ne lui inspirait guère de sympathie. « A lèvres pincées, cœur fermé », pensait-elle, non sans une pointe de jalousie.

Le père poursuivait son discours, afin d'ôter tout regret à Nicolas de quitter la Compagnie de Jésus :

— La bière n'est pas un vin de fruit, mais un vin de grain. Et dans ce dernier, la main de l'homme est plus importante, car elle provoque la formation du sucre. C'est l'homme qui a imaginé cette merveilleuse boisson spiritueuse, qui nettoie le corps, rafraîchit, rend allerte ; boisson indispensable à sa santé, et cela depuis les temps anciens... Depuis Osiris ! C'est une boisson des dieux, mon fils !

1. Petite bière : de second brassage, et de moindre intérêt.

2. Bière de couvent : légère, destinée aux femmes, contrairement aux bières des pères, bière forte et brassée pour les moines.

Renelde n'écouta plus. Elle regarda très longuement son frère — très intensément — pour qu'il se souvienne lui aussi :

« Rappelle-toi, Nicolas.

» La cloche du vendredi sonnait. De toutes parts, artisans, marchands, tanneurs, servantes, enfants laissaient leur travail et accouraient, friands d'émotions, afin d'assister à l'exécution capitale sur la Grand-Place. En plein centre, sur l'estrade, le condamné fut mis à nu. La foule murmurait qu'on allait d'abord lui couper la langue.

» Au milieu des spectateurs, encadrés par de jeunes gars, nous étions là : toi, mon grand frère, très lucide, et moi, très naïve. Je compris. Ce fut l'épouvante. Je voulus fuir. Tu me retins.

» J'avais trop insisté pour vous suivre. Je n'avais qu'à regarder à présent.

» Bien regarder. Sans bouger.

» Deux heures dura l'exécution, deux heures dura mon initiation. Déshabillé, avili, rompu, langue et membres coupés. Tout y passa. Le tambour couvrait mal les cris du supplicié.

» Je revins sur tes épaules, pâle sans doute, mûrie et humiliée moi aussi, les yeux fermés, accrochée à ton cou. Nous nous sommes faufilés avec les autres garçons entre les coches encombrant la place, et sommes rentrés chez nous. »

— Quant à Renelde, dit le père, interrompant les pensées de sa fille, elle doit favoriser l'héritage futur de Nicolas et son installation prochaine. Il lui faudra donc... (il marqua un temps d'arrêt, embarrassé) ... le couvent ou un bon mariage.

Il humecta ses doigts de salive. Il les porta à son épaisse moustache, et la lissa consciencieusement quelques instants.

L'entourage se taisait toujours pendant ce geste machinal et familier. Tous les regards étaient suspendus aux lèvres de Pierre Van Eyck. Il trônait sur sa chaise d'Espagne, le dos appuyé sur le dossier en cuir portant les inscriptions du saint patron — cadeau de la corporation de Saint-Arnould au maître brasseur. Renelde crut défaillir.

Mais les lèvres ne tardèrent pas à s'ouvrir pour faire part de la décision.

— Une entreprise hasardeuse, murmura-t-il. (Il suivait sa propre réflexion. Quelle était l'allusion ?) J'ai donc décidé le cloître.

L'annonce du père jeta l'effroi parmi les trois femmes. Meï était ulcérée, la mère anéantie, et Renelde, glacée, revoyait la clôture, ces grilles, ces murs d'où l'on ne peut plus sortir. Jamais. Jamais. Jamais plus.

Et ce silence ! Les repas sans le moindre murmure.

Ne pas parler de soi, des siens... Silence... Torpeur...

L'enfant réunit toutes ses forces, et rompit le malaise :

— Père, il y a deux ans, à peine, que je suis sortie des Ursulines. Je ne veux pas y retourner et vivre, à nouveau, coupée de ma famille. Un mariage, même... (elle hésita) arrangé, vaut mieux !

Surpris de l'audace, il refusa :

— Ces propos sont peu chrétiens, mademoiselle ! Il vous faudra vous en expliquer avec le Seigneur, car vous serez religieuse !

Le « mademoiselle » lui fit mal. Mais, en bonne Flamande à la tête dure, elle ne baissa pas les bras ; pas encore :

— Dieu me pardonne ! Je lui suis toute dévouée, mais je ne m'accommoderai pas de cet état. Je resterai une fidèle catholique avec un époux et des enfants !

« Non — décidément, se disait-il, je ne comprendrai jamais rien aux personnes du sexe ! »

— Ma fille, vous êtes une orgueilleuse. Voilà ce que

c'est de nos jours ! On instruit ces demoiselles, et elles se piquent de vouloir agir ! Vous ne devez pas contrarier les intérêts de la famille.

Le couvent sollicitait une dot dérisoire, en regard d'un second mariage, en grande pompe, bien entendu, comme on prévoyait celui de Nicolas. Il était nécessaire aux Van Eyck de maintenir leur rang. Pierre répugnait aussi à l'arrivée d'un autre mâle dans le clan familial... Appréhension de se voir dépossédé de sa souveraineté, et jalousie non consciente d'un père qui aimait sa fille, mais n'avait pas appris à bien le faire.

Il émit un profond soupir :

— Voilà ce que c'est, d'avoir écouté votre mère, en vous laissant des libertés ! Vous singez les hommes par vos propos. (Et il conclut :) Une femme se doit d'être douce !

Cette phrase !

Combien de fois l'avait-elle déjà entendue, de la bouche de la supérieure du couvent, celle-là même qui régnait en homme !

— Mais, père...

Il lui intima l'ordre de se taire.

La discussion était close.

Revêtu de son pourpoint noir, un manteau couvrant avec élégance une épaule, et coiffé de son feutre à larges bords, auréolé d'une superbe plume d'autruche, Pierre Van Eyck quitta le logis.

Afin de marquer l'entrée de son fils dans les affaires, il l'emmena au cabaret. Là, il allait l'initier aux secrets de la bière et de ses effets. Rite de passage vers le monde inaccessible des hommes.

« Mon Dieu ! Pourquoi réclamez-vous tant de votre humble servante ? Son destin est-il d'être un purgatoire sur la terre ? A moins que le Seigneur n'ait exigé d'elle une longue pérégrination terrestre, avant de l'accepter parmi les siens. »

A la veillée, autour de l'immense cheminée ornée de carreaux de faïence, les pieds reposant sur un petit tabouret, les yeux fixés sur leur ouvrage, les Flamandes parlaient à mi-voix.

Renelde pleurait timidement sur la dentelle.

« Je les aime tant ces dentelles, que ne portent pas les ursulines ! C'est une saine détente pour les jeunes vierges et si utile, dit-on, pour le trousseau ! Devrai-je les laisser aux autres ? »

Premier rêve perdu de petite fille aux sens exacerbés, imprégnée de l'amour des jolies choses. Sa mère lui caressa les cheveux. Pensait-elle aussi que, sous le voile, ils sont coupés ? Était-ce le feu de l'âtre qui lui rougissait les joues ?

Ah ! ne plus embrasser ceux qu'on aime !

« Maman, Marraine, j'ai peur ! »

Meï ne désarmait pas.

Les clés du foyer, suspendues constamment à sa ceinture, lui donnaient-elles cette autorité et cette liberté ?

La petite Renelde avait grandi dans l'admiration de cette puissance. Détenir les clés, et l'on pouvait sans nul doute s'opposer aux hommes !

— Pierre connaît beaucoup de monde avec la brasserie, pensa la marraine à voix haute, comme à son habitude. Nobles, bourgeois s'y côtoient. Les grands aiment boire, et ils ont de quoi payer. Les « petites » gens se contentent des « petits » estaminets, dit-elle en appuyant sur l'adjectif. Renelde est bien agréable de figure et de caractère. Il a tort de précipiter les choses. Il trouvera vite, s'il le désire, un prétendant aisé, qui pourvoiera aux besoins d'une épouse et de leurs enfants.

Et Meï continua de grommeler quelques instants d'une voix de moins en moins intelligible, et finit par s'assoupir à la chaleur des flammes.

D'innombrables cierges brûlaient en parfaite harmonie

dans l'église illuminée. Les odeurs de cire mêlées aux effluves de l'encens, l'orgue et les psaumes exaltaient les âmes de ces pauvres corps terrestres. Un prédicateur de la Contre-Réforme prônait avec véhémence l'intolérance religieuse, devant les fidèles impressionnés.

Le dimanche, personne ou presque ne manque à son devoir. Peu importe que le chrétien voie ou non le prêtre et l'autel. Il se doit d'être présent s'il veut éviter d'être montré du doigt le lendemain.

Renelde leva les yeux vers la statue de la Vierge qui reposait sur une nappe de dentelle. Elle ne se sentait nullement appelée au service du Seigneur. Était-ce un mal ? Sans doute.

Mais à quoi servirait-elle, cloîtrée ? Elle avait tellement faim de vivre ! Et cela lui donnait mauvaise conscience. Elle se posait trop de questions, et n'était pas loin de se juger hérétique. Elle était friande de fêtes, des feux de la Saint-Jean, des kermesses, et des masques grimaçants débouchant au coin des rues avec leurs taquineries !... Ah ! ces masques ! Elle frissonnait de peur et d'excitation dès qu'elle en entendait les clochettes, la musique, dès que résonnait le rythme lourd et saccadé de leurs sabots. Elle raffolait des défilés de confréries et des chambres de rhétorique[1].

La liste était longue, aussi longue que son chapelet qu'elle égrenait en y songeant avec honte... Une fête par grain...

« Ne plus avoir d'envies... »

Elle avait assisté à une profession solennelle. Impressionnée, certes, par la prise du voile. Mais pas tentée.

« Ce mari invisible !... Mon Dieu, pardon de penser ainsi. Pardon de penser tant et tant. »

Et les vœux ! Pauvreté, chasteté, obéissance. Depuis trois jours, elle méditait sur ces trois mots terribles.

---

1. Associations théâtrales et poétiques.

Obéissance : plus elle y réfléchissait, plus elle était en révolte. « Et dire que les grands me croient bonne! »

Pauvreté : il lui plaisait tant d'être belle et de s'entourer de jolies choses!

Chasteté : plus son imagination vagabondait vers ce qu'elle en comprenait, plus ses sens en étaient troublés.

L'image des grilles refermées à jamais sur elle ne la quittait pas. Certaines femmes y entraient pour devenir des saintes. En serait-elle une?

« Renelde, emplis-toi de ces lumières et de ces chants que tu as toujours recherchés. Accepte la réclusion du cloître. Au moins monteras-tu directement au ciel à ton heure dernière! »

Elle reprit son chapelet, pour en faire cette fois un meilleur usage. Elle se promit de trouver de nouveaux gestes de mortification, afin de se rendre plus digne de Dieu.

Aux côtés de Pierre Van Eyck, un homme observait la jeune fille du coin de l'œil.

L'ami du père.

Renelde le connaissait. Il était des familiers. Elle ne l'aimait guère, ce noble. Elle ne s'en expliquait pas la raison, mais elle ressentait une gêne en présence de ce Charles de Guésère au teint verdâtre, vicomte de Lambersart.

Après les vêpres, comme d'habitude — il fallait bien se réchauffer —, les deux amis burent de nombreuses pintes au *Saint-Éloy* ou au *Lion d'Or* — peu importe. Lille comptait plus de quatre-vingts enseignes de cabaret. Sous prétexte de visiter ses nombreux clients, de vérifier que sa bière y arrivait toujours fraîche, Pierre aimait fréquenter les différents débits de boisson de la ville. Ils envisagèrent de se rendre ensemble au Plat Pays, un peu plus loin qu'à l'accoutumée.

Sans travailler à la brasserie, Charles le désœuvré accompagnait Pierre dans ses déplacements, et l'aidait — un peu. Cette fois, ils iraient dans le Houtland, pour l'orge, le houblon et l'aventure. En moins de deux jours de bonne chevauchée, ils auraient tôt fait d'atteindre cette contrée.

En ce début de l'an 1659, la guerre se terminait, là-bas.

Le curé leur en avait parlé pendant le sermon. Les gens étaient démunis dans ces campagnes. C'était le bon moment et le bon endroit pour les achats.

Ils burent encore quelques bières. Le père de Renelde, troublé plus qu'il n'eût voulu le reconnaître par la résistance de sa fille, était plongé dans le doute depuis trois longs jours. Il noya d'abord ses atermoiements dans l'alcool. Puis, la boisson aidant à la confidence, il confia le problème à son ami. Et c'est alors que ce dernier proposa de la marier :

— La petite Renelde, elle me plaît bien. Elle est ronde, elle est fraîche. Elle ne le regrettera pas. (Il avala bruyamment une gorgée, essuya du revers de sa manche la mousse collée aux moustaches, et ajouta :) J'ai déjà l'expérience des vieux, et j'ai gardé mes ardeurs d'antan !

— Oh ! Je le sais bien ! répondit l'autre, les yeux brillants.

Tous deux éclatèrent d'un grand rire satisfait.

Solitaire et frustre, ni laid ni beau, le vicomte de Lambersart a l'âge du père. Il a passé la quarantaine. Mais il a des titres, ce n'est pas rien ! Surtout pour Pierre, ce nouveau bourgeois.

Ils trinquèrent encore à l'union qui allait sceller à jamais leur belle amitié, et Charles fut heureux d'avoir trouvé femme d'agréable figure et bien élevée, qui saurait lui faire bonne soupe et bon plaisir au lit.

Ce même jour, le père rentra chez lui, et annonça sa décision de donner un époux à Mlle Van Eyck. Lequel ?

Il ne daigna pas le dire. Il avait déjà bien trop consenti. « Il faut savoir garder sa fierté », pensa-t-il, très éméché.

Renelde vécut, dès lors, dans une tension et un

malaise indéfinissables. Trop d'images bouleversantes effrayaient sa jeune tête. On lui répéta que l'amour appartenait au domaine des légendes. Mais il y avait Jacqueline, qui s'était prise de passion, et se sentait aimée en retour. Ces derniers mois, les deux cousines s'étaient liées d'amitié. Coquettes, elles se disputaient souvent le privilège de quêter à la messe, pour se faire remarquer des galants. Dans l'église, on se parlait avec les yeux. Au-dehors, aux promenades, parfois les mains se touchaient et les contes devenaient réalité.

« Souviens-toi du baiser échangé avec un camarade de ton frère, à l'arrière de la maison, un soir d'été.

» Cela sera-t-il aussi agréable? Renelde, pense à ta liberté d'enfant, puis à ces années de rigueur au couvent, maintenue dans la crainte de l'homme, de ses approches, et de la peur des couches, acquérant mille principes sur le monde, tout en apprenant à s'en méfier!

» Les propos de femmes venues se réfugier là-bas. Pourquoi, au juste? Gardent-elles des histoires d'amour enterrées en leurs jardins secrets?...

» Et cette sœur de cinquante ans, devenue religieuse par amour pour un prêtre, pour partager son destin. Elle ne le revit jamais. Du fond de sa retraite, elle espère qu'il se sent responsable de son entrée au cloître... Le sait-il? »

Mais aujourd'hui qu'il était question de mariage, Renelde revoyait la tendresse et la douceur des ursulines, les moments de réflexion et d'amitié, dans ce monde clos à l'abri de tous dangers. Elle était prête à chanter les louanges de la virginité.

« Allons donc, Renelde, tout au moins donneras-tu la vie. Ton corps est fait pour cet usage. Et si l'enfantement t'apportait la mort? » C'était, hélas ! si fréquent.

Servante du Seigneur ou servante de l'homme...

Que valait-il mieux?

Pierre Van Eyck annonça le mariage pour la Saint-Firmin.

— *Alea jacta est.*

Aussitôt, le « fiancé » fit son entrée dans la demeure parentale. Lui ! le fiancé ! Charles de Guésère !... compagnon de débauche du père, partageant son goût immodéré pour la bière et les filles de cabaret !

Si Renelde ignorait encore son caractère libertin, voire licencieux, il lui parut repoussant, cet homme au visage gris de crasse, qui aimait la chasse et la boue, cet être au regard malsain qu'elle n'avait pas élu, et n'aurait jamais pu — mon Dieu, non ! — identifier au mari de ses rêves.

Bien entendu, comme tout amoureux, il lui offrit un anneau. A contrecœur, elle lui fit cadeau d'un mouchoir brodé de sa main. Elle avait tant rêvé de lettres d'amour enfouies dans un petit sac suspendu au cou, comme celui de sa cousine Jacqueline, qui arborait aussi au doigt une bague à cœurs enlacés...

Aujourd'hui, cet échange était un simulacre d'amour, conforme à la bienséance.

En présence de sa mère, elle articula avec peine trois paroles de politesse. Postée à l'écart, près de la fenêtre, Marie-Adine dominait la scène sur une estrade de bois qui rehaussait son siège. Elle semblait absorbée par un ouvrage de broderie.

Elle écoutait.

« Jamais, se disait-elle, je n'aurais dû encourager les illusions de ma pauvre enfant. »

Elle n'avait pas choisi ce gendre. En dépit du titre, elle n'estimait pas cet amateur de beuveries — c'est tout ce qu'elle savait de lui, au fond. Alors, elle releva la tête et interrompit son travail pour lancer à l'individu :

— Ma fille, elle, n'est pas de sang bleu, mais elle est « née coiffée », et c'est un bon signe. Vous avez beaucoup de chance, monsieur le vicomte !

Dès ce jour, Renelde réalisa ce que l'idée d'un mariage arrangé présumait d'infortune. On ne se berce guère d'illusion pourtant en ce bas monde sur le sort des filles, c'est leur lot à toutes.

Pourquoi n'était-elle pas résignée à la fatalité?

Non, décidément, elle se singularisait, la petite Renelde.

Les cauchemars succédèrent aux rêves. Plus question de changer l'ordre des choses. Le destin était en marche, et chacun, devant les craintes de la jeune fille, tenta de remettre son esprit dans le bon chemin de la raison et du devoir.

Nicolas retrouva avec délectation son pouvoir d'antan. Il prit même un certain plaisir à lui faire peur :

— Ma sœur, je suis heureux pour toi. Tu ne seras plus seule. D'abord, c'est trop dangereux de nos jours. Sais-tu qu'au Plat Pays, on viole les vierges et les veuves? (Il fit une pause, et, les yeux plissés de malice, contempla l'effet produit. Renelde ne réagissait pas. Pétrifiée, peut-être...) Allons! Ne prends pas cet air effondré. Protégée par ton mari, tu n'auras plus à craindre les ténèbres de la nuit. Toi, si peureuse dans le noir!

— Protégée? Mais, toi, Nicolas, tu me...

— Chacun sa vie, maintenant, répliqua-t-il, d'un ton cérémonieux.

— Tu as raison.

L'abandon lui parut néanmoins brutal.

Elle expliqua alors son désarroi à sa mère :

— Je ne comprends pas, maman, ce qui se passe en moi. J'ai désiré le mariage... Mais je ne veux pas vivre avec ce vieux vicomte.

— C'est ma faute, répondit Marie-Adine. Ah! pourquoi ne t'ai-je pas mieux montré la place d'une femme en ce monde! Je t'ai laissée lire et jouer avec les garçons. A présent, tu as des idées d'homme, et tu refuses d'être domptée. *Mea Culpa*... (Pénétrée d'un sentiment confus de culpabilité, la mère ajouta :) Tu dois prendre cette nouvelle avec sagesse. Depuis leur mariage, tes cousines n'ont pas l'air de s'en porter mal. Enfin, n'oublie jamais que tu appartiens à ton mari... Tout entière.

Elle n'osa en révéler davantage. Renelde n'osa insister.

Mais que se passait-il au fond de ces alcôves?

Étaient-elles heureuses?

Leur confort suffisait-il?

Qu'adviendrait-il après le jour de ses noces? Tant de questions se pressaient dans sa jeune tête. On lui disait qu'il n'y avait qu'à obéir et se taire. Sa mère elle-même, comme avant sa grand-mère sans doute, avait appris à se plier aux exigences du mâle.

La vie, après tout, n'était-elle pas un chapelet d'épreuves égrené par la main du Seigneur?

Accepter son destin rendait moins triste.

Cette nuit-là, Renelde reprit sa poupée de chiffon dans les bras. Mais le sommeil ne vint pas.

Elle respirait avec difficulté, la poitrine tenaillée par une sourde angoisse.

Sans bruit, elle se leva. Elle ouvrit la fenêtre, pour sentir plus de fraîcheur. La rue, presque déserte, semblait aussi mortelle que son âme. Les toits, les lanternes, les rares passants prenaient des aspects monstrueux. Une forme sortie de l'ombre, des petits cris d'animaux rampants — des rats, sans doute —, les insectes de la nuit et les craquements du bois s'allièrent pour l'effrayer. Elle s'enfuit de sa chambre et entra chez sa marraine. Elle se glissa sous les draps, près de la vieille femme, et attendit ses conseils, son réconfort.

Assise, le dos bien droit sur les oreillers, le visage éclairé par la bougie à demi consumée, Meï eut presque l'air d'une sorcière lorsqu'elle résuma ainsi la situation :

— Ma petite fille, tout se passera au lit. Tu y connaîtras de grandes joies ou endureras ta peine. Dieu seul décidera.

Cela ne rassura pas Renelde.

Meï conclut par un de ses nombreux dictons dont elle aimait faire usage :

— Se marier est une ducasse[1], mais une ducasse qui peut compter bien des mauvais jours.

Bien qu'elle se targuât d'avoir épouillé une ribambelle d'enfants, Meï ne s'était pourtant jamais mariée. Elle avait, murmurait-on, beaucoup aimé.

« Un jour, peut-être connaîtrai-je ton secret, Marraine ? »

Le père, lui, ne dit rien.

Pas méchant, il ferma cependant les yeux sur ses scrupules. Il était trop heureux de rendre hommage à l'amitié du noble concupiscent, qui lui faisait l'honneur de le considérer du même rang social. N'avait-il pas donné déjà des tonneaux de bière, de l'orfèvrerie, ainsi que des tableaux ?

Aujourd'hui, c'était sa fille.

Ses dons avaient été simplement de plus en plus importants, et marquaient une montée dans l'amitié, dans la reconnaissance.

1. Ducasse : fête du saint patron de l'église paroissiale.

4

La Saint-Firmin, à Moerbeke, en Plat Pays, était jour de fête : jour de dédicace[1] de l'église, jour de ducasse.

La cloche sonnait à la volée l'heure des laudes.

A l'appel de Dieu, les villageois accouraient de tous lieux.

Sur les murs de brique, des étoiles et des losanges symbolisaient la prospérité, la fécondité, ou le feu du foyer.

Ces signes runiques, invitations à la protection divine, sont les vestiges d'un merveilleux langage de nos ancêtres, qu'aucune bouche terrestre n'a jamais pu épeler... réservés sans doute aux âmes de l'au-delà...

Les paroissiens mirent les bras en croix, en pénétrant dans le temple de Dieu.

Agrandi et embelli grâce au seigneur de la région, il déployait ses richesses : ornements d'or et d'argent, vases précieux, un devant d'autel refait à neuf pour l'occasion.

L'ouvrage en dentelle fine avait été exécuté patiemment par les femmes du pays.

---

1. Jour de dédicace : fête annuelle en mémoire de la consécration d'une église ; ducasse en est le dérivé.

A l'orgue, Jérôme, le maître d'école, jouait avec l'application du premier de sa classe.

Corneille Van Noort, fraîchement promu échevin[1], fier de cette distinction obtenue à vingt-cinq ans, prit sa nouvelle place, située près du premier pilier.

Revêtu de son habit solennel, le curé monta en chaire. Les marches de bois craquèrent sous les pas du prêtre, soucieux de se faire entendre. On s'entassa dans les trois nefs de la grande *halle-kerke* flamande.

Du haut et du bas du village, tous avaient pris les chemins d'église. Ceux d'Haesebroek aussi, à une petite demi-heure de là, avaient envahi les champs et les sentiers marécageux. De nombreux étrangers étaient venus de loin en pèlerinage, empruntant les canaux. Aucun fidèle ne manquait au devoir, s'il était sain de corps et sain d'esprit.

Seules quelques familles éclaboussées naguère par la délation étaient dispersées au loin. Non révolu, le temps des sorcières avait laissé son empreinte de méfiance et de peur.

Aujourd'hui pourtant, la paroisse était en liesse.

Aujourd'hui, le marquis Eugène de Montmorency, prince de Robecq, vicomte d'Aire, comte d'Estaires et chevalier de la Toison d'or — pas moins —, se joignait à ses sujets.

Il passait l'été dans son joli château de Moerbeke.

Là-bas, il pouvait suivre les différents offices dans sa chapelle privée, mais, en ce jour anniversaire, il faisait l'honneur d'assister à la messe chantée, et de vénérer les reliques du saint et martyr.

Les jeunes Flamandes avaient tressé elles-mêmes les couronnes de fleurs qu'elles portaient dans les cheveux. Elles profiteraient de la quête pour rendre des sourires et des regards prometteurs aux jeunes gars du bourg — premier ballet amoureux qui leur permettrait d'avoir des cavaliers à la kermesse du soir.

La plus belle s'appelait Iolande.

1. Échevin : magistrat, adjoint au bailli.

Elle avait seize ans.

Toutes les têtes se tournèrent vers l'entrée; tous attendirent en silence et discipline.

Enfin, la porte s'ouvrit et les paysans s'agenouillèrent. Ils saluèrent leur illustre seigneur, sa seconde épouse Marie Élisabeth de Berlaimont, ses enfants et sa suite.

A ce moment précis, Corneille aperçut « la jolie fille aux cerises ». C'est ainsi qu'il la nommait depuis leur rencontre. Il ne cessa, alors, de la regarder, et n'eut d'yeux que pour son teint rosé de la fraîcheur la plus tendre, pour sa chevelure dorée, lui conférant un air angélique.

Devenu en quelques mois le laboureur le plus en vue du pays, et notable en son village, cet acharné au travail, ce dur à la tâche ne s'était hasardé à lui adresser la parole.

Et pourtant !... Il l'avait embauchée pendant l'été pour les travaux des champs. Par le traité des Pyrénées, selon l'annonce du curé, la châtellenie restait espagnole. Les Flamands espéraient enfin la paix.

Corneille Van Noort manquait de sûreté face aux dames, mais il était riche et orgueilleux. Son unique excès concernait la viande salée — sans doute pour compenser les jeûnes de son enfance. Il se sentait enfin prêt à prendre femme, et à lui faire de beaux enfants solides et instruits.

Il éprouva un pincement au cœur, au passage du prince Eugène, dans l'allée centrale : la jeune Iolande souriait avec impertinence au seigneur. Mais la communion le transporta dans un monde de félicité : il fut choisi par la belle, et lui offrit le pain bénit.

Le manège ne passa pas inaperçu aux yeux des malins... Adrienne, une compagne de Iolande, plus âgée qu'elle, entama un long voyage dans les affres de la jalousie.

Une nouvelle volée annonça la fin des louanges.

Les Montmorency regagnèrent leurs terres. Les manants se dirigèrent vers les nombreux estaminets de la place, ouvrant leur porte quand celle de Dieu se refermait.

M. l'abbé connaissait bien son petit monde. Devant le parvis, il retint la Iolande et se permit de la réprimander pour ses hardiesses. Une paysanne entraîna énergiquement son Thomas par le collet de la chemise. Elle ne tenait nullement à rester à proximité d'une aguicheuse. Des vieilles, au visage cramoisi par l'air vif de la campagne et le plaisir de médire, parlèrent de l'enjôleuse, et suscitèrent l'intérêt d'Adrienne :

— Qu'est-ce qu'elle ose pas, celle-là ! Elle vient du bas, elle devrait rester à sa place et pas courir après les gens du haut !

— Tu te rends compte ! Elle essaye même le prince !

— Et le nouvel échevin, maître Van Noort. Elle a pas froid aux yeux, la garce !

— Moi, j' dis qu'elle finira aussi mal que certaines... Si tu vois ce que je veux dire !

— Bah !... Quand elle aura eu dix gosses, elle n'aura plus de dents pour sourire aux hommes, et elle sera aussi bonne à embrasser que moi !

Et les commères édentées de rire...

Tis'je les entendit.

Il exhala un profond soupir, tenta d'évacuer un malaise incompréhensible.

Présent lui aussi à la célébration, le colporteur ne dédaignait pas les dévotions, par foi bien sûr, mais aussi par intérêt pour les images et statuettes religieuses qu'il vendait aisément ces jours-là.

Une procession de fidèles en prière se dirigea vers la Fontaine miraculeuse, afin d'y puiser de l'eau sacrée.

« L'"écuelle de saint-Firmin" préserve de nombreux maux », disait-on. Les crampes et les rhumatismes étaient fréquents en ces terres humides propices au lin et à l'herbe des pâturages.

Sur le parcours, les pèlerins aux pieds nus récitèrent des litanies.

Tis'je prit un autre chemin. Son pèlerinage, il le continuait dans sa marche de solitaire. Croquant une pomme ramassée dans un pré, il dirigea ses pas vers Haesebroek. Il s'y approvisionnait de petit linge de table, avant de s'embarquer pour Lille, dont il connaissait le langage et les manières. Il quittait pour l'hiver les chemins détrempés et impraticables, et revenait dans son pays, au début du printemps, pour le carnaval.

Bientôt, la boue argileuse, la *clyte*, celle-là même qui faisait la richesse des pâturages, collerait aux pieds. Bientôt, nombre de ces prairies seraient inondées par les pluies.

La saison froide allait transformer la plaine en un vaste bourbier où l'on ne circulerait pas sans danger. Bêtes et gens auraient toutes les peines du monde à se tracer une voie. Le pays, isolé du reste du monde, emprisonné dans les glaces, ne servirait plus alors que de glissoire aux enfants ravis.

Plus tard, les tambours du défilé de la chambre de rhétorique annoncèrent le début des festivités : huit beaux jours clôturés par des cortèges musicaux.

Les paysans s'égrenèrent sur les chemins à leur rencontre — Iolande à l'avant, tenant la main d'Adrienne.

Corneille Van Noort comprit. Il était tombé éperdument amoureux de la plus jolie fille de Moerbeke, qui faisait tourner les têtes des jeunes gars du village... Et même des hommes en ménage. Une panique le saisit à la gorge. Il se sentit soudain gauche, vieux, laid et emprunté, trop lourdaud pour cette beauté blonde dont les cheveux d'or brillaient avec les cierges de la maison de Dieu, dont la silhouette fine et la peau bise par le vent attiraient la convoitise, le désir de tous les mâles du pays.

Les ouvrages mis au rebus, on entra dans la danse.

En Flandre, on s'amuse comme on travaille. On y met tout autant de cœur et d'entrain. Il n'est pas de fête où l'on ne fasse résonner son gosier. Au son des violons, cornemuses et flûtes, les paysans se grisent et les Flamandes ont le sang chaud...

Après une heure de discussion dans la ferme de l'Orme, Jehan Van Abeele eut raison des hésitations et des peurs de son ami Corneille. Enfin convaincu de tenter sa chance, il se laissa mener à la kermesse.

On y avait fait venir tous les musiciens des alentours. Les saucisses, les tartines de gâteaux et la bière voltigeaient au-dessus des tables dressées dans les granges. Corneille repéra immédiatement Iolande. Elle sautait au son du tambourin, les cheveux libres, insouciante.

« Sans le savoir, pensa-t-il, elle s'expose à la brutalité. Les gars la dévisagent de façon trouble. »

A la Sainte-Catherine, il était d'usage que les filles invitent les garçons à danser, et leur donnent à boire. Mais c'était la Saint-Firmin, et Iolande transgressait les coutumes avec effronterie. Sans souci du qu'en-dira-t-on, elle se dirigea vers le nouvel échevin et l'entraîna dans la sarabande. Gagné par la griserie générale, Corneille oublia son rang et sa lourdeur.

Elle était si belle, et lui si fier.

Iolande riait beaucoup, beaucoup trop... Tout le monde riait.

Parée de façon outrageuse pour le bal, Adrienne dansait aussi. Elle épiait le maître qui se lançait en aveugle vers son destin.

Corneille remarqua tout de même le Thomas, le visage rougi par la boisson ou le désir. Il plaisantait avec son Antoinette, mais lorgnait sans cesse la jolie Iolande.

A ce moment-là, il décida de la préserver des médisances. Il connaissait la gaillardise et le désordre dont étaient capables les hommes en temps de kermesse. Les femmes étaient les premières victimes de leur instinct débridé.

Devant la mission de protection qu'il s'assignait, ses réticences tombèrent. Il perdit sa timidité et trouva la force de séduire la jeune beauté qui le fascinait.

Il l'emmena à l'écart de la fête, là où la musique atténuée prenait un ton nostalgique, propice à l'amour.

Il faisait encore bon au-dehors.

Il marchait à ses côtés, humant un petit air salé et enivrant.

Près d'une chapelle de route, érigée à l'entrée du village, il lui mit son manteau sur les épaules et laissa son bras autour d'elle, en lui montrant le ciel étoilé. Le jour est fait de travail et de volonté, mais les sortilèges reprennent possession du monde, la nuit venue. Il était ensorcelé, lui semblait-il. Il lui parla des astres, de Jupiter, de Vénus et des mystères de la Lune dévoilés par Galilée.

Elle n'y comprenait rien, mais elle riait.

Elle s'arracha une mèche de cheveux et la lui offrit. Sa bouche charnue était faite pour recevoir des baisers.

Elle lui en donna un. Ils étaient fiancés.

Au loin, Tis'je repartait, la tête pleine de l'odeur de sa terre, pénétré des souffrances des paysans et enivré de leurs rires. Il rencontra pèlerins, baladins, apprentis compagnons ou fuyards. Avec eux, il avait appris à se débrouiller dans les différents patois de la région. Maintenant, il baragouinait plusieurs langues. Tis'je était un savant, et un grand voyageur. Il n'avait pas peur de l'aventure.

Sur le chemin, il inventa une chanson pour les gens de la ville. Elle parlait de Iolande, élue « Marie au blé » en cette année 1659. Elle parlait du sourire de la fille aux cheveux d'or.

« Iolande, tu ne seras jamais au misérable petit colporteur. Il aurait bien aimé. La Iolande, un autre la prendra. Les prétendants ne lui manquent pas... »

Ce même soir de la Saint-Firmin, à Lille, une demoiselle n'ayant pas atteint ses dix-huit printemps devint femme et porta sa croix.

C'était Renelde.

La cérémonie nuptiale achevée, sa marraine et sa mère l'embrassèrent plus tendrement encore que de coutume. Renelde venait de quitter à tout jamais sa maison de St-Étienne pour une demeure froide et austère du quartier moins populaire de Saint-Pierre, situé au-delà de l'hospice Comtesse.

La quarantaine bien sonnée, son mari n'avait plus de parent et vivait seul. Non loin de là se profilait la paroisse de la Madeleine, siège de nombreux couvents.

Sans y être expressément revenue, elle se trouvait donc à nouveau près des Ursulines, l'autre cloître...

Telle devait être, sans doute, sa destinée.

Les hommes plaisantaient au fumoir. Pierre Van Eyck et Nicolas, marié depuis le printemps, y entouraient Charles de Guésère et quelques autres invités. L'heureux époux reçut les accolades et boutades concernant les heures à venir. Les rires passèrent les murs.

Renelde les entendit.

Elle ressentit un indicible effroi.

La fête arrivant à son terme, une pensée l'obsédait : cette inquiétante nuit de noces, cette promiscuité avec l'homme qu'on lui imposait pour toujours, qu'elle ne pourrait jamais chasser de son intimité...

Dans sa nouvelle chambre, Meï lui fit sur la tête toutes sortes de signes porteurs de chance. Elle lui recommanda secrètement de « mettre de l'eau dans son vin »... car « un bègue peut arriver à chanter juste, un boiteux à bien danser »... Les paroles bienveillantes de la chère marraine ne la tranquillisaient pas. Pas plus que les nombreux cadeaux dont sa mère, les larmes aux yeux, la dotait, afin de compenser sa peine. Leur tristesse était visible et transperçait le cœur de la toute jeune femme. Les bras chargés de linge de dentelle fine, présent de la famille, Renelde les regarda s'éloigner.

Elle afficha un large sourire qui se voulait rassurant. Oui, elle avait le sens du devoir — il fallait bien. Mais ses beaux yeux bleu-gris étaient noyés d'inquiétude.

Elle vit partir son frère avec envie.

« Tu as de la chance... »

Quand le lourd battant de la porte d'entrée se referma sur eux, faisant vaciller les flammes des chandeliers, elle fut prise d'un frisson de terreur à l'idée de vivre désormais dans cette immense et sombre maison, et dans la familiarité d'un inconnu.

Après l'avoir déshabillée, une servante l'aida à enfiler sa chemise nuptiale, la coiffa, la fit très belle pour accueillir son époux. Vêtue de blanc, le teint transparent d'angoisse, la jeune vierge regarda le lit ouvert, entendit un pas lourd. L'ombre du mari grandissait par l'enfilade des chambres coupées de couloirs. Déformée à la lueur du chandelier, elle lui parut effrayante et gigantesque, telle une bête malveillante...

Cet homme, qui était-il?

Qu'allait-il exiger d'une épouse ignorante et maladroite?

Peut-être tremblait-il lui-même, d'ivresse ou de crainte?

Peut-être avait-il bu pour pallier sa peur d'être impuissant à la rendre heureuse?

Elle n'eut pas le temps de répondre à ces questions.

L'ombre l'avait déjà jetée sur la couche, sans un seul de ces tendres préliminaires que son corps innocent était en droit d'attendre.

Renelde ne connut pas les « grandes joies ».

Ce fut l'enfer.

Promis l'un à l'autre, ils n'avaient guère eu le temps de se parler. Mariés, ils allaient vivre dans ces silences, ces non-dits prononcés dans les cœurs.

Cris de colère retenus...

Le lendemain des noces, Renelde reçut sa famille et ses voisins comme il était d'usage, en grande tenue sur son lit richement garni de coussins.

Une expression farouche contrastait avec les boucles blondes lui auréolant le visage d'un halo de lumière douce. La jeune épousée ne souriait plus... Princesse recluse dans une tour de verre, aveugle et solitaire... En vraie Flamande, les dents serrées, pâle, elle gardait son chagrin à l'intérieur.

Meï n'en fut pas dupe.

On était venu la complimenter, la voix doucereuse et le regard entendu. Les voisins émoustillés guettaient sur le visage, la tenue des jeunes mariés, et dans les plis des draps surtout, quelques marques, témoins d'une nuit d'amour dont ils puiseraient des rêves et nourriraient leurs propres sens.

Autour du corps régnait un silence hypocrite.

Renelde contempla un instant le ciel de lit supporté par quatre colonnes, le voilage, et les lambrequins en damas assortis au couvre-lit...

Ces rideaux, la veille, s'étaient refermés sur elle comme les barreaux d'une prison. Ce matin-là, ils révélaient au monde les humiliations qu'elle avait subies, le cœur au bord des lèvres.

Renelde, dont le joli minois s'illuminait dès qu'elle souriait, avait le visage totalement fermé.

Tel un petit animal apeuré, elle était rentrée en elle-même...

Sa mère se taisait comme à son ordinaire; mais, ébranlée, elle ressentait le désarroi de sa fille.

Renelde se devait pourtant d'être une bonne épouse.

Elle le serait.

5

— Je n'ai pas la santé pour affronter Lille et ses dangers.

Fragile, Marie-Adine Van Eyck se déplaçait peu. Elle évitait surtout de se rendre chez Renelde. Son aversion envers Charles l'inhibait. Elle craignait le manque étrange de raffinement de cet aristocrate à la face chiffonnée par l'alcool, au teint d'une pâleur malsaine. Depuis le mariage, elle fuyait son gendre et ses surprenantes sautes d'humeur. Il était tour à tour enjoué, taciturne ou provocateur. Elle n'était pas de ces belles-mères implacables et imbues de pouvoir. Bien au contraire. Mais, ne sachant jamais quels seraient son accueil et son visage, prudente, elle gardait ses distances. « Dieu merci ! pensait-elle, mon Pierre a nombre de défauts et d'exigences, mais lui, il est honnête, et d'un caractère liant. »

Renelde ne lui en tenait pas rigueur. Le même malaise la poursuivait. Elle comprenait les sentiments que son mari inspirait, et partageait les alarmes de sa mère. Cela lui fournissait une excuse pour hanter les lieux de son enfance.

Elle prenait fréquemment le chemin de Saint-Étienne, et sa famille ne lui manquait pas.

Vaillante, Meï surmontait ses appréhensions et ses rhumatismes. Tous les deux ou trois jours, elle traversait Lille en direction de la collégiale Saint-Pierre, et passait de nombreuses heures en compagnie de sa filleule, à manier les fuseaux dans le secret de la courette arrière. Ce petit jardin clos, havre de paix en pleine cité, donnait sur le canal de la Deûle, et enlevait de l'austérité à la demeure des Guésère.

Renelde allait faire de ce lieu privilégié l'unique refuge de son intimité. On y découvrit bientôt un arbre fruitier en espalier, un petit banc, un treillis avec des rosiers, enfin des giroflées et des tulipes, ces nouvelles fleurs enturbannées de tons vifs, ses préférées. Elle aimait y respirer une odeur autre que les relents de la rue — senteur des fleurs, parfum suave de sainteté et de repos.

Désormais, la vie de Renelde semblait toute tracée. Elle allait se passer entre les soins de la maison et ceux du mari dont elle était, somme toute, la première servante.

Hormis les distractions occasionnées par les visites de famille, les animations de confréries, les processions revenant selon un calendrier bien respecté, chaque jour de la semaine avait sa spécialité et ses rituels en nettoyage et confections culinaires. Le royaume de Renelde se confinait entre ces quatre murs épais. Encline à bien vivre, déterminée à lutter contre les idées noires, elle se mit en tête de changer le décor rigide qui l'abritait. Sans que Charles s'en aperçoive, elle y glissa peu à peu de la fantaisie. Elle égaya la lourde table en bois massif de dentelle et de fleurs, et réchauffa les dallages de tapis à la mode.

En dépit de son rang, et contrairement à Charles, elle travaillait sans relâche. Elle possédait une seule femme de charge : Amélie. Elle astiquait avec soin, montrait le bon exemple à sa très jeune servante, et ramenait elle-même l'eau du puits.

Il fallait que son intérieur convienne aux voisins ou autres étrangers risquant de rentrer chez elle à tout moment.

Comme toute maîtresse de maison, elle se devait d'aller chaque semaine au marché, son manteau à capuchon sur les épaules, accompagnée d'Amélie.

Un samedi matin, en s'offrant un pot de la savoureuse crème de Moerbeke, venue par les canaux, elle pensa que l'hiver approchait. En guettant parmi les nombreux chapeaux de l'assemblée, elle pourrait peut-être apercevoir celui de son ami Tis'je. Il quittait son Plat Pays et venait à Lille pour la saison froide.

C'était une grande joie de le revoir chaque année.

— C'est la Saint-Rémi. Chez nous, c'est la glandée, pour les cochons.

— Qu'est-ce qu'on y fait ?

— Réunis par la baguette des porchers, les pourceaux remuent le sol de leurs groins pour trouver les glands et libérer la terre des larves et parasites.

Une fois de plus, il lui raconta son pays, et ses habitudes. Renelde ne se lassait pas de l'écouter. Elle s'imagina les enfants qui riaient aux éclats, la frimousse barbouillée, sautant à pieds joints dans la boue, tandis que les paysannes mettaient un point d'honneur à nettoyer et à vaincre cette *clyte* menaçant leur humble logis. Elle aimait ces histoires. Lui retrouvait, dans les yeux bleu perle de Renelde, le même aspect mélancolique du ciel de Flandre, le même charme.

Il lui parla de Iolande, la jolie « Marie au blé », qu'il aimait sans doute en secret. Bien que le lien qui l'unissait au colporteur ne fût fait que d'amitié, Renelde se surprit à ressentir une pointe d'envie envers la « belle aux cheveux d'or », cette princesse pour contes de fées chantée par les villes et par les campagnes.

Tis'je perçut son désarroi.

— Vous me semblez bien triste, mademoiselle Renelde, et pâle...

Il s'interrompit, brûlant de l'interroger. Mais il avait conscience des limites imposées par son rang, qui était des plus bas. Un grand respect unissait le pauvre colporteur à la jeune bourgeoise. Il ajouta simplement :

— Prenez cet almanach. Il est peuplé de proverbes, de règles de vie et de sagesse, de recettes culinaires. Il va vous distraire !

Le soir, au coucher, la bienséance voulait que l'on soit vêtu correctement. On n'avait pas à voir son propre corps, moins encore à s'y attarder avec complaisance. Le prêtre à la confession le répétait sans cesse. Trop pour ne pas éprouver l'envie, parfois, de se regarder dans le miroir.

La nuit venue, encore tout empreinte du modèle chaste de la Sainte Vierge, femme et ange, la pudique Renelde fermait les yeux et retenait son souffle, quand Charles, en appétit, se mettait à la dénuder...

Comble de la honte... La jeune épouse se sentait avilie de ne plus avoir de vêtement pour couvrir le péché de chair. Et quand il se couchait sur elle, l'haleine fétide, le visage contracté et laid, la respiration écourtée, ne se possédant plus, quand ses cuisses maigres et glacées se mêlaient aux siennes, qu'une langue reptilienne parcourait sa peau, quand il se vautrait lourdement sur son corps frêle et que son sexe pénétrait brutalement le sien, quand enfin le dégoût la submergeait, elle essayait de fuir dans le pays de son enfance. Et parfois, elle ne ressentait pas de douleur dans le bas-ventre.

Au couvent, elle avait appris à avoir un maître.

Alors, Renelde, qui avait tant rêvé d'amour, connaissait des viols silencieux. Elle subissait toutes les fantaisies de son mari, dans une intimité qui la répugnait.

Elle ne comprenait pas comment les femmes vivaient

ces tortures morales et souillantes sans honte. Très attiré par sa jeune épouse, Charles ne se privait de rien. Assouvi, il était d'un tempérament froid. Il la négligeait à l'instant même où elle aurait eu besoin de tendresse. Immobile, l'œil errant dans le noir, elle l'entendait ronfler, et se figurait être une créature impersonnelle, et méprisable. Elle en souffrait aussi.

Les paroles de sa marraine à propos des « grandes joies » demeuraient un mystère. Meurtrie par ces cauchemars, une plaie s'ouvrait un peu plus chaque nuit. Mais elle ne pouvait remettre en question ce qui était et devait être — du moins pas encore.

Lors des moments de sang impur, Renelde respirait avec plus de légèreté, car son mari, frappé de répulsion envers ces « excréments », la laissait en repos.

Un jour, dans le voisinage, on parla d'une certaine femme de la paroisse qui voulait annuler son mariage, pour cause d'impuissance de l'époux. Un procès humiliant s'ensuivit. La preuve de « l'infirmité » fut établie devant des témoins, enchantés du spectacle. Renelde en fut, elle, très troublée. Elle imaginait son mari dans l'impossibilité de remplir son devoir.

« Mon Dieu!... Je n'en ferais pas une maladie, moi! Je serais bien heureuse d'un pareil cas! Non, vraiment, Marraine, “le bas ne moule pas toujours parfaitement à la jambe”! »

Charles de Guésère n'était d'ailleurs ni très différent, ni plus mauvais, ni plus malpropre que tout autre en ce milieu de siècle. Il vivait avec l'assurance de la supériorité de son sexe. Il portait, profondément ancrées, les traditions. Il était homme, et Renelde, comme toute femme, malgré la poésie de sa mère et la force de sa marraine, camouflait en son sein le péché d'Ève.

Bien sûr, il avait ce tempérament changeant et imprévisible que redoutait tant la douceur de Marie-Adine, mais ce n'était pas assez pour le haïr. Renelde aurait presque souhaité qu'il la batte. Ainsi, le méprisant avec raison, elle n'aurait plus culpabilisé de feindre et de ne pas bien l'aimer.

Vertueuse, attachée à ses devoirs, calme, arrangeante, elle semblait parfaite, mais son âme était nourrie de déceptions et de manques. Heurtée par l'impression de vivre dans la simulation, elle craignait de se trahir par des paroles ou des gestes trop vifs. Elle souffrait en silence, tout en se reprochant ces ressentiments peu chrétiens.

« *Mea Culpa.* »

Chez les ursulines, on apprenait à se laver. On se faisait une grande fierté de ne pas être crasseuse comme les carmélites...

Et Renelde d'astiquer davantage son foyer, pour compenser son ennui et le manque de propreté de l'homme qu'on lui avait destiné. Tous les gestes de la vie quotidienne de ce dernier étaient épiés et critiqués par Renelde.

Qui était-il vraiment? Un doute ne la quittait pas.

Noble?

Peut-être, mais pas dans ses manières.

Aux premiers jours, le dîner parut trop frugal à Charles. Il eut la bière méchante et son premier accès de mauvaise humeur.

Il tapa le poing sur la table :

— Il y a une chose qui ne va pas à Paris, c'est qu'on y fait la dînette. Mais ici, on est à Lille, madame, et on mange! hurla-t-il en lui soufflant au visage l'odeur empestée de ses dents cariées.

Renelde ne répondit rien. Elle ramassa les morceaux tombés, qu'il avait broyés rageusement de son pied. Elle le regarda à la dérobée.

« Pourquoi ne se sert-il pas de sa fourchette?... Les bourgeois le font bien! »

Elle se mit alors à espérer honteusement que, portant son rôti à la bouche avec la pointe de son couteau, il se coupât la langue.

Dès ce jour, Renelde choisit elle-même la viande chez son boucher, l'accommodant d'herbes et d'aromates. Mais son mari remettait sans cesse des épices comme le pratiquait le petit peuple. Mangeant avec excès et avidité, plus gourmand que raffiné, il lui fallait un grand faste de nourriture.

« Tu es répugnant », se disait-elle en le voyant tremper son pain dans la saucière commune. Après avoir avalé goulûment son repas, il émettait encore quelques rots afin de se dégager l'estomac, et quittait la table et sa femme sans plus de délicatesse.

Renelde savait que le bon goût des aristocrates constituait l'un de leurs privilèges. Ce n'était pas le cas de Charles.

A l'église, comme nombre de ses semblables, il crachait. Dans la famille des Van Eyck, on ne le faisait que dans son mouchoir. Comment le père avait-il pu se mettre en amitié avec pareil individu ?

Une conviction vit le jour en l'esprit de Renelde : Charles abusait Pierre.

Aisée dès son enfance, et femme de surcroît, elle avait toujours tenu les chiffres pour le moindre de ses soucis. Mais elle eut très vite la bonne idée de s'en mêler et de s'occuper de la gestion du ménage. Bien entendu, son époux ne travaillait pas, en dehors d'une vague collaboration avec le père. Elle découvrit que, fier d'être accepté dans la caste aristocratique, Pierre aidait son ami de façon inconsidérée. Ce n'était pas exactement un « grand mariage », et la fortune du noble s'était déjà quelque peu évaporée. Renelde devait compter sans arrêt.

Avait-il jamais été riche ?

Il restait pourtant cette immense maison, témoin d'un luxe éphémère. Les présents qu'il réussissait à se faire offrir laissaient douter de sa bonne foi et de sa sincère amitié. Mais par un juste retour des choses, Renelde récupérait certains biens de la famille, et s'en trouvait dotée. Pierre Van Eyck ne jetait donc pas complètement son argent par les fenêtres !

La jeune Flamande continuait d'épier ses attitudes, les bruits, les odeurs ! Elle en avait la nausée.

Le printemps de l'an 1660 lui amena ses dix-huit ans, puis il toucha à sa fin. Les jolies tulipes jaunes du jardinet se fanèrent. Juillet s'annonça.

Les maux de cœur se multiplièrent. Ses seins lui firent mal. Elle était « prise ».

Exilée d'une famille unie, elle vivait dans un tête-à-tête faux et circonspect, avec un homme qu'elle refusait de toute son âme, sinon de tout son corps. Il avait beau l'appeler du tendre nom de « ma mie », elle ne voyait nulle trace d'amitié véritable. Telles étaient sans doute les mœurs de la noblesse.

Malgré tout, il fallait sauver les apparences. Renelde s'y employait assidûment. Les rumeurs courent vite entre ruelles et canaux. Le voisinage n'était pas dupe. Mais le mariage s'avérait fécond. L'honneur était sauf.

Elle se sentait tenue à l'écart du monde et des fêtes.

Son mari prétextait sa tiédeur au lit, s'éclipsait beaucoup et seul. Il dépensait en diable. Elle ne pouvait décemment sortir de son côté. Bientôt, elle préféra ses absences.

Alors, elle s'asseyait sur le banc du jardin clos, observait l'activité des petits bateliers sur la Deûle, et retrouvait toute sa quiétude.

Par une radieuse matinée, Renelde accourut chez son père. Celui-ci était absent. Il était loin, très loin, avec Charles de Guésère. Les deux compères faisaient route vers le Houtland, vers le houblon dont les tiges, fin juillet, montent haut dans le ciel de Flandre.

Pouvait-il en être autrement ?

Entourée de ses enfants, la maman cessait de vivre.

Dehors, sous les fenêtres de la maison de Saint-Étienne, l'oncle Louis jouait un air de viole, pour elle, rien que pour elle. Cette romance, Renelde ne l'écouterait plus jamais sans pleurer.

Elle était bien grosse. L'enfant était annoncé pour la fin du prochain hiver.

Marie-Adine s'éteignait quelques mois avant la délivrance de sa fille. Une mort, une naissance, va-et-vient, renouvellement tracé dans les cieux — fatalité. Il fallait s'y résoudre.

La mère appela son fils à son chevet :

— Prends soin de ta femme et de tes enfants, mon Nicolas, et poursuis l'œuvre de ton père. Qu'il soit toujours fier de toi, comme je le serai moi-même, de là-haut.

Dans un murmure, Renelde ajouta :

— Merci, Nicolas, d'être venu.

Son frère se faisait de plus en plus rare en son entourage... Sans doute l'influence de Ludivine, qui osait le dominer.

Ils avaient un garçon, prénommé Pierre comme le grand-père. Nicolas s'en vantait. Sa femme s'en glorifiait. Un second enfant était déjà attendu. Renelde en serait la marraine. La nature travaillait bien chez l'aîné des Van Eyck. Les deux belles-sœurs ne s'aimaient guère. Mais la peine était profonde, et commune à tous. Les sentiments mesquins étaient au rebut.

Marie-Adine fit signe à sa fille de s'asseoir près d'elle.

En un dernier effort avant de rejoindre les justes, elle lui souffla à l'oreille :

— Tu vas enfanter en même temps que la reine d'Espagne. C'est un bon signe, ma chérie.

— Oui, maman, balbutia Renelde sans trop y croire. Sois tranquille. Tout ira bien.

Elle détourna en hâte son visage, et étouffa un sanglot.

Elle se blottit contre sa mère afin de lui crier son amour, et d'apaiser sa douleur. Seuls les doigts crispés de Marie-Adine, accrochés au bras de sa fille, dévoilaient sa peur de mourir si jeune.

Le meilleur ami de Nicolas, Philippe Van Elst, promu jésuite, donna l'extrême-onction.

La présence amicale du jeune prêtre, à la veillée funèbre, toucha Renelde. Grâce au sacrement, la mère vivrait en paradis, et ce fut un grand réconfort pour ces êtres profondément croyants.

Pour Renelde surtout.

Elle ne perdait pas son unique soutien, car Meï était gaillarde. Elle perdait sa tendre et craintive maman, qui lui avait révélé les autres aspects de la vie — la poésie, l'art — et permis d'imaginer, de rêver une existence plus belle que la dure réalité ambiante... Sa mère, tout simplement. Irremplaçable.

Dès ce moment, Renelde n'oublierait jamais, au moins une fois le jour, de prier pour elle.

Elle garderait toujours le souvenir ému de la foire de septembre, devant tableaux et dentelles, serrant très fort la main de sa délicate et jolie maman, au corsage blanc lacé, au bas de robe troussé avec coquetterie sur la jupe de lin.

Bouleversée, Renelde remercia le père Philippe.

Affecté par le désarroi flagrant de la jeune femme, il lui proposa de devenir son conseiller spirituel. Elle accepta volontiers l'offre charitable. Il avait perçu sa profonde solitude. Il aurait aimé rester à ses côtés. Le jésuite était troublé par la grâce de la Flamande. Troublé et attendri.

Il croyait éprouver naïvement de la compassion envers son prochain malheureux, un penchant pieux, digne du serviteur du clergé qu'il était devenu depuis peu. Mais, dès ce jour de deuil, les yeux bleu-gris de Renelde allaient hanter ses pensées et ses rêves. Jamais plus le prêtre n'aurait de repos.

Un bruit d'enclume. Au centre du village, Jehan, le forgeron-barbier, le visage buriné par la chaleur, revêtu d'un épais tablier de cuir, ajustait un fer en le martelant, après l'avoir rougi au feu. Il travaillait sous le regard d'un marmot ébahi et subjugué.

Sur la place, Tis'je, entouré de femmes et d'enfants, proposait des porte-bonheur, très prisés dans les campagnes.

Une gerbe de foin à l'enseigne d'un estaminet : ici, au *Coq de Paille*, à Moerbeke, des hommes crottés par la boue entraient pour combattre la pluie par la bière et le brandevin. Les intempéries étaient moins fréquentes, en été, mais il fallait alors se rafraîchir après les travaux des champs.

Les paysans côtoyaient artisans, bouchers et notables. Si l'on chuchotait dans les chaumières, ici, on parlait haut. Ici, les gars étaient joviaux, grandes gueules, et violents. On jouait aux dés, on tirait des jattes de bière. Celle-ci était bonne, « bien plus bonne, disaient-ils, que l'eau, dont il vaut mieux se méfier ».

Le patron notait sur le pilier, à la craie, le nombre de pots consommés. Certains avaient entamé une chanson à boire.

Pierre Van Eyck et Charles de Guésère discutaient avec un exploitant du coin, propriétaire d'une *hofstède*, la grande ferme de l'Orme située dans le haut de Moerbeke. Ils parlaient argent. L'assemblée avait les yeux fixés sur ces billets que le cultivateur acceptait sans sourciller. Les paysans regardaient avec méfiance les nouveaux papiers diaboliques. Mais déjà le marché était conclu, et l'on trinquait à l'alliance.

Le riche laboureur laissa les Lillois en joyeuse compagnie, car le travail l'attendait. A peine fut-il sorti, on parla de ce Corneille.

— Il trime, le Van Noort! Nulle part, on ne voit travailler la terre avec autant de zèle, dit l'un.

— Sûr qu'il est devenu quelqu'un, au pays! Avec son sens du commerce, il a déjà doublé la superficie de son domaine, dit un autre.

— Il est pas bête, le Corneille, avec ses relations au canal, il met tout à profit... Le cuir pour les tanneurs, les produits laitiers...

— N'empêche que, grâce à lui, not' bonne crème est renommée jusqu'à Madrid, à ce qu'on dit... Vous vous rendez compte? La Cour en mange!

— Il utilise aussi les céréales pour la boulangerie, les toits de chaume...

— Et les brasseries! intervint Pierre, de la table voisine.

— Oui!... A vot' santé, maître Van Eyck!

Et ils trinquèrent à la bonne bière auxquels les Espagnols et les buveurs de vin de vignoble ne comprenaient rien.

— A Charles Quint! cria un paysan.

— Pourquoi Charles Quint?

— Il ne s'en est pas gaussé, lui! Un vrai rinceur de gobelet!

— Ce qui prouve qu'il était bien flamand avant tout!

Et ils rirent de bon cœur, en levant les jattes.

— En attendant, en voilà un, Corneille Van Noort, qui peut manger du cochon tous les jours!

— Non, il préfère les vendre, et c'est pour ça qu'il est riche.

— Eh bien, je plains sa femme.

— Au contraire, va, elle manquera de rien!

— Vous avez tort de dire du mal d'un de nos échevins!

— Je le trouve bien trop jeune pour ça, moi! Et puis, j'aime pas sa façon d'engager des manouvriers. Au lieu de prendre le nombre qu'il faut par ordre d'arrivée, comme ça se fait, il se permet de choisir.

— C'est vrai, ça, c'est pas habituel. J'en connais qui ne sont pas contents.

— C'est des jaloux ! Il ne peut pas embaucher tout le monde, et il connaît bien les courageux, le Corneille, et ceux qui le sont pas.

— Tu dis ça pour qui ? répliqua violemment l'un des paysans.

— Oh ! calme-toi, Henri ! C'est pas pour toi.

— Il donne sa chance aux nouveaux venus, en tout cas, hommes et femmes confondus.

— Justement, tu vas pas me dire que c'était une courageuse la Iolande, quand il l'a embauchée !

— Franchement, les gars, qui est-ce qui n'aimerait pas coucher ce beau brin de fille dans les prés ?

Les Lillois se joignirent aux villageois.

Le père de Renelde but aux paysannes et aux bonnes affaires. Il but beaucoup. Il ne se douta pas qu'au loin, dans la grande cité de Lille, une femme encore jeune et belle s'était endormie à jamais, et qu'elle portait le doux nom de Marie-Adine Maes, épouse Van Eyck.

6

Le roulement sourd des tambours scandait la marche des faux pleureurs accompagnant le mannequin de paille au sacrifice. On brûla l'effigie de Mardi-Gras sur le char. Une sarabande effrénée éclata. Le tumulte provoqué par les rires, la musique, les cris du carnaval retentit jusque dans la chambre de Renelde, prête à enfanter.

La marraine remplaçait Marie-Adine, et la secondait pour la délivrance. Dans la paroisse de Saint-Étienne, Ludivine, « la belle-sœur aux lèvres pincées », s'était emparée des clés de Meï et de la maison familiale.

Le calme de la demeure contrastait avec l'agitation grandissante de la rue. En d'autres jours, le voisinage n'aurait pas manqué une naissance. Aujourd'hui, il préférait la rue et la fête.

Renelde ne regrettait pas cette absence.

Debout, les dents serrées, le regard farouche, elle s'accrochait fermement à quelque robuste meuble de chêne. Meï lui massa le ventre avec une crème faite d'ergot de seigle. Mais le petit avait peine à se frayer un chemin vers la lumière. En dépit de la bière recommandée pour bien grossir et allaiter, Renelde n'avait pas pris suffisamment de poids.

Le travail s'avérait difficile. Les visages étaient défigurés par l'effort et l'angoisse.

Renelde allait-elle y laisser sa vie ou celle de son enfant ?

— Marraine, il est périlleux d'attendre davantage, souffla-t-elle, entre deux contractions.

— Amélie, ordonna Meï, va quérir un prêtre pour le baptême, et préviens de suite M. de Guésère... Et aussi M. Van Eyck, il est le parrain.

La bonne Meï, elle, allait devenir la marraine. Après celle de la mère, celle du fils.

Amélie éprouvait de l'amertume à être enfermée en pareille journée.

— M. le vicomte et maître Van Eyck sont sortis ensemble, annonça-t-elle d'un ton aigre, en réintégrant la chambre, une infusion à la main.

— Qu'y a-t-il là-dedans ? s'enquit Renelde.

— Allons, prends, exigea Meï. Il n'y a rien que des bonnes choses : cannelle, eau-de-vie et miel. (La marraine se tourna vers la servante, immobile, qui attendait de récupérer la jatte de bois :) Amélie, M. Charles a-t-il dit quand il reviendrait ?

— Oui, madame. Quand tout sera rentré dans l'ordre. (Et elle ajouta avec une pointe d'insolence :) A mon avis, ils ont dû aller boire quelques bières... et profiter pleinement du carnaval.

Au-dehors, le monde avait revêtu les costumes et oripaux de ce qu'il aurait aimé être : fou, prince... de ce qu'il craignait aussi : diable, maladie, mendicité... Il avait endossé son habit de revanche. Il conjurait les mauvais sorts et riait à la mort.

On essaya de prévenir Philippe, l'ami jésuite, mais il était absent, lui aussi.

Le premier homme du clergé que l'on trouva n'avait pas failli à la coutume : visage maculé de suie, travesti, soutane troquée contre les guenilles d'un va-nu-pieds.

Dieu merci, Amélie l'avait reconnu. Dans l'oubli de toute décence, c'est en haillons qu'il s'improvisa parrain. Il eut juste le temps d'administrer le sacrement à l'enfant... A peine un ondoiement. Aucune cloche pour saluer son entrée et prévenir la paroisse.

Le petit être mourut quelques minutes à peine après son éveil au monde.

« Pauvre maman, toi qui percevais cette venue comme un présage du Ciel ! Vois-tu comme ta petite Renelde est perdue ? Maman, tu me manques... »

Ce fut une jeune femme au regard hébété que Philippe, enfin retrouvé, tenta d'apaiser.

Scandalisé par l'accoutrement et la tradition païenne qu'au collège on lui avait appris à mépriser, il faillit perdre son sang-froid. Mais le prêtre costumé avait eu le temps de baptiser, et le jésuite ravala sa colère.

Grâce au sacrement, le salut éternel était assuré à l'enfant. Un crime était épargné, et la sépulture serait chrétienne.

— Il ne va pas errer éternellement dans les limbes. Il monte au paradis. Il est heureux, dit-il à Renelde, essayant d'assoupir sa douleur.

Quand Charles fit son apparition, aviné et chancelant, on recouvrait déjà les nombreuses glaces de la demeure d'une toile noire. Il était dit que l'on risquait soi-même le trépas si l'on regardait son image lors d'un décès. Désespérée, Renelde se jeta sur un miroir, en déchira le drapé, et défia la mort.

Le mari assista à la scène sans un mot.

Soudain, le front couvert de sueur, impitoyable, il accusa :

— Vous avez tué mon fils !

La voix tonitruante et inflexible gifla Renelde. Les joues mouillées de larmes, interdite, elle s'immobilisa.

« Pauvre Charles », se dit-elle, en dépit des reproches

injustes qu'il lui adressait. « Il souffre pour sa réputation, et ses espoirs de descendance. »

Il réclamait un fils, car son nom ne devait pas disparaître. Il n'avait plus tant d'années à espérer...

Pour l'heure, son honneur était bafoué.

Il sortit brutalement de la chambre. Il ne se retourna pas sur la malheureuse épouse, serrant l'enfant dans le petit châle de dentelle confectionné par Meï.

Il ne la vit pas s'effondrer derrière la porte. Il ne l'entendit pas murmurer, la gorge nouée :

« C'était une petite fille, maman, une si jolie petite fille... ! »

Si tu épouses une fille de kermesse,
il lui faut beaucoup de parures.
Une fille qui sait bien danser
est un fléau pour le mari.

Au sortir de l'hiver, à Moerbeke, la cloche de l'église Saint-Firmin célébrait allégrement les noces joyeuses et les jours qui s'allongeaient.

Sur la façade de la maison commune était fixée une banderole, sur laquelle étaient peints deux cœurs enflammés. En lettres rouges étaient inscrits deux mots : « Soyez heureux. »

Ils s'étaient embrassés sous le portique, avant de se rendre à l'église.

C'était un brillant mariage que celui de Iolande, ni riche, ni bourgeoise, mais jeune et belle, avec Corneille le laboureur, moins beau, moins jeune, mais riche et échevin du village.

Bien sûr, une mauvaise langue s'était portée aux abords du cortège pour susurrer, aux oreilles d'une autre personne de basse étoffe, que « tout oiseau devrait chanter selon son bec..., le maître risque de s'en mordre

mordre les doigts !… Quand on possède une *hofstède* et des chevaux, il faut épouser une fille qui a des biens. » Et puis, il était de coutume au pays de patienter jusqu'à ce que la promise eût vingt-quatre ans environ, et qu'elle eût amassé un petit pécule. Iolande n'avait pas ses dix-huit ans.

Mais, dans cette alliance, nul besoin de dot. L'homme était fortuné. Ils étaient pressés. Lui, parce que toutes les fibres de son être criaient sa passion ; elle, on ne savait pourquoi… Ou peut-être ne le devinait-on que trop.

Cependant, on aimait aussi les contes de fées, et tous acclamèrent les mariés avec enthousiasme.

La cérémonie achevée, le violoneux se mit à la tête de la procession. Le village se dirigea vers le cabaret. Le teint rougi par la bière, le vent du nord et l'excitation, les paysans allaient chanter et danser bruyamment. Pour mener sa belle en son domaine des hauts de Moerbeke, l'heureux époux avait sorti ses chevaux les mieux faits, et un grand chariot recouvert d'un immense drap blanc, orné de guirlandes de fleurs.

Le soir, le « Violon d'or », qui animait avec bonheur les estaminets, ferait danser toute la nuit les invités, sous l'auvent de la vaste grange. On allait festoyer très tardivement à la ferme de l'Orme.

Tis'je était revenu de la ville.

Il avait emprunté les canaux et les becques sur des embarcations parfois sommaires. Il s'était dépêché de sauter de pierre en pierre sur les chemins encore boueux, et avait risqué sa vie dans les marécages, soutenu et armé de son unique bâton.

Pour rien au monde, il n'eût voulu manquer les noces de Iolande. Oui, qu'elle était gracieuse en costume de fête du pays, avec son charmant petit bonnet blanc d'où partaient des rubans de couleur se perdant dans ses cheveux d'or…

« Oui, elle fait un bon mariage. Elle n'a pas trouvé n'importe lequel ! »

Il était heureux pour elle, Tis'je.

Sa gorge se serra bien un peu... Sans doute avait-il soif, lui aussi, en ce jour de réjouissances...

Au printemps de l'an 1661, l'existence de Renelde sembla flotter à la dérive...

L'orgueil bafoué, Charles bannit la « criminelle », et tenta de l'ignorer. Celle-ci eut donc un répit de quelques semaines encore, après les relevailles.

Pourtant, à l'issue d'une nuit de débauche, à l'heure des matines, il revint à l'assaut. Enivré, il voulait à nouveau la prendre de force. Mais, pour cela, il eût fallu qu'elle ne fermât point sa porte. A son entrée, un air glacial s'engouffra dans la maison et pénétra le cœur de Renelde, réveillée en sursaut par le grincement du verrou, au rez-de-chaussée.

Avec rage, elle se recroquevilla sur le lit, témoin de ses espoirs et de ses désillusions ; puis se ressaisit. Elle se leva, les sens en alerte, ouvrit la porte, jeta un regard au-dehors.

L'obscurité était dense. Les chandelles éteintes. Mais l'escalier craquait déjà sous le poids du mari. Sans doute il chancela, rata une marche, et se raccrocha de justesse à l'épaisse rampe de bois, car il jura comme un charretier. Elle frissonna, hésita. Elle entendit les pas, appesantis par la boisson, écraser le parquet des trois chambres précédant la sienne.

Aussitôt, elle s'enferma chez elle, déterminée cette fois à ne pas se laisser malmener. Il s'arrêta au seuil de sa chambre. Elle crut défaillir en le sentant là, tout près d'elle.

Figée sur place, elle retint son souffle tant bien que mal.

Sans frapper, il posa la main sur la poignée, la tourna,

mais la porte ne s'ouvrit pas. Titubant, la trogne enluminée, la tête lourde d'alcool, il ne comprit pas de suite. Un instant, il resta planté, perplexe, idiot. Il tourna à nouveau, insista, en vain, proféra des imprécations, blasphéma.

Impatient, brutal, furieux, il secoua la porte, essaya de faire sauter le loquet. Mais la tige de fer était solide. Il cria :

— Réveille-toi, bon sang !... Ouvre immédiatement !

Alors, avec une sauvagerie égale à son ébriété, il donna de violents coups de pied et se mit à hurler à l'encontre de l'insoumise :

— Peste soit des femmes ! Laisse-moi entrer, espèce de chienne !... Hein !... Je sais bien que tu ne dors pas, petite garce !... Je vais t'apprendre, moi, à te moquer de ton mari. Je vais te montrer qui est le maître. Attends un peu !... Tu réponds, oui ?...

Renelde s'en garda bien. Tapie contre le mur, haletante, les yeux fixés sur la clenche, elle priait le Ciel de ne pas l'abandonner.

La lourde porte allait-elle se débloquer ? Non ! Dieu soit loué. La serrure était trop solide et Charles, très aviné, perdait de sa force.

Puis il n'y eut plus rien. Un silence de mort.

Que faisait-il ?

Était-il reparti, vaincu ?

Elle colla son oreille contre le bois. Le contact était froid, désagréable. Pas un bruit. Elle fut tentée de dégager le verrou, ct de vérifier son absence, mais elle se ravisa en l'entendant soudain piétiner de rage. Non, il n'était pas encore prêt à cesser de l'inquiéter. Non, il n'avait pas tourné les talons.

— Par l'enfer ! Tu vas me le payer !

Les coups redoublèrent, accompagnés par une avalanche de jurons obscènes.

Épouvantée, Renelde tint bon.

A l'insanité de ses propos, elle mesurait la somme de bière et de vin dont il était imbibé.

Un bruit confus s'élevait. Elle l'identifia avec peine.

« Suis-je en plein cauchemar, ou a-t-il ameuté les environs ?... Mais oui, c'est bien cela ! »

Effectivement, les hurlements de la brute insatisfaite attiraient les voisins assoiffés de curiosité, avides de sensations et accourant aux moindres querelles. Plus exactement, la charitable Amélie avait pris soin de leur ouvrir la maison.

Fort de son pouvoir et du soutien du voisinage, Charles répéta ses mots irrévérencieux, offensant la pudeur de Renelde, tandis que les commérages, en tenue de nuit, allaient bon train.

— Il a ses défauts, le maître de céans, mais tout de même, lui interdire l'accès de sa chambre !... Qui aurait cru ça de la fille Van Eyck !

— En plus, il est vicomte !

— En tout cas, il a pas le pied sur sa femme, c'est elle qui porte le haut-de-chausses !

Certains osèrent même s'immiscer dans l'affaire :

— Allez, monsieur le vicomte, on est avec vous !

D'autres, plus prudents, chuchotaient :

— Ce n'est pas comme cela qu'ils vont faire des héritiers !

— La belle y perdra vite son éclat à se refuser aux choses de la vie !

De l'autre côté du mur, blême, Renelde évaluait le manque de charité de son prochain. Malgré la désapprobation du voisinage, la fureur du mari, le péché qu'elle commettait en se refusant au devoir conjugal et les risques qu'elle encourait, malgré le manque de progéniture, elle ne céda pas.

La grosse porte de chêne non plus.

Dans sa griserie, Charles n'hésitait pas à dénigrer son épouse.

Bientôt, sa trivialité se retourna contre lui.

— Ben moi, j' te dis qu'il a beau être noble, il se conduit en pourceau. C'est pas en la forçant qu'une Flamande se met à filer doux !

— Ah oui?... Attends de rentrer, toi, tu vas voir!...

Lorsque les discours crus de Charles s'achevèrent en une confusion déconcertante, en un propos inintelligible, et que, plus abattu qu'empreint de désir, il s'écroula, ivre mort, sur le seuil, on le méprisa et on se retira — satisfait du spectacle, ou écœuré, selon le cas.

Aucun des deux partis ne recueillit leur totale faveur, mais l'ivresse n'est pas belle. Le vicomte devint la risée de la paroisse. Ses vêtements rutilants étaient fripés, le pourpoint ouvert. Débraillé, il puait le vin, les vomissures et la sueur.

Aidée par un jeune gars, Amélie le traîna dans sa chambre, le porta sur son lit, lui ôta les bottes. Il eut un soubresaut, saisit la servante par le haut de la chemise, prêt à l'étendre à ses côtés, et à la séduire, faute d'avoir vaincu sa femme.

Mais il donnait la nausée, et Amélie n'était pas seule, cette nuit-là. L'amant repoussa le sieur de Guésère, qui ne l'aperçut même pas.

Renelde se dirigea vers son miroir.

Elle regarda ses traits tirés par l'appréhension et le malaise. Elle tressaillit :

« Mon Dieu! Je vous en supplie! Faites que ma haine disparaisse! J'ai l'impression que mon visage en porte déjà les flétrissures. »

En dépit de son inquiétude, et de l'heure avancée, l'épuisement la fit sombrer dans un sommeil profond, dur, peuplé de cauchemars aux visages cadavériques, aux yeux dénués de vie, aux lèvres cruelles.

Elle se réveilla, tout aussi exténuée.

Elle fut tranquille quelque temps.

Deux clans se formèrent au sein de leurs connaissances, provoquant âpres discussions, et parfois bastonnades!

Aux premiers jours qui suivirent le décès de sa fille,

Renelde se surprit souvent à imaginer sa propre mort. Comme dans la légende de l'Amour maternel, le *moederliefde*, chaque nuit elle sortait de l'ombre, pour allaiter l'orpheline.

Plus tard, lorsqu'elle fut remise, le rêve disparut.

La petite Marie-Angeline ne revint pas à la vie.

Son directeur de conscience confessait Renelde avec régularité.

Au bout de deux mois, il constata une franche amélioration, et en ressentit inconsciemment un vif soulagement.

— Ah ! Je vous découvre enfin meilleure mine !

— Il nous faut bien assumer les coups du destin, mon père. Ma mère a payé chèrement ses mises au monde. Moi, je conserve la vie, la santé. Mieux, je ne serai pas édentée comme nombre de femmes, jeunes, épuisées déjà par les grossesses et les allaitements.

Le visage du prêtre se renfrogna. Il haussa les sourcils.

— Je révise mon jugement. Je décèle beaucoup d'amertume en vous, ma fille.

Renelde répondit froidement :

— La beauté, sans amour, à quoi sert-elle ?

— L'amour est partout ! (Avec une tendresse presque gênante, il murmura :) Et vous le savez, Renelde, plus que quiconque, peut-être.

— Mais je n'ai pas eu d'enfant, mon père, répondit-elle, à son tour avec douceur. Je n'en aurai jamais, je le crains. Dieu s'y refuse. Il me punit.

— Punit ? Et pourquoi donc ?

— Il condamne le sentiment que j'éprouve envers mon époux.

— C'est-à-dire ?

Elle s'enflamma :

— Vous voulez des précisions ? Le dégoût, la répulsion ! Oh !... C'est ma faute, oui, c'est ma faute !

— Calmez-vous. Dieu vous pardonne... Mais n'oubliez pas que le vicomte est votre maître sur la terre.

Il lui donna l'absolution, après l'avoir une fois de plus rassurée, après s'être arrangé lui-même avec Dieu. Il essaya de la ramener sur le chemin du devoir conjugal, mais il y mit si peu de conviction, n'aimant pas assez Charles et trop Renelde, qu'il n'eut, du moins pour cette partie-là, aucune influence.

Il lui parla mieux de la petite Marie-Angeline, rappelée tôt vers le Seigneur afin de se trouver auprès de la blanche Marie-Adine. Toutes deux nommées du beau nom de Marie. Toutes deux unies dans ses prières, comme la Vierge et l'Enfant.

En bonne épouse flamande, obligée de vivre sous la tutelle du mari, après celle du père, Renelde demeurait fidèle et loyale à Charles de Guésère. L'idée même d'une trahison ne lui serait pas venue à l'esprit. Elle continuait de le servir, admirablement, comme avant. Mais, depuis cette nuit d'éclat, leurs vies étaient plus que jamais séparées. Nul, certes, ne cherchait précisément le bonheur en l'état de mariage. Ce n'était pas le but sur cette terre, puisqu'il fallait se l'assurer pour la seconde existence, la vraie, l'éternelle.

Cependant, l'amour hantait les rêves de ces êtres. Bien peu le connaîtraient de leur vivant. Renelde enviait le sort des paysannes, plus libres. Sans un quelconque espoir de félicité en ce monde, elle ressentait un besoin, non satisfait... Elle ne se l'expliquait pas. Quelque chose comme la présence du Diable... Un désir farouche de vivre davantage et mieux sa vie, l'assouvissement d'un véritable amour, ou tout simplement l'éveil de ses sens.

Élevée pour l'homme, habituée à lui obéir, elle sentait germer en son sein une sourde et étrange révolte. La tumeur grossissait insidieusement comme la lave d'un volcan qui, un jour, ne manquerait point de faire éruption avec une violence incontrôlée.

Née d'une race fière, et sans enfant pour égayer son morne foyer, Renelde se tourna plus encore vers les arts, qu'elle prisait depuis son jeune âge.

On avait osé lui dire que son nourrisson était « trop beau pour vivre » !

« Quelle triste niaiserie !... La beauté est un don de Dieu, comme la poésie et la musique... Ce sont nos façons de correspondre avec le Ciel... »

Et par la dentelle et la peinture, elle retrouvait une quiétude dans son effrayant désordre intérieur.

7

En épousant Iolande, Corneille hérita d'Adrienne. L'une prit naturellement possession de la maison comme de l'âme du maître. L'autre embrassa la profession de servante.

Corneille Van Noort travaillait d'arrache-pied.

L'exploitation qu'il dirigeait, ses déplacements vers le canal ou vers le couvent des augustins, à nouveau envahi et saccagé en 1661 par une bande d'hommes égarés, l'accaparaient.

Il ne s'accordait pas le temps de surveiller son épouse.

Elle gardait, de ses origines, des habitudes qui ne seyaient plus à la femme d'un échevin respecté dans le pays. Il n'y prêtait guère attention. Mieux, les fantaisies de Iolande l'amusaient. Élevée au milieu des bestiaux, elle parlait aux animaux de la ferme. Peu lui importaient les regards des ouvriers et autres servantes. Elle courait dans les bois, pieds nus, à la recherche d'herbes « bénéfiques ». Perplexe quant à l'usage des champignons « qui rendaient heureux », Corneille n'y voyait pas grand mal.

Que n'aurait-il accepté pour se faire masser, de ses mains fines et douces, une cheville endolorie ?

Elle semblait fière d'être à ses côtés dans les assemblées villageoises.

Mais Iolande était distante quand il avait le tort de lui demander des comptes. Il la sentait alors s'échapper. Et, si bon lui semblait, elle disparaissait une journée entière. Impossible de maintenir une telle fille sous tutelle. C'était lui le prisonnier. Il ne l'aimait pas, il était possédé.

Ils eurent très vite quelques querelles, dès cette première année de mariage. Surtout quand il se rendait par voie d'eau à Haesebroek. Il y allait fréquemment pour le commerce. La pittoresque halle au lin était située en abord de la Grand-Place.

Au début, il emmena Iolande, qui éprouva beaucoup de plaisir à se mêler à la foule de la coquette cité flamande. Les jours de marché, les colporteurs, les raconteurs d'histoires côtoyaient les musiciens et les marchands turcs, aux riches costumes colorés, vendant leurs flacons d'odeurs. C'était un lieu magique pour la jeune paysanne.

Par la suite, il refusa de la prendre avec lui. Il prétexta que sa fonction était à la ferme, plus encore quand il ne s'y trouvait pas. Maîtresse des lieux, elle se devait de veiller à ce que l'ordre règne en son absence.

Il n'osait lui dire la vérité. Il se confia à Jehan :

— Je ne veux plus de ces regards qu'elle attire en ville. Elle est trop crédule.

— Crois-tu ? émit Jehan, d'un ton dubitatif.

— Euh... Quoi qu'il en soit, je ne tiens pas à devenir un objet de risée ou de compassion... Moi qui rêvais de la voir succéder à feu ma pauvre mère !

— Oui. Tu l'aurais aimée comme elle, sage et rigoureuse, mais, mon ami, n'oublie pas, tu as désiré et épousé son contraire.

Corneille sentait parfois des regards flotter entre sa

femme et Adrienne. Sans en deviner la cause exacte, il percevait l'existence d'un jeu de pouvoir à son égard.

« Peut-être devrais-je me consacrer davantage à ma Iolande... Mais je n'en ai guère la possibilité! »

Il la croyait, comme la colombe, rivée à son colombier. Il s'aperçut bientôt que les hommes la dévoraient des yeux avec concupiscence. Que se passait-il à son insu? Sa confiance l'abandonna. Il vécut dans la crainte de perdre sa belle.

Que le hérault de la chambre de rhétorique apparaisse avec une carte pour un dîner amical, et il lui répondait qu'il n'avait pas la liberté de se joindre à eux.

— Maître, en Flandre, on œuvre avec ardeur, vous en êtes l'exemple, mais cela n'empêche pas d'être poète...

— Il faut du loisir pour se divertir à ce genre de frivolité.

Il le renvoyait sans ménagcment.

Corneille s'était interdit tout lyrisme.

Et pourtant!...

La poésie, il l'avait rencontrée dans les cheveux de blé doré de sa muse, dans son corps aux formes mouvantes et sensuelles.

Une brute grossière s'emparait peu à peu de son être. Autrefois, il déclinait les invitations en offrant le verre de la courtoisie. Mais la présence de Iolande et sa déception à ses refus, elle qui aimait tant rire et danser, accentuaient son intolérance.

Il n'écoutait pas les désirs de sa femme, il les redoutait. Pire, il les contrecarrait.

« Ces messagers viennent pour elle. Non pour moi. »

Même Tis'je, le colporteur, débarquait mystérieusement au domaine, avec ses babioles, quand lui-même en sortait.

En ce début du mois d'octobre, de nombreux villageois étaient employés à la corvée de reconstruction d'un des murs de l'enceinte du château.

Plus loin, dans une large becque, de jeunes Flamandes lavaient leur linge. Elles profitaient des derniers rayons de soleil automnal pour baigner leurs corps nus dans l'eau fraîche, à vue de quelques vieilles prudes et envieuses :

— Elles vont finir à la maladrerie, si elles continuent !

— Ou rejoindre les filles du cabaret !

Les innocentes s'éclaboussaient, et riaient, conscientes de distraire les travailleurs.

L'accident se produisit.

L'un d'entre eux essaya de mieux voir les garces. Il perdit pied, et chuta de haut.

Corneille revenait du canal.

Il y contemplait les coches d'eau qui s'y croisaient.

Là était la vie : les marchands de toutes régions, les denrées exotiques, l'animation. C'est ainsi qu'il avait fait, jadis, la connaissance de Tis'je, le colporteur.

Il pénétra dans la cour de ferme, quitta sa monture, et confia Marcel à un manouvrier, avec force recommandations.

A l'intérieur de la *hofstède* des Van Noort, le feu crépitait dans l'âtre de la cuisine. Chaudrons et pintes en cuivre reluisaient. La table, les écuelles et les chaises étaient bien rangées. Un Christ dominait le manteau de la haute cheminée. On y respirait l'ordre et la bonne tenue depuis l'arrivée de Iolande et d'Adrienne.

Cette dernière astiquait avec fermeté les petits carreaux de la fenêtre fleurie. Iolande, elle, se frottait le visage avec de l'écume de bière, excellente pour le teint ; non mécontente de donner ses ordres pour le ménage et les repas à une Adrienne commuée en subalterne et envieuse du sort de sa jeune cousine. Désormais liées au destin de leur maître, les deux femmes se précipitèrent à sa rencontre pour admirer sa dernière trouvaille, fabriquée en Hollande, et amenée par des marchands au canal d'Haesebroek.

— C'est une lunette, pour interroger les étoiles ! annonça-t-il, heureux d'étaler son savoir.

La taille en était impressionnante.

— Je veux voir la lune de plus près. Un jour, mesdames, nous irons nous y promener ! ajouta-t-il, très sérieux.

Elles éclatèrent de rire à la plaisanterie.

Les bras chargés de son trésor, il entra dans la cuisine. Aussitôt, sa nouvelle servante le fit asseoir, s'empara d'une cuvette d'eau chauffée, et se précipita pour avoir l'honneur de lui laver les pieds et les mains.

Comme Adrienne était prévenante envers Corneille !... Il ne la voyait pas.

— Maître ! Maître, venez vite !... Il y a eu un accident sur le mur du château... C'est un de nos gars !

— Attends-moi. J'arrive, répondit Corneille au manouvrier essoufflé, posté dans l'encadrement de la porte.

Il s'essuya vigoureusement, remit ses bottes, et, sans un mot de courtoisie envers les femmes, suivit aussitôt son employé.

Dans la cour de la ferme, il croisa Tis-je.

— Ne lui vends pas trop de choses inutiles ! lui cria-t-il en s'éloignant.

Ah ! celui-là ! Il n'était pas insensible non plus au charme de Iolande, Corneille en était persuadé. Mais lui, il ne le craignait pas et l'admettait volontiers dans leur entourage. Il appréciait ce colporteur qui ramenait les rumeurs et les idées neuves.

« Il nous décrasse le cerveau ! »

Le maître parti, Tis'je expliqua à Iolande qu'il quittait Moerbeke. Il se dirigeait vers Haesebroek, pour acheter le fameux linge de table de la cité flamande.

— C'est bientôt l'hiver. De là, je m'embarquerai pour la grande ville, celle de Renelde la Lilloise, une amie. Quand je reviendrai au printemps, Iolande, ce sera, cette fois, avec des garnitures de fine dentelle confectionnées par de courageuses petites filles.

Et Iolande de rêver à toutes ces jolies choses...

Alors, elle disparut un instant, revint avec des livres, et les échangea contre une faïence.

— Maître Van Noort n'y verra rien, dit-elle, il a tellement d'almanachs ! (Et elle ajouta en riant :) Et moi, je ne sais pas lire !

On avait déjà transporté le blessé chez lui, les deux jambes brisées. Il s'en tirait plutôt bien...

Corneille alla s'enquérir de sa santé.

L'imprudent vivait dans une petite chaumière de journalier, grouillante de poules, canards, et enfants de tous âges.

La mère s'activait au chevet du père. L'aîné de la famille maniait le rouet. Les plus jeunes entouraient le fil de lin sur les bobines. Les plus âgés fabriquaient des paniers d'osier.

Excédée par le malheur, la mère gronda l'un des enfants, particulièrement agité :

— Je vais te conduire au Kludde, si tu continues ! menaça-t-elle.

Le garçonnet trembla à la pensée de rencontrer l'esprit de la nuit et du mal, esquiva une fessée, et se sauva droit dans les jambes de Corneille.

— Ah ! mon Dieu ! not' maître !... Excusez le désordre !

Et la pauvre femme d'essuyer un trépied à son intention.

L'invalide était immobilisé pour des semaines, voire des mois... Si toutefois Dieu lui permettait de survivre.

Quatorze bouches à nourrir !

L'aîné atteignait à peine ses douze printemps.

Le visage contracté par la douleur, le père réussit à entrouvrir les lèvres, et se justifia, d'une voix caverneuse :

— Je n'en ai fait que huit, moi. Et pas tous du même lit. Les quatre en nourrice nous rapportent un peu d'argent. Quant à mes gosses, Dieu m'en laissera bien cinq en vie pour le travail des champs. Maître Corneille sera le premier content...

— Il faut tout accepter, car tout vient de Dieu, renchérit la paysanne d'un air résigné, sans interrompre ses soins.

Le regard de Corneille se posa sur le livre de piété d'un enfant. Sur un ton entendu et confidentiel, la mère annonça avec fierté :

— P'tit Louis sera un savant, comme vous, not' maître !

Le manuel en latin, farci d'images effrayantes de démons suppliciants, mit Corneille hors de lui. Il ne put dissimuler sa désapprobation vis-à-vis du curé, et de Jérôme, le maître d'école :

— Perpétuellement à l'unisson, ces deux-là, pour entretenir la terreur et la crédulité, pour impressionner le peuple, l'intimider, l'asservir ! Ah ! cette peur qui transforme la religion de Dieu, la vraie, en un amoncellement de superstitions !

Il commit là une erreur. Ces pauvres gens n'y entendirent rien, mais ils éprouvèrent une vague déception aux propos corrosifs de leur employeur. Pourtant, ils n'en touchèrent mot à quiconque... à ce moment-là, du moins.

Corneille les quitta pour rendre visite à son meunier.

Les moulins représentaient beaucoup pour lui.

Enfant, il rêvait déjà de leurs ailes gigantesques, qui frôlaient le ciel, et se haussaient en une inlassable prière. Lorsqu'il eut dix ans, une nuit, l'un d'eux bascula au plus fort d'une bourrasque. Vaincu par le vent du nord, le géant eut les bras paralysés.

Le petit Van Noort s'était alors couché des heures aux flancs du prince agonisant, pour l'empêcher de pleurer.

Quinze ans plus tard, son visage rayonnait à la vue de son propre moulin, aux ailes ornées de fleurs lors de son récent mariage. Il gravit les marches de bois et croisa un nouveau manouvrier, d'une vingtaine d'années. Mahieu, le meunier, s'excusa d'avoir engagé un étranger au village :

— Il se nomme Jérémie. Il est venu d'Haesebroek... Mais c'est le cousin de ma femme !

Corneille le rassura sur ce point : qu'il débarquât de Chine ou d'Afrique, peu lui importait.

En revanche, un pressentiment immédiat lui pinça la poitrine. L'homme était jeune, bien fait de corps, et encore mieux de figure.

— Quand on est trop beau, on a davantage envie de séduire que d'œuvrer !... Méfie-toi, Mahieu !

Il ne croyait pas si bien dire.

Il venait de faire connaissance avec son rival.

8

Une étoile parcourut la voûte céleste avec une rapidité fulgurante, mais ne passa pas inaperçue aux petits yeux vifs et ridés de Catherine Maes. La vieille Meï scrutait avec régularité le firmament, quelles que soient la saison et la douceur de l'après-souper.

Y trouvait-elle des réponses aux multiples questions qu'on était en droit de se poser ? Non. Comme chacun ici-bas à la merci du Créateur, elle recevait des messages, des ordres, des impressions venant du monde de « l'après » ou simplement des signes de la présence de Dieu.

Peut-être était-ce la même comète qui avait emporté — selon les dires — sa propre mère à sa naissance, au début du siècle ?

Oui, ce fugitif éclair annonçait de mauvais présages.

Et c'est ainsi qu'en l'année 1665, on pleura le roi Philippe IV, et qu'il y eut deuil général.

Mais l'astre foudroyant n'en avait pas fini avec la bonne ville de Lille. D'autres malheurs étranglèrent bientôt la jolie cité flamande.

L'an 1667 allait être terrible !

Depuis le chant du coq, un bruit incessant de boulets de canon se faisait entendre. Au quartier Saint-Sauveur, le plus ancien, tous les pignons étaient déjà abattus.

Des religieuses à l'expression effarée par la violence du dehors fuyaient leur couvent exposé à la canonnade. Des familles étaient emmurées, sans autre secours que les bras bien insuffisants de leurs proches.

Les autorités ne savaient plus elles-mêmes où elles en étaient. Philippe se hâta de rejoindre la paroissienne de Saint-Pierre, sa préférée, afin de la tenir informée des derniers événements, afin de la voir, de lui parler en ces redoutables moments. Il en éprouvait le besoin, lui aussi, autant qu'un autre.

Il la trouva résolument penchée sur son carreau. Une aune[1] de dentelle s'en échappait.

— Pardon, mon père, si je n'interromps pas mon travail ; j'ai presque achevé cette commande de manchettes.

Sa réputation de dentellière grandissait dans la paroisse, et de plus en plus de voisines faisaient appel à sa compétence.

— Le faubourg de Fives est assiégé par les troupes de Louis XIV, lui annonça-t-il.

— Mon Dieu ! Avec ma dentelle, j'en oubliais presque les dangers. Lille peut-elle résister, mon père ?

— Oui, mais plus pour longtemps, je le crains, car, en dépit des bonnes dispositions, la défense s'affaiblit. Elle n'est pas préparée à ces attaques-surprises.

— O mon Dieu ! Philippe, qu'allons-nous devenir ? lança spontanément Renelde, en lâchant ses fuseaux.

Dans l'exaltation et la peur, elle en oubliait le « mon père » dont était honoré tout membre de l'Église. Elle n'aspirait à aucune mauvaise intention, aucune insinuation déplacée, mais à un rapprochement d'amitié respectueuse. Rien de plus. Philippe était un serviteur de

1. L'aune mesurait environ 0,7 m.

Jésus, elle ne le considérait pas tout à fait comme un homme.

Il soupirait, lui, après la moindre marque de tendresse, de communion... Il réservait le mot « amour », plein de sa puissance, pour la Sainte-Trinité, car, vis-à-vis des hommes, il signifiait « charité et piété »... ce qui était déjà beaucoup.

— Je dois rejoindre Nicolas, et toutes les bonnes volontés. Nous dressons des barricades. Déjà, une croix de Bourgogne est hissée en haut de la tour Saint-Étienne, près d'Emmanuel, le bourdon de l'église. Il faut leur faire savoir, aux ennemis, que les Lillois ont des cœurs espagnols et bourguignons!

— Prenez soin de vous, et de mon frère, murmura Renelde en lui prenant amicalement la main.

Ému, il lui répondit, avec un large sourire :

— Priez pour nous...

Sur la Grand-Place, le comte de Bruay, gouverneur de la ville, fit dresser un cheval de bois — celui-là même qui servait de pilori aux femmes de mauvaise vie. Devant la figure aux allures carnavalesques, on plaça de la paille, et une inscription destinée aux Français :

C'est bien en vain, François, que vous pensez nous prendre.
Encor que tous secours nous manquent au besoin;
Vous perdez votre temps, plutôt qu'on nous voie rendre,
Ce cheval mangera cette botte de foin.

Le courage des Lillois et le cheval de bois n'eurent pas raison de d'Artagnan. La dérisoire effigie ne mangea pas la botte.

Le ciel était bas et oppressant.

La brume d'été s'alourdit soudain d'une intense fumée, qui piqua les yeux bleu-gris de Renelde. Au matin de ce 28 août de l'an 1667, la capitulation fut annoncée à l'hôtel de ville.

C'en était fini d'être province espagnole. Les clés de la liberté étaient offertes à Louis XIV.

A Saint-Sauveur, une pauvre femme du nom de Marieke y perdit sa maison, sa famille. Il lui restait son mari.

Bientôt, lui aussi allait partir.

Assise dans les décombres, hagarde, Marieke répétait inlassablement :

— Il fait la guerre sans même la déclarer !

Dans un lourd et grave silence devant l'occupant, Renelde vit passer un homme de quatre ans à peine son aîné, majestueux comme un césar, habillé d'or et de dentelles, et coiffé d'un superbe panache rouge.

Il avait fière allure, le roi Louis, sur son cheval.

C'était la première fois que Renelde approchait un souverain.

C'était son premier vrai contact avec la France.

Elle ne put s'empêcher d'admirer ce jeune monarque de vingt-neuf ans. Depuis six années déjà, on le disait seul à la tête du grand royaume.

Comme ses voisins, elle fut impressionnée, et soulagée de ne plus entendre les canons de guerre, qui lui mettaient la peur au ventre.

Comme ses voisins, elle fut inquiète des exigences probables du nouveau maître absolu.

Certes, on se disait, par expérience, que le Français ne pourrait faire le siège de leurs coutumes, car le rempart en était bien trop épais. Envahi, le Flamand s'agripperait solidement à ses traditions, à sa famille, à tout ce qui sauvegarderait sa propre identité, et donc sa liberté.

Mais tous regrettaient le temps de paix des archiducs.

Tous, enfin, ressentirent un malaise en voyant passer le cortège. Pour son entrée dans la cité flamande, et rassurer les Lillois, Louis XIV n'avait pas oublié d'emmener la reine Marie-Thérèse, fille de feu Philippe IV d'Espagne, descendante de Charles Quint. Cependant, il commit une erreur, et une amère rumeur parcourut en vague la foule catholique. Non seulement le libertin avait osé emmener ses deux favorites, mais l'une de ses maîtresses était dans l'attente d'un bâtard royal !

Humilié pour la première dame du pays, le peuple y vit une provocation.

Le gouverneur fut pourtant bien traité, et les Lillois aussi. Contrairement aux autres « prises » de l'envahisseur, la ville garda ses croyances, ses franchises, ses trésors de bronze et de cuivre, et même ses canons.

Ce n'était pas rien.

Un autre bruit courut : les Espagnols reprochaient aux Lillois d'avoir capitulé trop rapidement.

Où était l'ennemi ? Qui craindre ? Qu'espérer ?

La confusion était totale, dans les faubourgs et dans les esprits. On aime la paix sous le ciel de Flandre, on l'aime aussi en son âme. Désormais, si l'on reste calme en apparence, le cœur des Flamands bat à tout rompre. Il bat de colère. La méfiance envers Louis XIV ne s'envolera pas de sitôt.

On ne se prend pas pour Dieu, ainsi qu'il le fait !

Non, cela ne se doit pas !

Les troupes du roi prirent possession des lieux.

Après un été pluvieux, une tardive canicule s'était installée.

Les mouches gênaient les passants. Des vapeurs nauséabondes montaient de la Deûle.

Renelde avait hâte de retrouver la douceur de sa chambre, à l'abri des volets clos. Elle accéléra le pas, pressée d'achever ses emplettes.

La petite bande de militaires, qui traînait depuis deux heures dans l'attente de quelque divertissement, aperçut la jeune femme blonde et bien faite. Elle portait un corsage décolleté, bordé de dentelle, et un dessus de jupe simple, mais retroussé par des nœuds de ruban. Une élégante.

Débraillés par la chaleur et les bières qu'ils avaient vidées au cabaret, ils prirent plaisir à lui barrer le chemin. Les yeux rivés au sol, Renelde tentait de passer au milieu des six hommes, quand soudain des mains moites se posèrent sur ses épaules nues. Elle leva fièrement la tête, et dévisagea durement les désœuvrés en mal de turpitudes. Pendant ce bref instant où les soldats, impressionnés par l'expression volontaire de la Flamande, avaient cessé de la toucher, elle fit demi-tour.

Ils la suivirent.

Peu de promeneurs à cette heure chaude de la journée. La ruelle était étroite, et nul, de toute façon, n'aurait osé s'opposer aux conquérants. Elle était seule.

Le flot d'ordures s'écoulant dans le caniveau lui donna la nausée. Effrayée, elle gagnait à grands pas son domicile, les hommes à ses trousses.

Elle ne regardait plus rien. Elle avançait, penchée en avant, tête baissée comme une vieille. Des sueurs froides lui mouillaient à présent les cheveux. Elle s'essoufflait. Il y eut encore quelques interminables minutes pendant lesquelles Renelde essaya de calmer les battements de son cœur, se reprochant son affolement. Presque à sa porte, elle se heurta à un uniforme galonné. Le manque de souffle, le choc lui firent perdre l'équilibre. Des bras solides la retinrent. Elle ne vit d'abord qu'un habit bleu à parements rouges.

Il devait être officier, appartenant à la maison du roi... Peut-être commandant d'armée... C'était un homme élancé, aux moustaches noires, aux yeux ardents.

Il retira, avec un brin de respect, son feutre orné de plumes couleur de feu. Il ramassa la bourse qu'elle avait laissé tomber de sa ceinture. Il la lui rendit, et lui leva le menton, avec un rien d'impertinence.

Il rencontra le regard bleu-gris, plus brillant que jamais, de Renelde. Avec délice, il y plongea le sien.

A l'arrière, le groupe de soldats irréfléchis s'était immobilisé. Sans quitter des yeux la jeune femme, l'officier les enjoignit de regagner aussitôt leur caserne. Quand ses lèvres charnues se séparèrent, elle sentit une haleine chaude, une odeur de mâle, non vulgaire comme celle de Charles. Il laissa entendre d'une voix grave :

— Pardonnez, madame, à mes hommes. Ils s'ennuient en garnison, et vivent trop longtemps dans un désert sans amour...

Renelde ne voyait que le regard pénétrant qu'il lui adressait.

Sans doute lui dit-il encore que les Flamandes étaient belles, qu'il était impossible de rester insensible à tant de grâce, que lui-même était touché.

Oui, il lui fit certainement ce compliment. Elle écouta, comme dans un rêve. Elle connut la fièvre, le vertige d'un attrait subit. Elle se sentit glisser vers un terrain inconnu jusqu'alors. Ces quelques instants lui parurent une éternité, et lui semblèrent, par la suite, bien trop courts.

Sans doute parla-t-il encore, afin de retarder le moment de leur séparation.

Il arriva cependant.

— Le devoir m'appelle. J'espère vous revoir...

Elle revint sur terre, les joues empourprées de lui avoir rendu son sourire. Elle reprit totalement conscience quand elle vit la silhouette bottée passer le pont, et fut effrayée des tentations qui l'assiégeaient.

Cette nuit-là, et bien d'autres nuits encore, elle le retrouva, lui, l'officier, son regard troublant et son désir. Maintes fois, elle revécut la brève rencontre. Et l'amour, en rêve, eut enfin parfum de plaisir. La retenue et la prudence s'étaient envolées avec l'obscurité.

Elle s'imagina pourtant que le délire la prenait, et se vit brûler dans les flammes de l'enfer. Elle s'en confessa au jésuite, aussi bouleversé qu'elle, à l'abri et dans la pénombre de son confessionnal.

Difficile d'admettre ces coupables pensées! « Et qui plus est, envers un ennemi!... Aussi séduisant soit-il. » Elle avait honte de ne pouvoir empêcher son corps de réagir, ne fût-ce qu'en songe.

Alors, quand il apparut sous ses fenêtres, qu'il ralentit et guetta sa présence, elle se crut perdue. Elle n'eut que le temps de s'appuyer contre la cloison, haletante, confuse, et attirée. Il l'avait suivie, et observée, rentrant chez elle.

Dix jours de suite, il passa. Elle en rougit pour le voisinage.

Dix fois de suite, elle lutta pour ne point se montrer. Mais elle était au rendez-vous.

Le onzième, lassé ou muté, il ne parut point.

Elle se posta encore quelques jours dans l'embrasure de la fenêtre. Puis elle non plus n'y vint plus.

Au couvent, on leur avait tant appris la virginité qu'il était bien difficile de ne pas sentir l'opprobre d'un désir interdit. Mariée, elle avait accompli son devoir, malgré elle, avec des larmes intérieures de dégoût...

Mais le regard d'un inconnu posé sur elle était à jamais gravé en son âme, y laissant une empreinte ineffaçable.

Dès lors, grâce à ce délicieux et dangereux souvenir, son corps allait sentir, en dépit de ses scrupules et de sa morale de bonne chrétienne, qu'il pouvait y avoir autre chose...

Et que cette autre chose, son corps l'aimerait, oui.

Au moment de la moisson, tandis que le houblon fleurissait, les paysans coupaient le blé à la faucille. Les femmes les suivaient en chantant pour se donner du cœur au ventre. Elles liaient les gerbes et les plaçaient en monts. Dieu merci, les champs n'avaient pas été piétinés en cet été 1667 par les hordes de soldats.

Oui, Dieu avait bien travaillé, et les paysans, à l'angélus, s'agenouillèrent à même la terre pour remercier la Vierge.

Assis sur la charrette contenant les dernières gerbes de blé, garçons et filles entonnèrent en flamand :

Vivat ! la dernière voiture rentre ! Vivat ! Vivat ! Tout est rentré !

La veillée réunit petits et grands pour fêter le travail accompli. Et la fin août arriva aussi à la campagne.

Les coches d'eau étaient lents sur les canaux qui sillonnaient entre les moulins. Malgré tout, les nouvelles arrivaient vite, surtout avec des débrouillards comme Tis'je.

Il ramenait les rumeurs du canal d'Haesebroek, où gens et chevaux circulaient en grand nombre, où l'on chargeait les récoltes, exportait les grains, beurres, fromages, cuirs et bois des ormeaux, là où l'on discutait avec les étrangers qui apportaient le vin, les harengs et les fruits.

Tis'je aimait par-dessus tout cette ambiance bigarrée. Parfois, il achetait quelque objet merveilleux et inconnu dont il ferait la surprise, dans son petit étal ambulant.

Tis'je ramenait de bien tristes nouvelles.

Lille avait été donnée à Louis XIV.

Chacun connaissait le danger.

On rentra chez soi en silence. Le crépuscule était tombé, mais dans les chaumières, éclairées par une faible chandelle, on ne put trouver le sommeil.

On avait peur de la guerre.

On avait peur de devenir « françois », ces « Français » ces spécialistes des réquisitions en bêtes, en chariots, en outils, et même en gîtes pour leurs troupes.

On avait peur des champs piétinés, des cultures détruites par les montures qu'ils y faisaient paître, peur des corvées supplémentaires.

La guerre de Trente Ans n'était pas si loin.

Le souvenir des ravages provoqués par des bandes de

mercenaires à la solde du Français, à Saint-Venant, ne s'était pas estompé dans l'esprit des adultes.

L'époque des archiducs paraissait lointaine.

— Ah! ce bon vieux temps! disaient les vieillards. Ces années bénies où les Flamands riaient de bon cœur, où les récoltes étaient grasses et les soldats absents...

Et Tis'je, alors, décida de ne pas rejoindre Lille pour la saison froide.

Et Tis'je eut raison, car le Diable logeait en ville.

9

Lugubre, obsédant, le tocsin cogna lourdement dans lcs cœurs. Les volets claquèrent les uns après les autres. Un calme effrayant saisit la cité. Pas un souffle, pas un de ces bruits familiers. Seul, peut-être, violent, déchirant, le sanglot d'un petit enfant oublié près d'une porte cochère.

Non, ce n'était pas encore l'hiver.

Il ne faisait pas si froid au-dehors, et cependant les Lillois étaient glacés. Figés dans l'horreur, ils ne sortaient plus, et se demandaient ce qu'ils avaient bien pu faire au Bon Dieu pour mériter de tels supplices.

Après le siège de Louis XIV, et sans doute à cause de celui-ci, un autre fléau venait de s'abattre sur la ville, un glaive à l'odeur diabolique : la peste.

On ne la nomma point. Le mot seul agissait sur l'infection et la propageait dans les esprits égarés par la peur. Il suffisait de ces effluves nauséabonds altérant les esprits et corrompant les humeurs.

Renelde assista à l'office religieux.

C'était le dernier.

Le prêtre leur ordonna d'invoquer nuit et jour saint

Roch et saint Éloi, aux vertus multiples, dont celle d'éloigner le tourment. Dorénavant, quand les différentes cloches retentiraient dans les paroisses, des matines à l'angélus, on prierait Dieu chez soi, agenouillé dans sa solitude. Tant que durerait la Grande Maladie, il faudrait perdre l'habitude de communier ensemble. L'épreuve était impitoyable. Lorsque le dernier cantique au timbre de désespoir s'éleva dans la nef humide, les gorges se nouèrent. Et le chant se brisa sur des milliers de larmes qui jaillirent en chœur.

On avait quitté le purgatoire pour l'enfer.

Dans le ciel, des oiseaux, par myriades, s'éloignèrent en emportant un reste d'espoir. Combien de jours, combien de semaines cela durerait-il encore ? Les cloches ne sonneraient plus les kermesses, les processions, les défilés de confréries. On ne se retrouverait plus au soleil couchant pour broder devant chez soi, pour écouter les voisines rendre compte des derniers événements.

Quelques cadavres non ensevelis gisaient au seuil de leur ancienne demeure ; déposés là comme des charges inutiles, encombrantes et malodorantes. Les sergents de ville clouaient des barres de bois au travers des volets et portails, afin d'en condamner l'accès, et surtout l'issue.

Le Christ dans le désert avait enduré sa solitude pendant quarante jours et quarante nuits. De même, les éventuels survivants n'auraient pas la faculté de sortir de chez eux tant que les barres de quarantaine isoleraient leur foyer pestiféré.

Les mains raidies par la terreur, la bouche asséchée par l'angoisse, ils attendraient l'intrusion fatale du spectre de la mort.

Si Dieu leur accordait la grâce de vivre, ils mendieraient à l'aide d'une corde et d'un panier, par la plus haute lucarne, la seule à ne pas être obstruée.

La charité des riches, remède à la misère des pauvres

— cette sanction du péché originel —, se pratiquait largement pendant les offices, à l'instar des quêteurs. Mais les églises fermaient leurs portails, et le mal ne faisait pas de distinction d'argent.

Les passants, comme les lumières, se clairsemaient. Ils marchaient à la hâte vers leur destination, à égale distance entre le ruisseau central et les maisons infectées, et surtout sans se retourner.

Les pestiférés allaient donc davantage mourir de faim que de contamination. On expulsait mendiants et vagabonds. Tant pis s'ils souillaient les campagnes !

Aux sergents venus répertorier les malades en interpellant les gens aux fenêtres, Renelde cria, les lèvres blêmes et tremblantes :

— Le vicomte de Lambersart est en voyage, pour affaires.

— Il est loin de Lille ?

— Au Plat Pays, vers la mer.

— Alors, madame, il ne regagnera pas la maison ces jours prochains. Un véritable troupeau d'affamés afflue chez nous et risque de nous apporter la pestilence. On boucle les entrées. Il devra attendre la fin de l'épidémie.

La cité refermait ses portes sur son malheur.

Les visiteurs n'admireraient plus les jardins et les édifices incomparables dont les Lillois étaient si fiers. Mais personne, ici, n'aurait aimé offrir aux étrangers le visage morne et lugubre de sa ville méconnaissable.

Un murmure diffus contrefaisait l'agitation habituelle. L'obscurité s'étendait. Isolée, repliée sur elle-même, Lille était mise au ban du monde, et l'on ignorait si la Grande Maladie avait fait des ravages à l'extérieur.

Tis'je ne revenait pas pour le dire à Renelde. Son absence était un poids supplémentaire à son cœur lourd d'inquiétude.

Le Nord ne subissait pas sa première attaque. Les hommes s'organisaient. Ils priaient, à l'intérieur de l'enceinte, tandis que le mal, invisible et sournois, parcourait les ruelles et répandait son ombre mortelle, signe du châtiment divin.

Les sergents s'éloignèrent dans une rue singulièrement vide et triste. Le regard de Renelde se posa sur la maison d'en face. Un effroi subit lui mit le feu aux joues. Elle murmura :

— La fumée du voisin n'a pas réapparu. Cela fait deux jours, maintenant. Mon Dieu, il doit être atteint, lui aussi.

Par la suite, elle apprit à reconnaître le son aigrelet de la clochette des fossoyeurs. Ces Corbeaux surgissaient au crépuscule et dégageaient les corps à l'aide de leurs grosses pinces. Les enterrements étaient nocturnes, par discrétion encore, par souci de tranquillité et de rapidité, de plus en plus. Le chariot de la mort emmena le voisin. Avait-il reçu l'extrême-onction, ce passeport pour le paradis ? Rien n'était moins sûr. On ne célébrait plus à l'église, mais les prêtres, eux, ne chômaient pas. Appelés auprès des mourants, ils ne ménageaient pas leur zèle et leur santé, risquant leur propre vie.

Renelde essaya de maintenir le mouchoir imprégné de vinaigre contre sa bouche et son nez. Elle avait peine à le supporter et le retirait fréquemment, tant elle suffoquait.

Son mari ne voyageait pas. Il était malade. Elle le cachait depuis une semaine.

Le visage pâle et malsain de Charles était devenu morbide et transparent. Il ne l'effrayait plus. Au contraire, il attirait sa compassion.

Installée chez les Guésère depuis la naissance tragique de Marie-Angeline, Meï-la-fidèle veillait sur sa filleule, qu'elle affectionnait comme sa fille. Devant le désarroi général, elle avait pris les commandes de la maison.

« Dieu merci ! pensa Renelde, ma petite n'aura pas connu ces malheurs. Plus faible, son corps aurait été vite envahi par le poison, ainsi que nombre d'enfants de notre connaissance. »

Présente aussi, et très mal à l'aise, Amélie n'osait regarder son maître, de peur qu'il ne lui passât la maladie mortelle par les yeux ou l'haleine.

Toutes trois lui prodiguaient des soins. On l'avait mis au repos, puis à la diète, hormis quelques tisanes de laitue et de cerise. Mais la fièvre augmenta, et les abcès se propagèrent.

La tête devint lourde, le visage bleuâtre. Il eut des spasmes et des frissons. On le couvrit en abondance pour évacuer le poison par la transpiration. On lui fit des feux de bois sec et odoriférant.

On s'affaira en silence, à mots chuchotés. On ne se parla plus face à face. Il ne fallait pas se transmettre le mal. Le secret de ces derniers jours était pénible à Renelde. Il lui rappelait parfois ses années de couvent et d'isolement, loin des siens.

Pierre Van Eyck apporta de la bière, breuvage, disait-on, salutaire. Catastrophé par l'état de Charles, son alter ego, il décida d'enfreindre la loi, de chevaucher par-delà les murs, et de chercher des sacs de sable jusque dans les dunes de la mer.

— Nous en manquons à la brasserie… Et le sable ne sert pas seulement à purifier l'eau trouble. Il étouffe les pustules, il éteint le feu mortel ; les bonnes femmes du pays le savent bien, dit-il pour justifier son voyage.

Renelde essaya de détourner son père d'une idée aussi insensée.

— Ne courez pas l'aventure. C'est trop risqué !

— Voudrais-tu me dire, ma fille, que je suis trop vieux ?

— Non, mon père, mais l'épidémie circule parmi les

marchands, les troupes de comédiens, les soldats, les colporteurs... La mer est loin. Vous auriez mille fois l'occasion d'attraper le mal.

— Je ne suis plus un homme jeune, c'est vrai, mais j'ai l'expérience des chemins, et n'ai besoin des conseils de personne.

— La ville est close...

— Muni d'un laissez-passer, on passe...

— Un faux ?

— Oui.

— Je vous en supplie, mon père, c'est de la pure...

— Divagation ? Peut-être, ma fille... (Il ajouta, très bas :) Tant mieux... Pour une fois...

Elle le laissa partir, comprenant qu'il lui fallait, dans cet élan de folie, accomplir un acte d'amour. Il désirait affronter dangers et intempéries afin de sauver son ami, mais aussi, et surtout, afin de faire pénitence et sauver son âme. Peu importait pour qui il accomplissait son acte de repentir.

Elle lui pardonna son abandon passé, et lui donna un baiser.

Il disparut.

Amélie tremblait de peur.

— L'air lui-même est peut-être contagieux ! Oui, il l'est ! J'en suis sûre ! D'ailleurs, la cour du Coq-d'Inde vient d'être condamnée, et pourtant on n'a compté qu'un seul mort dans cette rue, vous vous rendez compte ?

Personne ne l'écoutait.

La servante était blafarde.

— Ici, c'est dangereux, poursuivit-elle. On n'entend plus que ça : « Il est malade. Il est malade. Il est malade... » ou bien : « Il est parti... » Il n'y aura plus que des cadavres partout ! Mon Dieu ! Saint Sébastien ! Aidez-nous !... Ah ! ma pauvre mère l'avait dit : les prophètes ont toujours raison ! (Elle balbutia :) Et les loups... Ils vont entrer en ville...

Aucune âme ne fit cas de la panique de la jeune fille.

Elles n'avaient ni le temps, ni le cœur à compatir à une simple frayeur. Il fallait vivre avec la sienne propre.

« Chacun pour soi, et Dieu pour tous », dit le dicton.

Dieu était en colère, puisqu'il répandait larmes et pénitence.

La marraine sortit un moment dans le jardinet. Heureux secours pour s'aérer, malgré l'hiver qui approchait. Un muret cachait en partie les bords de la Deûle et le trafic lugubre qui s'y opérait. Mais l'atmosphère était chargée de miasmes putrides...

Meï examina la voûte céleste, comme à son habitude, et chercha un signe d'espoir dans le ciel voilé.

Exténuée, Renelde la rejoignit. Elle souffla profondément.

— Marraine, tu vas prendre froid ; rentrons, dit-elle au bout de quelques instants.

— Nous sommes bien, ici, dans notre petit refuge. Charles s'est endormi. Amélie nous appellera, s'il y a besoin.

— Amélie vient de partir. Elle ne reviendra certainement pas.

— C'est préférable, elle était au bord du délire !

— Oh !... Ses gestes désordonnés en évoquant les prophètes !

— Et ses yeux, quand elle a parlé des loups !

La dérision étant un moyen d'échapper à l'angoisse, elles se moquèrent d'abord. Puis elles échangèrent un regard mi-amusé, mi-honteux.

Renelde redevint sérieuse :

— La peur va tuer la malheureuse, ou la rendre folle.

— Je crois plutôt qu'elle va livrer notre malade, affirma la savante Meï, en se levant.

Elle connaissait la nature humaine, et sa peur des représailles. La loi exigeait la délation. Il valait mieux dénoncer que se taire. Toute négligence au devoir était frappée d'une sanction, toute déclaration récompensée. Oui, c'en était fini de communier ensemble. Pour l'instant du moins.

« Chacun pour soi... »

Renelde frissonna :

— Alors, nous devons craindre aussi les sergents de ville et leurs barres.

Elle serra la main osseuse de sa vieille marraine dans la sienne.

Le chariot de la mort se rapprochait dans le brouillard.

Les femmes veillèrent toute la nuit et toute la journée suivante.

L'état du malade empira brusquement.

Renelde appela son ami le jésuite.

Il arriva bientôt au chevet du mourant, et bien vite, pour son amie.

— Les Lillois sont punis, car ils ont manqué de ferveur religieuse, lui expliqua-t-il.

Elle médita sur elle-même, et sur son absence d'amour envers le maître que le destin lui avait octroyé. Elle se rappela l'officier de Louis XIV, et ses rêves submergés par un déluge de sensations troublantes. Il n'avait jamais reparu, envoyé sans doute à quelque autre siège de l'insatiable roi.

Les traits de son visage s'étaient lentement estompés.

Tout était rentré dans l'ordre, mais le souvenir, lui, ne s'était pas effacé, et longtemps, bien longtemps, en dépit de sa confession, elle avait encore succombé en pensée. Elle devait donc payer son tribut et faire acte de contrition.

Philippe essaya de lui donner bonne conscience :

— Dieu a voulu châtier les vagabonds, les mauvais chrétiens, les juifs, les sorciers, les mendiants, mais aussi... pardonnez ma franchise, mon amie, les fainéants, comme votre mari. Que le Seigneur lui pardonne.

En prenant congé, il lui parla de Marie, « ce lis au milieu des épines » :

— Marie n'est pas souillée de la tache originelle. Essayez de suivre son exemple. Purifiez-vous, faites à la Vierge le bonjour tous les matins, et sur le tard le bonsoir. Récitez des Ave Maria en son honneur.

Mû lui-même par des rêveries coupables et un désir frustré, Philippe quitta la belle Renelde après un regard plus insistant que de coutume. Elle le prit pour une marque d'affection ; ce qui était aussi la vérité. Elle pria longuement en compagnie de Meï dans le petit oratoire, très décoré, à l'ancienne mode espagnole.

Au-dehors, des silhouettes fantomatiques se croisaient sans se voir, et sans se parler, dans le brouillard et l'ombre du mal. Ivres, des hommes avaient opté pour la fête, pour l'alcool et pour l'oubli, en guise de pansement. Ils passèrent en titubant.

L'un d'eux parla haut et fort. Il troubla la quiétude de leur prière. Il promettait à qui l'entendait la fin du monde... pris par le vin parce qu'on avait peur de l'eau, pris par la démence parce qu'on avait peur de tout, et surtout de souffrir et de mourir dans l'abandon...

La peste semait l'agitation dans les esprits et dans les corps. Elle allait engendrer le désordre et la cruauté.

« Que mon père revienne vite ! implorait Renelde. Il est trop tard, de toute façon, pour Charles. Le feu le dévore, la fièvre est continue, il délire ou reste hébété... »

Septembre touchait à sa fin, demain était la Saint-Firmin.

« Mon Dieu !... Huit ans déjà !... »

Un pincement lui serra la poitrine au souvenir de son mariage.

Le boucher augmenta ses prix, car les denrées et les clients se raréfiaient. Il refusa de la servir.

On les avait donc dénoncées.

Peu à peu, la solidarité laissait la place à l'effroi de la contamination, à la discorde et à la lâcheté. L'homme en déroute redevenait animal.

« Chacun pour soi, et Dieu pour tous. »

Les médecins de la peste entrèrent chez Renelde, monstrueux, lugubres dans leur manteau de cuir et leur masque au long nez — oiseaux de malheur.

Le carnaval du Diable était en marche.

Ils pratiquèrent des saignées sous le regard méfiant de la marraine, qui n'admettait pas ces nouveaux soi-disant guérisseurs, prenant le pain des chirurgiens. Ils ne furent pas trop de deux pour maintenir Charles quand ils lui appliquèrent sur les bubons des emplâtres de vitriol, d'absinthe et d'excréments.

— Mais c'est affreux ! protesta Renelde. Vous allez l'achever !

— De toute façon, madame, il est déjà moribond, votre mari.

Ils repartirent, enfin.

Combien d'heures encore à attendre, avant que les stigmates du mal n'apparaissent sur l'un de ces deux visages enfantins de Flamandes ?

La panique s'empara de Renelde. Elle se vit emmurée, derrière les barres ; vivante et hagarde, entassée et entraînée de force, avec d'autres mourants, vers les fosses où la chaux vive allait les consumer.

Elle hurla, folle de terreur. Peur de mourir sans être purifiée, peur de cette mort anonyme, et de la putréfaction.

Elle hurla et Meï la gifla.

Alors, elle s'écroula dans les bras de la vieille femme, et pleura longuement, comme une enfant dans les bras de sa mère.

Elle se sentit mieux.

10

Un décor unique, composé d'arbres et d'un antique et élémentaire monument, transformait l'arrière-salle de cabaret en théâtre. L'un des murs était entièrement décoré de blasons, ceux des corporations de Moerbeke, et d'insignes honorifiques, gagnés lors des concours. Le maître des lieux prêtait gracieusement le vaste local à la chambre de rhétorique, mais s'y retrouvait bien, vu la quantité de provisions de bouche ingurgitée lors des réunions. C'était lui, le « hérault », chargé des invitations. Il jouait aussi le rôle de « valet », veillait au bon ordre de la salle et servait les membres... Quoi de plus naturel pour un cabaretier ? Dans cet antre, soixante hommes préparaient depuis plusieurs jours la kermesse de la Saint-Firmin et son défilé de réjouissances. Les femmes figureraient dans les cérémonies publiques. En attendant, elles nettoyaient les livrées portées par les maris lors des grandes circonstances.

Éclairé par un chandelier, un nouveau venu jurait le secret et prêtait serment sur le livre d'or, et sur la médaille en vermeil, gloire de la guilde, reçue naguère de l'empereur Charles Quint en signe de haute protection.

La chambre, jadis riche et florissante, souffrait du manque général d'argent, mais pouvait-on économiser sur le chapitre des banquets et des fêtes ? Le Flamand n'y songeait pas ! Et puis, les spectacles favorisaient les rencontres entre villages, et stimulaient le commerce. Jérôme, le « facteur » ou « poète », véritable successeur des trouvères, dirigeait les monologues chantés, les énigmes, une multitude de petits exercices littéraires. Il fit la prière en l'honneur de la Vierge. L'atmosphère changea brusquement lorsqu'il leva son verre et le tendit à ses pairs en signe de fraternité. Ils entamèrent une chanson à boire. Des dizaines de canettes de bière s'entrechoquèrent au rythme de la légende du roi Gambrinus, inventeur de la bière, « mille ans avant Jésus-Christ » disait le peuple, et que le pape aurait sanctifié sous le nom d'Arnould.

Tandis qu'à l'intérieur l'ambiance s'échauffait, en haut du clocher de Moerbeke, l'homme de garde était prêt à sonner le tocsin. Les alentours paraissaient calmes et sereins, mais on s'était battu dans la plaine le mois dernier, et la méfiance s'imposait.

L'air vif lui fouettait le visage, l'empêchait de s'endormir, et dissipait son ivresse. Avant de prendre son poste, le guetteur s'était arrêté un bon moment à l'estaminet pour étancher sa soif matinale. De son observatoire, il apercevait de nombreux villages, et quelques manoirs de briques roses. La fine et majestueuse flèche ajourée de l'église Saint-Éloi d'Haesebroek s'élevait très haut vers les cieux. Pierrot, le cousin, appartenait aux archers de Saint-Sébastien de cette ville. Il disait qu'on avait qualifié ce chef-d'œuvre, de *Turris Splendida* ! Il ne se sentit plus seul, car là-bas, aussi, sur le promenoir de la tour, un pauvre bougre comme lui se tenait immobile, en sentinelle.

Il tourna son regard vers les sous-bois de la forêt de Nieppe, au panache fauve et doré. En cet instant, il eût aimé posséder le don de la peinture ou de l'enluminure. Il se laissa chavirer dans un rêve teinté d'une douce mélancolie.

Soudain, ses yeux se plissèrent. Non, il ne se trompait pas. Il recula brusquement, hurla à pleins poumons. Puis les cloches retentirent, infernales. Des troupes se mouvaient en direction du bourg. Les militaires cherchaient des lieux sûrs et accueillants pour y prendre leurs quartiers d'hiver. La petite communauté n'y tenait pas !

Si le danger se confirmait, la saison froide risquait d'être des plus éprouvantes. Il fallait tellement leur donner, à ces gens d'armes ! Sans compter les abus des soldats désœuvrés, les champs dévastés par les chevaux, les réquisitions, et jusqu'aux filles engrossées par plaisir et par contrainte. Que l'armée fût espagnole ou française, son approche augurait un sombre hiver.

Les Flamands étaient organisés. Dès le signal, les femmes et les enfants désertèrent les maisons et filèrent à l'église. On y porta aussi le doyen : un vieux sage de soixante-dix-neuf ans, ayant perdu l'usage de ses jambes, mais non pas de sa tête. Lors des veillées, on ne détestait pas d'entendre ses réflexions sur la vie, et ses prudents conseils.

Des vaches furent poussées, tant bien que mal, dans l'enceinte du cimetière, car les lieux saints, en principe, étaient respectés par tous, même par les pillards.

Jérôme et ses pairs évacuèrent à la hâte la salle du cabaret. Le Bouffon, à l'habit bariolé vert et jaune avec des raies noires, répétait son numéro dans la cour intérieure. Il sortit, vaguement ridicule, embarrassé, sa marotte garnie de grelots à la main, et le bonnet de folie, orné de sonnailles, sur les yeux.

Corneille Van Noort, lui, quitta aussitôt la ferme de l'Orme, bien protégée, pour rejoindre la maison de ville.

Les soldats se rapprochaient.

Le Conseil des échevins, crédule ou téméraire, décida de dresser au plus vite quelques barricades de fortune, et de contrer ainsi une éventuelle attaque. Manque de chance, le seigneur de Montmorency, qui accordait sa bienveillante protection, était absent.

Enfin l'homme de garde distingua les couleurs du détachement : elles étaient espagnoles. Le bailli et ses sept conseillers, ensemble, se postèrent à l'entrée du village. Ils les attendirent de pied ferme, armés de leur seul courage. Par cet acte de bravoure, déjà, ils remplirent leur mission de sauvegarde du marquisat. La carrure imposante, l'allure altière et la voix forte de Corneille Van Noort le désignèrent pour parlementer avec l'officier espagnol, menant sa horde de gueux affamés. L'échevin mentit avec stoïcisme : il allégua de mauvaises fièvres venues des marais, et le découragea de s'installer en pareil endroit. Des vivres furent donnés. En échange, la troupe rassasiée poursuivit son chemin.

Ils avaient gagné la tranquillité de leurs gens.

D'autres seraient obligés d'accueillir les soldats fatigués. Par la force, cette fois.

« Chacun pour soi... »

Hors du village, point de salut. Hors du village, c'était déjà l'étranger.

On fêta ce petit événement comme la victoire d'une grande bataille pour la liberté.

Au *Coq de Paille*, les langues déliées par la bière coururent à bride abattue. On exorcisa la peur dans l'alcool et la bonne compagnie.

Satisfaits de leurs chefs, tous trinquèrent à leur courage.

Néanmoins, un noyau de méfiants critiqua Corneille, qui les avait sortis, pourtant, de l'embarras... Ces jaloux lui reprochaient ses méthodes de travail, ses succès, ou sa femme...

— Il est prêt à collaborer avec n'importe qui pour épargner ses terres !

Corneille ne les entendit pas. Il ne fréquentait pas les estaminets, en dehors des affaires à traiter.

De maigres tensions se faisaient sentir au sein des villageois.

— Allons-nous devenir françois ?

— Ce serait une bonne affaire !

— Ah non ! Tu veux la mort de notre corporation ?

Les tanneurs craignaient la concurrence des cuirs français. Mais la plupart des artisans étaient indifférents à la situation. Leur compétence en politique se résumait aux impôts, aux corvées. Ils en avaient tellement vu avec les dernières batailles ! On les avait sollicités, exploités, pressurés. Ce peuple n'aimait pas la guerre, il était servi.

— Un roi françois, qu'est-ce que cela va changer ?

Disciplinés et solidaires, les paysans détestaient se battre pour quclquc chose qu'ils ne comprenaient pas. Depuis le Conseil des troubles et la Contre-Réforme, on avait converti le Flamand en un doux agneau pascal... Du moins le croyait-on. Mais s'il y avait offense personnelle, alors là, il se désenchaînait, et savait jouer du couteau, en dépit des fortes amendes en vigueur.

La colère ressentie à la vue de ses champs ravagés, de ses femmes violées — une fureur prête à exploser à tout moment —, couvait dans ses entrailles. Et, au moindre faux pas...

Les manants ne connaissaient pas la situation exacte, mais les notables, eux, étaient au courant des dernières nouvelles et des récentes lois. Ils détenaient le pouvoir.

Dans la salle des échevins, on commentait l'incident, et, le visage déridé, on se félicitait de l'avoir si brillamment surmonté.

Le bailli éleva la voix :

— Jérôme, tu lis l'ordre du jour. Nous avons des raisons de nous réjouir, mais il nous faut expédier malgré tout les affaires courantes.

Jérôme le « poète » était aussi l'organiste à l'église, et « l'homme du curé », tel que Corneille le surnommait, non sans ironie. Il avait été choisi par l'abbé pour instruire les enfants, ce n'était pas un mauvais choix. Mais Corneille et lui se chamaillaient fréquemment. Maître Van Noort mésestimait leur guilde, si prisée de tous les Flamands, et Jérôme ne se remettait pas de cette vexation.

— Tu es le seul notable à dédaigner notre belle société littéraire... Ce n'est pas bien... D'autant que toi, tu as étudié de la rhétorique, au collège, ça servirait !

— Je suis un homme d'action, répliquait Corneille. L'art est une perte de temps et un divertissement propre à favoriser la rêverie et la paresse...

Jérôme protestait :

— La chambre est placée sous la protection de Notre-Dame des Affligés et de l'Enfant Jésus. Notre curé lui-même l'encourage par les pièces dramatiques qu'il compose !

— Bien... Alors... Commençons... (Jérôme prit un air important et s'éclaircit la voix.) Il y a eu vente de marchandises près du cimetière.

Le bailli l'interrompit :

— Vous savez que, depuis l'empereur Charles Quint, il en a été fait défense expresse et précise... Continue, Jérôme.

— On dénombre toujours trop de contrebandiers au lieu dit la Belle Hôtesse...

— ... Pour la gabelle, bien entendu, précisa encore leur chef. Mais poursuis donc.

— La mère Dewraet a laissé traîner ses oies sur le chemin du château... (Il jeta un coup d'œil en direction du bailli, qui n'intervint pas.) Martin Terninck a frappé à plusieurs fenêtres en état d'ivresse, après le couvre-feu...

— Le voyou ! commenta un échevin.

— Le père Fervael vit en concubinage, et publiquement, avec une femme de mauvaise vie.

— C'est un fichu gaillard, celui-là ! s'écria maître Van Abeele.

— Tu veux dire un écervelé, Jehan, corrigea Corneille.

— Que risque-t-il ? demanda le forgeron-barbier.

— L'oreille droite coupée, lui répondit le bailli, placide.

Ils établirent ensuite, selon un tableau et des règles définis à l'avance, le montant des amendes à verser pour chacun de ces délits.

Ce jour-là, ils abordèrent la question politique, et leur belle entente se brisa. Ils étaient de cette minorité qui avait son mot à dire sur la conjoncture. Mais les opinions divergeaient.

— Si la châtellenie passe aux François, comme la malheureuse ville de Lille, il va falloir récrire toutes les lois en cette langue ; quel travail supplémentaire ! maugréa l'un des conseillers.

— Pour cette tâche, annonça le bailli, je compte sur toi, Jérôme, tu es maître d'école ; et sur toi aussi, Corneille. Tu as fait des études aux Augustins d'Haesebroek. Vous êtes les plus aptes à cette besogne.

Ils n'avaient aucune envie de travailler ensemble. Tous deux se méprisaient sans oser le reconnaître en public. Maître Van Noort se vantait d'avoir davantage les pieds sur terre, et plus de liberté face au pouvoir. Jérôme critiquait « l'homme de labour qui avait les deux pieds dans la *clyte*, et voulait jouer au savant ».

On se plaignit :

— En France, les impôts sont plus lourds que par chez nous !

Le débat s'envenima.

— Notre prince Eugène est prêt à se révolter, si le marquisat de Moerbeke est donné à Louis XIV.

— Il exècre ce roi de carnaval !

— Rien d'étonnant à cela, lança Corneille, il a eu ses titres par le roi d'Espagne. (Il provoqua une levée de boucliers.) Allons, messieurs, poursuivit-il au lieu de se taire. Il y a cent ans, nous n'avions pas le cœur espagnol. Nos Flamands furent bien braves en se rebellant contre les dévastations des soldats de Philippe II. Mais aujourd'hui, les querelles et les intérêts entre aristocrates, ils n'en ont que faire.

L'allusion concernait le propre cousin d'Eugène de Montmorency, qui avait été décapité par Louis XIII.

Maître Van Noort conclut :

— Leurs soucis, à nos braves gens, ce sont les vaches, les champs, et des enfants bien solides.

Il avait raison, et pourtant son caractère, et surtout son irritabilité croissante, entravait la souplesse et la circonspection.

Critiquer les chambres de rhétorique, les saignées des médecins, le curé, passe encore ! Mais le seigneur de la région ! Ce n'était pas admis dans le village. A plus forte raison, au sein de la petite assemblée de privilégiés, nommée par ce même grand personnage. En se désolidarisant des autres échevins, il commit une lourde imprudence.

— Corneille, tu n'es qu'un envieux, lui dit-on.

Oui, il l'était. Mais non du prince et des nobles. Ceux qui levaient les yeux sur sa blonde Iolande lui donnaient de l'ombrage.

Jehan, son ami, fut peiné. Il ne comprenait pas.

Jérôme, lui, le défia. Il énonça les massacres subis par leurs ancêtres, plusieurs siècles auparavant. Les Français s'étaient servis de leurs cadavres comme projectiles. Il rappela la vengeance de Denis de Moerbeke à Maupertuis, où celui-ci vendit le roi des Français à l'Angleterre.

Soudain, dans un élan d'exaltation et d'idéalisme, il s'écria :

— Vive le chevalier de Maupertuis !

Tous alors se levèrent, et scandèrent, poing levé :

— Maupertuis !... Maupertuis !...

Corneille quitta la salle de réunion, las de leurs divagations.

Qui devenait fou ? Les échevins grisés par les dangers menaçant la petite communauté, ou l'homme de science qu'était « le maître de l'Orme », en avance sur leurs préoccupations, mais à l'esprit troublé par la passion ?

— Sûr, disait-on, il s'égare, le Van Noort ! C'est peut-être le manque d'enfant qui lui frappe l'esprit. Il croit qu'on peut guérir la peste, et même monter sur la lune !... Il vaut mieux en rire, parce que sinon...

Les heures s'étaient écoulées, graves et pesantes, dans la maison silencieuse. Immobiles auprès du malade, Renelde et Meï ne savaient plus que faire.

En entendant la clochette des Corbeaux, elles levèrent la tête d'un même mouvement.

Elles se regardèrent. Elles s'étaient comprises.

Sans prononcer une parole, elles lâchèrent leur mouchoir pour conserver les mains libres. Elles soulevèrent Charles de sa couche. Elles tentèrent de l'emmener hors de la maison, afin qu'il ne mourût pas à l'intérieur ; pour éviter les barres de la quarantaine qui les condamneraient sans nul doute au trépas.

Elles le traînèrent.

Il était lourd. Il râla sur le dallage. Alors, on se dit que la mort l'avait presque rejoint. On s'en persuada pour oublier... Oublier que l'on ne se conduit pas en héros parce que l'on veut échapper soi-même à la longue claustration.

Enfin, on atteignit la porte.

On l'ouvrit en grand pour mieux le sortir.

Trop tard.

Deux sergents de ville firent une brutale apparition, le nez et la bouche protégés par une grossière étoffe, les bras chargés de bois blanc.

Renelde les supplia de s'en aller plus loin.

Toutes deux étaient bien vivantes et voulaient le demeurer !

Mais les serviteurs de l'ordre n'en étaient pas aux premières plaintes. Ils refusèrent la requête.

— Allons prier, dit la marraine, il ne nous reste plus que cela... Invoquer le pardon et espérer.

Sans attendre davantage, pour cacher peut-être l'émotion qui la submergeait, Meï courut se réfugier dans le petit oratoire.

Renelde la regarda s'éloigner.

— Non, nous n'allons pas mourir, jura-t-elle tout bas. Vivre ! vivre de tendresse et de musique, de fleurs, d'enfants, de chants, vivre !

Et Renelde de refermer la porte sur elle et les deux hommes.

Oui, ils avaient remarqué la beauté de la Flamande. Ils avaient pensé qu'il serait triste de laisser partir si vite en enfer un si beau corps de femme.

Et Renelde de conclure le marché de Satan, de leur ouvrir son corsage, de leur offrir en pâture sa chair si blanche et douce pour survivre.

Après tout, comme l'avait affirmé le curé, « l'enveloppe terrestre, ce n'est pas ce qui compte ».

Après tout, n'avait-elle pas maintes fois immolé son corps au sacrifice du mariage ?

Alors, une fois de plus... Pour sauver sa vie, et celle de sa marraine...

Renelde ferma les yeux sur ses nausées et ses scrupules de chrétienne. Mais elle eut la sensation de perdre son âme en se donnant aux soldats de l'enfer.

Quand elle souleva ses paupières, les hommes venaient de partir, très satisfaits de cette heureuse pause dans un travail qu'ils n'aimaient guère.

En reprenant ses vêtements éparpillés sur le sol, elle entendit la frêle clochette. Elle rejeta la vision cauchemardesque des deux mâles achevant hâtivement de la déshabiller, pour se jeter goulûment sur une trop bonne aubaine.

Extrêmement pâle et tremblante, elle entrouvrit la porte sans difficulté. Les barres n'étaient pas posées. Elles l'étaient sur la maison du voisin d'en face. Elle aperçut le corps de Charles emmené par les Corbeaux. Elle regarda s'éloigner la charrette, dans une odeur de soufre qu'elle ne pourrait jamais oublier.

Des corps entassés, un amas de cadavres, s'y bousculaient, sautaient les uns sur les autres avec les cahots du véhicule surchargé. Quelques plaintes se firent entendre...

Peut-être son mari...

Renelde s'écroula.

En proie à une violente crise de larmes, vivante et flétrie, elle referma la porte sur sa faiblesse.

La honte avait quitté les malades.

La honte, désormais, s'était glissée parmi les survivants...

11

Entendez-vous dans la plaine
Ce bruit venant jusqu'à nous?
On dirait un bruit de chaîne
Se traînant sur les cailloux.
C'est le grand Lustucru qui passe,
Et qui repasse...

Et Tis'je, tel un voyageur clandestin et traqué, n'eut que le temps de s'accroupir derrière un bosquet. Aucun bruit, aussi ténu fût-il, n'échappait à ses oreilles entraînées, surtout pas le battement régulier de pas et de bâtons. Les dernières troupes se mobilisaient pour prendre leurs quartiers d'hiver dans quelque bourg, avant que les chemins encore praticables ne disparaissent, happés sans doute par les esprits des marais. Soldats ennemis ou alliés, aucune idée; aucune envie d'être enrôlé de force. Il redoutait les uns autant que les autres. Sa respiration, son sang, son esprit se bloquèrent dans l'attente de leur passage. Apte à la témérité, Tis'je, comme tout itinérant, dissimulait toutefois son humiliation face à l'envahisseur. Le danger écarté, il escalada le talus, reprit haleine sur l'herbe d'une prairie. Il s'accordait cette détente dès qu'il éprouvait le besoin de réfléchir.

Il chérissait sa contrée.

Du haut du marquisat, il contempla les basses terres, les hameaux dispersés autour d'Haesebroek, le magnifique château de Moerbeke entouré de douves, de dépendances, de massifs de fleurs rares et de jardins abritant des oiseaux exotiques. La forêt de Nieppe était belle en cette fin d'automne. Elle était étoffée à l'image de la mer dont on ressentait la puissante attraction en humant le petit air salé qu'emmenait le vent depuis la côte. Et Tis'je avait vu la mer!

« Nos gens sont de plus en plus inquiets. C'est la faute de ce roi... euh... "sacrilège", oui, sacrilège! Il a jeté l'ombre sur la plaine, en s'appropriant le soleil. »

Un sourire effleura ses lèvres, en dépit de sa colère.

« Si je savais écrire, je noterais ça, tiens! »

Et il poursuivit son soliloque :

« Dieu nous a donné des merveilles : la terre, le ciel, les oiseaux, et les arbres. Pour le reste, on devrait se débrouiller, et arrêter de coller les misères et les guerres sur le compte du Créateur. Tout ça, ce n'est qu'une question d'organisation. L'homme est vraiment un étrange animal! »

Tis'je était donc un sage, qui se prenait volontiers pour un hérétique du fait de sa révolte permanente envers les gâchis de la race humaine.

Il releva le nez. Un corbeau intrépide s'envola en croassant dans la direction des hommes d'armes qui, décidément, n'entraînaient que malheur sur leur passage.

La kermesse de la Saint-Firmin était passée. Le Conseil du village avait hardiment repoussé les militaires.

On avait repiqué le colza, récolté le houblon, et commencé les veillées.

Tis'je vit passer un vol de canards sauvages.

Demain était jour des saints. Il frissonna. L'aube humide annonçait un hiver précoce. Il était resté dans son pays, renonçant à sa migration saisonnière vers la région lilloise occupée par les Français. Il n'avait pas de parcours précis et urgent à effectuer, mais il se plaisait à sillonner les chemins, très tôt, et par tous les temps. Il prenait ainsi contact avec la nature, se lavait le visage et les mains à l'eau de source, glacée mais pas encore en glace. Sur la berge des canaux, il regardait nager les poissons. Il se sentait partie intégrante de l'univers. Seul, devant Dieu, il écoutait clapotis, roucoulements et gazouillis, respirait les parfums de la terre et y puisait ses forces. Les sens en éveil, il vivait.

Il aimait alors accueillir chez lui, c'est-à-dire dehors, les premiers travailleurs.

Il saluait M. le curé, les laboureurs, les meuniers.

Il donnait le clin d'œil aux paysannes, ravies d'être courtisées de si bonne heure.

Les paysans en sayon travaillaient déjà dans les champs, nu-pieds, car l'argile collait aux sabots.

— Au moins les soldats ne s'y risqueront pas, dans celle-là ! cria l'un d'entre eux à l'adresse de Tis'je.

D'autres hommes, chaussés de patins à boue, entamaient leur journée de corvée. Ils posaient des pierres sur les routes environnantes.

Tis'je croisa de jeunes garçons, qui rejoignaient leurs pères pour le labour. Enfants courageux, ils avaient auparavant aidé leurs mères à nourrir les bêtes. Ils n'en riaient pas moins de bon cœur en sautant de pavé en pavé dans les sentiers bourbeux.

Pieds nus, au bord d'un fossé, un polisson fouillait la *clyte* à l'aide d'un outil pour y dénicher l'anguille.

Il sursauta à l'approche de Tis'je.

Il s'agissait de Piete, le simplet du village.

Il braconnait fréquemment. Il avait toujours peur d'être surpris par les sergents. Il ignorait qu'il était le seul dans le pays à détourner la loi en toute quiétude.

« Bienheureux les pauvres d'esprits », avait dit Jésus. On fermait les yeux.

En bon entendeur, le colporteur lui fit un signe amical, et continua sa promenade matinale.

Piete pouffa de rire à sa méprise. Hilare, il esquissa une gaudriole. Il en tomba dans le fossé.

Il se redressa aussitôt, sale, blême, épouvanté.

Il venait de heurter un corps soustrait aux regards dans les hautes herbes. Il entendit un gémissement. L'homme n'était pas mort.

Blessé ou malade, il gisait dans la *clyte*.

Bouche bée, l'air hébété, Piete fixait des yeux la forme étendue. Une main se tendit vers le jeune gars, mais celui-ci avait déjà filé, aussi vite que le lui permettaient ses longues jambes maigres de *flaüte*.

Bousculant Tis'je, et sans le voir, Piete était parti prévenir ceux du village. « Eux sauraient quoi faire ! »

Lui, il ne savait pas.

Il était trop bête, on le lui avait toujours dit. C'était un être manqué. Tout juste s'il existait aux yeux des autres.

Il arriva sur la place et ouvrit la porte de l'estaminet.

— Un étranger ! Un étranger dans le fossé ! cria-t-il, haletant.

Pris d'un accès de folie furieuse, Piete se mit à gesticuler de façon incohérente, l'attention des villageois à son égard redoublant sa panique.

On le calma. Puis on alla vérifier les dires du chétif imbécile.

Vagabond ou mendiant, le pauvre diable trouvé au bord du chemin devint sujet de controverse et provoqua une meute d'inquisiteurs, entraînant à sa suite le curé pour l'extrême-onction.

Avant qu'il n'exhalât son dernier souffle, il fallait obtenir du moribond l'assurance qu'il était bon chrétien et partirait comme tel.

Il était important aussi de connaître son pays d'origine.

Venait-il marauder ?

Était-il un déserteur ?

Tis'je revint sur ses pas.

Il départagea les indécis en reconnaissant le mourant derrière le masque livide à demi recouvert d'argile :

— C'est le Lillois !... Maître Van Eyck !... s'écria-t-il. Il vient chaque printemps faire commerce dans la région. Je l'ai souvent accompagné jusqu'à Moerbeke, moi !

Tis'je pensa à son amie Renelde, la fille du brasseur.

— Mais les beaux jours sont loin. Il n'a pas lieu de se trouver dans not' campagne, dit le patron de l'estaminet.

— C'est juste, c'est juste, répondit Tis'je, très perplexe.

Comme par miracle, une nuée de curieux recouvrit les talus des alentours.

Les échevins arrivèrent, eux aussi, revêtus de leur costume d'apparat, conscients de leur dignité.

Corneille Van Noort confirma les dires du colporteur. Plus d'une fois, il avait conclu affaire et trinqué à la prospérité avec le commerçant de la grande ville.

Pour l'heure, ce dernier délirait. Il ne portait aucune blessure, mais une fièvre fatale le terrassait.

En un ultime effort, Pierre Van Eyck émit un signe en direction de Tis'je et lui murmura quelques mots à l'oreille.

Sa main retomba brutalement.

C'était fini.

Il y eut d'abord un solennel et pesant silence, pendant lequel chacun, à l'exemple du colporteur, retira son chapeau.

Tis'je se recula.

Il se tourna vers la foule recueillie et prononça lentement ces mots terribles :

— La peste... Elle est à Lille.

Le respect laissa la place à la stupeur, aux chuchotements.

L'atmosphère devint moite et inhospitalière. Par enchantement, l'attroupement se dispersa aussi vite qu'il s'était formé. Et chacun de mettre une bonne distance entre lui et le fauteur de troubles. Et chacun de se signer et de s'évanouir dans la nature.

Le curé n'avait pas eu le temps d'agir. L'homme n'irait donc pas en paradis, et son âme damnée faisait fuir autant que la menace de la Male Mort.

Seuls, postés à l'écart, les échevins se devaient de réfléchir. Pour les autres. Zélé, maître Van Noort s'approcha de la dépouille mortelle. Il l'aimait bien, le Lillois.

— Recule ! Tu es fou ! (On lui répéta les paroles entendues lors d'une récente messe :) C'est le fléau de Dieu !

Mais Corneille n'avait pas peur.

Il n'a jamais eu peur, sauf peut-être au début, en présence de Iolande. Il est certain qu'un jour prochain la médecine guérira la peste. Il croit en la science, car elle a été donnée par le Seigneur. Elle ne peut venir du Diable, car il n'y croit pas, au Diable. Mais il ne faut pas le dire. Et puis, s'il y en a un, il est là sur ce sentier, et Corneille est prêt à le combattre. Non, manifestement, il n'a pas peur.

Dans le village, on le craint, on le critique de plus en plus, lui, sa richesse et son savoir.

— Il devrait plutôt se mêler de son ménage.

— Surveiller sa coquette femme...

— Et engendrer des fils...

Avec une étonnante force et maintes précautions, il chargea le corps de l'étranger sur une charrette, et alla l'enterrer dans la chaux vive.

Les cloches de l'église Saint-Firmin sonnèrent l'office de la Toussaint. De nombreux patins à *clyte* s'alignèrent le long du parvis.

Au milieu des femmes trônait la fière Iolande, non loin de Corneille, placé, lui, du côté des hommes.

Tis'je était là, qui la regardait. Il n'était pas le seul.

Le beau manouvrier du moulin, Jérémie, avait les yeux rivés sur la princesse aux cheveux d'or.

Le sermon proféré par le prêtre, la violence de ses menaces impressionnèrent les paroissiens. Il y était question de « Grande Mort », du souffle ravageur de Dieu qui avait laissé Satan envahir le monde. Il y eut une mise en garde sérieuse, afin de ne point être puni comme les gens de la ville.

— ... La mort, ou la purification! Vous n'avez pas d'autre choix!...

Ceux de la campagne vécurent dès lors dans la hantise de la contagion. Les sièges de tous les rois du monde, la famine, les vents du nord leur parurent insignifiants. Un châtiment monstrueux planait dans l'air. Certains Flamands, déjà peu bavards, allèrent même jusqu'à se taire, car, selon la rumeur, le poison s'infiltrait entre les dents.

Ce soir-là, les paysans interrogèrent le ciel avant de s'enfermer dans les chaumières.

On porta une chandelle. On pria pour le repos des âmes des trépassés, mais aussi pour se protéger de la maladie qui sévissait à Lille. Quand toutes les mèches s'éteignirent, on traça une croix sur le pain, et, dans un profond recueillement, on trempa son quignon dans la soupe au lait.

Alors on se mit à parler des morts, pas des autres, mais des siens, qui étaient près des anges.

C'était leur fête, tout de même.

D'autres veillées se succédèrent, où il faisait bon pour les vieux, accablés par le danger, de se réchauffer aux rires de leurs petits-enfants.

A la Saint-Nicolas, les vieilles du village racontèrent

aux lutins, les joues rougies par le feu de l'âtre et la froidure extérieure, les yeux écarquillés d'excitation, des contes de fées et des contes à faire peur. On y évoqua les Nekkers, ces génies malfaisants des marais, et les lampes de morts, qui poursuivent les voyageurs osant s'y aventurer.

Juste avant Noël, un premier incident se produisit dans la ferme de l'Orme. Des manouvriers désapprouvèrent maître Van Noort en public.

Corneille avait surpris l'un d'entre eux à voler le bois du domaine. L'acte était répréhensible, mais il s'agissait d'une maigre souche, destinée à servir de bûche au soir de la veillée, et réchauffer les corps d'une famille pauvre.

Le maître de l'Orme oublia que son grand-père, un miséreux, opérait de manière identique. Il renvoya le voleur, insensible aux excuses de l'indigne employé. Lui, le fils Van Noort, s'en était sorti par un travail dur, sans concession. Les autres n'avaient qu'à agir pareillement !

— Vous êtes riche, vous ne pouvez comprendre, protesta l'un des ouvriers, révolté par son inclémence.

— Toi, Henri, si tu commences à créer des émotions[1] au sein de mes hommes, la loi va te tomber dessus !

Le groupe se dispersa dans la neige, mais l'on commenta longuement le manque d'indulgence du maître impitoyable.

On le blâma, et l'épisode fit le tour du village.

Dans l'esprit de ces gens humbles, il était difficile d'admettre que l'un des leurs devenait, avec ses terres et son moulin, presque aussi puissant que leur seigneur.

N'avait-il pas construit les nouveaux bâtiments de sa *hofstède* avec des briques, comme l'église, comme la maison du bailli, et le château ?

1. Émeutes.

Quelle impudence!

Pourtant, depuis qu'il avait acquis la place de premier échevin, il ne cherchait plus à rivaliser avec la famille de Montmorency. Il était quelqu'un au village. Cela lui suffisait. Le prince et marquis, Eugène, était respecté par l'ensemble de ses sujets. Corneille Van Noort était l'un d'entre eux.

Mais les relations avec sa femme, Iolande, se dégradaient, et accentuaient sa nervosité.

Vers la fin de l'hiver, un second événement lui attira la défaveur de son entourage.

C'était un jour chômé selon le calendrier des saints... Cependant, la besogne ne patientait pas. La tempête risquait de se lever. Corneille ne pouvait obliger ses manouvriers à travailler, sous peine d'agir à l'encontre de l'Église, et de la loi. Or la loi, il en était. Ces dates, trop nombreuses à son goût, n'étaient pas utilisées pour le repos et la prière. Non! Pour les plaisirs! Il pestait avec violence contre les hommes et les accusait de mettre plus d'ardeur à la kermesse qu'à leur devoir.

Ses ouvriers, excédés, abandonnèrent leur besogne. Ils allèrent se plaindre au curé des façons peu catholiques de leur maître... Pour un échevin, pensez donc!

Ainsi Corneille surveillait les animaux et trayait les vaches, tandis que chacun goûtait aux joies de la danse.

Sa Iolande était des leurs. Il n'avait pas réussi à la retenir. Il n'avait pas essayé. C'eût été impossible. Il le savait.

Comme tout être soucieux, il devenait insupportable.

Ce soir-là, il ne trouva qu'Adrienne à la cuisine.

Immobile au coin de l'âtre, elle l'attendait depuis la tombée de la nuit. Le souper était prêt.

Elle laissa tomber, avec une négligence feinte, son châle noir de ses épaules frileuses. Elle se leva, lui sourit, essaya d'engager la conversation, mais il était d'une humeur exécrable. Adrienne n'était point sotte. Elle ressentit son désarroi. Et, puisqu'il aspirait à la paix, elle lui servit le repas dans le plus grand calme, sans cesser toutefois de l'observer.

Le service achevé, elle s'en retourna sur son trépied, ayant garde de ne pas troubler le silence instauré. Ses yeux reflétaient un désir inassouvi. Elle le vénérait.

Brusquement, d'une voix coupante, il lui intima l'ordre de le laisser seul.

Rudoyée dès l'enfance, Adrienne s'éloigna, docile, et s'étendit dans un désert de solitude...

Il attendit le retour de Iolande.

Le couvre-feu était passé depuis longtemps.

Prisonnier de son angoisse, il se décida enfin à rechercher sa belle épouse, prêt à la battre, aux yeux du monde... Le monde, qui ne manquerait pas de constater — avec satisfaction — que tout n'allait pas rondement dans le ménage Van Noort.

Elle rentra au même instant.

Sans attendre, il attaqua :

— Tu sais que le jour va se lever?

— Si tu crois que je vais me contenter d'une existence de recluse! répliqua-t-elle, agressive.

— D'où viens-tu?

— La chambre de rhétorique est à peine terminée.

— Tu mens!... Hein!... D'abord, tu n'es pas femme de sociétaire, tu n'as pas à y mettre les pieds!

Elle ne répondit rien.

— Tu mens!... Oui... Tu me trompes, c'est ça... Avec qui?

Indifférente à ses reproches, l'orgueilleuse se mit à délacer son corsage, pour la nuit.

— Tourne-moi le dos. Je le vois, ton sourire qui me nargue. Avec qui, hein?... Un paysan « à la brouette », un journalier? Non, tu as trop d'ambition!

Les nerfs à fleur de peau, il se torturait l'âme à essayer de deviner le complice d'un probable adultère.

— ... Le bailli, peut-être...

Elle s'esclaffa :

— Tu es tombé sur la tête, mon pauvre Corneille ! Il est vieux et si laid... J'ai plus de goût... Tu devrais en être heureux, au lieu de me piquer ainsi !

Il n'écoutait pas. Son délire s'amplifiait.

— A moins que... Oui !... Notre seigneur, bien sûr !

— Le prince de Montmorency ?... Tu es malade !

Le ton était sec, les gestes sensuels. Elle retirait ses bas de laine, laissant apparaître des jambes de déesse antique.

— Il a usé de son droit de cuissage.

— C'est ridicule !

— Et avec ta bénédiction, bien entendu. Il n'y a que lui de très haut placé dans le village. Je te connais, va ! Tu ne peux t'offrir qu'à plus puissant que moi !

Elle partit d'un rire bruyant, un rire indécent.

Il n'en fallut pas plus.

Le souffle de la nuit, la poitrine ronde et arrogante de sa femme, sa bouche charnue et provocateur, réveillèrent les désirs obscurs de la bête sommeillant en lui.

Pris d'un subit accès de folie, il se jeta sur elle, lui déchira le corsage, et le jupon.

Sur le dallage, il la força, brutal, obscène.

— C'est ça que tu aimes, dis ?... C'est ça ?

Le lendemain, les pluies torrentielles s'abattirent sur la campagne. Les paysans pataugeaient dans la *clyte*. On fit appel au curé et à ses prières, dans l'espoir de contrer la colère des cieux. Des enfants peinaient à pousser les vaches récalcitrantes hors des pâtures inondées.

Corneille était furieux. Il l'avait prédit. Ses cris se noyaient dans la bourrasque.

A l'écurie, Marcel prit peur. Un manouvrier essaya de le calmer. Exaspéré par la résistance de l'animal qui se cabrait de plus en plus, et par l'influx irritant de la foudre, l'insensé s'arma d'une fourche. Il voulait l'intimider, se protéger; il le blessa grièvement.

On appela Jehan pour soigner la bête.

— Marcel va mourir. On ne peut rien faire, annonça le forgeron.

Corneille était fou de rage.

Jehan ne put raisonner son ami. Corneille saisit le fouet et partit battre à son tour le forcené qui avait assassiné son cheval préféré.

— Arrête! Tu vas tuer ce misérable! hurlait Jehan, luttant contre les éléments déchaînés.

Il ne fallut pas moins de quatre hommes pour le maîtriser et l'empêcher d'accomplir l'irréparable.

Nez contre terre, il éclata en sanglots. Il pleurait Marcel et son infortune.

Il pleurait surtout Iolande, qu'il n'oserait plus toucher.

Passé ce drame, il devint très irascible, et perdit toute mesure.

Une nuit d'infortune, il erra le long des murs de l'enceinte du château, ce qu'il se devait lui-même d'interdire, au nom de la loi. Il sortit son couteau, le dirigea contre sa poitrine. Il hésita; il n'osa plus. Alors, il taillada la pierre, se moquant des sentinelles.

On le vit boire à l'estaminet.

Muet, sourd, désespéré, recroquevillé à une table, les yeux rivés sur son gobelet de bière. Les villageois s'étonnèrent. Les enfants l'épièrent, en riant.

Puis les regards se détournèrent de lui. Des chuchotements se firent entendre derrière son dos.

On le plaignait.

Une fois encore, Jehan le fidèle vint à sa rescousse.

Malheureux pour son ami, honteux pour le Conseil des échevins, le forgeron-barbier l'aida à se lever.

Tête basse, tous les deux, ils sortirent au milieu d'une haie d'assoiffés silencieux.

12

A l'endormissement de l'hiver succéda le réveil de la nature. Les premiers bourgeons de l'an 1668 apparurent. Le soleil revint, et aussi les fleurs dans les jardins, les glycines et les rosiers grimpants. Les petites chaumières, repeintes comme il était de tradition une fois l'an, s'habillèrent de pastel : volets et portes en vert, en bleu pâle ou rose.

Chacun avec ses couleurs, chacun à sa manière, fêta ainsi le nid douillet qui l'avait protégé du froid et des bêtes sauvages.

On soigna les arbres, dons de Dieu, abritant les esprits protecteurs de la forêt.

Mais grandit alors la crainte des guerres et des agitations qui reprenaient fatalement avec les beaux jours.

A Lille, comme dans le Houtland, on vit renaître le printemps. Ralentie, certes, pendant la saison froide, la longue marche infernale de la peste ne disparut pas pour autant. On redouta même une reprise en force avec la chaleur. On gardait en mémoire les tristes exemples du passé. Quand l'air embaumait de senteurs florales, que les oiseaux chantaient les matins clairs, c'était le moment préféré par le mal pour recouvrir le pays de son manteau noir. Et le monde alors, pris dans la toile hideuse de cet insecte dévastateur, était sucé, puis anéanti.

Il y eut une surprenante et douloureuse chasse en pleine ville. Sur ordre royal, les sergents tuèrent les chiens, les chats et les colombes, afin d'éviter la contagion. On ignorait ce qui propageait la maladie, mais il était temps de prendre des mesures en rapport avec la ténacité du Diable.

Le canon retentit à nouveau.

La cité, assujettie depuis l'automne, allait appartenir de droit au roi des Français. On signa le traité de paix.

On chanta le Te Deum dans l'église Saint-Pierre, paroisse des Guésère. Le soir, on alluma des feux au coin des rues. Feux de joie pour les occupants devenus souverains.

Pour nombre de Flamands, ce ne fut pas l'euphorie.

A Saint-Sauveur, Marieke était consternée. Son homme, celui qu'elle avait choisi, venait d'être enrôlé de force dans les troupes de Louis XIV. Il n'était pas seul, bien sûr. Mais il vivait mal d'être ainsi ballotté d'un pays à l'autre, si vite, si brutalement, sans être jamais consulté.

— Ne t'inquiète pas, ma Marieke, j'y resterai pas, je le jure !

La demeure de Renelde était étrangement silencieuse depuis le décès du maître. Vêtue de noir pour les convenances, la veuve en éprouvait la tromperie. Souillée, elle n'osait s'en confesser au prêtre. Et puis, les nombreuses visites du père Philippe, si amicales fussent-elles, ne l'incitaient pas à l'aveu. Elle se débattait seule contre des forces obscures.

Ce soir-là, on heurta avec vigueur au battant de la porte d'entrée, troublant son tête-à-tête familier avec sa chère Meï.

— C'est vous, mon père ! Que vous arrive-t-il ? Neuf heures viennent de sonner.

Philippe s'élança dans une discussion passionnée :

— Ma chère Renelde, les nouvelles sont d'importance : le monarque promet beaucoup, tandis que les Espagnols répandent le bruit que les bourgeois de notre ville ont forcé leur garnison à capituler. Ils nous qualifient de traîtres et de criminels.

— Ce n'est pas possible ?

— Pire ! Ils détournent les marchandises en cours de route et confisquent les terres, là-bas, chez eux, qui appartiennent aux Lillois. On oubliera vite que l'on fut province espagnole !

— Ça, je ne crois pas ! s'interposa la marraine.

— Les Lillois seront bientôt heureux, je vous assure, madame Maes. Louis XIV l'a annoncé. Toute conscience individuelle, donc déviatrice et dangereuse, sera interdite en nos murs.

Les joues rosies par l'excitation et le vin de la fête, il était visiblement rassuré.

— Vraiment, on peut lui faire confiance. Il n'amènera pas d'hérétiques et de libertins, ces enfants de Satan qui répandent des calamités par leurs excès ou leurs maléfices. La ville a suffisamment de comptes à rendre au Seigneur. Quant à la Grande Maladie, il va donner de l'argent et prendre des mesures qui devraient être bénéfiques. Du reste, il a déjà commencé. Vous voyez, Dieu frappe, mais il sait aussi guérir !

Des mots brûlaient les lèvres de Renelde. Elle regarda son directeur de conscience, très élégant dans son habit noir, très sûr de lui. Elle continua de le fixer, dans l'espoir qu'il allait deviner ce qu'elle lui répondait en silence. En vain.

Elle se lança :

— Je suis surprise. Certes, je suis femme, et n'ai pas mon mot à dire, mais je n'en ressens pas moins toutes les injustices. Vous n'arrivez pas à me convaincre du bien-fondé de vos nouvelles opinions envers le roi. (Puis elle prononça sciemment son prénom :) Philippe, lors du siège, voici à peine un an, n'étiez-vous pas sur les barricades, contre celui, disiez-vous, « qui nous enlève notre liberté » ?

Pris au piège, il essaya de se justifier, mais l'épreuve était insurmontable. Il ne put soutenir son regard. L'expression sévère de Renelde n'enlevait rien à sa grâce. Au contraire, il la trouva éclatante de beauté. Son cœur se mit à battre trop fortement dans sa poitrine. Il exprima un prétexte quelconque, et disparut, aussi rapidement qu'il était venu.

— Pourquoi ce visage préoccupé, ma fille ?

Renelde poussa un soupir agacé, et ne répondit rien.

— Il t'a mise de mauvaise humeur, ce soir, le père Van Elst, poursuivit Meï.

— Oui, avoua Renelde. Ses paroles me laissent un goût amer dans la bouche.

— Pour le roi, je suis d'accord avec toi, ma fille. Et puis, oublier qu'on a été espagnol... Là, il exagère ! Mais, Dieu merci, les jours s'annoncent meilleurs, avec ou sans ce Louis XIV. L'offensive de l'épidémie semble enfin s'atténuer. C'est la tranquillité pour huit ou dix ans !

— Justement, parlons-en, de la peste ! Ses empreintes sont douloureuses. Regarde comme nos connaissances se sont écartées de la maison.

— Par prudence, ma chérie. Et elles ont eu raison. Mais elles réapparaissent.

« Le mal rôde peut-être encore, mais il est inutile d'affoler ma pauvre filleule », pensait Meï.

— N'empêche, Marraine, que nous le voulions ou non, nous sommes pestiférées. Nos mains sentent encore le vinaigre...

Un long silence s'ensuivit.

« Mon bel officier françois m'éviterait, lui aussi...

songea-t-elle. Outre l'atteinte à la morale, le danger des rapports charnels n'est plus la peur d'enfanter mais celle, plus affreuse encore, de mourir de contamination... Mon Dieu... C'est terrible. »

— Ne sois pas si triste, ma Renelde.

— Je suis pensive, c'est tout. Rassure-toi.

— Tu penses trop, ma fille, cela t'affaiblit. Bon. Les braises s'éteignent. Il est temps d'aller dormir... Oui, tu penses trop, répéta la brave marraine, qui elle aussi pensait beaucoup, mine de rien.

Renelde sursauta à l'angélus. Jadis, le tintement lui était agréable. A présent, chaque cloche provoquait sa panique, comme aussi le silence, trop long, trop pur et inquiétant.

Dans sa chambre, elle se sentit bien seule, en retirant de dessus sa poitrine son écusson de taffetas rempli de feuilles odoriférantes, destinées à éloigner la maladie.

Les parfumeurs avaient brûlé les vêtements et les objets suspects ayant appartenu à « son » mort. Ces « officiers de purge », recrutés à la hâte parmi des miséreux, avaient profité de la situation pour fureter partout et emmener d'autres biens personnels. Mis à part ce lieu où Renelde vivait, toute trace de l'existence de Charles de Guésère s'en était allée. C'était un peu comme s'il n'avait jamais vécu. Enfin, presque...

Soudain, retrouvant une spontanéité enfantine, elle se rua sur son lit, enfouit son visage dans l'oreiller, y étouffa ses sanglots.

La vie reprit le dessus. Meï, Dieu merci, était toujours à ses côtés. Par contre, Pierre Van Eyck, le père, n'était pas revenu.

Son ami Tis'je non plus.

Tête en bas, attachée à un piquet de bois, une oie vivait dans l'attente de multiples coups de bâton jusqu'à ce que son long cou se rompît. Autour du sacrifice, on riait beaucoup.

En cette fin d'été de l'an 1668, au Plat Pays, on proclamait sa joie d'être encore libre. On chantait dans les chambres de rhétorique, car on n'avait pas été vendu comme à Lille. Et puis, il fallait bien faire passer sa rage des misères et des craintes.

Alors on aimait bien ce « jeu de l'oie », et l'on oubliait sa cruauté. On se vengeait comme on pouvait. Après tout, il y avait bien eu, avant, la « fête du lièvre » qu'on lâchait sur la place du marché d'Haesebroek. Groupée par hameaux, la foule se lançait impitoyablement à sa poursuite, à force de cris, mêlées et batailles, jusqu'à la capture de la proie traquée...

Il faut tuer la bête pour être quelqu'un; il faut exorciser l'animal qui est en soi, tuer ses propres désirs, dompter ses propres frustrations.

Paysannes et bourgeoises étaient, toutes, très excitées. C'était à leur tour de jouer. L'une d'elles serait l'élue. Elles riaient et se bousculaient pour passer. Avec ostentation, l'épouse du bailli se plaça en tête.

Les yeux bandés, Iolande tua l'oiseau en lançant le bâton. Elle avait gagné.

Par le concours, la jolie Flamande, qui décidément avait bien de la chance, devenait reine de la nouvelle Guilde poétique féminine. Elle reçut les honneurs, sous le regard inquiet de M. le curé, qui trouvait que les choses n'étaient plus à leur place. « Tout commence à aller un peu trop vite en ce monde!... »

Et il y avait aussi les œillades critiques des vieux paysans qui ne purent s'empêcher de marmonner à l'encontre de la belle :

— Si les femmes à présent se mêlent d'autre chose que de figurer dans les cortèges, où allons-nous?

Ce soir-là non plus, Corneille ne participa pas à la fête. Il préféra la compagnie de ses chevaux.

Une musique assourdie lui parvint aux oreilles et réveilla le souvenir d'une merveilleuse kermesse de la Saint-Firmin.

Neuf ans s'étaient écoulés, neuf ans qu'il commençait à payer, car il glissait insensiblement vers l'enfer du doute, de l'inquiétude, voire de la cruauté.

Il se mit à l'imaginer, tête nue, semant la médisance.

— J' te vendrais bien ses cheveux au perruquier de Paris. Elle serait moins fière ! chuchotaient les commères.

« Je dois y aller. »

Quand il pénétra dans la salle des fêtes, il la découvrit sans peine, qui dansait, indécente de beauté et de grâce, avec Jérémie, le manouvrier du moulin.

Autour du couple, superbe et indifférent, on se gaussait :

— C'est elle qui a invité l'étranger !... Une femme mariée, quelle honte !

« L'étranger » était dévisagé, lui aussi, avec suspicion.

Certains villageois avaient bien failli perdre leur sang-froid. Avec sa large carrure d'épaules, la chemise ouverte sur une musculature parfaite, le blond Jérémie plaisait aux femmes.

Pourtant, depuis la Mi-Carême, il courtisait Adrienne. Il y en avait de plus jeunes et de plus attirantes, malgré son regard bleuté et ses joues rondes de bonne Flamande. Alors, était-ce pour se rapprocher de Iolande ?

A l'entrée de Corneille, le silence remplaça la rumeur bruyante. On s'arrêta de danser, de bavarder, de s'esclaffer ou de roter. Avide d'esclandre, attentive, l'assemblée était statufiée.

Corneille saisit puissamment Iolande par un bras et l'entraîna, faisant fi à son tour des commentaires fâcheux qui ne manqueraient pas de s'élever dès leur sortie.

Il crut entendre Adrienne souffler à l'oreille de sa femme :

— Sauf ton respect, tu en as eu un, tu n'auras pas l'autre !

Iolande suivit son mari en riant.

Corneille se rapprocha d'Adrienne. Une marionnette, comme lui. Dupée, comme lui.

Il lui parla, un peu. Il l'écouta davantage. Inconscient du feu qu'il entretenait dans le cœur de sa servante.

L'échevin tombait en disgrâce.

Une nuit, on osa chanter sous ses fenêtres.

— Il baie aux corneilles, il en aura des convulsions malgré son nom, car sa jeune épouse s'en va jeter son bonnet par-dessus les moulins !

On n'est pas tendre avec les maris bernés.

C'était trop pour Adrienne.

Mue par un espoir insensé, elle le guetta dans l'ombre de l'escalier, et se jeta dans ses bras.

Choqué, Corneille tenta de se dégager, mais la force de la passion est sans égale.

La voix saccadée, elle lui proposa d'être sa femme, dévouée et fidèle, ce que Iolande lui refusait. Elle le supplia de la prendre et de se venger l'un avec l'autre des infidèles.

Il ne répondait rien.

Le refrain moqueur lui tenaillait l'esprit.

Malheureuse, douloureusement comique, elle s'accrochait à ses chausses, en un ultime geste de désespoir.

Alors, il la repoussa sans ménagement.

« La chanson !... Le moulin !... »

Il ne se retourna pas sur sa pitoyable et infortunée servante, qui sanglotait sur le dallage.

Il prit la route du moulin.

« Bien sûr, le châtelain n'y est pour rien ! »

Au fur et à mesure qu'il marchait dans l'obscurité

d'une nuit de lune noire, il se persuadait de la pertinence de ses soupçons.

Ils rejoignaient ceux d'Adrienne.

Un brouillard fumant montait des marais et des eaux stagnantes.

Les alentours étaient silencieux.

Il n'avait emmené aucune torche, mais se fiait à sa connaissance des chemins.

« Mais oui ! Les autres savaient, pensa-t-il. L'étranger... »

Il ne regardait plus la route.

Il ne put avancer davantage, et faillit s'enliser dans les marécages avoisinants.

La silhouette du moulin se dressait, impressionnante.

Il retrouva les visions de son enfance.

Soudain, il distingua deux ombres fantomatiques.

Puis une seule, immense.

Image de son malheur.

L'ombre des amants.

Iolande et Jérémie. Cela était certain.

Jérémie et Iolande. Cela ne pouvait être qu'eux.

La nuit sombre l'engloutit.

Il perdit connaissance.

13

L'avis, placardé sur la porte de l'hôtel de ville, interdisait « la mendicité, les jeux de cartes, les bagarres, les rassemblements et toute espèce de... » Renelde ressentit un fulgurant pincement au ventre en lisant le mot « débauche ». Dangereuse, cette dernière était une des causes de la propagation de l'épidémie.

Catins — pécheresses — sorcières...

Enveloppée de titres, de mérites, de vertus et de bonnes œuvres, Renelde songeait aux conditions de la mort de son époux... Et s'identifiait à ces créatures de mauvaise vie.

Écrasée de honte à la vue de l'arrêté royal, elle relégua bien vite ce douloureux souvenir aux oubliettes de son âme.

Depuis le malheur, elle blanchissait les désordres libertins et sacrilèges de ces femmes, mais ne se pardonnait pas les siens. Des semaines entières, elle redouta les regards inquisiteurs du voisinage, qui lisait — sans aucun doute — sa déchéance sur sa face et sur son corps. Chaque jour, elle tentait de se purifier et d'extirper sa souillure en se lavant avec ardeur.

En dépit de son tourment, son secret lui paraissait

plus léger dès qu'elle voyait poindre un sourire sur le visage rond et ridé de sa vieille marraine. Elle était alors confortée dans sa conduite et regrettait moins sa folie.

Un jour, peut-être, Dieu lui accorderait le pardon.

Et puis, le Seigneur ne l'avait pas châtiée : ni enfant du péché, ni infection contractée par son mari, ou par l'un des sergents. Sur le tard, elle avait frissonné d'horreur en s'imaginant contaminée à mort par son acte désespéré de survie...

Désormais, on se méfiait des foules, semeuses de maladies et d'émeutes. Le roi y trouvait son compte, pour asseoir son pouvoir. Implorer la charité était interdit, mais rien n'empêchait la masse des pauvres de s'amplifier. Une multitude tendait la main vers un secours que le plus grand nombre ne pouvait offrir.

Plongée dans ses alarmes, Renelde ne vit pas l'arrogant carrosse rouler trop vite et trop près. Il projeta sur son passage une giclée de boue, qui l'éclaboussa de la tête aux pieds.

Agacée, elle secoua ses vêtements maculés, essuya sa joue barbouillée.

Elle imagina le véhicule conduit par un ange en colère; elle s'en réconforta. Il avait frappé l'impie au visage pour la punir de ses offenses au Tout-Puissant.

Mea Culpa.

Elle chassa ses funèbres idées.

Elle se devait de montrer bonne figure à ce premier rendez-vous familial.

Un autre souvenir, plus récent, lui revint à l'esprit.

Après des semaines d'isolement, sans nouvelle des siens, elle avait finalement marché jusqu'à Saint-Étienne.

C'était un des derniers jours de neige, un matin de la fin février.

Par crainte de la contagion, sans doute, la porte était

restée close. Immobile devant le seuil de son ancien foyer, les doigts endoloris par le froid, elle avait longuement insisté...

« Oui, très longuement », se souvint-elle, le cœur rempli de larmes...

Des bruits confus, étouffés, trahissaient leur présence.

Enfin, on entrebâilla la fenêtre d'une chambre, à l'étage. Une servante l'interpella sèchement :

— Madame ne peut pas vous recevoir, lança la gueuse.

— M. Nicolas ?

— M. Van Eyck est à son travail.

Et la messagère de disparaître sans aucun ménagement.

On la traitait comme une étrangère indésirable ? Soit. Mais ce n'était pas l'initiative de son frère. Invaincue, elle dirigea aussitôt ses pas vers la brasserie.

La réputation de la bière Van Eyck grandissait, et passait les frontières. Un peu moins alcoolisée que la bière des Pères, ou celle de Gand, on la comparait en qualité à la bonne Cuyte de Bruges. Elle était fabriquée de pur orge et de pur houblon, et non avec un mélange végétal et colorant de gentiane, pavot, tilleul et réglisse. Les fleurs de houblon groupées en cônes, dont on recueillait la poudre jaune — ou lupulin —, communiquaient à la bière son amertume et la rendaient excellente.

Après une longue et périlleuse marche, évitant la glissade à chaque pas, Renelde aperçut au loin la façade de la brasserie. Ce petit monde lui faisait l'effet d'une fourmilière. Les garçons brasseurs se levaient tôt pour allumer les chaudières. Renelde admirait leur courage et la complexité de leurs tâches. Il fallait tour à tour mouiller, sécher, chauffer, refroidir et toujours nettoyer, nettoyer ! La propreté des bâtiments était en effet indispensable, et l'on ne trouvait, dans une brasserie, aucun de ces animaux — porcs ou volailles — qui encombraient maintes échoppes et ateliers.

Lorsqu'elle arriva à l'enseigne de fer forgé, Renelde n'emprunta pas les marches glorieuses de l'entrée principale. Les femmes n'étaient guère admises dans la salle de débit, où les consommateurs boivent la bière des tonneaux, attablés, voire affalés sur des bancs. Dans la cour arrière, deux longs chariots attendaient leur chargement. Des chevaux remplaçaient les mulets.

L'arôme amer et pénétrant lui monta aux narines et lui rappela son père disparu. Sa vue se brouilla, et elle évita de justesse l'un des livreurs, un costaud au ventre aussi rebondi que le tonneau qu'il poussait. Il l'apostropha avec désinvolture.

Jadis, Pierre Van Eyck y emmenait ses deux enfants, heureux et fier de leur inculquer quelques notions de son art, et de montrer une progéniture réussie à ses employés. Depuis son entrée au couvent, Renelde n'avait plus eu le privilège de visiter la brasserie.

Elle se fit plaisir, et passa directement dans les caves dont elle conservait l'image la plus impressionnante. Les cuves étaient toujours aussi hautes. La fraîcheur ambiante permettait la fermentation du moût clarifié et houblonné. L'atmosphère lui sembla plus froide que dans son souvenir. Elle frissonna et monta à l'étage. Elle se perdit au milieu des cuves à orge. Elle aperçut des ouvriers pressant le grain entre leurs doigts pour vérifier la qualité du mouillage. Son frère n'était pas là. Elle faillit entrer dans une véritable étuve, la touraille, qui servait à dessécher la graine germée. La chaleur y était intenable. Elle rebroussa chemin. Au rez-de-chaussée se trouvait une grande pièce aux murs blanchis à la chaux, appelée le germoir. Bien que le printemps tardât à pointer son nez, on commençait déjà à faire germer le grain. Un jeune garçon, aux pieds nus, remuait l'orge mouillée étendue sur le sol, au moyen d'une pelle en bois. Une odeur semblable à celle des pommes la replongea des années en arrière. A ce moment-là, un apprenti intervint :

— Hé! Attention! On ne pénètre pas ici! (Son ton s'adoucit, en découvrant le joli visage de la visiteuse.) L'air n'est pas bon, pour une demoiselle.

— L'odeur est agréable.

— Mais trompeuse, mademoiselle! Vous cherchez quelqu'un?

— Oui : maître Nicolas Van Eyck, mon frère.

— Ah! C'est votre frère! (Il la salua respectueusement.) Le maître doit être au brassage. Plusieurs nouveaux nous ont rejoints pour le travail de printemps.

C'est ainsi que Renelde découvrit Nicolas, un fourquet[1] à la main, montrant à un jeune apprenti d'une douzaine d'années la manière de mélanger, à force de bras, l'eau et l'orge germée. Un instant, l'image du père se substitua à celle du frère et troubla Renelde. En prenant de l'âge, ils se ressemblaient de plus en plus.

Le brassage était une opération éprouvante pour de jeunes garçons. Renelde en ressentit une vive pitié.

— Ma petite sœur! Que je suis heureux de te voir et... bien portante de surcroît, n'est-ce pas? s'exclama-t-il avec chaleur. Mais ne restons pas ici.

A peine sortie, Renelde demanda :

— N'est-il pas possible de mettre ces enfants sur une tâche moins ardue?

— Un apprentissage nécessite la connaissance de toutes les phases du travail, ma sœur. Mais je suppose, ajouta-t-il avec un large sourire, que tu n'es pas venue pour t'immiscer dans mes affaires?

Aucune allusion à son long silence. Peu importait.

Les deux enfants du brasseur se reconnaissaient, enfin.

Nicolas avait cherché, lui aussi, le père, jusqu'à la

1. Fourquet : long râteau.

léproserie de Canteleu. Là se tenait la décharge municipale, où l'on emmenait la dernière vague de malades, nobles, bourgeois et pauvres confondus.

— Pour l'heure, lui apprit-il, mes recherches sont vaines. Mais tout espoir, j'ose le croire, n'est pas perdu.

— Bien au contraire, renchérit Renelde, confiante, c'est plutôt bon signe. Il attend peut-être sagement au Plat Pays de pouvoir revenir en ville.

— Oui, et cela ne saurait tarder, puisque la... peste se décide enfin à quitter les lieux.

— Oh!... Je me plais à l'imaginer en compagnie de mon ami Tis'je.

— Le colporteur?

— Oui. Un jour prochain, nous les verrons entrer dans Lille, tous deux ensemble.

Mieux informé des événements par ses affaires, Nicolas se garda de lui révéler les récentes nouvelles : la peur arrivait en campagne.

Les deux enfants Van Eyck ignoraient un fait d'importance : Tis'je avait vu Pierre rendre son dernier souffle.

La Male Mort était aux portes des villages. Le tambour l'avait annoncé aux bonnes gens de la plaine. Leur tour était venu de marcher en processions, cierge à la main; de remplir les arbres à loques, d'y accrocher des vêtements de malades pour obtenir des guérisons; leur tour était venu de prier Dieu avant de s'engouffrer dans un des nombreux estaminets pour boire et digérer leur angoisse.

L'impitoyable épidémie fauchait tout âge et tout sexe, sans pitié pour les vieux, les enfants et les vierges. Mais les pauvres vivaient dans la promiscuité et la crasse. Ils se savaient plus vulnérables que les riches et les grands dont la vie était douce en ce monde. La plupart des seigneurs fuyaient et s'isolaient à l'abri de leurs vastes domaines.

Dans l'arrière-salle de la brasserie, Nicolas et Renelde

partagèrent une bonne bière. Saisis d'un fou rire complice et enfantin, ils la burent en cachette des clients, comme, jadis, à l'insu de leur père.

Mais ce jour-là, le grand frère, tout heureux qu'il fût de revoir sa petite sœur, ne l'emmena pas dans son foyer.

Confus, il bredouilla quelque fausse excuse.

Renelde ne l'écouta point. Blessée, elle prétexta une emplette urgente, et s'enfuit sans comprendre, pour cacher sa peine. Il avait des enfants. Elle ne connaissait même pas le petit dernier.

Aujourd'hui, Nicolas s'était décidé à l'inviter.

Un mois s'était écoulé. Le monde avait changé. L'air était doux. Les oiseaux grouillaient dans les arbres. Leur pépiement était intarissable. Ils revivaient aux beaux jours de l'an 1669.

Emmanuel, le bourdon de Saint-Étienne, se mit en marche... Pour fêter, semblait-il, le retour de la petite Van Eyck.

Émue, comme toujours, de retrouver sa maison au pignon haut et fier, maison de ses parents, Renelde fut assaillie d'un malaise à la vue de sa belle-sœur, maîtresse des lieux à la place de sa propre mère. Elle lui manquait tant, la douce Marie-Adine, après toutes ces épreuves...

Renelde caressa le fauteuil de sa maman. Ludivine s'y installa d'autorité. Le rangement le plus parfait régnait dans la grande demeure familiale. Les objets rutilaient. D'épais tapis recouvraient le sol. Mais rien ne traînait. Chaque chose à sa place.

Méthodique et organisée, Renelde déplora pourtant que la fantaisie dont sa mère avait peuplé la demeure fût absente.

Ludivine ressemblait à son intérieur : voyante, sans charme, sans abandon. On ne percevait aucun amour.

Autrefois garnie de fleurs, la table était vide. Les vases ne servaient qu'à l'envie des voisines. Les roses blanches de Marie-Adine étaient absentes.

Disciplinés, sages et muets, les enfants n'avaient pas le droit de déranger quoi que ce soit.

Renelde retrouva avec joie ses neveux et nièces, et fit connaissance avec un bambin aux longues boucles blondes : le petit Louis.

Elle s'apprêtait à les embrasser lorsque la mère, de sa voix de crécelle, leur interdit d'approcher leur tante :

— N'est-ce pas, ma sœur, on ne sait jamais. L'épidémie n'est pas si loin !

« Nicolas, tu ne dis rien ?... Ta femme commande à ta place... Elle est cause de ton embarras lors de ma visite à la brasserie... Tout se clarifie... » pensa Renelde.

Le grand frère avait toujours eu horreur de se sentir fautif vis-à-vis de la petite. Il ne put soutenir ce regard intense. Il contenait tellement de déception ! Fuyant la désapprobation flagrante de sa sœur, il chercha une échappatoire, et se tourna vers un de ses enfants. Elle devina son trouble.

La conversation dévia avec une étonnante vélocité sur la situation de la jeune veuve. Surprise, mais fine, Renelde comprit : elle était à nouveau l'objet d'un conseil de famille. Quand ils lui suggérèrent le couvent, elle se crut revenue plus de dix ans en arrière. Cependant Nicolas n'était pas son père ; Ludivine n'était pas sa mère ; et Renelde avait grandi.

Elle écouta avec courtoisie les suggestions de ses frère et belle-sœur. Cette dernière garda bien entendu la parole, et lui annonça, telle une experte en la matière :

— Je vais être franche avec vous, ma sœur, et vous parler sans ambages. La solution du couvent s'avère être ce qu'il y a de mieux en position de veuvage. Une fois votre argent épuisé, et il le sera rapidement, vu les dépenses inconsidérées de feu votre mari, Dieu ait son âme ! (elle se signa), vous n'aurez plus d'autre recours que de déposer vos derniers biens au Lombard[1], et

1. Lombard : à Lille, mont-de-piété situé rue Saint-Maurice.

ensuite de mendier près d'une courée sans air ni eau, c'est certain, ou pire encore... j'ose à peine l'envisager... devenir... (elle baissa dévotement les yeux pour murmurer :) femme de mauvaise vie. L'honneur de la famille Van Eyck est en jeu. Nous ne pouvons malheureusement vous aider, car nous avons charge de famille... Ce qui n'est point votre cas, apparemment.

« Ah! nous y voilà! » se dit Renelde.

— En outre, poursuivit Ludivine, qui se mêlait vraiment de ce qui ne la regardait pas, les secondes noces sont malaisées pour une veuve sans grande fortune.

Une lueur maligne traversa les pupilles dilatées de la Flamande aux lèvres pincées. Elle connaissait le caractère indépendant de sa « sœur », par ouï-dire plutôt que par fréquentation. Elle conclut :

— Vous ne désirez sans doute pas épouser le premier venu...

C'était vrai. Renelde était décidée à ne pas se remarier. Mais elle tint courageusement tête.

Elle se leva très gracieusement et, prenant congé, elle s'accorda le dernier mot :

— Je peux avoir besoin de solitude, dit-elle avec politesse, mais non de clôture.

Elle quitta les siens, le visage refermé par le tourment, écœurée par la froideur et le côté hautain, voire méprisant, de sa belle-sœur. Pierre Van Eyck présent, Ludivine avait tenu sagement son rôle, mais, depuis la disparition du père, elle en avait profité pour usurper son autorité. Renelde était déçue par ce grand frère qu'elle avait idolâtré, ce cher Nicolas totalement dominé par son épouse.

« Non, rien de cela pour moi. »

Dorénavant, elle ne permettrait plus pareille intrusion dans sa vie. C'en était fini de son enfance, des illusions. Mais c'en était aussi fini d'obéir, de faire toujours plaisir, coûte que coûte.

Elle se prêta le serment, tant qu'il lui resterait un souffle de vie, de ne laisser quiconque l'affaiblir, et la dévier de son chemin. La bataille était engagée, son hérésie commencée. Elle ne serait plus jamais semblable au grand nombre de ses sœurs, tenues dans la soumission, cloîtrées dans l'ombre de leur intérieur bourgeois, de leurs devoirs conjugaux.

« Je suis libre ! »

Pour la première fois de sa vie, elle était en mesure de choisir son destin comme un homme, choisir son travail, choisir sa prison peut-être, mais choisir !

Renelde s'éloignait de la parfaite femme chrétienne, cet être imparfait et enfantin que l'on adjurait d'obéir et de croire, et, dans une heureuse ignorance, de s'en tenir au silence.

Solitaire et indomptée, Renelde explora son ancienne paroisse. Le carillon de Saint-Étienne chanta la fin de l'office de none. « Je me rendrai tantôt aux vêpres », se dit-elle.

La messe dominicale était seule obligatoire, mais les églises regorgeaient de fidèles... La crainte des représailles humaines, la crainte d'une volonté divine qui replongerait la cité dans les ténèbres.

Lille n'étant plus en guerre, les brimades reprenaient. On insistait à nouveau sur les miracles. Les libertés des protestants se restreignaient. Un édit venait d'interdire aux sujets du roi de France de s'établir à l'étranger sans autorisation. Il visait à fermer les issues aux réformés, et à les amener à abjurer, n'ayant plus d'autre choix que le catholicisme, ses coutumes, ses saints guérisseurs et les danses de carnaval.

— Pécheurs ! pécheurs !... criaient les orateurs en chaire.

— Miséricorde ! miséricorde !... répondaient en chœur les paroissiens.

Non ! Il ne fallait surtout pas redevenir les oubliés du Seigneur, et la proie de Satan !

Alors, les Lillois se levaient tôt, ne rataient pas l'office du matin et fréquentaient avec assiduité la maison de Dieu et les lieux de pèlerinage. Les plus dévots s'en étaient fait leur métier. Ils étaient si dévoués qu'ils ne manquaient aucune heure canoniale. On apercevait les mêmes coiffes depuis la prime jusqu'aux complies, en passant par les tierce, sexte, none et vêpres !

Devant les maisons, des livres et des étoffes jonchaient la chaussée, lavés, aérés. Au coin des rues, des feux d'herbes odorantes marquaient la fin de l'épidémie.

Peu à peu, tout rentrait dans l'ordre.

En bonne Flamande, elle l'aimait bien, l'ordre, même si elle rêvait intérieurement d'évasion.

L'appétit de vivre renaissait, plus fort...

Jusqu'à la prochaine fois...

Renelde se mit à espérer que les mondes futurs trouveraient des solutions avant d'en arriver à ces fins pitoyables.

« Verrons-nous encore des êtres rejetés dans leur peur et leur solitude, oubliés, enfermés, laissés pour compte dans quelque maladrerie — lépreux, pestiférés ou autres ? Envoyés au Diable, sans absolution, sans amis, comme des charges honteuses dont il faut se débarrasser à tout prix ?

» Ne l'ai-je point fait moi-même ?

» Je vous en supplie, mon Dieu, aidez les hommes à mieux subir, sinon à vaincre ces terribles maladies ! »

Près de la Grand-Place, derrière le soupirail des caves, elle aperçut de très jeunes dentellières de six à huit ans.

Les maisons étaient étroites, accolées les unes aux autres, et le soleil n'y pénétrait guère. Les membres raidis par l'immobilité, les petites filles aux yeux usés étaient courbées sur leur ouvrage. Ce labeur ininterrompu et pratiqué de façon inhumaine avait raison de leur santé. Nombre de maladies sévissaient dans les ateliers trop humides.

Renelde aimait la dentelle — par-dessus tout —, mais elle en déplorait les conditions de travail, surtout en ville. En campagne, les femmes travaillaient chez elles, ou réunies dans une étable, réchauffées par le contact des vaches. Et les travaux des champs venaient à point pour suspendre l'activité et les mauvaises positions du dos.

Des cris arrêtèrent ses réflexions et sa promenade.

Les disputes entre maîtres, compagnons et apprentis étaient aussi fréquentes que leur solidarité était grande... Et rien n'échappait aux passants.

Mais les plaintes étaient celles d'une enfant battue dans une échoppe.

Elle entendit de façon distincte les coups, suivis de gémissements. Le maître traitait la petite fille d'« incapable », de « bonne à rien », de « pourriture », de ... « sale juive » ! Cette dernière insulte, haineuse, était très employée depuis les saisons du mal, sans doute pour exorciser des peurs ancestrales. Le regard de la victime empreint de toute la misère de ce monde croisa celui d'une Renelde bouleversée, clouée sur place.

Ne pas intervenir dans les affaires des autres, ou s'en mêler au contraire... Que faire ?

Chaque enfant maltraité la mettait au supplice.

Une accalmie suivit et la rassura. Elle allait passer son chemin quand, tout à coup, un hurlement jaillit, long et éprouvant.

Une espèce de cri rauque montait de la gorge de la fillette. Il déchira la poitrine de Renelde.

Elle n'eut que le temps d'ouvrir les bras, et de les refermer sur cette autre révoltée, fuyant l'injustice et la brutalité.

Elle la garda longtemps, ainsi.

Semblables à deux êtres perdus, elles ne demandaient qu'à se blottir l'une contre l'autre, pour commuer leur chagrin en un tendre amour.

Alors, elle revint chez elle, les doigts de la petite Ana accrochés aux siens. C'était une petite fille de huit ans et demi au visage de moineau, dont les grands yeux noirs dévorés d'un feu sombre semblaient s'apaiser dans le regard bleu-gris de Renelde.

Un peu plus loin, dans la rue des Récollets, elle crut voir Tis-je. Elle héla le colporteur au sarrau bleu. Ce n'était pas son ami.

Il n'était pas revenu.

Dans une encoignure puante, près du bord de la Deûle, une femme en détresse attira leur attention. Elle demandait l'aumône. Renelde déposa furtivement des pièces dans la main flétrie qui se tendait.

— Méfiez-vous ! lui conseilla-t-elle. Les sergents ne sont pas loin.

La mendiante lui sourit.

C'était la Marieke, de la paroisse de Saint-Sauveur.

En entendant le martèlement régulier des cordonniers, elles entrèrent dans l'atelier d'un artisan qui tapait la tige d'une botte pour en adoucir le cuir. Renelde fit essayer une forme en bois à Ana et lui commanda sa première paire de chaussures.

Plus tard, au marché Saint-Pierre, elles s'arrêtèrent devant un étal de dentelles et broderies. La petite colombe était émerveillée par la profusion de belles étoffes.

Renelde se rappelait les fêtes de son enfance, sa maman, et son propre enchantement.

— Toi, aussi, tu les trouves jolies... murmura-t-elle, émue.

— C'est comme si c'était... l'œuvre de Dieu, madame. Mais comment cela peut-il se faire ?

— La dentelle est une création, tu as raison. Ne dirait-on pas des petites dents? Je crois que c'est parce que l'ouvrage même engendre le tissu, qui serait inexistant; alors qu'en broderie, le décor est appliqué sur une toile. Tu vois, le fond s'appelle l'entoilage, car il contient l'ornement, ou toilé. On lui donne aussi les noms de champ ou treille.

— Les noms de la nature!

— Oui. D'ailleurs, regarde cet ornement, c'est bien une fleur.

— On en fait partout, de la dentelle?

— Non. Toutes les régions ne sont pas pays dentelliers. Je sais qu'ailleurs, là où l'on fabrique aussi de la dentelle aux fuseaux, on divise le dessin par bandes que l'on coud ensemble. A Lille, on suit le contour des ornements. C'est une dentelle à fil continu et à fond clair. Le motif est, paraît-il, plus réussi! La dentelle, tu sais, c'est surtout le secret des Flamandes et des Vénitiennes. Les étrangers ne s'y trompent pas. Ils les achètent, comme on achète un tableau de maître.

— C'est-à-dire?

— Avec l'œil d'un connaisseur et... d'un amoureux.

— On dirait qu'une araignée en a tissé la toile. Le fil est si fin. Le dessin est... Je ne trouve pas les mots...

— L'araignée peut en être jalouse! Jamais, elle n'enlace avec autant d'habilité!

— La main a donc un pouvoir magique... Vous m'apprendrez, madame?

Renelde lui caressa doucement la joue avec le revers de sa main. Elle lui offrit une collerette et prit plaisir à discuter avec les marchands.

La curiosité les poussa jusqu'aux limites de la cité. Des ouvriers travaillaient sans relâche à la construction de fortifications. Au-delà du mur inachevé, Renelde aperçut les moulins.

Elle serra sa nouvelle compagne contre elle, et se dit avec espoir qu'Ana serait sa première apprentie dentellière. Ne venait-elle pas de lui donner une première leçon ?

Elle allait se remettre à la tâche, et revenir à la simplicité de ses origines. Sans doute se heurterait-elle à maintes difficultés en créant un atelier, une chambre de dentelle, où il ferait bon œuvrer...

« Et vogue la galère !... »

Les obstacles n'effrayaient pas Renelde-la-têtue, Renelde, la courageuse Flamande de vingt-sept ans.

Oui, dix années avaient passé depuis le soir de la Saint-Firmin où s'en était allée son innocence... Un long chemin, peuplé d'embûches...

Mais cette enfant, Ana, et les autres qui viendraient allaient lui redonner le goût de vivre.

Et elle — Renelde — les aiderait à mieux vivre.

Ce jour-là, une épaisse fumée s'éleva très haut dans le ciel de Flandre, emportant une âme vers le royaume de Dieu.

La chanson du colporteur était bien triste, trop triste — même pour lui. Il ne reviendrait plus au pays.

Au loin, une barque lancée dans une course souterraine s'enfonça dans la brume du marais.

Barque de Charon dans le fleuve des Enfers, elle transportait la malédiction d'un navigateur en disgrâce.

Femme, tu es la porte du Diable.
C'est toi qui as touché à l'Arbre de Satan, et qui, la première, as violé la loi divine.

1674-1675

LE PIGNON DE SATAN

14

Marieke sursauta. Par trois fois, le lourd marteau venait de retomber sur le vantail, troublant le silence religieux de la demeure flamande.

Postée à ce moment précis de l'autre côté de l'imposante porte de chêne, un balai à la main, elle entamait sa journée de travail. Elle risqua un œil vers le haut du grand escalier. Aucun mouvement à l'étage. Raidie pour ne point se faire entendre, la servante était indécise. Personne n'était attendu à cette heure matinale.

Une quatrième fois, on heurta avec violence. Le visiteur imprévu insistait : l'affaire devait être grave. Il fallait ouvrir sous peine de voir le voisinage entier se ramener, et les forces de la loi ensuite !...

Marieke bougonna. Elle rajusta son bonnet. Il dissimulait des cheveux serrés en chignon, grisonnant sous l'effet d'une vieillesse prématurée. Elle se résolut à tirer le verrou.

Ils étaient trois : deux archers accompagnaient un très jeune officier.

« Par l'Enfer !... Qu'est-ce qui me tombe dessus ? »

Heureuse rescapée des malheurs de Saint-Sauveur, Marieke ne mendiait plus. Mais l'arrivée inopinée des représentants de l'ordre la mettait en émoi. Elle avait sa place dans cette belle maison bourgeoise. Elle y tenait.

Descendu de sa monture, impatient, l'un des archers tendit avec autorité un parchemin à la servante. Elle y reconnut le sceau de Louis XIV, et les muscles de son visage se tendirent dans l'attente d'une nouvelle catastrophe personnelle.

— C'est une prescription royale, lui annonça-t-il.

— Oui, ça, j'ai vu, répondit-elle sèchement.

— Vous ne savez pas lire, bien sûr… lança-t-il d'un air moqueur.

— Encore moins le françois! répliqua-t-elle sur le même ton narquois.

— Elle est destinée au maître de céans.

Malgré elle, elle se sentit soulagée.

« Dieu merci, l'arrêté ne me concerne pas! »

La Marieke avait éprouvé de cruels revers : la destruction de sa maison, l'étouffement de sa mère et d'autres proches sous les décombres. Elle en avait perdu l'enfant qu'elle attendait.

Ayant besoin de nombreuses recrues pour les conquêtes incessantes du Roi-Soleil, l'armée avait enrôlé de force son mari. Il était revenu très vite… Dans la triste condition d'un déserteur que l'on rattrape, et qui disparaît vers les galères…

L'unique recours de Marieke avait été la mendicité, et l'abri dans une cave humide, au fond d'une courette, où s'entassaient femmes et enfants abandonnés. Elle s'en était sortie, évitant de justesse une contamination de la peste, mais n'avait pu sauver sa meilleure camarade d'infortune.

Avec l'incroyable volonté qu'elle possédait, la brave Lilloise s'était juré de ne plus redescendre dans cette fosse d'irrécupérables et de laissés-pour-compte.

Les douloureux souvenirs s'étaient estompés en cette année 1674.

Sans effacer la peine, le temps l'avait amoindrie. Marieke-la-gaillarde regorgeait de vie et ne se laissait pas abattre par les assauts du destin. Mais sa chair ressentait une douleur vivace à l'absence de son homme. Parfois, un gros soupir s'exhalait en hâte de sa poitrine, afin de ne pas se transformer en sanglot. Comme il lui manquait, ce costaud garçon rencontré lors d'une ducasse, et qu'elle avait de suite élu pour l'éternité !

Elle n'en parlait jamais. Elle gardait au tréfonds l'espoir fou de le voir revenir. Depuis le départ de sa paroisse de Saint-Sauveur, il n'était de semaine qu'elle n'aille quémander des nouvelles auprès des autorités et d'anciennes connaissances restées sur place.

La prière du soir lui était invariablement consacrée. Où qu'il se trouvât, fût-ce dans l'autre monde, elle le rejoindrait un jour. Marieke-la-gaillarde portait ce secret en son cœur, et ne voulait pas le divulguer... par superstition.

« On ne sait jamais ! Le Diable écoute tellement aux portes !... Laissons les rumeurs pour les petits événements... »

Et, concernant ces derniers, elle n'échappait pas à la coutume. Marieke était très bavarde ; sauf avec son maître qu'elle respectait profondément, et qui n'était guère causant.

Justement, il était question de lui. Il allait devoir loger l'officier pour ses quartiers d'hiver. C'était la loi.

L'archer intima l'ordre à Marieke de prévenir le bourgeois sur-le-champ. En dépit de la méfiance que lui inspiraient les hommes en uniforme, vaillante, elle passa outre la sommation et osa refuser :

— Il n'est pas question de le déranger ! M. Grégoire a besoin de calme. Les bruits l'oppressent.

Le jeune officier français se taisait. Il attendait, placide.

Contrarié, le sergent éleva le ton :

— Vous devez aux soldats le logement, le feu, la chandelle, le sel et la cuisine. Vous n'avez pas à discuter la décision royale ! Deux habitants sont répertoriés dans votre vaste demeure. Dans certains faubourgs de Lille, les gens s'entassent par dizaines dans des taudis. Soyez satisfaite de ne pas voir débarquer tout un régiment !

L'argument toucha Marieke :

— Oui, je sais que la masse des pauvres de Saint-Sauveur et de Saint-Maurice s'est amplifiée...

— Alors, vous voyez bien...

— Non, je ne vois pas en quoi cela change les maux de tête de M. Grégoire !

« J'accueillerais bien tous les malheureux de ma paroisse, pensa-t-elle, plutôt qu'un seul François sous ce toit, qui est le mien à présent... Et puis, si on découvre... Oh, là, là !... »

Le maître préférait la solitude, car il traînait un secret, lui aussi. Et Marieke était prête à le défendre corps et âme jusqu'au bout.

Têtue et véhémente, elle continua de contester, avec risques et périls, les propos de l'archer. Elle y mit une telle fougue que l'homme resta coi un instant, avant de reprendre contenance et de contre-attaquer. Le ton orageux de la discussion ameuta le voisinage, heureux d'être réveillé par un divertissement ; d'autant que celui-ci se jouait dans la maison du taciturne dont on parlait à foison, et que l'on rencontrait trop peu.

Les gens voyaient toujours d'un mauvais œil celui qui désirait garder son intimité :

— Ce n'est ni très catholique, ni très sain !

On n'était pas malheureux non plus, dans la rue, d'entendre des simples comme Marieke, comme soi-même, rabattre le caquet des serviteurs du roi. C'était une humble revanche. Toujours ça de gagné sur les tracasseries du pouvoir !

Aux aguets sur leur banc, assoiffées de curiosité, les vieilles commentaient l'incident.

Une aggravation de la situation n'était pas pour leur déplaire.

— Le veuf Grégoire va en faire, une tête !

— C'est bien fait. Il a acheté sa maison à bon prix, il paraît !

— Chez un pestiféré... vous pensez !

— Le Bon Dieu est là, tout de même !

Par la partie haute de leur porte à double battant, sans arrêter leur ouvrage, des ménagères interpellaient les commères d'une voix sourde, afin de ne rater aucune péripétie.

En face, les fenêtres s'ouvrirent.

Des apprenties dentellières s'y pressèrent, amusées par cette inattendue récréation.

Elles aussi détenaient leur opinion sur le voisin.

— On dit que c'est un manant qui vit comme un bourgeois. Vêtu de noir... on dirait le Diable ! s'exclama une fillette de cinq ans, à l'imagination particulièrement féconde.

Marguerite, surnommée Margot, était née de parents inconnus, dans le désordre, la frénésie de plaisir, l'augmentation des naissances qui avaient succédé à la peste...

Son visage était constellé d'éphélides, ces jolies taches rousses. Ses cheveux blonds étaient soigneusement ramassés sous une coiffe de dentelle.

Elle se rappela le conte d'un soir de veillée et, grisée, les joues écarlates, elle annonça d'une voix haut perchée :

— Il enferme ses femmes dans d'immenses coffres... !

Les compagnes de Marguerite s'esclaffèrent aux inventions de la cadette.

— ... Des malles aux serrures cadenassées ! renchérit une Julie.

Elles pouffèrent de plus belle et attirèrent l'attention du jeune officier français.

Inexpérimenté ou patient, ou peut-être les deux, il attendait la fin du désordre sans intervenir lui-même. Il leva la tête en direction des petites filles, et croisa le regard d'une beauté de quatorze ans : l'aînée des dentellières, Ana.

Premier trouble d'amour. Échange mystérieux forgé par un parfum suave et inexploré. Désormais, ils n'allaient vivre tous deux que dans l'attente fiévreuse du premier baiser.

Inconsciente de la transformation soudaine et définitive de sa « grande sœur », Marguerite poursuivait son bavardage, pour le bonheur de l'assemblée :

— On ne le rencontre jamais dans la rue, cet homme-là. C'en est peut-être un de la peste !

— Chut !

Toutes firent de concert le signe de croix.

— Bon, enfin... de la Grande Maladie, si vous préférez, corrigea-t-elle. Je suis sûre qu'il se cache chez lui, et qu'il sort en rampant, avant l'aube !

Une femme de trente-deux ans, encore jeune et désirable, aux yeux couleur bleu perle, intervint. C'était Renelde.

Saisie par la bonne humeur ambiante, elle lui demanda, avec un large sourire :

— Tu l'as suivi, Margot ?

Elle attira l'enfant contre elle, l'entoura de ses bras, l'embrassa.

— Bien. Assez d'amusement, les enfants. Assurez-vous que vos mains n'ont pas été souillées en touchant le rebord des fenêtres, et remettez-vous au travail.

Elle retrouvait dans le métier de la dentelle le même souci de propreté que son frère pour celui de la bière.

Les dentellières lui obéirent sans rechigner. Les unes se livraient à la fabrication de bandes étroites, destinées à garnir des jupes, ou de pièces d'estomac pour devants de corsage; d'autres effectuaient des rangs de fine dentelle, nécessaires aux canons, très froncés autour des genoux, en vogue chez les bourgeois et gentilshommes.

Renelde referma les fenêtres.

— Je ne savais pas que notre voisin vous intéressait à ce point.

Elle jeta un coup d'œil furtif en direction de la maison de M. Grégoire. Non pas vers le portail de l'entrée, où se passait la discussion venimeuse... Non... Plutôt vers une chambre, à l'étage.

Il l'intriguait, elle aussi, et bien plus qu'elle ne se l'avouait. Elle ne l'avait guère approché. Mais la rue était étroite. En maintes occasions, elle avait vu apparaître, à la fenêtre entrouverte, la silhouette massive et la figure de l'inconnu.

De grande taille, l'homme n'était pas particulièrement beau.

Les traits de son épais visage étaient profondément marqués. Ils portaient un mystère, une fêlure, voire une détresse. En cela, il paraissait très âgé. Mais, quand il dirigeait ses yeux clairs vers Renelde, le masque tragique devenait tendre. En cela, il ne paraissait pas avoir plus de quarante ans.

Avant même de croiser son regard, elle l'avait deviné, posé sur elle, derrière les petits carreaux jaunes.

Cette présence invisible l'avait d'abord inquiétée.

Le calme d'en face lui rappelait ses morts.

Elle avait fini par s'y habituer, et peut-être... s'y complaire.

Depuis longtemps, sans l'admettre, elle se posait de plus en plus de questions au sujet de l'étrange M. Grégoire, qui habitait l'ancienne maison du pestiféré.

« Oh!... Simple curiosité! D'ailleurs, j'ai bien trop à faire, avec mon petit monde, pour passer mon temps à épier un nouveau voisin... Il ne m'attire en aucune façon! On dirait un animal traqué... »

Ainsi se tenait-elle ces rassurantes réflexions.

Veuve depuis six ans, elle avait créé son atelier de dentellerie.

Il ne s'était pas organisé sans peine. Mais la volonté d'y parvenir lui avait donné le courage de poursuivre, pas à pas, son entreprise. Aujourd'hui, il existait.

Elle en était fière.

Elle engageait plus d'apprenties que nécessaire, afin de ne pas les user sur des ouvrages à achever avec diligence. La clientèle exigeait la promptitude.

Cependant, Renelde avait essentiellement en tête de témoigner de l'affection à des orphelines, et de leur apprendre un métier. Elle leur offrait un foyer, un nid douillet où il faisait bon vivre. Sa chambre de dentelle était familiale.

Elle avait institué un roulement. A tour de rôle, les apprenties s'arrêtaient pour offrir au corps les mouvements qui permettaient de détendre le dos, d'échapper même aux redoutables maladies de poitrine. Dès lorls, le travail devenait moins pénible. Il était aussi ponctué de moments d'apprentissage des autres tâches de maison. Ce système coûtait cher. Renelde ne gagnait rien, mais ses filles seraient dentellières, et en bonne santé.

— Les malheurs de ce bas monde ne doivent pas nous cacher les prodiges de la nature, les merveilles de la vie, se plaisait-elle à leur enseigner.

Grâce à ces petits papillons d'un impérissable printemps, elle découvrait la magie de l'enfance. Leur insouciance avait souvent raison de ses moments d'oppression.

Et puis, il y avait Meï, plus solide que jamais...

Renelde ne s'était pas remariée.

Elle avait toujours éprouvé des soupçons quant à la bonne foi de son mari, ce soi-disant vicomte...

Après le décès de Charles, mue par une instinctive et farouche détermination, elle avait entrepris de fouiller le moindre recoin de son petit cabinet d'ébène et de nacre, aux multiples tiroirs à clés. Elle n'y avait découvert aucun papier faisant état d'un quelconque titre de noblesse.

Alors, la certitude succéda au doute.

Charles — Dieu ait son âme — les avait dupées, elle et sa famille.

« Je n'étais pas d'un sang plus abject que le tien, Charles. Au contraire ! »

Elle trouvait enfin une explication au manque de civilité de son époux, à ses manières rustres et vulgaires. Elle ne possédait aucune preuve de l'usurpation de titre, mais cela n'aurait rien changé pour elle à présent.

Elle avait été si peu Mme de Guésère, vicomtesse de Lambersart !

Elle redevint tout naturellement Renelde Van Eyck.

Derrière la mystérieuse fenêtre était une chambre austère et dépouillée de tout artifice, hormis de nombreux livres qui donnaient vie et chaleur à la cellule de moine.

Maître Grégoire travaillait à sa table, jonchée de parchemins. Les accents criards de Marieke, mêlés à de fortes voix masculines, le perturbaient dans sa tâche. Il essayait de ne pas se laisser distraire lorsque la servante, à court d'arguments, et pour ne point se faire embarquer par les archers, l'interpella depuis le bas du grand escalier.

Il apparut bientôt sur le palier, impressionnant dans la pénombre.

Dans l'entrée se tenaient les trois soldats, mais aussi plusieurs voisins téméraires, avides de connaître le dénouement de l'histoire. M. Grégoire échangea avec le messager quelques brèves paroles, et accepta d'héberger le jeune homme inoffensif et intimidé.

Non résignée, Marieke-la-gaillarde grimpa précipitamment les quinze marches qui la séparaient de son maître. Elle chuchota, de façon à ne pas être entendue, et exprima sa désapprobation de loger un « François ».

— Lille est en France depuis six ans, Marieke. Il faut t'y accoutumer, lui répliqua-t-il.

— Mais c'est dangereux, not' maître. Il peut s'apercevoir...

Il lui coupa la parole :

— Silence ! Loge-le dans la chambre du haut.

— Au-delà du petit escalier ?

— Tout en haut...

Et, sans autre mot ni effort de politesse, il leur tourna le dos, regagna sa chambre, et se remit au travail.

Désappointée, Marieke émit un profond soupir. Gêné, mais docile, le jeune homme la suivit sous les toits, dans la pièce qui lui était dorénavant impartie.

Les archers s'occupèrent du cheval de l'officier, et les voisins rentrèrent chez eux.

15

Les fils de lin s'entrecroisaient, maniés avec dextérité par des petits doigts agiles, légers, déjà savants en la matière. Les bobines virevoltaient, s'entrechoquaient, émettaient un piaillement d'oiseaux.

Assises près des fenêtres pour la lumière, le carreau posé sur leurs genoux, studieuses, les ouvrières travaillaient au rythme du chant des carillons.

Artistes rieuses, elles rêvaient la nature.

— Nous la représentons plus gracieuse encore, disait Renelde.

« Plus gracieuse, pensait-elle, que le monde en guerre, les villages brûlés, les chemins embourbés, et les humeurs néfastes des eaux troubles. »

Dans cet atelier hors du commun, humanisé par leur douce maîtresse, elles découvraient la paix.

Ici, on ne travaillait pas dans une cave, sous le prétexte de l'humidité, préférable pour le fil. On ne les attachait pas sur une chaise d'interminables heures, à produire jusqu'à en perdre la vue. On chantait, on causait, tout en s'affairant à la belle ouvrage... Et Dieu sait comme on est fier quand on la montre à l'œil expert du marchand !

Celui-ci venait chaque semaine récupérer le travail.

Les dentellières étaient impatientes de savoir à qui serviraient les manchettes de jour, les manchettes de nuit, les mouchoirs, les larges cols blancs ayant succédé aux fraises, ou la parure entière effectuée patiemment. Les questions fusaient, et le négociant ne repartait jamais sans avoir satisfait leur légitime curiosité.

Alors, elles se mettaient à rêver aux cérémonies brillantes, aux honneurs et aux convenances. Et elles enviaient, secrètement, les demoiselles qui allaient porter les coiffes garnies avec amour.

Leur marchand habituel s'était manifesté deux jours avant son heure. Ce fait n'était guère coutumier. Et il ne leur prêtait même pas attention ! Comme cela était singulier !

Fournisseur en patrons, homme d'affaires, M. Braems était devenu l'ami de Renelde.

Celle-ci le rencontrait, en principe, le mercredi. Il consacrait ce jour aux achats de fil de Flandre à la Bourse. Ensuite, il visitait les ateliers. Il y vendait le matériel, reprenait les commandes achevées qu'il transmettait aux châteaux, aux églises, et aux demeures bourgeoises. Il terminait sa tournée par la maison de Renelde Van Eyck, s'offrant ainsi le luxe d'une courte détente conviviale.

A l'écart des jeunes apprenties, il discutait à voix basse avec leur maîtresse. Agé d'une quarantaine d'années, il était habillé comme il se devait dans sa condition, c'est-à-dire avec soin et bon goût. Il avait de l'allure.

Ana et Marie-Jeanne, les deux aînées, le croyaient épris de Renelde. Elles s'imaginaient volontiers un mariage entre eux.

« Ah ! qu'il serait doux de confectionner un trousseau, et d'être de la fête ! »

Elles ignoraient que M. Braems avait une douce épouse, une progéniture en passe de s'accroître, et que sa conversation avec leur maîtresse était à mille lieues de ces rêveries amoureuses.

— C'est donc confirmé ? demandait Renelde.

— Oui. Un avis a été édité afin que la production de draps et de dentelles soit soumise au roi. Elle l'est déjà dans certaines provinces françoises.

— Nous perdons notre liberté, alors ?

— Disons que vous êtes placés sous tutelle...

— C'est la même chose.

— Non. Lille n'est pas vraiment une manufacture dentellière.

— Il y aurait des avantages ?

— Pour Colbert, oui : un monopole de fabrication, une marchandise qu'il peut contrôler à son aise.

— Dans les manufactures royales, on effectue, au fuseau comme à l'aiguille, de nouveaux points ? s'enquit-elle, embarrassée.

— Oui, dits « points de France ». Avec, entre autres, la compétence d'ouvrières de chez nous, car il s'agit, pour les fuseaux, de nos points de Flandre, arrangés au goût françois, bien sûr... A l'aiguille, ce sont les « points de Venise à la Colbert ». Les ouvrières d'Italie, qu'il a fait venir malgré le refus de leur pays, sont déclarées hors la loi, là-bas...

— Comment cela ?

— Le sénat de Venise punit de mort tous les ouvriers et artistes qui emmènent à l'étranger le secret de leur art.

— Eh bien !... M. Colbert n'épargne aucun effort pour que le royaume de France obtienne la première place !

— En effet. Les courtisans qui imitent la Cour du roi en portant des points de France ne s'imaginent pas qu'ils servent la cause de l'infatigable Colbert et de ses manufactures. Cela dit, la guerre, depuis deux ans, coûte cher, et pourrait changer bien des choses... Quoi qu'il en soit, mon amie, il vous faudra vous plier aux nouvelles exigences. On vous affectera sans doute une aide à ce sujet.

— Une aide?

— Une surveillante, rectifia M. Braems.

— Aucune envie!

— Je crains malheureusement que vous n'ayez pas le choix!

Renelde avait conscience d'appartenir à un corps de métier respectable. Elle le voyait menacé par ces gros fabricants prêts à compromettre leur indépendance dans un but lucratif, comme cela se passait dans les manufactures créées depuis une dizaine d'années. Étant sa propre maîtresse depuis son deuil, allait-elle être assujettie par son métier, sinon par un mari?

La majorité des corporations était tenue par des hommes, les compagnons n'aimant guère voir arriver des apprenties de l'autre sexe, moins payées. C'était le cas pour la soierie, ou le drap, mais le métier de la dentelle avait ceci d'unique qu'il était entièrement pris en charge par les femmes. Entrer au sein d'une manufacture signifierait une surveillance constante d'inspecteurs, une discipline plus stricte.

— Je suis inquiète, avoua-t-elle. Et je déteste cette nouvelle race d'artisans qui trouve une main-d'œuvre docile dans le Plat Pays appauvri par les guerres. Le milieu de la sayetterie[1], notamment, accuse les Roubaisiens et Tourquennois de fabriquer de manière frauduleuse. Où va-t-on?

— Je partage vos alarmes, répondit M. Braems. Par une envie de s'enrichir aux dépens des autres, on met en péril la liberté et les traditions des petites gens.

— Oui, il faut se méfier de toutes ces innovations.

M. Braems était venu lui faire un adieu discret.

1. Sayetterie : tissage de laine peignée ou sèche, appelée sayette.

— Ce n'est pas possible, Gabriel ! Vous choisissez l'exil en Hollande ?

— Il le faut, Renelde.

Ce pays du Nord avait vu l'éclosion de peintres de génie. Renelde ne l'ignorait pas. Son ami lui apprit qu'il s'y trouvait aussi la Bourse d'Amsterdam :

— La plus grande au monde ! Et la Hollande, puissance maritime, est aussi un îlot de tolérance politique et religieuse.

— Peut-être, mais vous partez en pleine guerre !

— C'est vrai. Le pouvoir n'est malheureusement plus entre les mains du grand pensionnaire Jan De Witt. Mais je suis sollicité par d'importants commerçants d'Amsterdam à la recherche d'associés. Je préfère l'hiver pour voyager... On rencontre moins de troupes ! En fait, je pars surtout pour ce principe : « Une seule nation a-t-elle le droit d'interdire aux autres de vendre, d'échanger, d'entrer en relation avec d'autres ? » Ce n'est pas de moi, mais d'un Hollandais[1].

Avec la reprise des hostilités, les débouchés se raréfiaient.

Lille était française. Le pays de Tis'je, lui, restait sous domination espagnole. Il était donc pays ennemi. Le roi interdisait le commerce avec les Pays-Bas espagnols et la Hollande. Il dépouillait à nouveau les Flamands de leur insouciance, de leurs fêtes et des belles célébrations.

Mais l'offensive, cette fois, s'avérait périlleuse, car de nombreuses alliances s'étaient constituées contre Louis XIV.

Les peurs revenaient, avec leur cortège de misères : les pillages dans les campagnes, la faim, le chômage en ville, la crainte aussi que la Male Mort ne réapparaisse...

Avec son horrible menace : la perte du sentiment de solidarité.

---

1. Hugo De Groot, dit Grotius.

Gabriel Braems pouvait confier sa fuite à Renelde. Il la savait de confiance.

Peut-être, après tout, éprouvait-il vraiment cette inclination de l'âme dont rêvaient les dentellières ?

— Je vous regretterai, Renelde... Beaucoup... Si vous choisissiez, vous aussi, de partir un jour, ou si vous étiez obligée de prendre une telle décision, je serais très heureux de vous accueillir près de ma famille.

Elle lui sourit, dans un suprême effort de gaieté :

— Merci, mon ami, de votre hospitalité. Je ne l'oublierai pas. Mais j'espère, pardonnez-moi, que cela n'arrivera pas. La vie en Hollande m'a toujours attirée au travers des peintures de ses grands maîtres, mais j'aime notre ville de Lille. Qu'elle soit françoise, espagnole ou autre, je l'aime. Je désire y poursuivre mon travail avec mes petites.

— Je vous admire, Renelde. Non seulement vous œuvrez avec art...

— Arrêtez... je vais rougir ! Je ne fais que reproduire et transmettre ce que j'ai appris.

— Non, Renelde. Des aunes et des aunes de dentelle fine sont déjà sorties de vos mains. Nul autre ouvrage ne requiert pareille adresse, et votre dentelle est l'une des plus blanches sur le marché.

— Car elle est effectuée proprement. Nous utilisons aussi un fil de lin de bonne qualité... Et cela vient de vous, Gabriel !

— Vous créez vous-même vos modèles, de vraies merveilles...

— Parce que vous ne m'avez jamais imposé de dessins, ni mise sous aucune dépendance.

— Je fus bien inspiré, car c'est vous qui me fournissez en patrons, à présent. Et Dieu sait que je suis jalousé ! D'où tenez-vous ce don si rare ?

— Ma mère m'enseignait le dessin, ma marraine la dentelle. Or, les fils tressés au moyen des fuseaux produisent des milliers de lignes analogues à celles de l'artiste. Il m'a suffit d'accorder les deux. Vous voyez, ce n'est pas exceptionnel.

— Oh! si! Et puis, vous sauvez ces enfants de la misère... Je vous admire, Renelde... Je me devais de vous l'avouer avant mon départ...

— Merci, mon ami. Mes petites filles n'ont pas eu ma chance... Ni mère, ni couvent pour leur enseigner le métier de la dentelle. Je désire qu'elles en apprennent assez pour modifier ou créer leurs motifs.

— Grâce à vous, elles deviendront de vraies artistes.

— Attendez... J'ai quelque chose à vous offrir... C'est un humble cadeau d'adieu... j'ignore si c'est bien convenable de ma part... (Elle ouvrit un tiroir de la commode.) Au diable les convenances! ajouta-t-elle en riant. Gabriel, prenez ce mouchoir, en souvenir de notre amitié.

— Mon Dieu! Comme le motif est exquis!... D'une délicatesse! Merci. Merci. Je n'ose vous demander le nombre de fuseaux et d'heures qu'il vous a fallu pour exécuter ce chef-d'œuvre.

— Cela, c'est mon secret!

Une larme dans la gorge, le marchand la salua très respectueusement. Ils se souhaitèrent bonne chance pour les lendemains incertains.

Un instant encore, ils se regardèrent en silence; ce silence des grands moments où parlent les âmes.

Quand il eut pris congé, Renelde éprouva une douloureuse sensation. Le départ définitif de Gabriel Braems lui laissait un vide étrange qui la surprit : il tenait une place importante. Elle le découvrait en le quittant.

Il avait fait partie de son entourage depuis la création de l'atelier. Il lui avait procuré ses premiers carreaux, parchemins, fils et piqûres à des conditions très avantageuses. Aucun intermédiaire ne se servait au passage. Gabriel écoulait lui-même les marchandises à Lille, vers Poperinghe ou Paris, mais ne manquait jamais sa visite chez Renelde.

Elle ne le reverrait sans doute jamais plus.

Ainsi va la vie !

Soucieuse pour leur avenir, elle rejoignit ses filles, sans toutefois leur en toucher mot.

— Margot, amène ton coussin. Je vais y mettre ton nouveau patron.

— Plus difficile ?

— Oui. Tu en es capable maintenant, ma chérie. Viens près de moi, que je te précise les endroits où les épingles doivent être plantées.

Ana l'observait.

— Tout va bien, petite mère ?

— Oui. Je te remercie, tout va bien.

Elle baissa la tête pour cacher son mensonge ; et montra le modèle sur le parchemin vert à la petite Marguerite, qui jubilait, fière de ses progrès.

— Tu commences par fixer une première épingle ici. C'est le point principal de ce dessin. De la même manière, tu planteras les autres... N'oublie pas : serre toujours fortement le nœud qui relie ton fuseau au fil. Voilà.

Renelde imaginait ses dentellières dans un atelier de manufacture, sous le regard sévère d'une surveillante, une « contredame », qui n'hésiterait pas à se servir de son bâton pour faire régner le silence et activer le résultat...

Elle entonna une chanson à sainte Anne, afin de se mettre le baume au cœur et de cacher son inutile désarroi.

Les petites ouvrières, aux doigts de fées, reprirent avec joie l'hymne à leur sainte patronne, mère de Marie.

Dans la vaste cuisine aux murs décorés de petits carreaux de faïence, le feu n'avait cessé de brûler dans l'âtre tout le jour.

Marieke s'était affairée sans un mot pour préparer le repas de son hôte indésirable.

A présent, elle le regardait manger, sur la table carrelée, méfiante, mais séduite par l'air juvénile de ce garçon à la moustache légère, aux lèvres charnues qui appellent à l'amour.

Il rompit le silence, dans un désir de se concilier les bonnes grâces de la servante. Voulant sans doute la rassurer sur l'armée de Louis XIV, il lui affirma que les Espagnols pillaient de nombreux villages du Plat Pays, car ceux-ci ne payaient pas les impôts supplémentaires.

La Flamande refusait de croire à pareilles insinuations. Son visage s'assombrit.

— Il est temps de se reposer. Bonsoir, jeune homme, lui dit-elle, oubliant volontairement qu'elle s'adressait à un officier avec grade et titre.

Mais, fût-il le roi, elle l'hébergeait sous la contrainte, et désirait le lui faire sentir.

Elle l'abandonna à son souper. Elle prit son chandelier dans une main, et de l'autre une écuelle contenant une pomme, maigre et unique collation du maître.

Elle emprunta l'escalier de mauvaise humeur.

M. Grégoire mangeait de façon lente, précise et consciencieuse le fruit protecteur qui préservait des excès de table. Fruit de l'Arbre de la Science.

Marieke, qui observait l'embonpoint de son maître, trouvait cela singulier.

« Il s'alimente chichement... Enfin... les choses sont comme elles sont. »

Elle aurait aimé profiter de ce moment pour ôter un tant soit peu le désordre de la chambre. Mais elle ne pouvait faire grand-chose au milieu de ces innombrables papiers et livres qui encombraient bien trop la pièce.

A quoi toutes ces écritures servaient-elles ? M. Grégoire était sûrement un savant !

— Tout de même, pas une seule couverture sur la

litière, en pleine saison froide!... Si ce n'est pas un monde! laissa-t-elle échapper à voix haute.

Il n'y eut ni haussement de sourcil ni marque d'impatience. Le maître l'ignorait.

Elle attendit donc.

On n'entendait que les claquements d'une forte et large mâchoire se refermant sur la chair du fruit légendaire. Il remit silencieusement le trognon de pomme dans l'écuelle, qu'il tendit à Marieke. Puis, il lui souhaita le bonsoir.

Cette dernière en profita pour se décharger de sa colère non apaisée. Elle désirait ne rien garder en elle qui puisse la miner de l'intérieur; hormis — bien sûr — l'amour pour son homme...

— Non, ce ne sont pas des gens comme nous, dit-elle en pensant au jeune officier. D'ailleurs, vous ne connaissez pas la dernière! Un soldat françois vient de se donner la mort. Eh bien, non seulement il n'a pas été banni pour ce crime comme nous l'aurions été, nous, mais lui, on l'a enterré à l'église de Saint-Maurice! Vous vous rendez compte? Assez pour souiller l'âme de nos bons chrétiens inhumés dans la place! Jésus-Marie, mon Dieu!

Elle se signa.

Grégoire ne l'écoutait pas.

Crispé, son visage était dirigé vers la maison de la dentellière, d'où parvenaient des éclats de voix et de la musique.

La fenêtre était restée ouverte en dépit du froid. Soudain, Marieke s'en aperçut, et la referma.

Elle devina le sujet d'agacement de maître Grégoire, et tenta de l'en détourner :

— Vous ne voulez vraiment pas de feu?

Et, comme il ne répondait toujours pas, elle se décida :

— Elle a raison d'en profiter, la veuve Renelde, avant d'être vieille. Elle a beaucoup souffert, vous savez... Et elle reste si souriante, si belle, si simple. Pourtant, elle était mariée à un noble ! Elle est pas fière. Ah ! On peut dire que c'est une femme bien !

Marieke se tourna vers son maître afin de juger de l'effet produit par ses paroles, mais il avait disparu de la chambre. Leur conversation avait, une fois encore, dégénéré en soliloque.

Elle poussa un impressionnant soupir de tristesse que personne n'entendit.

Changerait-il un jour ?

Connaîtrait-il enfin quelque répit à ces préoccupations qui envahissaient son être, et dont elle seule partageait le secret ?

A la fenêtre, elle sourit amicalement à Renelde.

Elle la devinait en train de parcourir son clavecin de ses longs doigts aussi agiles en musique qu'ils l'étaient au fuseau.

Deux jeunes musiciens étaient à la viole et au violon.

Un poète, à l'allure éthérée, déclamait avec emphase des vers allégoriques et baroques. Les invités étaient amateurs d'art et habitués de ces soirées de fin de semaine chez Renelde Van Eyck, elle-même bonne joueuse de clavecin.

Ce joli virginal décoré de fleurs avait été l'ultime présent de Marie-Adine, et non des moindres. C'était sur ce bel instrument que sa maman lui avait appris à aimer la musique. Un paysage champêtre en décorait la face intérieure, et lui rappelait son heureuse enfance.

A l'écart de l'assemblée, vêtue sobrement de noir et de la fraise espagnole que l'on ne portait plus depuis des lustres, la marraine se tenait, digne et droite sur sa chaise.

Elle fermait les yeux pour ne pas voir les Flamands contaminés par le costume à la française, aux couleurs vives et à l'allure débraillée...

« Les temps changent », se disait Meï.

Elle fermait les yeux pour mieux écouter sa filleule, et laissait défiler des rêves inachevés, sous ses paupières closes. Elle sourit. En jouant, Renelde lui rendit son sourire. Elles s'étaient comprises.

Meï se sentait bien chez « sa petite », qui depuis son veuvage avait réussi à créer des réunions où chacun émettait ses idées, à égalité de sexe. Dans sa propre famille, comme encore dans la plupart des autres foyers, il y avait eu le monde des hommes et celui des femmes, séparés les uns des autres, sans aucun lien, si ce n'étaient parfois des mots d'amour. Dans le meilleur des cas...

« Les temps changent... »

Renelde accordait à Ana et à Marie-Jeanne le privilège d'assister aux concerts. Les deux grandes étaient enchantées de cette faveur. Elles prenaient un air sérieux et sage, conscientes de travailler à la réputation de leur « petite mère ».

Le divertissement achevé, les acclamations fusèrent. Très fières de Renelde, les jeunes dentellières applaudirent à tout rompre, puis, aidées de bonne grâce par l'ensemble de l'auditoire, elles réinstallèrent les sièges à leur place initiale. Ana s'apprêtait à quitter le salon, lorsque Marie-Jeanne la retint :

— Si nous restions un peu... Pour une fois ? Petite mère ne s'en apercevra même pas. Regarde comme on la courtise !

Flattée, Renelde subissait en souriant les avances d'un jeune musicien.

— Je te vois venir, souffla Ana à sa compagne. Tu aimerais bien qu'on te fasse un brin de cour, à toi aussi, peut-être celui-là, avec sa rhingrave[1] ! C'est d'un ridicule, oui ! En plus, cela vient de Maestricht, et on est en guerre avec la Hollande !

1. Rhingrave : haut-de-chausses, en forme de juponnet.

— Que t’arrive-t-il, Ana? chuchota Marie-Jeanne. Depuis quelques jours, tu es bien sérieuse!

— Allez, viens!

Ana salua les invités, ralluma la chandelle de son bougeoir et sortit. Marie-Jeanne la suivit, sans dissimuler une moue de désappointement.

Les conversations reprirent là où elles s’étaient arrêtées une heure auparavant. Elles coururent rapidement sur les caprices et les folies de Louis le Sans-Pareil.

— Son nouveau château est situé dans le faubourg de Versailles.

— C’est loin de Paris!

— C’est pratique pour gouverner un pays! ajouta-t-on avec moquerie.

— Il n’est pas achevé mais c’est déjà un gouffre financier, paraît-il!

Des rumeurs ayant trait à d’extravagantes festivités s’étaient répandues jusque dans les provinces éloignées. Faute d’investir le palais, en construction, le roi et la Cour envahissaient les jardins, et succédaient ainsi aux ouvriers, morts de fièvre dans les marais entourant l’incroyable bâtisse.

On en parlait avec un mélange de haine et d’admiration, de jalousie ou de consternation, selon ce que l’on était soi-même.

La marraine n’était pas mécontente d’entendre médire du roi.

Elle était passée directement, dans son esprit, de Charles Quint à Philippe IV et aux archiducs. Elle avait occulté la période de Philippe II, dont le peuple flamand maudissait les bandes de pillards. Enfin, elle fondait encore quelque espoir en la bonne reine Marie-Thérèse. Celle-ci était fille du roi d’Espagne et pourrait peut-être remettre de l’ordre dans les excès et les bizarreries des Grands du royaume.

Renelde devinait les pensées obsessionnelles de Meï.

« La pauvre reine, se disait en effet la marraine, que

de pleurs a dû verser cette toute jeune Espagnole, vendue pour une alliance entre la France et l'Espagne! Et c'est son mari, Louis XIV, qui a bafoué son pays en lui déclarant la guerre! »

Avec coquetterie, en riant, Renelde repoussa le badinage maladroit et charmant dont elle était l'objet, et fit dévier la conversation sur le veuf Grégoire. Elle désirait obtenir l'avis de ses invités sur ce voisin bien mystérieux.

On se mit d'accord sur le fait qu'il n'était pas un bon catholique, vu qu'on le rencontrait rarement aux offices.

D'ailleurs, de quoi vivait-il au juste?

Ce n'était pas très clair! Et ce qui n'est pas clair est troublant, et ce qui est troublant est obscur... Et de l'ombre à l'hérétisme, il n'y a qu'un pas...

Et, dans le salon confortable de Renelde Van Eyck, attenant à son atelier de travail, tandis que les petites dentellières prenaient un repos mérité dans les chambres du haut, on parla alchimie, secrets et Diable...

Et l'on s'amusa tard dans la nuit, très tard, à se faire peur...

Avant d'aborder la journée du Seigneur.

16

Dans un silence recueilli, du haut de la chaire en bois finement sculpté, le prêtre dévisagea chacun de ses paroissiens.

— Mes fils, mes filles ! Je vous le dis ! Je vous le redis ! Tout infanticide — y compris l'avortement — est un crime ! Il est puni par la loi des hommes, mais il est aussi — ne l'oubliez pas — un terrible péché mortel dans la loi divine ! (Le doigt menaçant, et le sourcil froncé, il conclut :) Il est navrant d'avoir à vous le rappeler si souvent !

Un soupir grandiloquent acheva le sermon. On entonna les cantiques. Désireux de montrer leur présence, et de ne pas être ainsi suspectés d'adhérer à la religion réformée, les fidèles rivalisaient de puissance en chantant. Toutefois, le rassemblement catholique ne leur pesait pas. Bien au contraire ! Pendant ces heures privilégiées, ils se retrouvaient frères, et solidaires. Ils étaient heureux de communier ensemble dans un même élan de foi, de transporter leur âme avec ravissement dans un monde merveilleux, loin des réalités terrestres.

La plus jeune des dentellières, la mutine Marguerite,

était subjuguée par les centaines de cierges allumés, par les chœurs résonnant dans l'église. Elle était impressionnée par le son grave de l'orgue qui s'élevait, pareil à la foudre divine.

L'odeur de l'encens, mêlée à la féerie de lumière et au jeûne du matin, l'habilla de torpeur. Bientôt, l'estomac vide eut raison de son esprit. Elle défaillit et ne reprit connaissance qu'au contact de l'air vif du dehors, dans les bras de Renelde.

Celle-ci comprenait aisément ce malaise. Enfant, que de fois s'était-elle évanouie à la première messe des Ursulines! Aujourd'hui encore, les effluves enivrants saisissaient ses propres sens.

C'était le matin du dimanche; journée bénie du Seigneur.

Le vent avait balayé les nuages. Dieu remerciait les chrétiens de leur ferveur, car le soleil adoucissait l'air glacial et caressait les visages.

La volée de cloches annonça la fin de l'office.

Les hommes se dirigèrent vers les estaminets pour goûter aux délices du palais, après ceux de l'âme. Les femmes s'attardèrent un instant pour saluer les connaissances, ou dire un mot sur l'extravagance de quelque voisine. Puis elles regagnèrent leur fourneau. Il y avait beaucoup à faire, pour préparer la grande tablée dominicale et ne point décevoir les maris. De retour au foyer, mis en appétit par les breuvages alcoolisés, ils ne toléreraient pas l'attente. C'était ainsi.

Hormis le bonnet de toile fine plissé à petits canons de dentelle, confectionné par leur soin, les dentellières étaient mises avec modestie. Une cape de calmande les protégeait du froid. Une médaille d'argent pendue au cou par un liseret noir, présent de leur maîtresse, agrémentait leur toilette, simple, mais non vulgaire.

Ouvriers sayetteurs et autres jeunes artisans s'échangeaient des sourires entendus sur la grâce naturelle et le charme des plus âgées. Les coquettes n'étaient pas dupes de leur manège.

Mais elles ne pouvaient s'empêcher de jalouser les aristocrates, qui ne manquaient pas de soupirants bien habillés. Les gentilshommes recherchaient pour amies non pas celles qui manient les bobines sur le carreau, mais plutôt les élégantes, pour qui se meuvent les fuseaux des dentellières.

Marie-Jeanne était insouciante. Elle répondait à toute marque de galanterie, sans distinction de rang et de fortune. Elle se disait tout simplement : « On verra... »

Jusqu'à ces jours derniers, Ana tremblait de ne point trouver d'amoureux conforme à ses désirs.

A présent logeait en son cœur un bel uniforme aux yeux de velours, mais elle continuait à admirer les jolies demoiselles gantées de soie, au devant de robe et à la cape bordés de dentelle fine. Son officier risquait d'être, un jour ou l'autre lui aussi, sensible au charme de la richesse. Elle jeta un œil sur son tablier fraîchement empesé. Certes, il était propre et sentait le neuf; ce qui n'était pas toujours le cas chez les non-nantis.

Elle se consola en pensant aux paroles de M. l'abbé :

— La convoitise est un grand péché. Les pauvres doivent se résigner.

— Pourquoi, mon père?

— Dieu l'a voulu ainsi. Les miséreux ont tort d'être envieux, car leur labeur et une vie droite leur vaudront le paradis, plus sûrement que les riches! Et puis, Ana, voyons, tu exagères avec ta morosité! Tu n'es pas juste! Tu n'es pas pauvre! Si ta maîtresse ne t'avait pas enlevée des griffes de ces méchantes gens, où serais-tu aujourd'hui? Porterais-tu cette coiffe de dentelle? Non! C'est bien trop cher pour les miséreux!

« C'est vrai... Je ne serais même pas courtisée par ces braves garçons de la paroisse. C'est bien la peine de sortir de la messe, pour penser de si vilaines choses!... Quand cesserai-je de voir la vie en noir, sauf lorsque je tiens la main de Renelde serrée dans la mienne ? A ce moment-là, ma confiance réapparaît comme en cet instant de bonheur extrême, il y a cinq années. »

Alors, Ana chassa l'inquiétant nuage venu assombrir son visage de piaf aux grands yeux noirs.

Tranquillement, les Flamandes se mirent en marche.

Soudain, le défilé qui venait de se constituer de manière fortuite s'immobilisa devant la première attraction de ce jour chômé : un solide gaillard entreprenait l'ascension de l'église vers le clocher. Le pari était lancé. Les citadins raffolaient de ces plaisirs.

Après le sacré, le profane.

Nullement pressées de regagner le logis, sans aucun homme à servir, Renelde et ses jeunes apprenties attendirent, et guettèrent avec enthousiasme les progrès de l'intrépide.

— Il est fort, petite mère ! s'exclama Marguerite, la mine épanouie.

— Oui, répondit Renelde. Quand j'étais une petite fille...

— Comme moi ?

— Oui, comme toi, les exploits m'impressionnaient aussi. J'en rêvais.

— Comme moi !

— Une fois, poursuivit Renelde, il y eut une lutte entre un homme et un chien sauvage. La bête faillit déchiqueter l'imprudent.

— Il est mort ? émit timidement Nanette, qui affichait de grands yeux ronds.

— J'ignore ce qu'il est advenu de lui et de ses blessures.

Prête à discourir longuement sur la question, Marguerite ajouta :

— Oh ! Il est sûrement mort et...

Mais elle fut interrompue par l'ovation faite au vainqueur.

— Regardez ! Il a atteint le sommet !

Et les dentellières prirent gaiement le chemin de leur maison, en commentant l'heureuse issue de l'entreprise.

C'est alors qu'elles aperçurent un colporteur, copieusement chargé, comme à son ordinaire.

Ils étaient nombreux dans la ville, mais celui-ci savait où il allait. Elles le reconnurent aussitôt, et coururent à sa rencontre.

C'était bien Tis'je.

Tis'je, l'ami de Renelde.

Celle-ci le revoyait souvent. Il était réapparu quelques mois après la fin de l'épidémie, et depuis quatre ans il n'avait pas quitté Lille et ses faubourgs. Avant même la déclaration de guerre entre la France et l'Espagne il avait abandonné son beau pays de moulins, imprégné des vapeurs salées venant de la grande mer.

Tis'je, qui aimait tant les histoires, n'avait pas réussi à conter la sienne. Toutefois, une larme glissait de ses paupières quand il entonnait la chanson à Iolande. Et Renelde devinait sa peine : la belle aux cheveux d'or était perdue pour le petit colporteur flamand.

Il lui avait appris le dernier voyage de Pierre Van Eyck, qui reposait à présent dans la lointaine plaine de Moerbeke.

Ainsi la peste avait eu raison de son invincible père. Il était mort au pays de Tis'je-le-généreux, en terre de Flandres et d'Espagne.

— Raison de plus, s'était exclamée Meï, de rester fidèle au roi d'Espagne !

Renelde espérait entreprendre un jour le voyage vers le Houtland, avec Tis'je pour guide.

Un jour, lorsque la paix reviendrait...

La hotte du colporteur recelait des merveilles.

Tis'je-le-malin adaptait sa marchandise à ses clients.

Il fit admirer un prétendu fil de la Vierge, et raconta une légende pour le plaisir des petites filles :

— La Vierge révéla le secret de la dentelle à une fiancée, en échange d'un vœu de renoncement à son mariage. Elle fit tomber du ciel le premier dessin de dentelle. Il était formé de fils si légers que le vent les fit flotter dans l'air : ce sont les fils de la Vierge.

Sacré Tis'je ! Il ne changerait jamais ! Peu importait la véracité de ses contes pourvu qu'il fût à même de distraire son auditoire. Et Tis'je y réussissait bien...

— ... Rassurez-vous, l'histoire finit on ne peut mieux, ajouta-t-il, voyant la mine attristée de la petite Marguerite. Le jour anniversaire du miracle, la jeune fille alla prier Marie. Le ciel se couvrit de fils, qui, en tombant sur sa robe noire, tracèrent une couronne de mariée entremêlée de roses et de fleurs d'oranger. Ah ah !... Et alors !... Devinez !...

— Dis-nous, Tis'je !

— Une main invisible écrivit : « Je te relève de ton vœu ! »

Renelde laissa ses apprenties et Marieke en compagnie de son ami. Elle le reverrait plus tard.

Elle décida de rentrer. Le carillon sonnait les dix heures. Une profusion de tâches l'attendait.

Avant de refermer la porte de l'entrée, elle sentit un regard posé sur elle. Elle se retourna instinctivement vers la chambre de M. Grégoire, et n'eut que le temps de voir disparaître une silhouette.

Elle s'engouffra chez elle, les joues empourprées.

M. Grégoire travaillait consciencieusement à des écritures sur des parchemins. Gêné par les bruits de l'attroupement constitué autour du colporteur, il s'était levé.

De sa fenêtre, il avait observé Tis'je quelques instants, avec le souci étrange de rester dans l'ombre.

Il avait alors aperçu la belle Flamande aux lèvres vermillon.

A présent, tapi contre le mur de sa cellule, tel un voleur, il essayait de calmer les battements trop rapides de son cœur.

Plus il se reprochait les désordres de son âme, plus il lui était difficile de retrouver la paix.

Assises sur « leur » banc, devant « leur » demeure, en dépit de la froidure ambiante, deux commères captèrent cet instant de trouble partagé. Rien ne leur échappait, vu que leur surveillance du moment se concentrait autour des deux maisons. Elles les avaient choisies pour cible. L'une abritait une belle esseulée, l'autre un homme quasi sauvage. Elles pressentaient qu'il s'y passerait des choses, et tenaient à vérifier leur intuition.

L'officier français quitta la maison du veuf Grégoire, et, tandis que le fringant militaire enfourchait sa monture, elles regrettèrent leurs quinze ans.

Un frisson de désir inattendu, quelque peu ridicule, vigoureux comme une bourrasque, resurgit l'espace d'un instant.

Aussi ne perçurent-elles pas le regard du jeune homme dirigé vers Ana. Elles ne remarquèrent pas le sourire de la dentellière.

Bientôt, tout le voisinage contempla les trésors acquis par le colporteur.

Dans le couloir sombre de l'entrée, Renelde sursauta.

Immobile et patient, un mendiant capucin l'y attendait. Il s'infiltrait dans les maisons bourgeoises de la ville, exhortant les catholiques à la charité. Avec le bénéfice de la quête, il disait obtenir une messe au monastère en faveur du donateur. Toutes les communautés en usaient ainsi. Pourtant, ce religieux ne craignait pas d'aller plus loin, d'évoquer des visions apocalyptiques et de menacer de l'Enfer en cas de refus.

Il susurra à l'oreille de Renelde, lui parlant bas, lentement, comme au confessionnal, et à la troisième personne avec un respect un peu trop marqué :

— La bonne Dame doit avoir un proche, disparu lors de la Male Mort... Il aurait besoin d'être soulagé... Quelqu'un dont on n'aurait pas exécuté les dernières volontés... Tant d'âmes errent encore dans la cité, à la recherche du paradis qu'elles n'ont pu rejoindre, faute du dernier sacrement!

Renelde regarda ce capuchon sans visage. Il avait su la toucher au point sensible. Il lui fallait libérer sa conscience. Essayer, du moins... Sans un mot, elle tira quelques pièces des plis de son ample jupon, et les fourra subrepticement dans la main avide du quêteur.

Au loin, sur un chemin menant à la paroisse Saint-Pierre, un chariot cahotant, semblable à celui des Corbeaux, se frayait un difficile passage au milieu des badauds.

A son tour, Marieke eut la désagréable surprise de trouver le capucin auprès de M. Grégoire, qui lui offrait un superbe chandelier en argent fin. Elle s'était attardée près du colporteur, et n'avait pas remarqué la grande pèlerine brune traversant la rue avec la vélocité d'une ombre.

Bien sûr, Marieke était croyante. Bien sûr, il fallait donner aux quêteurs. Elle n'avait eu d'autre recours pour survivre que de mendier, et son maître, lui, n'était pas attaché aux biens de ce monde. Elle se devait de respecter sa façon de vivre. Mais elle n'avait pas entrevu la moindre lueur de fortune avant de passer sa porte, et elle se disait que c'était un crime de se séparer d'un si bel objet quand on avait la chance de le posséder.

Alors, Marieke-la-gaillarde vint à l'assaut.

Avant même que les deux hommes réagissent, elle réussit à ôter le chandelier des mains du capucin. Quand Flamande entêtée décide, il est très difficile de résister.

Ce capucin, en était-ce un, vraiment? Nul ne le saurait jamais... Il repartit vers les maisons voisines en quête de biens et de crédulité.

Quant à M. Grégoire, maître ou pas, il se fit sévèrement tancer. Et tous deux y éprouvèrent un certain plaisir : l'une à le considérer comme son fils, en dépit d'une différence d'âge négligeable; l'autre à sentir la grande affection que cette brave femme lui portait au travers de ses rudoiements.

Un peu plus tard, après le dîner, les jeunes dentellières demandèrent la permission à Renelde d'assister aux spectacles de la rue. Elles avaient du temps libre avant les vêpres du dimanche.

— Vous venez avec nous, petite mère? demanda Marguerite.

— Non, ma chérie. J'aime le tir à l'arc, les mâts de cocagne et les saltimbanques, mais j'attends la visite du père Philippe.

Elle était attachée aux traditions. Elle l'était aussi à sa liberté acquise. Les deux n'allaient pas toujours de pair, surtout quand elles avaient trait aux affaires de femmes. Aussi se trouvait-elle souvent l'esprit perplexe et l'âme en émoi, ne sachant quel parti prendre.

Par ailleurs, en Flandre, on aimait d'autant l'indépendance qu'on s'en trouvait dépossédé avec régularité. Et dernièrement, en dépit de ses promesses, le roi avait interdit les réunions des confréries : celles de saint Georges, les Arbalétriers; de saint Sébastien, les Archers; ainsi que celles des Arquebusiers et des Mousquets. Le goût français ne tolérait pas le mélange du vulgaire et du vénérable dans les kermesses.

Premières atteintes à leurs traditions, à leurs libertés.

Le peuple était peiné par ces contraintes. Mais le peuple pensait : « Ni ce roi, ni aucun autre à venir, n'ôtera du cœur des Flamands l'envie de jeux et de défoulements... Les fêtes persisteront envers et contre tout ! »

Au-dehors, le chariot bancal se rapprochait.

Renelde interrogea son confesseur sur les changements intervenus dans les différentes corporations du textile.

— Nouveau roi, nouvelles lois. Il faut s'adapter, dit le jésuite.

Depuis les lendemains de l'annexion, Renelde ne partageait plus le point de vue de son directeur de conscience, et s'en blâmait. Elle respectait les principes de l'homme d'Église, mais elle ne prenait plus à la lettre ce qu'il s'efforçait de lui inculquer.

Son esprit était troublé : elle préférait le roi catholique espagnol, car Louis XIV ruinait le pauvre peuple avec ses guerres continuelles. Et cependant, elle avait admiré les revues militaires françaises et la splendeur du Roi-Soleil, lors de ses visites. Il avait montré sa grande piété en entendant la messe aux Jésuites, et lancé des louis d'or aux milliers d'artisans et de bourgeois massés sur la chaussée et criant un vivat de commande. Il y avait eu un arc de triomphe, des fêtes sur l'eau, tant de réjouissances que les braves Lillois, éblouis et grisés par ces splendeurs, en avaient été ébranlés dans leurs convictions. Mais la bataille des cœurs n'était pas gagnée.

Cette année, à la procession du Saint-Sacrement, on venait de contempler le reposoir de Fives — un faubourg de Lille — décoré des portraits de Louis XIV, mais aussi de Charles II d'Espagne ! Résultat sans doute de la nouvelle guerre. Le roi des Français perdait le terrain acquis laborieusement dans l'esprit des gens du Nord. Il lui faudrait encore du temps et des efforts !

En attendant, les portraits de Fives furent le sujet de discussion des salons bourgeois et aristocratiques.

Après s'être enquis, avec amitié, de sa santé et de ses pensées chrétiennes, le jésuite en mission l'entretint, lui aussi, du paradis. Décidément, c'était le jour !

— Ma chère fille, vous êtes l'une de nos meilleures catholiques. Je vais vous parler avec franchise : il faut songer à votre salut ! Veuve du vicomte de Lambersart, vous n'avez pas d'héritier ; aussi il serait souhaitable que vous offriez vos biens à l'Église... lorsque viendra votre heure. Ce geste compléterait ce que vous avez déjà eu la bonté d'accomplir en notre faveur, et vous assurerait sans nul doute la félicité.

Renelde ne répondit rien. Le prêtre insista :

— Ne serait-ce que cette vaste demeure...

— Je suis sensible à ma chance, mon père, face aux mendiants, et aux pauvres gens...

— Vous ne voudriez pas manquer l'éternité ?

— Non, bien sûr ! Mais j'ai mes filles...

Elle pensa surtout à Ana, sa première petite dentellière qui lui était tombée du ciel.

Philippe ne s'avouait pas vaincu :

— Ce n'est pas la même chose. Ce sont des employées ; dont vous vous occupez admirablement, Dieu m'est témoin... Mais elles se constitueront vite une dot suffisante pour envisager le mariage avec un apprenti du textile. Leur savoir-faire est conciliable avec une vie de famille. Elles pourront fournir un salaire d'appoint à leur ménage, et ne seront pas une charge pour leur mari. Si vous voulez, je connais certains jeunes de la paroisse, qui...

Renelde l'interrompit :

— Je ne les marierai pas. Elles choisiront leur époux, mais resteront ici le temps souhaité. D'ailleurs, un long apprentissage permet de s'exercer à une dentelle plus belle qui leur rapportera davantage. Et puis, je les aime comme mes enfants, mon père... Ce qui signifie que je leur transmettrai ma maison, et mes autres biens éventuels.

— Si tel est votre désir...

— Il l'est, mon père.

— Très bien, n'en parlons plus, dit le jésuite en se promettant de revenir à la charge.

Renelde s'en doutait.

Le chariot bancal passa de façon périlleuse le pont sur la Deûle et fit une apparition remarquée dans la paroisse. Il traînait à sa suite une meute d'enfants et autres curieux plus âgés, friands de découvrir une espèce inconnue, voire un monstre. Chaque exhibition d'animal extraordinaire, tels le veau de mer ou le dromadaire, demeurait un événement.

Le convoi s'immobilisa sur la petite place attenant à la rue de Renelde, non loin de ses fenêtres.

— Le drap qui recouvre les grilles de la roulotte cache une espèce très rare d'enfant sauvage ! annonça le montreur d'une voix de stentor. Du jamais-vu ! Approchez tous !... Tel que vous me voyez, j'ai eu le grand honneur de le montrer à plusieurs Altesses Sérénissimes de contrées lointaines. Alors, si les bonnes gens veulent, eux aussi, partager le privilège — comme les rois ! — et voir ma « chose »... Par ici, la monnaie !... Ne vous bousculez pas... Il y en aura pour tout le monde !...

Les curieux s'agglutinèrent devant le véhicule à mystères. Puis ils se placèrent les uns derrière les autres, une pièce à la main, en quête d'une excitation nouvelle.

Et le défilé commença. Chacun glissa son dû dans la rugueuse main de l'homme, qui ouvrait puis refermait d'un geste machinal un coin de la grossière étoffe.

Et chacun, à son tour, eut le droit d'admirer — avec promptitude — la « chose ». Pour s'y attarder, il fallait reprendre la file et payer une seconde fois. Mais enfin, un passage était déjà suffisant pour se faire une idée, et un sujet de veillée.

Brusquement, un hurlement de terreur s'éleva, interminable, insoutenable.

Une femme venait de reconnaître en l'enfant sauvage, en ce petit être mutilé afin de le rendre muet, son fils volé trois ans auparavant, et qu'elle n'avait pas retrouvé.

Un bref instant, le « propriétaire » essaya de se justifier :

— Calmez-vous, ma bonne dame, vous vous trompez !

Elle ne l'écouta point. Avec l'énergie du désespoir, elle souleva la toile et s'accrocha aux barreaux en criant :

— Pierrot... Pierrot, mon petit... Mon petit !...

L'homme perdit son contrôle. Il se précipita sur l'infortunée pour l'empêcher de nuire à la représentation. Mais la force de l'amour maternel fut supérieure aux muscles du charlatan. Une lutte s'engagea.

La situation dégénéra très vite. Les uns et les autres prirent parti. La violence gagna le terrain, et la bagarre commença. Surexcité, le bon peuple ne s'apercevait pas que la bête sauvage était bien là, au milieu d'eux : non pas en cet être innocent et humilié, mais en eux. La bête avait attendu son heure. Elle sortait de son terrier, porteuse d'une sauvagerie refrénée.

M. Grégoire vit la terrible scène de sa fenêtre.

Insensible ou indifférent, il profita de son propre isolement pour sortir de la chambre. Le calme de la maison vide contrastait avec l'agitation et les cris embrasant la petite assemblée devenue foule.

Il descendit lentement le grand escalier. Au rez-de-chaussée, il emprunta un sombre couloir et descendit vers la cave, vers l'obscurité et les ténèbres.

Alors un silence effrayant envahit la demeure flamande...

... Silence aussi angoissant que le tumulte provoqué par l'émeute et l'arrivée des troupes à cheval.

Les incidents se renouvelaient fréquemment.

Bien organisés, les soldats bouclèrent le pâté de maisons depuis le pont jusqu'aux rues environnantes. Ils ne tardèrent pas à éparpiller les hommes enivrés de violence et de boisson. Les armes et les sabots impitoyables des montures étaient des arguments de poids.

Profitant de la panique, le montreur s'enfuit avec un chargement inattendu : l'enfant, bien sûr, ahuri derrière la grille de sa prison ambulante, mais aussi la présumée mère, toujours suspendue aux barreaux de la carriole. Des archers à cheval les poursuivirent bientôt, suivis de près par des Lillois en colère, ayant opté pour le parti de l'amour.

La pauvre femme fut ramassée non loin de là, dans un triste état. L'enfant n'avait esquissé aucun mouvement vers elle. Était-il à même de la reconnaître ? Était-il capable de bouger ? Était-il le sien, ou n'était-ce que l'illusion d'une désespérée au cerveau voilé, comme le prétendaient certains ?

Sortie avec le jésuite en entendant les cris, Renelde pensa que le cœur d'une mère ne pouvait pas se tromper.

Des larmes coulèrent le long de ses joues lorsqu'elle vit la malheureuse emmenée par les gardes du roi. Ceux-ci obéissaient aux ordres. Ils devaient éviter la formation de tout rassemblement hors la loi susceptible de créer le désordre et d'incontrôlables « émotions ». Renelde s'inquiétait parfois de ce trop-plein de sensibilité contenu en elle, sous ses dehors de femme sage et solide. C'était comme si, soudain, le dedans de son être se vengeait de sa paisible apparence.

Très émue, elle s'empressa de récupérer ses filles, mais ne put s'empêcher de demander à Marieke, qui assistait au douloureux spectacle :

— M. Grégoire ne sort donc jamais ? Est-il insensible à ce point ?

La servante sentit la déception de la dentellière.

— Non, madame Renelde, non, ne croyez pas cela...

Et elle savait de quoi elle parlait. Elle ne s'abandonna pas aux confidences : elle-même était secouée par cette lamentable affaire.

L'agitation était grande. Aucune âme ne prêta attention au manège amoureux du bel officier français et de la jeune Ana. Ils profitèrent de la situation et se rapprochèrent, en un même élan, insensiblement, l'un de l'autre. Merveilleux émoi au travers d'un drame qu'ils ne pouvaient partager.

Puis Ana suivit ses compagnes, pour ne point se faire remarquer.

Le lendemain, jour ouvrable pour les dentellières, l'atelier était en pleine activité.

Les doigts des apprenties aux mains fines et fragiles exécutaient une danse sur chaque ouvrage. On n'entendait que le cliquetis des multiples fuseaux de bois.

Aucun bavardage en ce début de matinée. Près des fenêtres et de la lumière, chauffoir aux pieds, les épaules couvertes d'un châle de laine, elles étaient encore endormies.

Avaient-elles en tête les images de l'incident de la veille, et les hurlements de la malheureuse? Était-ce à cause du froid qui venait de redoubler en une seule nuit?

Les doigts tremblaient.

Soudain, la grosse voix du brocanteur, ramassant peaux et duvets de toutes sortes, leur parvint de la rue. Il lançait des expressions comiques pour ameuter le voisinage, et troubler la quiétude des sages Flamandes, qui ne demandaient pas mieux. Un calembour assez grivois fit rosir les joues des dentellières. Elles échangèrent de timides œillades, puis éclatèrent de rire. Les dernières traces de tension furent évacuées.

Et le travail reprit, consciencieux, animé cette fois.

Curieuse, elle aussi, Ana jeta un coup d'œil à la fenêtre. Son rire innocent se transforma en un lumineux sourire. Elle oublia ses camarades. Les traits bouleversés, la poitrine embrasée, elle n'arrivait pas à détacher ses grands yeux d'ébène, plus brillants que jamais, du jeune officier qui la guettait au-dehors.

Il lui fit un signe discret.

Guidée par son instinct amoureux, Ana le comprit.

Seule, Marie-Jeanne perçut l'émoi de sa « sœur ». Mais il lui fut impossible de discerner la cause de sa transformation. Elle se remit au jabot qu'elle avait tout juste commencé, et pour lequel il ne faudrait pas moins d'une aune de dentelle. Un pressentiment étrange l'assaillit tandis qu'elle manipulait ses fuseaux. Quelque chose, ou quelqu'un, allait lui enlever Ana.

Et Marie-Jeanne fut soudain très triste.

A l'écart des dentellières, Renelde instruisait l'une d'entre elles.

Chacune à leur tour, elles passaient un moment auprès de leur petite mère, transformée en maîtresse d'école. Elles étaient initiées aux bonnes mœurs et aux règles chrétiennes. Elles recevaient un apprentissage de la lecture. Elles aimaient ces récréations studieuses, qui reposaient les mains et le dos, tout en leur enseignant des choses importantes.

Ana lâcha brutalement son ouvrage, qui tomba sur le carrelage bleuté, et attira volontairement l'attention de Renelde.

— Oh ! Mes doigts !... Ils sont engourdis ! s'exclama la simulatrice.

Renelde se précipita vers elle :

— Ma pauvre chérie ! Il a fait si froid, ces dernières heures !

L'hiver 1674 s'annonçait particulièrement rigoureux. De nombreux arrêts de travail venaient d'avoir lieu, çà et là.

Chez les tisserands comme chez les dentellières, on s'inquiétait pour les mains, cet outil précieux, alourdi par les gelées.

Renelde frotta celles d'Ana contre les siennes.

Elle se souvint de la petite juive, tombée dans ses bras et qui riait en découvrant la dentelle...

« Comme tu as grandi depuis que je t'ai recueillie ! Tu ne t'imagines pas à quel point tu as enlevé de la grisaille à ma vie... Tu m'as sortie des ténèbres... »

— Je m'en veux de te laisser dormir dans la chambre du haut ! lui dit-elle. Il y a de l'humidité. L'eau pénètre par les fentes du toit. C'est si difficile de la chauffer ! Tu vas dormir avec moi pendant la période des jours courts.

Renelde se rappela leurs premiers mois, quand Ana était encore l'unique enfant de la maison. La nuit, elle l'avait gardée près d'elle. On ne sait laquelle des deux avait éprouvé le plus de plaisir à se réchauffer le corps et le cœur au contact de l'autre.

Aujourd'hui, Ana refusait la proposition.

— Non, ce n'est pas la peine, petite mère, ça va très bien là-haut.

Ana préférait son intimité. C'était inhabituel.

Mais Renelde aimait trop sa liberté pour ne pas respecter celle des autres. Elle n'insista pas. Elle se promit toutefois d'aller vérifier la chaleur des chambres, le nombre de couvertures, et de glisser dans les lits une brique chaude.

La petite Marguerite, qui décidément n'avait pas sa langue dans la poche, intervint sans tarder :

— Tout ça, c'est de la faute aux ennemis !

— Tiens donc, peux-tu m'expliquer pourquoi ? lui demanda Renelde, intriguée.

— Oui !

Marguerite marqua une pause, pour vérifier que son entourage était attentif à ses propos.

— On dit qu'ils ont rompu des écluses sur les canaux de la Lys et de la Deûle, et que c'est pour ça que le bois est plus cher à Lille.

— C'est exact. Les acheminements s'avèrent difficiles et les prix ont singulièrement augmenté. Mais je te conseille tout de même de ne point trop parler des affaires royales.

— Pourquoi ?

— On ignore beaucoup. Beaucoup. Tu sais, Margot, l'un des ennemis dont tu parles était peut-être de ta famille, avant la guerre.

La petite fille la regarda bouche bée, sans comprendre.

Avec malice, Renelde ajouta :

— Je peux t'apprendre à présent le point d'Esprit, tu le réussiras très bien.

— Ah ! Celui qui ressemble à un grain d'orge ?

De son côté, Ana éprouvait de violentes palpitations, et espérait qu'on ne les entendait pas.

Mine de rien, elle dit à Renelde :

— Marieke connaît des remèdes efficaces contre le froid. Elle les a obtenus chez une vieille de Saint-Sauveur... Je pourrais peut-être aller la voir ?...

Un peu plus loin, sous le pignon de la dernière maison, un jeune homme brun au corps impatient et fiévreux attendait Ana.

Ils se regardèrent un instant, hors de toute réalité, hors du temps. Rien ne compta plus que ce regard dans lequel ils plongeaient l'un et l'autre et se noyaient avec délectation.

Ana se jeta alors dans les bras de l'inconnu, aussi violemment et de façon aussi urgente que l'avait fait jadis une petite fille de huit ans dans les bras d'une nouvelle maman.

Et leur premier baiser fut un coin de paradis, d'amour enfin dévoilé.

Et les mots qu'ils se chuchotèrent firent vibrer leur cœur innocent de mille promesses.

17

Était-ce l'air vif qui giflait les joues?... Le carillon du beffroi qui jouait un air entraînant?... Ou, comme à chaque fois, cette pointe de déception en revenant de la maison de Saint-Étienne?... Renelde et Ana pressèrent le pas.

Elles venaient de rendre visite à Nicolas Van Eyck. Le grand frère avait pris de la dorure. Plus rien dans ses attitudes ne rappelait l'élève jésuite ou le compagnon brasseur d'antan. Sans doute, quelques nobles continuaient de le regarder de haut, mais à présent Nicolas se distinguait de la masse des petits travailleurs.

Vêtu de soie, il imposait les basses besognes aux jeunes commis, et ne manquait ni les banquets, ni les processions de sa confrérie. Son prestige s'était accru brutalement en 1671, avec le privilège d'avoir fourni l'armée royale lors d'une visite, et surtout avec l'insigne honneur d'avoir ouvert la porte de la brasserie à Sa Majesté le roi Louis XIV en personne!

Pierre aurait été très fier de voir son fils affermir sa succession, et Renelde ne lui reprochait pas de réussir dans les affaires. Mais il avait perdu toute modestie. Dans sa course à la gloire, il en oubliait son âme, et elle avait la désagréable sensation de le méconnaître un peu plus à chaque entrevue.

Elle le perdait, et lui en voulait avec âpreté.

En ce mercredi de décembre, toutes deux se hâtaient vers le quartier de la Bourse, afin d'y acheter leur fil de lin.

Sur la porte de la maison de ville était placée une ordonnance récente du magistrat. L'avis interdisait aux dentellières de produire et de vendre, dorénavant, les jours de fêtes et le dimanche. Enjouée, Ana remarqua :

— Cela s'adresse à notre corporation, mais pour une fois nous ne sommes pas concernées. (Elle l'embrassa sur la joue.) Car nous, nous n'avons jamais dû travailler ces jours chômés !

— Ana, ma chérie, ta gaieté me rend heureuse. Elle a le don de déteindre sur mon humeur.

— Tu étais triste, petite mère ?

— Songeuse...

Elles firent leurs achats, et, pour le plaisir, empruntèrent au retour un autre chemin. Dans les beaux quartiers, les vêtements changeaient d'aspect. On imitait la splendeur de la Cour, qui portait de la dentelle depuis la coiffe jusqu'aux plis des bottes. Les dentellières ne s'en plaignaient pas. Aucun parement n'échappait à leurs yeux. Elles remarquèrent un gentilhomme vêtu d'une redingote d'un genre nouveau : un justaucorps orné de touffes de rubans sur une épaule et sur les manches. Une cravate de dentelle remplaçait l'ancien rabat.

— Regarde ! C'est très différent des rhingraves, et plus harmonieux, murmura Ana.

Renelde eut l'heureuse surprise de croiser un de ses cousins, un Maes, marchand drapier à Anvers. Il leur parla en abondance du long séjour à Venise qu'il venait d'effectuer. La situation dentellière s'y était dégradée avec la création des manufactures françaises. Il discourut sur l'influence de M. Le Brun, peintre du roi de France; car, en matière de boiserie, drap, dentelle ou broderie, on découvrait partout les mêmes motifs.

— Il excelle en paroles, ton cousin, petite mère! dit Ana, en le regardant s'éloigner.

— L'effet de ses relations commerciales, sans doute!

Les hôtels particuliers de style latin et grec défilaient de plus en plus nombreux sous le regard intéressé des deux femmes marchant côte à côte dans une rue élargie depuis peu. Elles en apprécièrent l'étendue, ayant moins à craindre d'être renversées ou bousculées.

Cependant, Renelde détestait les formes nouvelles imposées par le roi.

— Va-t-on délaisser complètement le pignon pointu, et en pas-de-moineaux pour la façade plate?

— En pas-de-moineaux, fit écho sa jeune compagne, c'est joli!

Elle était toujours très attentive au savoir de sa maîtresse.

Soudain lancée dans un plaidoyer d'esthète, Renelde poursuivit :

— Chez nous, la pierre est froide par rapport à la brique. Tu sais, je crains que nos beaux ornements ne disparaissent au profit de l'uniformité. Ce sera d'un ennuyeux! Avant, chacun régnait à sa guise sur sa maison, glissant çà et là des détails personnels, ajoutant de la diversité à notre ville. (Elle soupira.) Doit-on suivre Paris ? On nous fait adopter le goût françois. Mais ce n'est pas bon, car nous renions nos origines et notre art flamands. Non, décidément, Lille perd son charme...

— Comme elle a déjà perdu nombre de ses jardins et de ses champs! acheva Ana, légèrement moqueuse.

Renelde sourit.

— Je deviens une vieille radoteuse!

— Non! Maintenant que j'ai rencontré ton cousin...

Elle éclata de rire et lui prit tendrement le bras.

De ses yeux d'artiste, Renelde considérait les parcs géométriques peu propices à l'imaginaire.

— Apprend, ma petite Ana, que notre âme ne peut rêver qu'au travers des hautes herbes et des allées sinueuses qui créent le mystère. (Elle baissa le ton, afin que nulle oreille mal attentionnée ne l'entende, et conclut :) Et puis, Lille perd sa liberté !

Mais Ana, pour une fois, ne partageait pas ses accusations, aussi poétiques fussent-elles. Plus jeune et plus souple, elle était prête à adopter les manières à la mode. Surtout, elle avait le cœur amoureux d'un enfant de France.

Elle jugeait le nouveau quartier conduisant à la porte Saint-André particulièrement élégant. Plus elle vantait les hôtels de la rue Royale et de la rue Neuve-Saint-Pierre, dont on disait que les cheminées étaient en marbre et le mobilier gracieux — « Comme les François ! » pensait-elle secrètement —, plus Renelde se sentait portée à les critiquer.

— N'écoute pas tous les qu'en-dira-t-on. Ils circulent pour nous faire admirer Louis XIV. Il faut se méfier des rumeurs. (Agacée et têtue, elle ajouta :) En tout cas, moi, je ne risque pas d'y mettre les pieds, dans ces maisons-là !

Dans une rue étroite, elles croisèrent un troupeau de vaches, que l'on menait dans les boucheries de la ville. Elles n'eurent que le temps de s'aplatir promptement contre un mur. Les bêtes allaient bon train, têtes baissées, dans l'ignorance heureuse de leur sort.

— D'accord ! dit Renelde, en riant. J'admets que les larges allées sont préférables aux anciennes ruelles !

— Ah ! tu vois ! On passait aisément, tout à l'heure, entre les incessants convois de charrettes et de chevaux.

— D'autant qu'il y a de plus en plus de monde sur terre, dirait-on, et de voitures et d'animaux ! ajouta Renelde, en défroissant sa longue jupe grise.

— Oui, mais les routes sont pavées, maintenant.

— Et, depuis la dernière offensive de la peste, on a nettoyé les fontaines insalubres. Tout n'est peut-être pas si mauvais, présentement. Tu as raison, ma fille! avoua Renelde. Enfin, un petit peu!

Depuis la Male Mort, les Lilloises nettoyaient plus que jamais l'intérieur comme l'extérieur de leur logis. Certaines répétaient inlassablement les mêmes gestes, jusqu'à l'obsession.

Aux odeurs de putréfaction et de déchets domestiques avaient succédé des émanations de soufre, de vinaigre que Renelde ne supportait pas davantage, mais aussi — Dieu merci — l'arôme d'essences florales, agréable aux narines sensibles.

Jadis, les masques de carnaval effrayaient la petite Van Eyck. Aujourd'hui, il lui semblait parfois que des spectres de médecins aux longs nez de cuir, des Corbeaux lugubres, annonciateurs de malheur, surgissaient au détour d'une rue. Mais nous n'en étions pas aux jours gras précédant le carême. Et les visions cauchemardesques avaient beau être fugaces, elles n'en étaient pas moins dérangeantes.

Elles passèrent devant le Raspuk, la maison-forte créée par la congrégation des jésuites. C'était une énorme et sombre bâtisse, située au coin de la rue Comtesse et du quai de la Basse-Deûle. Compromis entre la prison, l'hôpital et le refuge, on y enfermait les filles de mauvaise vie, et donc tout naturellement de mauvaise santé. On y confinait ces femmes car elles répandaient les maladies honteuses et inguérissables, et représentaient un danger croissant.

— On dit que ce sont ces filles-là, perdues et immorales, qui ont amené la Grande Maladie, comme les hérétiques, les mendiants et les sorcières, se risqua à dire Ana, passant outre sa pudeur.

Renelde ne répondit pas. Elle préférait éviter ce genre

de sujet. Il était, pour elle, matière contentieuse avec Dieu le père, et la mettait trop mal à l'aise.

Place Saint-Pierre, sur une estrade — la houre —, un condamné échangeait des injures avec quelques spectateurs.

Trois jours durant, l'individu était exposé aux quolibets des curieux, avant de passer en jugement. A côté de lui, une femme était attachée à califourchon sur le cheval de bois servant de pilori. Elle portait deux culottes au cou, pour le plus grand plaisir des hommes qui passaient devant elle.

On devinait, au vu du blâme public, que la criminelle était coupable de bigamie.

Petite fille, Ana avait traversé en long et en large tous les quartiers de la ville, traîné dans les ruelles, en compagnie des autres gamins abandonnés. Elle avait assisté à tous les spectacles possibles, cruels ou non, mais distrayants.

Elle savait depuis sa prime enfance qu'un corps ou une âme gangrenés devaient être humiliés pour l'exemple, et supprimés pour la sauvegarde du monde. La jeune fille qu'elle était devenue comprenait, à présent, que l'on n'était pas tendre avec les personnes de son sexe.

Elle baissa les yeux pour ne point rencontrer ceux de la faible créature, ni voir les grimaces et plaisanteries douteuses dont l'affublaient les hommes.

Quel serait son sort? Des coups de bâton, et peut-être... Ana frissonna en l'imaginant marquée au fer rouge et répudiée de la cité.

« Mon Dieu, faites que jamais une telle honte ne vienne me salir, et ternir la bonne réputation de ma maîtresse. »

Un nuage assombrit l'éclat de ses prunelles noires. Elle se sentait coupable d'aimer un jeune officier du roi.

De son côté, Renelde revoyait son passé, entaché

d'opprobre. Toutes deux à leurs gênes respectives, aucune ne s'aperçut du trouble de l'autre.

Des citadins désœuvrés lançaient des fruits pourris et des détritus aux infortunés prisonniers. Une pierre blessa l'homme au ventre.

Et c'est alors que, prête à fuir ce déchaînement d'agressivité, Renelde aperçut, au beau milieu de la foule, la servante de M. Grégoire. Elle était en arrêt devant la houre, le regard fixe, perdue, semblait-il, dans de sombres pensées.

Renelde ignorait les drames traversés par Marieke, mais pressentait qu'un malheur l'avait prématurément vieillie.

Elle la vit bouleversée. D'un geste spontané, elle la prit, sans retenue, par les épaules. Il n'en fallut pas plus : Marieke s'effondra dans ses bras. Cinq ans de sanglots retenus et de larmes ravalées...

Sans un mot, Renelde et Ana l'entourèrent avec amitié et la ramenèrent chez elle.

Unies par la tendresse, solidaires en dépit de leur passé si divergent, solidaires de toutes les femmes qui souffrent...

Et, ce soir-là, Marieke raconta enfin son histoire.

Le feu crépitait, les jeunes dentellières s'étaient regroupées autour de la servante du quartier Saint-Sauveur. Elles retenaient leur respiration dans l'attente des premiers mots. Elles aimaient les veillées. Ce soir, pas d'histoires de revenants : mieux, la véritable histoire de Marieke-la-gaillarde. Ce soir, la petite communauté de femmes, une étonnante force émanant de leur entente, allait aimer les hommes, cette race si différente et si chanceuse.

— J'étais mariée au meilleur gars de la terre — mon gars ! Après l'annexion de Lille à la France, il fut enrôlé de force dans les armées du roi. Avant de partir, il me dit qu'il allait revenir nous libérer avec les troupes espagnoles. Il déserta.

» Notre pauvre logement, qui tenait déjà à peine debout depuis le siège, fut confisqué. Mais je tins bon.

» Bientôt, on me priva du secours de la Bourse commune des pauvres. Mais moi, je savais qu'il allait revenir.

Elle s'interrompit, visiblement très émue.

Hors le crépitement des flammes, pas un souffle ne troublait le récit. Les carreaux, les bobines, étaient rangés. La dentelle oubliée.

Marieke avala sa salive et rouvrit sa blessure. Tranchés comme par un couperet, des mots terribles se détachèrent :

— Il est revenu... Sur la houre. On lui a... coupé le nez... et les oreilles ; ça ne s'oublie pas, ça, monsieur le roi !

Sans bruit, Meï s'approcha à son tour, pour mieux entendre.

— Puis ils l'ont emmené aux galères. Dieu sait où ! S'il est vivant, il reviendra un jour, j'en suis sûre !

Et elle murmura, pour elle-même sans doute, ou pour que les plus jeunes n'en saisissent pas l'allusion osée :

— S'il n'a plus de nez et d'oreilles, il a bien le reste.

Du revers de la main, elle essuya les gouttes salées venues mouiller son visage sans invitation.

— En attendant, je fus réduite à mendier. Je vins naturellement vers les beaux quartiers. Je chapardais aussi pour vivre, enfin, je me débrouillais pour manger. C'est ainsi que j'ai croisé votre regard pour la première fois, madame Renelde.

Celle-ci la contempla, interdite :

— Comment, Marieke ?... Quand donc ?

— Vous étiez en compagnie d'une jolie petite fille : vous, mademoiselle Ana. Vous m'avez dit de me méfier des archers.

— Mais oui !... Je me souviens !... Ainsi, le même

jour, je vous rencontrai toutes deux, Ana et vous, Marieke !... Vous ne m'en aviez jamais parlé !

— Je vous aurais reconnue entre mille, madame Renelde... Quelque temps après, les archers me poursuivirent, et jusque dans cette rue. (Sa voix devint mystérieuse.) Je sentis qu'on me saisissait par le bras, et qu'on m'entraînait dans l'embrasure d'une porte cochère. Le danger écarté, je levai les yeux vers celui qui m'avait soustraite au péril. C'était un monsieur, très grand, très impressionnant, vêtu de noir.

» Il me fit entrer dans une belle maison bourgeoise.

» L'homme, c'était M. Grégoire. Il m'a sauvée. Maintenant, M. Grégoire est mon maître.

Un long silence chargé de compassion et de respect suivit l'aveu. Bertine et Marguerite pleuraient à chaudes larmes.

Renelde détendit l'atmosphère en proposant aux petites de prier au prochain office pour le retour du mari de la bonne Marieke.

— Je vous remercie. N'oubliez pas d'invoquer saint Dominique pour mon maître. Il souffre de terribles maux de tête.

— Il devrait peut-être se faire désenvoûter ! lança Marguerite.

Marieke parut gênée, mais répliqua :

— Ce sont tous ces livres qu'il étudie. C'est un savant !

— Mais qu'est-ce qu'il fait au juste ? demanda Marie-Jeanne.

— A dire vrai, je ne sais pas. Il lit sans parler. En silence. Et il écrit beaucoup. De surprenants signes, comme je n'en ai jamais vus. J'ignore si c'est une langue. De toute façon, même les nôtres, je ne les comprends pas. Alors, je lui ai dit que c'était pas la peine de se fatiguer à me les cacher. Mais il m'a répondu que ce n'était pas pour moi qu'il déguisait son travail.

— C'est pour qui, alors ? demanda Bertine, curieuse.

— Ça, je l'ignore.

Renelde se risqua à son tour :

— A-t-il toujours été solitaire, aussi « sauvage », même ?

Le dernier angélus était passé. La servante prétexta l'heure tardive. Elle prit congé de ces voisines dont elle appréciait la compagnie, mais à qui elle ne dirait rien de plus. Elle se sentait mal à l'aise d'avoir tant parlé du maître.

« Faut-il que je sois bouleversée, ce soir ! Dieu merci ! Je n'ai pas trahi son secret ! »

Renelde la raccompagna dans le couloir sombre de l'entrée, un chandelier à la main. Et c'est sous cette lumière confidentielle qu'elle lui posa une question très intime qui la perturbait personnellement :

— Marieke, vous aimiez... « l'amour » avec votre mari ?

Et la servante de répondre avec une ardeur qui lui rendit un court instant le visage radieux de ses vingt ans :

— J'attendais ces moments-là avec une grande impatience !

Un chien hurla, lugubre, dans la nuit sans étoiles. Marieke se signa pour conjurer les mauvais présages.

Avec envie, Renelde la regarda s'éloigner. Il lui sembla qu'un halo de lumière entourait la pauvre femme.

L'amour était-il un privilège des indigents ? Marieke n'était ni belle, ni jeune ; elle avait subi bien des malheurs, et pourtant, sous de paisibles allures, il lui avait été donné de connaître autre chose...

Renelde frissonna. Le froid, sans doute...

Elle repoussa la porte de chêne. Elle ne remarqua point l'officier français tapi contre le mur, dans l'obscurité.

M. Grégoire souffrait d'un violent accès de migraine.

Plié en deux sur sa chaise, la tête entre les mains, il essayait de réduire la douleur cuisante en compressant sa tempe droite. Il semblait la proie de forces invisibles contre lesquelles il était incapable de se battre.

Marieke lui appliqua un linge mouillé sur le front.

— Ce n'est pas bon de ne pas porter de lainage par ce temps. Voilà ce qui arrive, après !

Elle traça un signe de croix, en catimini, sur le sommet de son crâne, et elle redescendit en courant le grand escalier en quête d'une tisane de verveine.

— Cela chasse le Diable, grommela-t-elle entre ses dents. Si cela pouvait aussi chasser ce libertin de François !

Elle retrouva son maître prostré dans un coin de sa cellule, anéanti par le mal lancinant.

Oubliant son propre drame, elle se dit qu'elle ignorait encore beaucoup de la vie de M. Grégoire, et elle se demanda ce qu'il avait bien pu faire au Bon Dieu pour mériter une telle souffrance.

Le jeune Français saisit la main de la dentellière. Ils entrèrent dans la maison silencieuse. Ils sursautèrent en croyant percevoir un bruit insolite émanant du cellier ou de la cave.

Ana se figea contre la porte.

— Mon Dieu !... Qu'est-ce que c'est ?

— Ne t'inquiète pas. Ce n'est pas la première fois. La Marieke devrait surveiller les rats !

Ana frémit.

— Allez, viens !

Ils gravirent le grand escalier et empruntèrent, à pas feutrés, les petites marches menant à l'étage sous le toit. Ils tressaillaient au moindre craquement de bois.

Ana tremblait.

— C'est d'entrevoir l'ombre de l'imposant M. Grégoire, murmura-t-elle, intimidée.

— Avec un couteau à la main? lui glissa-t-il dans l'oreille, afin de lui procurer un délicieux frisson de peur.

Mais c'est lui qui l'eut, ce frisson, en sentant la peau de la douce Ana contre sa bouche. Embrasé, altéré, il parcourut le lobe de l'oreille, la joue, le front, les paupières. Il frôla ses lèvres brûlantes contre les siennes, et l'embrassa fougueusement, profondément.

Assoiffée du même désir, Ana avait moins peur de l'ombre du maître que de ce qui allait s'accomplir dès que la porte de la chambre se serait refermée sur leur amour.

Mais rien, plus rien, ne pouvait la faire reculer.

Tout son jeune être, vibrant de sa première passion, était tendu vers l'étreinte. Elle était offerte au corps souple et lisse du jeune homme, prêt à l'enfouir sous une avalanche de caresses et à en mourir d'épuisement.

Fragiles, et volontaires pour l'enfer ou le ciel, qu'importe!

Rien au monde ne les empêcherait de se fondre fiévreusement l'un dans l'autre.

18

Les mois s'écoulèrent... L'année 1675 fit une entrée frileuse sous une épaisse pèlerine de neige. Les commères abandonnèrent leurs postes d'observation, maculés de blanc. Puis la neige, elle aussi, délaissa les bancs. En ville, comme en campagne, la *clyte* reprit son règne dans les ruelles détrempées par les pluies.

Et Lille fut lavée et relavée, encore et encore, par les ménagères courageuses ou maniaques, avides de purification.

Le jour commençait à poindre.

Renelde sortait du premier office. Elle aimait à remplir tôt son devoir de chrétienne... L'habitude des Ursulines... Elle gagnait ainsi une longue matinée pour vaquer à ses occupations.

Ce matin, elle avait prié pour un ami : une prison lilloise attendait Gabriel Braems à son retour, si l'envie lui prenait de revenir. Confisqués, ses biens ne lui seraient jamais restitués.

Un seau d'eau lancé avec vigueur sur la rue arrosa son manteau et le bas de sa jupe.

Imperturbable, la responsable poursuivit avec opiniâtreté son grand nettoyage sans se douter qu'elle venait de crotter la jolie veuve. Le désagrément était fréquent. Tout parcours effectué à pied avait raison de la propreté des vêtements. Mais Renelde ne possédait plus ni voiture ni cocher depuis les dettes de Charles. Et elle aimait sillonner sa ville, défiant embarras et obstacles. Elle prenait plaisir à longer les bords de la Deûle et à observer les bateliers, surtout lorsque l'air était imprégné, comme ce matin, d'un rayon de soleil, timide mais prometteur.

Avant de pénétrer chez elle, elle se retourna en un geste irréfléchi vers la chambre de M. Grégoire.

Était-il à sa fenêtre?... L'avait-il vue?

Elle sursauta au péremptoire : « Bonjour, madame Renelde ! »

Elle rabaissa rapidement son regard téméraire, et rendit le salut à la mère Ruyssen, figée dans son couloir, près de sa porte ouverte, pour épier, pour écouter.

— Vous allez bien? ajouta la voisine.

Elle la regardait avec insistance, non dupe du manège involontaire de la veuve, et soucieuse de le lui montrer. Renelde saisit le message. Elle lui sourit et ne s'attarda pas davantage.

Dès son entrée, trois des jeunes dentellières, Marguerite, Julie et Nanette, lui annoncèrent en chœur qu'une dame l'attendait au salon. Renelde fronça les sourcils :

— Pourquoi ces mines guillerettes vis-à-vis d'une visiteuse, voire une cliente? Je devrais vous gronder!

— Elle est belle! On dirait la reine! dit Nanette, subjuguée.

— On dirait plutôt un épouvantail, ou un pantin! corrigea Marguerite en s'esclaffant.

— Elle a des plumes et des rubans partout, comme la poupée de Paris! renchérit la non moins facétieuse Julie.

Et les trois espiègles s'éloignèrent en riant de plus belle.

Des figurines de cire, habillées avec extravagance, circulaient dans les provinces et montraient la mode nouvelle. Dès l'ouverture de l'atelier, en qualité de faiseuses de dentelles, elles avaient eu la chance d'en toucher. Les *mannekijns*[1], vêtus à la française, traversaient les frontières, avec plus d'aisance, semblait-il, que bien d'autres marchandises.

Renelde ôta sa cape, et ouvrit la porte avec autorité.

Une très jeune femme, brune, au visage triangulaire, habillée de tons vifs, et enfouie sous un amas de dentelles, était posée en plein milieu de la pièce, raidie par le poids des couches successives de sa toilette tapageuse. Une partie de ses cheveux était retenue par des perles et des rubans. D'énormes bouffons formaient un amas de chaque côté de ses joues creuses et descendaient en de longues boucles.

« Il y en a dix fois trop ! se dit Renelde. Et pourquoi ce bouton de peinture sur le bord de la lèvre inférieure ? »

Relevée de chaque côté par de gros nœuds, la robe était ouverte sur le devant, laissant deviner des jupons de taffetas. Elle était amplement ramassée à l'arrière pour tomber sur le sol en de longs plis soyeux. Les manches se prolongeaient par un bouillon de linon. Le décolleté de mousseline était bordé de dentelles et de rubans. Le résultat eût été admirable avec un peu moins d'ornements, de plumes et de boucles. Renelde aspirait elle-même à être attrayante, mais le costume de cette jeune femme était déplacé en ces lieux et heures. De somptueux, il virait au ridicule.

Encore une de ces riches bourgeoises suivant à outrance les manières parisiennes, singeant les favorites et autres courtisanes. « Elle veut rivaliser avec la noblesse », pensa Renelde, ironique.

Elle la dévisagea sans complaisance : le tableau était

---

1. *Mannekijn* : ce mot flamand est à l'origine du mot « mannequin ».

vraiment trop chargé pour l'œil esthète de la Flamande ; tant pis si cela la privait d'une commande !

Un parfum fort et musqué envahit bientôt la pièce. L'étrangère perdit un peu de son arrogance, face au regard pénétrant de la maîtresse de maison. Sans un mot, elle la salua, et lui tendit un parchemin portant le sceau royal.

D'apparence très calme, Renelde le décacheta. En fait, elle se faisait une âpre violence à ne point montrer son inquiétude. Les papiers de cette sorte n'étaient jamais de bon augure, mais elle en pressentait le contenu.

L'ordre émanait effectivement des services de M. Colbert : l'atelier se devait d'accueillir sur-le-champ une maîtresse dentellière, agréée par la manufacture d'Arras.

Cette ville produisait de la dentelle à fil continu de Lille. Que pourrait-on leur apprendre, à elles, Lilloises ?... Quelques modèles royaux, peut-être... Elle regarda la jeune femme au port de tête pétri d'orgueil, au corps longiligne et sec auquel manquaient la grâce et la beauté des rondes.

« Est-il possible qu'elle ait œuvré à la dure, dans une fabrique à dentelle, dans un de ces ateliers où les ouvrières doivent présenter régulièrement au bureau central l'ouvrage effectué, sous menace de sanctions... ? » songea Renelde.

Suspicieuse, les yeux posés consciemment sur les fanfreluches, elle lui demanda sans apprêt :

— Vous y travailliez... vous-même ?

L'étrangère n'était point sotte. Elle comprit l'allusion :

— J'ai voyagé dans ce costume, afin de faire admirer les dernières nouveautés, jusque dans ces campagnes-ci.

Le ton et l'accent étaient affectés. Elle insista sur le mot « campagnes ». Décidément, la rencontre n'était pas des plus courtoises. L'allure méprisante de cette espionne à la solde de Louis XIV agaçait Renelde. De ses expressions se dégageait quelque chose de chafouin et de dérangeant.

« Le visage est le miroir du cœur », disait-on. Celui-ci ne laissait pas présager une grande générosité.

— Je m'attendais à votre venue, mais... pas si tôt. Je souhaite que vous ne restiez que le temps strictement nécessaire à l'apprentissage des nouveaux modèles.

Autant Renelde possédait douceur et tendresse, autant elle était capable de se durcir et d'être de glace. Elle venait de sentir instinctivement qu'il lui serait facile d'être abusée.

Elle n'aimait pas non plus être astreinte, chez elle, à travailler les motifs des autres.

« Copier, c'est faire fi de l'âme créatrice de notre peuple !... Et tout cela pour concurrencer l'étranger, et augmenter le prestige du Sans-Pareil ! »

Elle s'efforça malgré tout de rester placide :

— Je crains de ne pas être en mesure de vous loger chez moi... mademoiselle... ?

— Louise, madame.

— Eh bien, mademoiselle Louise, je regrette, mais nous n'avons pas de place dans notre maison. Il vous faudra chercher dans le voisinage.

— Cela ne sera pas la peine, madame, on s'en est chargé.

« C'est bien ce que je pensais, se dit Renelde. Elle a des relations. Une personne haut placée a dû intercéder en sa faveur pour lui obtenir ce poste, et la garder peut-être à ses côtés. »

L'imagination fertile de Renelde pouvait être dévastatrice. Ayant peur de perdre son contrôle, de s'énerver inutilement, elle n'eut plus qu'une hâte : la voir sortir au plus vite !

— Quel âge avez-vous, Louise ?

— Dix-huit ans, madame.

— Vous êtes jeune... Chez nous, je vous prierai

d'avoir davantage de simplicité dans votre... (Elle s'arrêta en ravalant le mot « accoutrement ».) Dans votre tenue vestimentaire.

— Mais c'est la mode à Paris, répliqua la dentellière.

— Nous sommes à Lille, ici, mademoiselle, c'est presque la « campagne »... De toute façon, si j'en exprime le désir pressant, c'est vis-à-vis de mes jeunes apprenties. Je crois que vous me comprenez. Quand voulez-vous commencer ?

— Demain, si possible.

— Très bien, mademoiselle Louise. A demain.

Elle referma soigneusement la porte derrière elle.

Aussitôt, sa colère explosa ; une colère maîtrisée tant bien que mal devant l'étrangère qu'on lui imposait. Cette jeune prétentieuse ne manquerait pas de troubler la douce intimité et la quiétude qu'elle avait créées dans son foyer. Ce n'était pas un véritable atelier de travail chez elle. C'était une cellule familiale, un clan accueillant pour les âmes en peine, les amis et le bon voisinage. Mais, au risque de déplaire et d'être traitée d'anormale, Renelde n'aimait pas les intrusions intempestives.

Par miracle, Julie, Nanette et Marguerite réapparurent sur le seuil. L'inquiétude avait supplanté la joie et se lisait dans leur regard naïf et enfantin. Elles ne s'étaient guère éloignées. Elles étaient revenues coller leur oreille à la porte du salon, trop curieuses d'en apprendre un peu plus sur la visite impromptue.

— Elle ne va pas tout interdire ?

— On va quand même faire le Broquelet ?

Cette fête du 9 mai, jour de la Saint-Nicolas, portait le nom du fuseau autour duquel la dentellière roulait son fil. Elle était attendue comme la Saint-Jean.

Le matin, elles se vêtissaient de leurs plus beaux atours. Une fois l'offrande achevée, elles partaient en promenade, dans une carriole ornée de fleurs, les paniers débordant de provisions alléchantes... Surtout des gâteaux ! Elles raffolaient de ce jour de réjouissances printanières.

— Ne vous inquiétez donc pas ! Le Broquelet est devenu la fête de toute la ville. (Et Renelde assura avec une pointe d'amertume :) Rien ne changera dans notre maison. Rien… Sauf de nouvelles techniques peut-être, à apprendre pour plaire au roi.

Dieu aussi se mit en colère.

Le ciel ne fut pas saupoudré d'étoiles. Les éléments se déchaînèrent et Meï ne put contempler les astres de son poste préféré. Les cloches annonçaient l'heure du repos. Leur son était faible et fantomatique, comme si le vent les avait emportées très loin de là.

M. Grégoire remonta les marches du grand escalier menant à sa chambre, le chandelier à la main ; harassé de fatigue ou d'un étrange tourment. Marieke s'en inquiéta :

— Vous allez bien, not' maître ?

Il regarda sa fidèle servante, son unique compagne.

Des mots semblaient vouloir s'échapper de ses lèvres. Mots bénis de confidence, qui briseraient enfin la solitude dans laquelle ils vivaient tous deux, l'un à côté de l'autre.

Il n'ouvrit pas la bouche.

Marieke le suivit en exhalant un triste soupir.

Elle avait bien compris qu'il ne faudrait aborder que des sujets anodins. Par nécessité, elle lui avait volé un secret, et le partageait avec lui. Mais il ne s'en était pas expliqué. Rien, ni personne à ce jour, n'avait fait parler ce cœur et ne l'avait déchargé de ses peines. Elle ne pourrait l'aider qu'en le servant, en lui sauvegardant le souper, en le protégeant du froid, en lui contant aussi mille petits propos ne le concernant pas. Et elle sentait avec son instinct de femme, son bon sens et sa générosité, qu'il valait peut-être mieux, après tout, le distraire, le détendre. Cela lui était possible. Il n'y avait pas à s'en priver.

Elle le respectait tant qu'il s'immisçait dans ce sentiment quelque amour insoupçonné, mêlé de crainte et d'admiration. Elle s'était vouée à lui, esclave volontaire de sa reconnaissance, et il était devenu l'objet nécessaire à sa forte demande d'utilité. Utile !... Elle avait si soif de l'être ! C'était devenu sa principale raison de vivre... En attendant son homme, cela va de soi. Et pour ne point parler d'elle-même, pareille à son maître, elle l'entretenait du voisinage, elle discourait sur le temps, ce sujet le plus commode à traiter, quand on ne sait quoi dire. Elle évoqua la tempête qui faisait rage au-dehors :

— On n'est pas content ce soir, là-haut ! Ce sont peut-être les bagarres au cabaret du *Molinel*... Ah oui, c'est vrai, vous ne connaissez pas la dernière : des bourgeois ont refusé de trinquer avec les soldats à la santé du roi des Franco-Turcs !

Devant la constance anti-française de la brave Marieke, le visage de M. Grégoire s'éclaira d'un sourire, les commissures de ses lèvres laissant entrevoir une légère manière de douce moquerie.

— Tu ne changeras donc jamais d'opinion ! lui dit-il en souriant.

— Jamais, not' maître !

Têtue, et résistante à sa façon, elle lui faisait du bien, cette bonne femme de Saint-Sauveur, si opposée à tout ce qu'il pensait en matière de superstitions et de traditions, mais qui l'entretenait avec patience et se dévouait pour lui. Elle lui rappelait sa grand-mère qu'il avait connue, enfant : les anecdotes, les dictons pleuvaient à chaque fois qu'elle ouvrait la bouche. Dévouée, et fière, la vieille Flamande ! Elle répandait autour d'elle des relents alliacés de cuisine et des parfums agrestes de joie de vivre, s'offrant à son entourage sans compter ses peines.

— Ah ! tout de bon ! Vous souriez ! J'en suis bien aise, ajouta Marieke, rayonnante.

Elle gagna sa propre chambre, près de la cuisine, mission accomplie.

M. Grégoire souffla sur la chandelle.

Dans l'obscurité, il retira bas de jambes et chausses, et ne garda pour la nuit qu'une chemise de grossière étoffe.

Il alla — machinalement — jeter un dernier regard vers la demeure de Renelde. Tous les soirs avant de sombrer dans le sommeil, cet élan inconscient était devenu rite.

Comme une prière à l'impossible.

Il allait quitter la fenêtre, l'air glacial de la nuit, et rejoindre sa couche, quand il fut retenu par des chuchotements. On marchait à pas de loup. Il vit deux ombres se faufiler le long du mur et disparaître... Près de sa porte!

Un instant pétrifié, il se ressaisit en n'entendant aucun bruit dans la maison. Il crut à une hallucination.

Il alla s'étendre sur sa maigre paillasse.

Renelde et sa marraine étaient assises de chaque côté de la grande cheminée. Ensemble, elles se sentaient bien. Les autres éléments féminins de la maison s'étaient endormis. Elles deux n'avaient jamais sommeil.

Meï affirmait :

— J'en aurai le temps quand le Seigneur me rappellera à lui... Et puis, chacun son tour! Pour l'instant, je me permets de me consacrer davantage à ma filleule. Dieu est bon, il peut attendre!

Renelde, non plus, ne savait se coucher tôt.

Une fois la semaine, les petites veillaient avec elles. Il y avait aussi les fêtes musicales, avec ses invités, ses amis les poètes et musiciens. Elle aimait ces soirées conviviales, et adorait les simples tête-à-tête avec sa marraine.

Elle coulait des jours paisibles et heureux au milieu de ses chères compagnes. Par contre, trop peuplé, trop hanté, le crépuscule était difficile à vivre...

La nuit venue, de sombres images l'assaillaient et ne lui accordaient le repos que tardivement.

Meï la surveillait depuis un moment sans qu'elle s'en aperçoive.

Elle la fit sursauter :

— Il est temps de dormir, et de chasser les vilains souvenirs. Aide-moi à me lever. Je me fais décidément un peu vieille. Tu ne crois pas?... (Et elle ajouta, malicieuse :) Oh! juste un tout petit peu!

Renelde lui prit la main. Elle embrassa sa vieille amie qui lisait si facilement dans ses pensées sans toutefois l'importuner.

Allongé, les yeux grands ouverts, M. Grégoire ne trouvait pas le sommeil. Il n'arrivait pas à chasser de son esprit les deux ombres qu'il avait entrevues. Des spectres du passé défilaient devant ses yeux fatigués. Il restait à l'écoute du moindre craquement de la charpente, du moindre souffle qui ne vienne du vent.

Il se décida à se lever. Il ouvrit doucement la porte de sa chambre. Il écouta. Interminables minutes. Oui, il y avait bien un bruit ténu, semblable à des murmures. Provenait-il du dehors, ou de la toiture? Il s'avança vers l'escalier. Il atteignit la grosse rampe sans la voir. Il s'apprêtait à descendre lorsqu'il se ravisa. Les voix ne venaient ni de la cuisine, ni de la chambre de Marieke au rez-de-chaussée, ni de la cave. Il se passait quelque chose d'anormal chez l'officier français.

Derrière la porte épaisse, il perçut des chuchotements, des voix étouffées, des soupirs. Il blêmit.

Quand il fit irruption dans la pièce, telle une bourrasque d'une force effroyable, il découvrit deux corps nus, entremêlés et brûlants, mouillés de désir.

Un instant, une éternité, il les toisa.

A demi rassasiés, encore sous le frisson de l'amour, les deux étourneaux blottis l'un contre l'autre se mirent à trembler d'effroi. En chemise et en sueur, le visage coloré par le sang de la colère, M. Grégoire était terrifiant.

Sans une parole, saisi par des foudres sataniques, il empoigna le frêle officier sous les épaules, le souleva du sol et le projeta hors de la chambre. Il lui lança à la tête veste et bottes.

Il allait agir de même avec Ana quand, soudain, le jeune homme hurla de ne pas user de violence :

— Arrêtez ! Elle porte un enfant !

Alertée par les cris, Marieke bouscula, dans le petit escalier de bois, l'amant chassé du paradis terrestre.

Elle aida l'imprudente à se rhabiller. Elle essaya de la défendre, et rejeta la faute sur le dos du séducteur, qui avait fui :

— Le prédicateur nous avait bien conseillé de cacher nos filles aux regards de ces enjôleurs de François ! Je savais qu'ils étaient des dévoyés ! Je vous l'avais dit, hein, not' maître ?

Mais d'un geste péremptoire, M. Grégoire lui intima l'ordre de faire venir Renelde Van Eyck sur-le-champ.

En hâte, elle prit Ana par la main, et l'emmena loin de la tourmente.

Dans la nuit, M. Grégoire attendait. Dans l'ignorance du temps, la durée en paraissait interminable.

Précédée par Marieke qui tenait la chandelle, Renelde fit son entrée. Sans bruit, la servante ralluma le feu éteint de la grande cuisine, et regagna sa chambre.

Grégoire sortit de la pénombre. Il s'ensuivit un long silence où tous deux se parlèrent avec les yeux.

Que de jours il avait épié la jolie veuve !

Comme elle avait été intriguée, obsédée, sous le charme de ce regard clair, noyé dans un indéfinissable abîme, et qui semblait l'appeler au secours !... Un charme prenant, en dépit de l'empâtement et de l'irrégularité des traits.

En ce moment précis, comme il aimait ses yeux, son visage rond et enfantin, sa chevelure blonde, son maintien de reine, et le délicat parfum de rose qui venait d'envahir la pièce !

Ce trouble, insoutenable, ne les quitterait plus désormais.

Il eût aimé se jeter à ses pieds, les lui baiser.

Pourtant, son esprit récusait et contrôlait le désir qui s'emparait de son corps. Les battements de son cœur lui paraissaient impudiques. Il refusait l'emprise du Diable. Mais le Diable n'était décidément pas là où il croyait le trouver. Il logeait en son âme.

Alors il allait devoir agresser, se blesser lui-même et déverser froidement un flot d'accusations :

— Je ne peux admettre cette perversion sous mon toit, madame. Vous ne savez pas tenir vos apprenties. Ce qui est normal quand on ne sait pas se tenir soi-même, quand on reçoit des hommes le soir pour fêter je ne sais quoi, et jouer à Dieu sait quoi... Vous auriez dû montrer l'exemple au contraire ! Mais une faiseuse de dentelles en est incapable.

Renelde ne voulait pas se justifier. Elle contre-attaqua :

— De quel droit vous permettez-vous de me condamner ainsi sans me connaître, monsieur ?

— Mais je vous connais, madame ! Vous goûtez aux mondanités et aux divertissements. Ils ne sont que mensonge et masque à la réalité du Seigneur. Ils favorisent la rêverie et l'orgueil. Oui, je vous connais, vous et les créatures de votre espèce — femmes qui aimez les dentelles, le luxe... Et la luxure !

— Vous êtes injuste. L'Église admet notre travail. C'est notre pain. (Et elle ajouta, pour se défendre, cette fois, tout en discernant l'absurdité de cette affirmation :) Selon la religion, les pécheresses sont celles qui portent les dentelles, et non celles qui les font.

— Justement ! Vos filles aimeraient les porter ces parures qui flattent les sens. Taisez-vous ! La voix des femmes est menteuse. Leur corps, leur chant, leurs danses sont un appel à l'enfer.

— Arrêtez vos insultes ! Vous n'avez pas le droit !

s'écria-t-elle, avec l'envie de griffer ce visage de démon incarné ayant perdu brutalement tout attrait.

— Les femmes sont des êtres impurs. (Le sang lui monta à la tête, et commença à marteler l'une de ses tempes.) Du reste, votre apprentie, cette fille de Satan, va en être punie, puisqu'elle s'est fait engrosser !

Il avait tout dit. Et trop.

Cruel, brutal, il venait de briser tout chemin d'entente. Il regrettait déjà. Trop tard.

Un étau serrait la poitrine de Renelde, et la nuque de Grégoire.

Elle était sans voix. Interdite. Désemparée.

Un instant encore elle le regarda, intensément, trop intensément.

Il se rappela un autre regard, il y avait bien longtemps, le même reproche, le même adieu douloureux.

19

— Tu es folle !...

Tête baissée, les yeux accrochés au carrelage, paralysée par l'explosion de colère sans précédent de Renelde, Ana était sans voix.

La gorge serrée, le visage et le cou congestionnés par l'émotion, elle devinait, plutôt qu'elle ne voyait, sa mère adoptive s'agiter devant elle. Elle ne soupçonnait pas à quel point Renelde déversait sur elle, avec inconscience, l'agressivité dont maître Grégoire avait fait preuve à son égard. Non, elle ne pouvait comprendre que le problème n'était pas seulement le sien, et que la violence de sa maîtresse venait de loin.

— Mais enfin, ce n'est pas possible !. Dis-moi que cette histoire est inventée. Allons, tu te crois grosse après un simple baiser échangé dans l'ombre d'une porte cochère, n'est-ce pas ? Dis-moi que c'est cela !

Renelde se rappelait sa propre peur à treize ans, lorsqu'un camarade de son frère l'avait coincée contre un mur et lui avait volé maladroitement des caresses inexpérimentées. Quels délicieux frissons, mais quelle appréhension ensuite !

Hélas, non ! Ana revenait de la chambre du jeune officier. Aucun doute n'était possible.

— Dis-moi...

Dans un suprême effort, la coupable fit non de la tête.

Renelde marchait de long en large, se mordant la peau de l'index. Elle était comme une mère découvrant que sa fille est devenue femme et que l'irréparable a été commis, avant même d'avoir eu le temps d'entretenir son enfant des dangers de l'amour.

— Pauvre folle ! Imagines-tu la vie d'une fille-mère ? Nous, les Flamandes, nous nous sentons bien trop libres quand nous aimons, et pensons nous établir ! Mais dans ton cas, c'est impossible ! Inconsciente ! Tu es inconsciente ! Crois-tu que l'officier va t'épouser ? Tu ignores donc que le mariage entre soldats françois et Flamandes est strictement interdit par la présente loi, et ça afin de sauvegarder, paraît-il, les secrets militaires du pays en guerre ? Alors que vas-tu faire ?... Réponds-moi !... Réponds-moi !

Ana était incapable d'émettre le moindre balbutiement.

— Tu n'as pas de fortune personnelle. Tu penses trouver un mari avec un enfant à charge ? Un époux en aura assez avec ceux qu'il voudra te faire !

Prise de vertige, elle s'arrêta, refoula des larmes de dépit, essaya de se calmer, et reprit de plus belle :

— Enfin... Oui, peut-être, tu finiras par en dénicher un, mais lequel ?... Un vieux ! Oui, un vieux ! Oh ! il sera heureux, celui-là ! Il finira ses jours au bras d'une jeune et jolie femme, et il passera ses nuits à assouvir tous ses instincts réprimés par la solitude... Tu vois ce que je veux dire ? La solitude imposée par sa laideur ou son acariâtre humeur... Mariée contre son gré... Vivre avec un homme que l'on ne désire pas, qui est rebutant, qui dégoûte, sais-tu ce que c'est ?... Moi, je le sais ! C'est l'enfer. Je ne t'en ai pas parlé... Mon Dieu, j'ai eu tort ! Plût au Seigneur que jamais tu ne subisses pareil traitement !

Renelde ne put se retenir plus longtemps.

Des larmes de rage impuissante coulèrent au rappel de ses propres souvenirs, mais aussi à la pensée qu'une de ses dentellières se fasse posséder — comme elle.

— Peut-être comptes-tu « exposer » ton petit?... L'abandonner devant quelque lieu de charité, à l'hospice ou devant l'église? Tu l'exposes surtout aux rats et aux pourceaux affamés, qui déambulent la nuit dans les ruelles nauséabondes. Si tu agis de cette façon, après l'avoir porté neuf mois en ton sein, dans la chaleur de ton être, eh bien, cet enfant de l'amour sera dévoré vif dès son entrée dans le monde. Il ne connaîtra de la vie qu'une abominable souffrance, provoquée par sa mère! Tu te rends compte de cela?

Oui, Ana voyait la scène. Elle était épouvantée.

Elle ne savait plus que faire de ses mains, de ses pieds, de ses yeux fixés au sol. Elle aurait voulu se débarrasser de son propre corps, s'en dépouiller, comme d'un vêtement pestiféré.

Frémissante, elle aussi, Renelde atteignait le paroxysme de la colère :

— A moins que tu ne préfères être expulsée avec le petit par le magistrat? On procède ainsi pour les filles-mères non natives de Lille. As-tu oublié que c'est ton cas, pauvre malheureuse? La loi peut aussi t'envoyer aux colonies, en Nouvelle-France par exemple, c'est loin! Ils manquent de femmes, il paraît! On en expédie par centaines pour distraire les colons, et aider au peuplement de ces terres. Il ne manque pas d'éventualités, toutes aussi horribles!

Elle ne se contrôlait plus. La violence emprisonnait ses sens. Elle la secoua par les épaules, ne maîtrisant plus ses gestes.

— A la merci de leurs plaisirs répugnants!... Hein! c'est ce que tu veux?...

Elle ne voyait pas que le déversement d'images morbides prenait figure de damnation pour la jeune fille qui tremblait de tout son corps.

Il fallut le cri d'Ana pour arrêter la révolte, la rancœur de Renelde envers l'injustice qu'elle percevait de leur condition de femme, envers les misères de leur sexe.

— Assez! Assez! hurla l'accusée.

La jeune pouliche se cabra et lui jeta en pleine face :

— J'ai choisi l'amour, moi! L'amour! L'amour! Vous qui me parlez de la laideur du monde, savez-vous au moins ce que c'est : l'amour?

La journée fut éprouvante pour la jeune dentellière. De la chambre du haut, n'ayant trouvé le sommeil après la scène de la nuit, elle entendit sonner les matines, et guetta son bel amour. Dès l'aube, il revint prendre ses affaires chez M. Grégoire. Marieke les lui remit avec diligence, et lui fit signe qu'en face, un pâle visage était tendu vers lui.

Il resta quelques instants à la contempler. Leurs regards étaient comme moulés l'un dans l'autre, et il fallut que la rue s'éveillât pour qu'il se décidât à monter sur son cheval et à disparaître.

Elle attendit longtemps un improbable retour.

Personne ne put la raisonner. Pas même la bonne Marieke, qui reçut pourtant ses confidences :

— Sais-tu ce qu'il m'avouait : « Rien qu'à prononcer ton nom, Ana, je me sens fondre le cœur »...

— Eh ben! mademoiselle Ana!

— Et puis, il murmurait aussi : « J'aime ton âme qui a emprisonné la mienne. »

Marieke essayait alors de la rassurer, en pensant : « Un beau parleur, comme tous les François », tandis qu'Ana songeait, elle, à une autre déclaration qu'elle n'osait confier : « J'aime la chaleur de ta peau, de ton sang, de ton corps qui frissonne à la moindre de mes caresses. »

Personne ne put la détacher de la fenêtre de sa chambre.

Marieke courut beaucoup ce jour-là. On peut râler et médire. Cela n'empêche. On aime bien quand même. C'était le cas pour la brave servante. En dépit de ses dires, il lui plaisait, « ce libertin de François ». En son for intérieur, elle ne le sentait ni artificieux, ni dévoyé. Elle était pour l'amour, elle aussi. L'amour avant tout. Un point, c'est tout.

Elle tenta l'impossible pour le retrouver. Elle alla jusqu'à la garnison, passa quelques barrages, se fit appréhender et moquer par de jeunes sots, mais elle obtint à peu près ce qu'elle voulait savoir. Elle rentra, essoufflée, en courroux, malheureuse d'être messagère de chagrin, et dépitée d'avoir imploré l'ennemi.

L'amoureux d'Ana était muté sur un lointain front de guerre. On n'avait pas daigné lui en indiquer la direction. Secret militaire, bien sûr.

— Et son retour ? avait-elle demandé.

— Pour cela, ma bonne dame, c'est Dieu qui décide.

— Mais ce départ semble précipité. En a-t-il décidé ainsi ?... Je veux dire : est-ce de son plein gré ou...

— On ne donne aucun renseignement. Au revoir, madame.

Jamais, sans doute, ne le saurait-on. A moins... Oui, à moins qu'il ne revienne un jour dans les parages... Gonflé d'amour et de remords, il ferait la connaissance de son enfant et reverrait celle qu'il avait déshonorée...

Renelde dérangea en diable, changea des meubles de place, déambula d'une pièce à l'autre, mais ne fut guère plus loquace qu'Ana, retranchée dans sa chambre depuis son éclat. Après la fuite de la jeune fille, elle avait murmuré « Pardon », et elle s'était assise — exténuée. Alors, elle avait pris peur d'elle-même, de sa véhémence, de ses réactions brutales, incontrôlées.

« Pourquoi m'être déchaînée sur cette enfant que j'aime ? »

Les raisons étaient justifiées, certes, mais la violence,

la méchanceté avaient supplanté la colère. Elle éprouva une grande honte en découvrant que cet excès ne provenait pas des agissements coupables d'Ana, mais de ses propres frustrations amoureuses. Effrayée à l'idée d'être une mauvaise mère, dure et inflexible, et non douce et affectueuse comme l'était Marie-Adine, qui enveloppait ses enfants d'un amour entier, presque animal, elle s'apprêta à rejoindre sa fille.

C'est à ce moment précis que Louise entra, l'accapara pour la journée et contraria ses tendres intentions.

Mais les soucis, telles des sangsues, s'accrochaient à son esprit. Grégoire, Ana, l'officier — les officiers —, ce petit monde trottait dans sa tête, tandis qu'elle présentait les dentellières à Mlle Louise.

A peine si Renelde aperçut la transformation vestimentaire de l'étrangère. Celle-ci s'était pliée aux exigences de la maîtresse de maison et paraissait l'avoir fait de bonne grâce. Louise évoqua les nouveautés instaurées par le roi et son intendant depuis quelques années, leur surveillance qui permettait, selon ses dires, une meilleure qualité.

— Les points à la Colbert contribuent à la gloire du grand royaume de France. Plus tard, à votre tour, expliqua-t-elle aux petites, vous enseignerez à Paris les points de Flandre.

Renelde n'était pas pressée de les envoyer au loin. La plupart d'entre elles étaient très jeunes. Préoccupée, désorientée, elle n'eut pourtant pas la force de réagir, ce qui était contraire à sa nature. Les paroles de M. Grégoire ne la quittaient pas : « Femme, péché, tromperie, luxure, être impur... » Ces mots !... Lot de leur sexe malmené et obéissant, sinon résigné.

Au crépuscule, Renelde se mit en quête de sa marraine. Quand elle n'était pas dans le jardinet arrière, Meï profitait des coins obscurs et silencieux de la maison pour retrouver Dieu et son prochain avenir céleste en toute intimité.

Ce soir-là, elle choisit le petit banc de pierre, et bien entendu scruta le firmament. Elle attendit sa filleule avec impatience. Cette dernière la chercherait, comme d'habitude. Ici, on serait à l'aise pour reprendre ses esprits et éclaircir les problèmes.

Renelde s'assit près d'elle sans un mot, puis, faiblement, avoua :

— J'ai honte.

Meï ne répondit rien. Elle poursuivit :

— Je me suis sentie trahie par ma fille aînée... C'est égoïste.

— Ana a grandi trop vite. Tu n'en as pas eu conscience, répondit la vieille, avec sagesse.

— Ou peut-être ne me suis-je pas accordé le temps de m'en apercevoir. Je m'en suis tenue à mon rôle de maîtresse...

Meï l'interrompit :

— Avec beaucoup de tendresse et d'amour.

— Mais j'ai oublié de surveiller la métamorphose de ma petite fille. Je ne suis pas fière de moi, Marraine. Je regrette... Je fus si dure, si... Injuste.

— Tu aimes Ana. Elle le sait.

— Oh ! je me reproche de ne pas avoir reconnu dans les gestes, le visage, la démarche d'Ana les troubles de l'amour. N'ai-je donc aucun instinct de mère ou de femme pour ne pas y avoir décelé l'empreinte des caresses et la marque des étreintes de l'homme ?

Meï l'enveloppa de sa chaleur, lui prit le visage entre les mains, et le posa sur son sein. Là, Renelde pleura doucement. Il avait fallu ce cri d'Ana pour entendre l'écho de ses propres rages. Ne gardait-elle pas un souvenir ému d'un trouble passé ?

Il était officier, et français lui aussi. C'était au moment de l'occupation, alors qu'ils étaient encore des ennemis, des envahisseurs ! Tant bien que mal, elle s'était hâtée d'enfouir ce sentiment honteux au plus profond de sa mémoire. Aujourd'hui, il resurgissait, vivace, dérangeant.

Ana avait osé vivre. Renelde n'avait fait que soupirer.

— Je n'avais pas le droit de la condamner, reprit-elle. Et ce M. Grégoire... Il a été si dur !

— Crois-moi, ma chérie, il a souffert pour y avoir mis tant de hargne.

Renelde l'avait haï lors de la confrontation de la nuit passée. Elle n'y arrivait déjà plus. Elle ne le croyait pas semblable au commun des hommes. Elle reconnaissait en son caractère l'ascétisme, dont lui avait parlé son directeur de conscience, de la « secte des jansénistes ». Pourquoi cette tristesse de le voir appartenir à ces demi-hérétiques ? Elle devait plutôt le plaindre, et l'éviter à présent.

Une grande douceur avait remplacé la tempête de la veille. Les arbustes bourgeonnaient. L'air était empli de parfum de sève. La lune était pleine, et ronde, comme un ventre fécondé.

Sans quitter des yeux le ciel fourmillant d'étoiles, la vieille femme posa sa main sur celle de sa filleule désemparée et lui donna le conseil attendu :

— Tout est bien, ma fille. A mon avis, la volonté du ciel est de nous redonner un petit enfant au sein de notre famille. D'ailleurs, je ne te fournis pas un vrai conseil, car, au fond de ton âme, ta décision est prise. Tu ne désirais qu'une approbation de la part de ta vieille Meï. Va rassurer Ana, elle en a besoin.

Renelde l'embrassa avec chaleur.

— Sans toi, Marraine, que deviendrions-nous ?

— Bah ! Cela arrivera, quoi qu'on en pense !

— Comment ferai-je ?

— Comme tout le monde : tu attendras l'heure de me rejoindre, en vivant avec équité. (Et elle ajouta, plus mutine que jamais :) Mais, ne crains rien ! Je me mettrai au mieux avec les gardiens du paradis afin de jeter un petit œil de là-haut.

— Je t'aime, Meï !

Rassérénée du soutien de sa tendre amie, elle se dirigea vers l'escalier menant aux étages.

« Oui, nous te garderons, toi et ton petit ! Nous vous protégerons, envers et contre tous ! »

Elle ouvrit lentement la porte de la chambre, pour ne pas réveiller Marie-Jeanne, qui partageait le lit d'Ana.

Elle allait l'entretenir de l'avenir, elle allait montrer son amour à sa grande fille, et les regrets de son emportement. Elle allait même lui confier son secret, celui de « son » officier, à elle. Chacune avait le sien, à présent. Elle allait...

Ana était endormie, les yeux bouffis d'avoir trop pleuré.

Elle était si paisible à cette heure ! Renelde hésita. Elle resta quelques instants à ses côtés, lui caressa le visage avec douceur, et lui baisa le front avec délicatesse. A ce moment-là, Ana ressentit sans doute la présence de Renelde, car ses paupières appesanties se soulevèrent à demi, et un pâle sourire vint ranimer la triste figure de la malheureuse. Renelde se sentit soulagée. Plongée dans les torpeurs du premier sommeil, Ana semblait avoir compris que les ennuis se dissipaient. Mais l'engourdissement était intense. Renelde n'osa la réveiller davantage. La jeune fille avait besoin de se reposer.

« Demain matin, tout ira bien, se dit-elle. Je laisserai l'atelier entre les mains de Louise. C'est l'occasion de tester ses compétences... J'emmènerai Ana se promener. Nous deux, rien que nous deux. Et nous parlerons du petit. Oui, demain... »

Renelde ressortit à pas feutrés, alla prier une dernière fois dans son oratoire.

— Merci, mon Dieu ! Mes yeux se sont ouverts sur mon iniquité. Vous m'avez confié cette enfant, et cicatrisé la perte de Marie-Angeline. L'âme d'Ana est pure et recèle tant de mérites... Oui, j'y suis attachée, c'est ma fille. Je ne veux pas lui faire de mal...

Le cœur gonflé d'espoir, prête à se cacher de la loi comme au temps de la peste, elle récita son acte de contrition...

Si respectueuse, si soucieuse d'une certaine morale, Renelde n'hésitait pas à enfeindre ses propres principes par instinct de survie ou par amour. La Renelde des grands moments était revenue, déterminée à bousculer le monde entier pour défendre ce qu'elle aimait.

Elle se coucha, tranquille — enfin. Une douce léthargie envahit son corps, son esprit, et la demeure entière.

Elle s'endormit d'un profond sommeil. Très profond.

Un peu plus tard, les oiseaux de nuit se turent à leur tour.

Ce qui était inhabituel. Alors le silence devint pesant. Et l'accalmie inquiétante.

Là-haut, Ana souleva ses paupières.

Un affreux cauchemar l'avait-elle réveillée ? Avait-elle fait semblant de dormir ? Elle se toucha le front de l'index, là où s'était posé le baiser de Renelde, et son pardon. Cela ne suffisait pas à son désespoir.

Sans la moindre bougie et sans bruit, la dentellière se leva, et quitta la pièce où Marie-Jeanne rêvait à ses futures amours. Un frisson lui parcourut les épaules lorsqu'elle abandonna la chaude couverture pour le froid de la maison. Le regard à peine habitué à l'obscurité, elle descendit chaque marche de l'escalier, avec prudence et lenteur. Elle était si légère qu'aucun craquement n'attira l'attention de ses sœurs, de sa mère, ou de « Marraine Meï » comme elles l'appelaient toutes. Les mains en avant comme une aveugle, mais sûre de ses pas, elle se dirigea vers la cuisine qui sentait encore les braises juste éteintes.

Elle évita de heurter les meubles. Avec maintes précautions, elle saisit un ustensile, ne se trompant nullement sur son emplacement. Elle semblait avoir repéré, calculé, étudié, répété ce qu'elle perpétrait en secret. Sans l'opacité de la nuit, on eût discerné une expression de folle détermination sur son jeune et fin visage.

Le silence ne fut troublé qu'un instant.

Une plainte se mêla timidement au hululement de la chouette.

Un seul instant.

Bien avant le lever du soleil, il était tôt en saison, Renelde se leva à son tour. La maison était endormie, la rue aussi.

Elle s'habilla à la hâte. Elle désirait surprendre sa grande fille au lever du lit, heureuse de la rassurer pleinement sur ses intentions.

Ana n'était pas dans son lit, ni dans la chambre.

Marie-Jeanne ouvrit les yeux, aperçut sa petite mère. Ses lèvres se séparèrent en un radieux sourire, qui s'éteignit en voyant les traits de Renelde se durcir brutalement à l'absence de sa compagne. Aussitôt, elle suivit Renelde.

Saisies par le malaise, l'appréhension, la panique, elles dévalèrent les marches, appelant à haute voix :

— Ana, où es-tu ? Ana !

Dans la cuisine, Ana gisait à terre. Le sang maculait sa chemise de nuit blanche. Vivante encore, inanimée et très fiévreuse.

Renelde comprit immédiatement le projet forcené de la malheureuse : solitaire et désespérée, la pauvre enfant avait voulu enlever de son corps le mal venu, la charge honteuse. Elle s'était grièvement blessée.

Le monde bascula dans l'horreur.

L'angoisse, la peur remplacèrent l'espoir et la confiance.

Non, c'était impossible ! N'avait-elle donc pas senti le baiser de Renelde ?

Refus de croire à l'épouvantable réalité.

Non, Dieu ne pouvait permettre ce malheur. Pas cette innocente !

Pourquoi avait-il épargné Renelde lors de la peste ?

Pourquoi avoir provoqué la rencontre avec la petite fille de huit ans aux grands yeux noirs ?

Pourquoi Ana ne s'était-elle pas réveillée hier soir ?

« Elle semblait si apaisée ! O mon Dieu ! pourquoi ces signes trompeurs ?... Ce n'est pas juste !... Rien n'est juste en ce monde ! »

Plusieurs jours, plusieurs nuits se succédèrent dans une totale insécurité. Renelde veillait sans relâche au chevet d'Ana, répétant inlassablement :

— Sauvez-la, Seigneur tout-puissant ! Sauvez-la !

Elle n'osait faire le moindre geste. Le visage tendu, elle respirait de façon discrète, économe.

Meï accomplissait son devoir de grand-mère, cajolant, consolant les petites. Faute de pouvoir les rassurer, elle implorait Jésus et les saints en leur compagnie.

Les soins s'avéraient insuffisants. Comment la sauver si ce n'était par des prières, des *Mea Culpa* sans cesse renouvelés ?

Marieke passa tous les jours, offrant ses services et de nouveaux remèdes. En vain.

L'atelier travaillait en silence, sous la surveillance de la nouvelle maîtresse dentellière. Parfois un sanglot s'échappait de la gorge d'une « petite sœur » d'Ana, venant entâcher son ouvrage.

Elles l'aimaient tant, celle qui avait souvent tenu le rôle de petite maman.

Solidaires, les femmes du voisinage essayèrent à leur manière de sauver la dentellière. Par leurs présents en huiles, en pommades, en linges, ou par leurs prières. Aucune ne connaissait la cause du mal. Certaines le devinèrent, mais elles n'en soufflèrent mot. Il est des moments où les ragots sont déplacés. Et le secret fut bien gardé. Mais nul n'était maître de son corps, et le mal était logé dans les mystères de la chair féminine.

C'était à Dieu de décider. Il trancha.

L'état de la jeune fille empira rapidement.

L'ami jésuite vint, lui aussi, rendre visite à la malade.

Ana délirait. Un poison envahissait son être, tel le venin d'un reptile qui s'empare sournoisement des membres de sa victime.

Renelde mentit au prêtre, et s'en excusa au Seigneur. Elle eût préféré décharger son âme de ses remords, car ses paroles avaient conduit l'enfant à cet acte insensé. Mais, provoqué avant ou après la délivrance, l'infanticide était un crime, donc réprouvé et puni par le magistrat et par l'Église. Si Ana s'en sortait, elle risquait la prison ou le bannissement. Dans le cas contraire, elle serait jetée dans un trou, avec les païens. Alors Renelde accusa le froid de la chambre sous les toits, la rigueur de l'hiver provoquant la vilaine fièvre.

Elle confessa au prêtre sa culpabilité de l'y avoir laissée.

C'était sa faute. En un sens, cet aveu amoindrit le mensonge, car, si les aînées n'avaient pas dormi là-haut, Renelde aurait eu le loisir de parler davantage à Ana. Mais l'absolution du prêtre ne lui enleva rien du sentiment pénible de son indignité.

— Donnez-lui le dernier sacrement, réussit-elle à articuler, espérant encore une amélioration.

Renelde resta longtemps près d'Ana, suspendue à son souffle, lui tenant les mains, lui baisant les joues, la suppliant de vivre.

Le visage de la malade était devenu transparent. Ses lèvres se décoloraient peu à peu.

Elle pensa à sa propre fille, décédée quatorze ans auparavant. Cruauté du destin, elle aurait eu précisément l'âge d'Ana.

Elle revit l'orpheline courant vers elle, enfant abandonnée, dont le destin rejoignait tristement celui de Marie-Angeline.

Puis elle eut la vision d'effrayants médecins. Ils portaient le masque au long nez.

Ils arrivaient sur elle, de plus en plus nombreux, de plus en plus monstrueux.

Elle voulut se défendre.

Elle hurla quand l'un d'entre eux s'approcha de son visage...

Si proche, si laid... Un froid glacial la pénétra par les pores de la peau... Elle eut l'impression de tomber. Le sol s'entrouvrit.

Le gouffre.

Elle hurla. Mais ce n'était pas un médecin de la peste qui la maintenait de force. C'était Philippe le jésuite, l'ami de longue date. Il essayait de calmer les halètements de Renelde, qui, le cœur pantelant, suffoquait d'horreur.

Ana venait de s'éteindre à jamais.

La demeure se voila de noir.

Plus tard, M. Grégoire y entra.

On ne l'y attendait pas.

Il croisa le père Van Elst, fâché et surpris de rencontrer là ce mauvais chrétien dont il se méfiait.

Au chevet de la jeune défunte, accablée de chagrin, Renelde ne dit pas un mot à son arrivée. Un désespoir silencieux se lisait dans les yeux bleu-gris de l'infortunée ayant perdu une seconde fois son enfant.

Les regards se croisèrent. Ils y lurent tous deux la même détresse.

— Pardon, murmura-t-il.

Elle détourna le visage. Il baissa le sien. Ils éprouvaient la même honte.

Elle le laissa partir, et revint à Ana.

Petit oiseau tombé du nid, petite colombe, tu as cru avoir des ailes, et tu t'es blessée. Tu reposes habillée de dentelle. Petite fée trop fragile, tes doigts se sont piqués au fuseau des ténèbres. Ils ne courront plus avec grâce sur le carreau.

Pauvre fiancée abandonnée, comme dans la légende, puissent les fils de la Vierge t'élever jusqu'à Dieu, et Dieu te pardonner ton geste désespéré. Puisse enfin ton âme me pardonner un jour, moi, ta mère, ta seconde maman.

Renelde cacha au jésuite — nouveau mensonge — les origines juives d'Ana : seconde raison d'être mise dans la fosse commune. Elle s'en démêlerait plus tard avec Dieu.

Seule, Meï était au courant, et lui donna sa bénédiction.

Toutes deux insistèrent auprès du père Philippe pour qu'Ana soit enterrée au sein même de l'église, sous la dalle prévue pour les dames Maes et Van Eyck. Dans cette sépulture reposaient sa petite Marie-Angeline et sa maman, la douce Marie-Adine. La jeune dentellière méritait sa place au chaud, près de la flamme du Seigneur, et près de ses autres amours disparus. Elle ne serait pas seule dans le noir...

« Elle le mérite plus que moi », pensa Renelde, mais cela, elle le tut. Quand son heure viendrait, elle irait se coucher près de ses filles.

« Puisse un jour mes cendres se mêler aux vôtres, et mon âme vous rejoindre ! »

L'inhumation eut lieu sous un temps médiocre, et la pluie se mêla aux larmes des dentellières.

M. Grégoire sortit une fois encore de sa retraite pour suivre le convoi se rendant de la maison mortuaire à l'église.

Tous marchaient en silence, pesamment.

Devant chaque porte, des voisins silencieux se joignaient au défilé funèbre. Il y eut bientôt foule.

Renelde ne voyait rien ni personne. Le vide, le désert.

Au clocher résonna le glas.

Au moment de la descente du cercueil dans la fosse, un chant religieux s'éleva, pur, repris par l'ensemble des paroissiens. Un froid intense régnait à l'intérieur. Au parfum d'encens se mêla insidieusement l'odeur macabre des corps mis en caveau. A bout de nerfs, chancelante, Renelde sentit ses forces défaillir et la terre se dérober.

Grégoire s'était insensiblement rapproché d'elle. D'une enjambée, il fut à ses côtés, la soutint d'un bras ferme.

Un bref instant, elle se reposa sur son épaule, prête à sombrer, voulant partir elle aussi, fermer les yeux à tout jamais contre la chaleur de cet inconnu.

Elle se ressaisit et, doucement, s'écarta de lui.

Tis'je le colporteur avait appris le deuil. Il s'était joint naturellement à Renelde, aux amis, aux voisins, aux jeunes dentellières de la paroisse.

Il avait vu, lui aussi, la défaillance de Renelde, et le geste du bourgeois.

Tis'je était troublé.

Il ne pouvait détacher son regard du visage épais aux yeux clairs et de la silhouette massive de ce M. Grégoire, qu'il n'avait jamais croisé dans Lille. Une image estompée lui revenait, claire et brillante en sa mémoire. Elle évoquait d'autres jours terribles, en d'autres lieux.

Il voyait M. Grégoire.

Mais il reconnaissait Corneille Van Noort, maître et échevin de Moerbeke, son pays...

Corneille, le mari de sa blonde Iolande!

1677

« À LA GRÂCE DE DIEU »

20

Un bruit de sabots... Une silhouette d'enfant se détacha peu à peu de l'obscurité et longea les murs. Les pas résonnaient dans la nuit. La petite fille courait entre chaque lanterne de la ville.

Brusquement, elle s'immobilisa.

Des éclats de voix masculines avaient surgi non loin d'elle.

Recroquevillée contre une façade, elle distingua l'ombre de jeunes gars. Ils sortaient du cabaret, qui fermait ses portes. Le carillon sonna les neuf heures du soir.

Ivres, les vandales brisèrent une lanterne avec des pierres, et s'éloignèrent en riant, en rotant, laissant l'enfant apeurée, dans le noir le plus complet. Un panier bien serré contre son cœur, elle attendit quelques instants que le danger fût écarté, puis elle reprit sa course aveugle.

Enfin, elle s'arrêta. C'était la maison de M. Grégoire.

Elle se retourna encore pour être sûre qu'on ne l'avait point suivie. La rue était silencieuse et vide. Elle souleva le heurtoir de fer. Il s'abattit lourdement sur le vantail.

Un crissement. La haute porte de chêne s'ouvrit.

Marieke apparut.

Sans la moindre parole, la petite retira de sa corbeille à double fond une liasse de papiers. Elle la tendit à la servante, qui lui remit un paquet. L'échange fut rapide, précis, prudent.

Marieke regarda un instant s'éloigner cet être frêle et anonyme, et tandis que les ténèbres se refermaient sur lui, la porte, imposante, tourna sur ses gonds.

Les gros verrous furent repoussés.

Un bref arrêt dans le couloir... Elle guettait peut-être quelque bruit suspect.

Le chandelier dans une main, se tenant de l'autre la hanche qui lui avait provoqué un mal lancinant tout l'hiver, Marieke monta avec lenteur le grand escalier de la demeure flamande.

Elle frappa chez son maître.

Dans la chambre, il semblait en méditation. Il portait un cilice.

Elle n'entra pas et déposa, à terre, la livraison de la jeune messagère. Sans attendre de réponse, elle redescendit chez elle.

M. Grégoire se dirigea vers sa table de travail.

Il cacha les papiers au fond d'une niche secrète creusée dans le mur de sa cellule. Il y rangeait de précieux documents, à l'abri des rats et des curieux.

Il retourna à son recueillement, après avoir réprimé le désir de regarder les lumières d'en face, les lumières de chez Renelde.

Une superbe volée de cloches annonça le début du cycle de Pâques.

Dans l'église illuminée de la paroisse, l'officiant bénit le buis présenté par chaque fidèle en ce dimanche des Rameaux.

Bientôt, chacun repartit vers son logis, ou son estaminet préféré, après avoir acheté, sur le parvis, une petite image sainte au colporteur, l'ami Tis'je du Plat Pays.

Bientôt, les fenêtres s'ouvrirent et s'enorgueillirent de l'arbuste porte-bonheur.

Chez Renelde, les jeunes dentellières ne faillirent pas à la tradition. Gaiement, elles glissèrent des brindilles à l'endroit de leur choix : derrière les crucifix et les statuettes de la Vierge, derrière le vaisselier de la cuisine et sur la cheminée, dans l'atelier surtout... Ensuite, elles attachèrent des branchages à la façade de leur maison.

Dans sa grande cuisine, Marieke-la-gaillarde achevait la confection de savoureuses tartes à la crème.

N'était-ce pas, ce jour, le « dimanche à tartes »?

Il fallait suivre la coutume envers et contre tout, et surtout malgré le peu d'appétit de son maître qui ne dînerait bien entendu que d'un fruit... Si toutefois il daignait se sustenter!

Marieke se demandait comment il pouvait garder cette force et cette corpulence en mangeant si peu...

Heureusement, elle savait que ses petites amies, les apprenties de Renelde Van Eyck, savoureraient ses tartes avec gourmandise.

Qui sait? Peut-être leur maîtresse, elle aussi, lui ferait-elle l'honneur d'y goûter...

Deux ans s'étaient écoulés depuis le drame.

Renelde avait changé. Ses yeux bleu-gris s'étaient voilés comme au lendemain d'une tourmente dans le ciel de Flandre, et la tristesse n'avait plus quitté son joli visage.

Marieke se signa en pensant à la jeune Ana, et elle se vengea de la misère humaine en écrasant la pâte avec violence.

Active depuis l'aube, Renelde s'était employée à divers travaux ménagers. Il lui avait fallu monter du bois, mis en réserve à la cave, s'agenouiller pour réalimenter l'âtre du salon et celui de la cuisine, descendre, monter les escaliers... Monter l'eau d'un étage à l'autre, le dos courbé par le poids des cuves. Elle souhaitait que le dimanche soit un jour de repos pour ses dentellières. Aussi s'acquittait-elle de ces tâches astreignantes sans aucune aide, trop heureuse de deviner les petits corps d'enfants allongés douillettement dans la chaleur de leur couche, avant l'office dominical. Puis, revêtue d'une robe noire qui faisait ressortir la blancheur de son teint, elle s'était agenouillée dans les prières.

Tandis qu'elle s'accordait un moment de répit dans sa chambre, la marraine était venue l'entretenir à sa toilette. Assise sur un tabouret joliment brodé de sa main, face à la petite table recouverte d'une pièce de velours de Damas, bordée de dentelle, Renelde écoutait les conseils de Meï :

— La musique guérit tous les maux, ma chérie. Pourquoi ne réunirais-tu pas à nouveau des...

— Non, Meï, coupa Renelde d'une voix grave. N'insiste pas, je t'en prie. Je ne donnerai plus de soirées. J'en suis incapable. Voilà deux ans que j'en suis incapable. Tu le sais. Quelque chose s'est... brisé dans mon cœur.

La perte d'Ana avait failli la foudroyer. Elle en gardait une étrange fragilité. Meï soupira, mais ne s'avoua pas vaincue.

— Quelque chose comme le bonheur, n'est-ce pas ?... Mais nous ne perdrons pas la bataille !

— N'est-ce pas toi, Meï, qui disais : « Seules les rides gagnent la bataille » ? répliqua Renelde avec dérision.

— J'ai dit ça, moi ? Un soir de mauvaise lune, sans doute. Tu es belle, ma fille, et tu es jeune encore... Il me semble que...

— Oui ?

— J'ai fait un rêve, cette nuit. Une ombre. Menaçante d'abord... Puis elle s'est effacée, et le ciel, peu à peu, autour de toi, redevenait clair.

Renelde sourit.
— Merci, Meï. C'est un joli rêve.

Marieke introduisit dans sa cuisine deux jeunes quêteurs aux bras chargés de buis bénit.

En échange d'une branche sacrée, elle sortit fièrement, à leur intention, une de ses tartes, encore toute chaude.

— Le blé est de moins bonne qualité que jadis, leur dit-elle en les faisant asseoir sur le long banc de chêne, mais, Dieu merci, c'est une saison sans faim !

En coupant de gros morceaux sous la mine réjouie des garçons, elle grommela, néanmoins, des insultes au roi. Ces enfants-là avaient grandi sous le royaume de France, ils ne les comprirent pas.

— Vos parents ne pardonnent pas à Louis de les avoir séparés du reste de leur région, mais vous vous en fichez, hein ? Il veut tout franciser au mépris de notre identité. Il poursuit des guerres coûteuses et ravageuses ! Regardez cette tarte coupée : elle ressemble à la terre de Flandre, les enfants ! Voilà, prenez-en. Et un morceau pour les Espagnols, un pour les Anglais, les Provinces-Unies, les Turcs, l'Empire, et ce joufflu-là, pour le maudit François ! (Elle se signa nerveusement et conclut :) Ce malveillant, qui ne prend même pas la peine de déclarer les guerres !

Les jeunes quêteurs n'y entendirent pas le moindre mot. Quelle importance ! Les vieux, c'est toujours comme ça.

Ils repartirent, ravis, la bouche pleine, sous le regard chaleureux de Marieke-la-gaillarde.

A la porte d'entrée, celle-ci leva les yeux vers la maison d'en face. Elle sourit à Guyette et à Julie, qui accrochaient avec application du buis à la fenêtre de leur atelier.

— Attendez, j'arrive ! J'ai une surprise pour votre matinée, leur cria-t-elle.

Elle s'engouffra dans sa cuisine, en ressortit peu après avec deux superbes tartes.

Les dentellières étaient friandes des gâteaux de la bonne Marieke. Elles l'accueillirent avec enthousiasme. Renelde et Meï se joignirent à la fête.

Mine de rien, Renelde en profita pour s'enquérir de M. Grégoire qu'elle n'avait guère revu depuis deux ans, mais dont le souvenir ne cessait de la hanter, en dépit de son désir contraire.

— Votre maître ne mange-t-il donc pas de tarte, Marieke ? Il faut lui en laisser !

— J'en ai bien gardé une, à son intention, mais je suis certaine que nous la mangerons ensemble demain. Non, il vit comme les grives, il vit d'air.

— On ne dirait pas, à le voir, se risqua Marie-Jeanne.

Elle était devenue l'aînée, et entamait ses seize ans avec gourmandise.

— Il ne bouge pas assez, c'est tout ! lui répondit la jeune Guyette, que l'on supposait avoir dix ans.

Aux dires de ses petites, Reneldc s'enhardit. Elle détourna le visage vers des miettes de gâteaux, les saisit avec négligence du bout des doigts, et demanda :

— Comment se porte-t-il ?

— Plus silencieux que jamais, soupira la servante.

Elle savait que le désarroi de son maître n'était pas étranger à la belle Flamande. Elle essaya de capter son regard, dans l'espoir de deviner sa pensée. Mais Renelde feignit l'indifférence, et allait aborder un autre sujet lorsqu'elle s'aperçut qu'une enfant grassouillette de huit ans, qui n'était autre que Marguerite-la-mutine, regardait la pâtisserie avec envie, sans oser toutefois en choisir un seul morceau. Ce comportement était bizarre, et contraire à son habitude, qui était plutôt de s'empiffrer, puis de s'étrangler.

Renelde s'inquiéta :

— Es-tu malade, Margot ?

— Non.

— Prends-en donc, toi aussi !

Têtue, les yeux rivés au gâteau, l'enfant ne desserra pas les dents. Elle ne fit aucun geste.

— Allons, Marguerite, s'exclama Marieke avec bonne humeur. On ne te reconnaît plus ! Toi qui dévores à belles dents ! Ma cuisine n'est pas appétissante ?

— Oh si ! Mais il ne faut pas en manger. M. l'abbé nous a prévenues à la messe. C'est un péché mortel. Abstinence jusqu'à Pâques. Non, il ne faut pas.

L'interdiction touchait une autre tempérance : celle du corps.

Plus âgées et plus au fait des choses de la vie, Marie-Jeanne et Julie avaient bien entendu l'allusion du prêtre. Elles pouffèrent de rire devant la méprise de leur cadette. Marieke et Renelde furent gagnées à leur tour par l'humeur générale. Très vexée de n'y comprendre rien et de se voir moquée de la sorte, la petite au visage constellé de taches de rousseur éclata en sanglots.

Renelde la prit aussitôt sur ses genoux. Elle l'entoura de ses bras, l'embrassa et lui parla très doucement, en essuyant les grosses larmes qui coulaient le long des joues rondes.

— Oh ! mon Dieu ! Calme-toi, ma chérie... Tu es assez grande pour savoir : on utilise aussi le mot « abstinence » pour les choses de l'amour...

— Quoi, on n'a pas le droit d'aimer, alors ?

— Si, bien sûr ! Il faut toujours aimer son prochain.

Et rougissante elle-même de ce qu'elle osait dire, Renelde ajouta :

— Mais l'interdiction concerne les caresses de l'amour entre un homme et une femme, voilà tout. Aujourd'hui, pour l'ouverture de la Semaine sainte, il nous est possible de partager ces bonnes tartes de l'amitié.

Elle l'embrassa une nouvelle fois.

Un sourire mélancolique aux lèvres, Renelde se souvenait d'une autre petite dentellière de huit ans...

21

En ce lundi matin, à l'atelier, les jeunes apprenties s'affairaient près des fenêtres.

Le travail allait se poursuivre de façon intensive jusqu'au Vendredi saint.

On ne pouvait se permettre de le suspendre dès le mercredi, comme le voulait la coutume : nombreuses étaient les commandes à livrer pour la fin de la semaine. Les belles demoiselles et leurs mères désiraient arborer de nouvelles dentelles en ce dimanche de Pâques, jour de réjouissances et de renaissance.

Le cliquetis des fuseaux rappelait le chant des oiseaux dans une volière. Mais la colombe s'était envolée.

La place d'Ana, leur aînée, était vide.

Louise, la maîtresse dentellière venue d'Arras, était restée.

Elle semblait s'être accoutumée aux gens de Flandre. Soigneuse en sa personne, tirée à quatre épingles, elle gardait nombre de serpenteaux dans les cheveux, mais avait troqué ses fanfreluches contre une toilette élégante. Son allure hautaine suscitait toujours la méfiance de la marraine.

Depuis son arrivée, Louise profitait de ses dimanches pour se promener, et rendre visite à une parente, une cousine éloignée. Renelde respectait son secret, et ne se préoccupait nullement de savoir à quel divertissement Louise employait ses moments de détente. Elle pressentait un amoureux. Meï, elle, ouvrait l'œil, sans oser toutefois la presser de questions indiscrètes, ni l'invectiver de réflexions désobligeantes. Louise se tenait très correctement. Il n'y avait rien à lui reprocher. Mais justement, elle était trop parfaite, trop polie. Son regard fier démentait ses sourires conciliants. Son air ne disait rien qui vaille à la vieille femme. Qu'avait-elle apporté au juste, cette Française? « Rien », se disait Meï. Par contre, Louise avait certainement beaucoup appris à leur contact. Elle demeurait un mystère pour la marraine, qui s'en était entretenue un soir avec Renelde.

— Elle enfile bien l'aiguille, cette fille-là.

— Tu veux dire qu'elle abuse de nous?

— Qu'elle en tire du profit, ça, j'en mettrais la main au feu!

— Tu te trompes, Marraine.

Puisque sa filleule s'en accommodait, Meï avait donc décidé de la surveiller de plus près.

Les filles s'étaient habituées à l'étrangère, mais regrettaient les absences fréquentes de Renelde. La petite Marguerite, au caractère impulsif, réagissait parfois de façon violente.

— Pourquoi faut-il autant de fuseaux? lança-t-elle un jour d'une manière cinglante.

— Pour empêcher que tes fils ne s'emmêlent, répondit Louise.

— Oui, eh bien, moi, je m'emmêle les bobines, riposta Marguerite d'un air buté, et, à la surprise de ses compagnes, elle éclata en sanglots. J'ai la tête qui tourne à exécuter tous ces cercles avec les doigts!

Louise garda son calme.

— Marguerite, la tête te tourne parce que tu es

penchée sans cesse sur ton ouvrage. Arrête-toi, si tu veux...

— Et pourquoi c'est pas petite mère qui nous surveille ? cria alors l'enfant spontanément.

Et Marguerite courut se réfugier près de sa petite mère, qu'un autre chagrin retenait dans sa chambre.

En ces jours de fête, Renelde s'activait plus qu'il ne fallait. Elle se trouvait mille et un lavages à effectuer, pour ne pas sombrer dans l'eau trouble de ses songes.

Ainsi Louise avait-elle conquis un appréciable pouvoir au sein de l'atelier de dentellerie.

Vêtue de noir, assise très droite, le col auréolé de sa fraise espagnole, enveloppée douillettement de son éternel châle, Meï somnolait. Du moins simulait-elle le sommeil afin de laisser sa filleule libre de ses gestes et de ses peines ; libre d'être elle-même, sans la perdre de vue, toutefois... Elle sentait la présence du vide dans lequel Renelde était tentée de glisser. Elle tremblait en voyant le regard nébuleux de sa filleule, pareille à une somnambule, errer en direction du feu de l'âtre, ou du canal.

Elle gardait les paupières entrouvertes, pour capter et extraire quelque secret bien caché ; pour le partager ensuite.

Plongée dans une malle, Renelde en sortit une volumineuse masse de linge. Elle y reconnut des présents offerts lors de son mariage. Observée du coin de l'œil par la marraine, elle s'arrêta, perplexe, sur sa chemise nuptiale.

Meï quitta brusquement sa chaise haute. Retrouvant une spontanéité enfantine, elle alla s'asseoir précipitamment sur un autre coffre que sa filleule s'apprêtait à ouvrir. Puis, très digne à nouveau, le sourire aux lèvres, sans dire le moindre mot, elle signifia son désir que l'on n'y touchât point.

Chaque année, Renelde essayait d'en vider le contenu, pour déchiffonner le linge et l'apprêter, avant de l'y remettre. Chaque année avait lieu le même ballet comique. Elle s'attendait au refus de Meï, et elle n'insistait pas. C'était devenu une pantomime à laquelle toutes deux se prêtaient volontiers.

La précieuse malle contenait les coiffes désuètes d'une jeune Flamande nommée Catherine Maes, et nombre de trésors insoupçonnés. Lorsque Dieu l'appellerait, Meï en ferait cadeau à Renelde... Plus tard... Elle se sentait encore si guillerette!...

Et tant qu'elle pourrait garder l'œil vif et sauter sur le coffre, nul ne découvrirait son jardin secret.

Afin d'aérer la chambre Renelde ouvrit la fenêtre. Elle regarda machinalement vers celle d'en face, qui donnait directement dans l'antre de M. Grégoire.

Perdue dans ses souvenirs, elle sursauta en entendant la voix de la chère marraine commenter ses propres obsessions :

— Tu devrais le revoir. Il te serait une meilleure compagnie que ma vieille carcasse. C'est vrai... Tu l'as repoussé à l'instant même où il avait le désir de s'excuser. A quoi cela t'a-t-il servi? Il avait peut-être de bonnes raisons, cet homme-là. D'ailleurs, il faut le comprendre, il a surpris Ana...

— Je t'en prie, Marraine, ne parle pas de cela!

— Pardonne-moi, ma fille, mais je suis au crépuscule de ma vie, et tu ne m'empêcheras pas de dire ce que j'ai à dire, et de penser ce que j'ai envie de penser. Voilà : tu es trop solitaire. Ce n'est pas salutaire à ton âge!

— Marraine! Veux-tu ne pas recommencer! gronda Renelde, le cœur débordant de tendresse.

La vieille femme ne rendit pas les armes :

— Tu ne sors plus, sinon pour les offices et les achats pour la dentelle. Tu n'as pas revu ton frère...

— Ça, ce n'est pas ma faute, tu le sais bien.

— Je suis d'accord, mais c'est la Semaine sainte qui commence. Pourquoi n'irais-tu pas lui rendre visite?

Renelde s'offrit un moment de réflexion, puis répondit :

— Tu as peut-être raison, c'est un temps de pardon.

— Et... M. Grégoire ? repartit Meï-la-têtue.

— Marraine ! Voyons !... Je ne peux tout de même pas lui faire des avances ! Ce ne serait pas correct !

Elle s'arrêta, se sentit rougir. Et soucieuse de cacher la confusion de s'être trahie, elle quitta la chambre, les bras chargés de linge...

Meï délaissa sa malle et revint à son poste initial : sa chaise haute. Elle referma les yeux.

Un sourire de satisfaction éclaira son visage ridé et le rajeunit.

Dans sa cuisine, Marieke chantait à tue-tête et en patois, histoire de bien marquer sa résistance au fait d'être française.

Maître Grégoire l'entendit. Il l'interrompit d'une forte voix au timbre chaud, de cette voix dont il ignorait les accents sensuels et dont il ne se servait pas assez souvent, selon la servante.

— Attention qu'on ne t'entende depuis Paris et Versailles !

— Oh ! not' maître ! répondit Marieke, en sortant de la pièce. (Elle s'essuya les mains dans son tablier pour la centième fois de la matinée.) Ce n'est pas moi qui vais les effrayer, et je le regrette ! (Elle prit un ton confidentiel, en dépit de l'épaisseur des murs et de leur isolement, pour ajouter :) Vous, not' maître, ne leur faites pas peur, vous savez, les gens causent !

— Laisse-les dire, Marieke, ça les occupe.

Il remonta le grand escalier.

Songeur, il regarda vers la fenêtre d'en face.

Il ne se douta pas qu'un visage auréolé de blondeur s'était tenu, quelques minutes auparavant, dans l'embrasure de cette fenêtre et que deux yeux couleur bleu perle avaient cherché les siens sans le vouloir.

Il entendit le pas agile de la servante lui amenant son repas.

— La douleur à ta hanche a l'air de s'évanouir, Marieke. Tu marches à nouveau comme une demoiselle ! lui dit-il sans se retourner.

— Oui, not' maître, répondit-elle, ravie qu'il ne s'aperçoive pas de la rougeur qui venait d'envahir son visage. Mon rhumatisme me laisse tranquille depuis ce dimanche des Rameaux. C'est le buis bénit qui me protège...

Il s'enquit alors de la santé de sa voisine.

Il agissait ainsi, régulièrement, depuis le drame. Toutefois, il ne se décidait pas à rompre le silence instauré entre la belle Renelde Van Eyck et lui-même, M. Grégoire...

A moins qu'il ne fût encore Corneille Van Noort... quelque part en sa mémoire refoulée avec peine.

Marieke, qui se croyait dans les secrets du maître, ignorait sa véritable identité.

— Mme Renelde est bien pâle et... toujours triste, dit la servante. Elle aurait besoin du soutien d'un homme.

L'allusion était grossière, mais très claire.

Grégoire fit mine de ne pas comprendre, et resta muet.

Elle ajouta :

— C'est la Semaine sainte qui commence. C'est peut-être le moment d'aller vers son prochain. N'est-ce pas, not' maître ?

Muré dans le silence, Grégoire songeait coupablement à la chambre aux murs tendus de velours de ton pêche, au lit à baldaquin, et à la table de toilette aux volants de dentelle, décrits un soir par la malicieuse Marieke.

Et son âme vagabonda entre la plaine et la ville, entre les champs dorés, le bruit du vent sur les ailes du moulin, et le silence de sa cellule... Entre deux visages de femme...

22

Une vaste cape grise recouvrait sa toilette de deuil, et ramassait la boue, qui giclait à intervalles réguliers sur les vêtements. Sur les instances de sa marraine, Renelde s'était décidée à rendre visite à sa famille, et ce en dépit d'un désintérêt évident à son égard. La méfiance s'était éveillée lors de la grande peste. La distance s'était creusée avec l'ouverture de l'atelier de dentellerie, puis avec son désir de rester sans époux... Bref, on lui reprochait d'avoir pris sa vie en main.

Empoisonné par le mépris, le caractère de Ludivine s'était aigri. Elle entretenait une profonde rancune envers une belle-sœur qui refusait de se plier à ses volontés, et qui ne dépérissait pas dans les immondices d'une courette de Saint-Sauveur. Sous ses dehors de reine victorieuse, Ludivine enviait secrètement la liberté de Renelde. Elle ignorait toutefois que l'évolution de sa belle-sœur s'opérait au prix d'une forte culpabilité.

Aujourd'hui, Renelde désirait briser la glace.

Elle marchait d'un pas rapide, inquiète et heureuse de revoir son frère et ses neveux. Depuis la mort des parents, elle ne retrouvait plus, dans la maison du brasseur, la chaleur conviviale qui enveloppe les vraies familles. Ludivine était fautive. Cette grande sotte prétentieuse avait cassé le clan.

La vicomtesse de Lambersart avait regretté les veillées et les fêtes, si communes à tous les foyers dignes de ce nom.

Plus tard, avec ses petites filles et sa marraine, avec ses amis poètes et musiciens, elle avait ravivé la solidarité, la fraternité qui réchauffe les cœurs, et dont on ne peut se dispenser en périodes nébuleuses...

Au milieu du bruit et des embarras des rues, solitaire, Renelde récapitulait sa vie.

Elle se rappelait Charles, ce rustre aux mains froides, supposé noble, imbu de son pouvoir d'homme, ce « Tartuffe » pour reprendre une expression de la pièce de feu M. Molière. On lui en avait conté l'histoire lors d'une soirée. Renelde était frappée par la similitude des deux personnages. Son mari n'avait pas eu la prétention d'être dévot, mais, grand imposteur lui aussi devant l'Éternel, il avait abusé de l'amitié du père, et dupé la famille. Pauvre hère malgré tout, il avait été pitoyable à l'approche du trépas, et Renelde l'avait abandonné pour survivre. Elle éprouvait la cruelle meurtrissure du jour où elle avait refusé de se laisser mourir.

Sa condition de femme mariée ne lui avait autorisé que la résignation et l'obéissance forcée aux règles établies. A l'arrivée des Corbeaux, elle avait osé enfreindre les lois, refuser la fatalité. Quelque chose, brutalement, avait changé en elle. Mais elle ne considérait pas encore ce moment comme béni.

Loin de là.

« Suis-je allée à l'encontre du désir de Dieu?... M'en a-t-il punie par la suite?... Devait-il en être ainsi? »

De nombreuses fois, après l'ouverture de l'atelier, elle avait puisé son courage en la présence d'Ana.

Elle gardait, plus ancrées et plus aiguës que jamais, les

blessures du deuil de ses filles : Marie-Angeline, le petit ange, à peine posé sur la terre qu'il s'envolait vers les cieux, Ana, sa tendre enfant adoptive dont le souvenir déchirait son cœur et lui arrachait des larmes. L'image de la jeune morte vêtue de dentelles l'aspirait vers un gouffre.

Mais elle ne voulait pas s'abstenir d'y penser, de peur que la mémoire ne s'estompe et ne s'éteigne.

Du reste, l'eût-elle désiré, elle n'aurait pu oublier.

Il eût fallu être insensible et égoïste, pour abroger les malheurs, pour recommencer vierge et nouveau-née. Renelde était à l'opposé de ces traits de caractère.

Un instant, elle ferma les yeux, pour revoir le tendre visage de sa maman. Cette image-là lui était le plus doux des soutiens. Tout son être se détendit.

Non, elle ne serait jamais libre de son cœur. Et elle n'y tenait pas. Et elle sentait qu'elle avait raison.

Le monde, lui, n'avait pas cessé de vivre. Elle non plus. Elle n'avait pu ni mourir, ni s'endurcir, ni accepter, ni oublier. Aujourd'hui pourtant, elle devait renouer avec la vie, et se donner une nouvelle chance.

« C'est l'approche de Pâques qui sourit à nos âmes », pensa-t-elle.

Lille avait changé.

Le manque de travail stable, le grand nombre de soldats, la masse des réfugiés affamés avaient intensifié la débauche et la prostitution. La citadelle, édifiée pour défendre la cité, et surtout tenir en respect la population des Flamands, semblait lui tenir lieu de prison.

Elle croisa des Filles de la Charité, de M. Vincent de Paul. En robes grises et bonnets blancs, celles-ci vivaient chastement, offrant leur vie pour le secours des malheureux. Elles refusaient l'appellation de religieuses, et n'étaient pas enfermées dans le silence forcé du cloître. Cela plaisait à Renelde.

« Non, tout n'est pas si noir en ce bas monde !... »

Et bien sûr, en ville, tel un ange gardien, il y avait Tis'je...

Il ne quittait plus Lille et ses faubourgs.

— J'ai de quoi faire, ici ! disait-il. La guerre embrase toujours ma région. Notre seigneur, le marquis de Montmorency, combat l'annexion éventuelle de la châtellenie par Louis XIV.

L'année précédente, Tis'je avait appris, par un aventurier ou un vagabond, que de nombreuses maisons de son village avaient été pillées et brûlées. L'agression ne venait pas des troupes françaises, mais des Espagnols eux-mêmes, Moerbeke ayant refusé de payer des impôts supplémentaires.

Ces derniers mois, comme par enchantement, Renelde croisait sans cesse le colporteur. Présence silencieuse et amie, prête à intervenir, à la protéger contre un danger éventuel.

« Non, je ne suis pas seule ! »

Chez Nicolas Van Eyck, ce fut à nouveau le choc.

Une étrangère imitait l'accent, supposé doucereux, des dames de la Cour, et singeait de façon ridicule la dernière mode parisienne. Elle eut peine à reconnaître sa belle-sœur. Certes, la montée dans la haute société rendait nécessaire des costumes neufs et coûteux. Mais en dépit de ses plumes et de ses étoffes fines et soyeuses, en dépit de ses efforts, il était impossible de confondre Ludivine avec une marquise.

Épaissie, plus précieuse dans sa manière d'être et de s'exprimer que ne l'était Louise à son arrivée, Ludivine paradait. Elle reniait totalement ses origines flamandes.

Un parfum piquant s'exhalait de ses vêtements, de ses poignets, de son décolleté et masquait le manque de soin. L'odeur tenace incommodait Renelde. Bien loin étaient l'atmosphère fleurie et l'arôme de cannelle de sa maison d'enfance.

La maîtresse du logis lui offrit une collation, et lui fit

remarquer la vaisselle d'argent, qui portait le poinçon de l'orfèvre le plus réputé de la ville.

— Ma chère sœur...

« C'est mauvais signe », pensa Renelde.

— Ma chère sœur, je vous avoue que je ne comprends pas votre obstination à faire de la dentelle. Elle est plus chère que la soie, et, malgré tout, il paraît qu'on y gagne peu d'argent.

— J'ai de nombreuses apprenties que je forme. Il faut un certain temps pour familiariser les plus jeunes avec le carreau et les fuseaux.

— Bref, pendant ces deux ou trois ans où elles se piquent les doigts, elles vous coûtent de l'argent.

— A mon tour de ne pas comprendre, Ludivine. Vous portez notre dentelle, et je crois être bien placée pour savoir que vous l'appréciez...

— Oui. Mais vivre de ce métier! Vous auriez mieux fait de m'écouter et de vous reposer dans un couvent, plutôt que d'être une patronneuse.

Renelde ressentit la morsure invisible de la vipère. Être « patronneuse » ne convenait pas au rang actuel de la famille.

— Mais je ne suis pas fatiguée, ma sœur!

— C'est une tâche astreignante que cette dentelle!

— Elle demande, certes, de la patience et de la volonté, mais c'est une joie de créer de ses mains, et j'ai le désir de transmettre aux jeunes ce que j'aime.

— Sans doute... Sans doute... Mais c'est bien cher, en tout cas!...

Non formée à la dentelle, Ludivine n'appréciait pas à sa juste valeur l'effort fourni par l'ouvrière.

— Ces merveilleuses dentelles que vous achetez, Ludivine, naissent au terme d'une période aussi longue que la gestation. Vous savez ce qu'il en est, n'est-ce pas... Et puis, si elles sont coûteuses, les dentelles se passent de mères en filles, elles servent à plusieurs toilettes, et... que ne ferait-on pas pour suivre la mode de la Cour?

Ludivine changea aussitôt de sujet et lui vanta les qualités de leur fils aîné, Pierre.

— Nous l'avons envoyé parfaire son éducation à Paris. Là-bas, il deviendra sûrement un Grand du royaume... un conseiller du roi, ou quelqu'un de ce genre !

Renelde pensa que sa propre mère n'avait jamais manifesté cette agaçante fierté, si fréquente par ailleurs, d'engendrer un fils.

Marie-Adine avait toujours affiché son bonheur d'avoir sa petite Renelde. Sous une apparence courtoise, la belle-sœur étalait son arrogance envers la veuve sans enfant.

On lisait dans son regard : « Et dire qu'elle n'a même pas réussi à garder une fille ! »

En réalité, Ludivine faisait un gros effort pour dissimuler la fatigue occasionnée par les huit naissances. Les deux derniers étaient mort-nés, et elle s'en arrangeait. C'était assez comme ça. Mais, pour rien au monde, elle ne l'aurait révélé à Renelde ! Celle-ci étouffa son irritation, décidée à ne pas rompre les relations avec son frère. Elle le voyait trop peu à son gré.

« Lui aussi a changé », se dit-elle bientôt.

Il était à peine onze heures. Rentré tôt de la brasserie, il avait troqué ses habits de travail contre un superbe justaucorps bleu qui lui seyait fort bien. Une perruque en crinière imitait sa chevelure naturelle. Vêtu de soie et de dentelle, bijoux aux doigts, il se faisait peindre, entouré de quelques richesses : médailles, globe terrestre, livres, et, juste derrière lui, un paysage de l'école de M. Rubens.

« Je suis donc arrivée au bon moment pour eux. Le portrait flatte l'orgueil de ma chère belle-sœur ! »

Vaniteuse et pédante, la bouche étirée par un déplaisant sourire, Ludivine savourait sa chance de lui montrer qu'ils étaient devenus des gens d'importance.

Les affaires de la brasserie prospéraient malgré la guerre avec la Hollande. Depuis février 1674, l'Angleterre ayant signé la paix avec les Provinces-Unies, Nicolas ne craignait plus la concurrence de la brasserie de Londres. Par ailleurs, d'abord en mauvaise position, la France obtenait à présent des succès sur les mers grâce aux galères du capitaine Duquesne, et l'on commençait à envisager la victoire éclatante de Louis « le Grand ». Nicolas trouvait ses intérêts dans le commerce français. Il ne lui manquait plus qu'un titre. La noblesse était encore très jalousée par les bourgeois. Mais, dans le mépris affiché par les aristocrates, s'immisçait à présent de l'inquiétude face à la réussite financière de certains roturiers. N'ayant pu persuader les nobles de s'intéresser au négoce, l'intendant du roi s'était tourné vers la bourgeoisie.

— Le grand Colbert est venu solliciter Nicolas, annonça Ludivine.

Renelde afficha son étonnement :

— Colbert... en personne ?

— Enfin... par son mandataire à Lille, c'est pareil ! répliqua Ludivine, vexée. Il l'a assuré de la protection du roi. Aussi Nicolas réorganise-t-il la brasserie, afin d'en obtenir le meilleur rendement.

— Très bien. Mais, Nicolas... (Renelde se tourna vers son frère qui n'avait pas quitté sa pose.) N'as-tu pas peur que tous ces gens en profitent, et te prennent ta liberté ? Que la bière Van Eyck ne soit plus la...

Ludivine l'interrompit :

— Ma sœur, c'est de notre intérêt de suivre le grand Colbert. (Elle changea de sujet :) Je vous annonce aussi que votre filleule est sur le point de faire un beau mariage.

Un noble demandait la main d'Isabelle, sans doute dans l'espoir de redorer son blason. La filleule de Renelde était âgée de seize ans. Et, pour un titre, Nicolas, ou plutôt sa femme — car elle seule parlait—, allait vendre leur fille.

Pétrifiée, médusée d'effroi, Renelde se souvint.

Dans la même pièce, près de vingt ans auparavant, s'était déroulée une scène identique. La seule différence résidait dans le choix des acteurs. Naguère, ils lui avaient paru plus véhéments.

Elle osa une question d'importance :

— Qu'en pense Isabelle ?

Elle se tourna vers l'intéressée. Celle-ci ne répondit pas à sa marraine. Elle se contenta de baisser les paupières. La mère fut plus prompte à la réplique :

— Elle attend avec joie cet instant, mais la modestie propre à son sexe ne lui permet pas d'aborder le sujet, voyons !

Renelde se dit que « son sexe » était le leur, et que Ludivine n'avait jamais témoigné de la moindre pudeur. Mais, tout bien considéré, sa nièce s'accommodait peut-être de ce « profitable hyménée » ? Dans ce cas, elle aurait tort de s'en mêler. La plupart des demoiselles de bonne famille étaient élevées dans ce but. Soumises et résignées, inconscientes et courtisées, elles ne pensaient qu'à leur trousseau et à leur future installation.

On appela les quatre plus jeunes, qui saluèrent leur tante. Prodigue en caresses, elle y mit tant de chaleur que le benjamin, le charmant petit Guillaume, qui ressemblait à son père, ne voulut pas lâcher la main de tante Renelde lorsque celle-ci se leva pour prendre congé.

« Que de fois je les ai enviés de posséder une famille digne de ce nom. Vont-ils gâcher la vie de leurs six enfants en choisissant pour eux ? Quant à toi, petit garçon, tu ne sauras jamais à quel point j'eusse été heureuse de t'emmener te promener, de te choyer !... »

Renelde ne put réprimer un soupir de désolation. Elle s'en excusa, en prétextant le regret de les quitter.

Elle les invita pour le repas béni du Samedi saint :

— Notre mère serait si heureuse de voir sa famille unie !

Renelde s'était fait une joie de rassembler autour de sa table ses neveux et nièces. Mais son enthousiasme avait été refroidi par Ludivine — comme d'habitude —, et surtout par la nouvelle du mariage forcé d'Isabelle.

A la porte, elle croisa le regard éperdu de la jeune fille. Elle y décela un immense désarroi, et devina qu'elle ne s'était pas trompée.

« C'est une Van Eyck!... Une vraie! »

Elle se promit de revenir au plus vite rendre visite à son frère à la brasserie, pour être tranquille. Elle tâcherait d'en apprendre davantage sur ce projet insensé. Elle aiderait sa filleule en péril de manquer sa vie. Nicolas n'était pas mauvais, il se ressaisirait. Il savait que le mariage arrangé de sa sœur avait été un sombre naufrage, et il aimait son Isabelle.

« Foi de Renelde, il changera d'avis. Oui, j'y parviendrai! Surtout loin de l'influence néfaste de Ludivine-la-vipère!

Pourtant, elle regagna sa demeure d'un pas moins alerte qu'au départ. A chaque rencontre, son cœur était nourri d'espoir et de promesses. Chacun de ses retours lui semblait une défaite. Songeuse, elle mesurait le chemin qui s'était creusé entre elle et les siens. Dieu que sa mère lui manquait!

Comment parviendrait-elle à maîtriser cette demande dévorante d'émotion et de passion, qui ne la laissait guère en paix, sous ses dehors de sage Flamande?

Dans la détresse, il arrive qu'un bonheur inattendu surgisse, qu'une main secourable vienne alléger la peine... L'espoir renaît, que l'on croyait perdu...

Et la vie de Renelde allait se transformer.

Face à la marraine, patient, gêné et silencieux, M. Grégoire attendait son retour. Il avait assez tergiversé.

Assise plus droite que jamais dans la haute chaise, Meï avait un port de reine, mais, le visage réjoui et espiègle, elle ressemblait à une gamine. Renelde comprit immédiatement d'où venait l'initiative tant rêvée, mais qu'elle n'avait osé prendre depuis deux ans.

Depuis le drame d'Ana, enfermés dans la honte et le chagrin, ils n'avaient pas croisé leurs regards couleur de ciel. En un instant, ils retrouvèrent le trouble, et le désir qu'ils avaient vainement essayé d'enfouir l'un et l'autre.

Renelde se sentit rougir, pâlir, et défaillir :

« ... Mon Dieu, faites en sorte qu'il ne voie pas l'effet que ses yeux, sa force, sa prestance, produisent dans mon corps et mon âme ! »

Meï vint heureusement à son aide. Elle rompit le silence empli de murmures amoureux qui s'était instauré, et remercia M. Grégoire d'avoir répondu à son invitation. Elle lui prit allégrement le bras, et lui demanda de l'accompagner jusqu'à son petit oratoire :

— J'ai terriblement besoin d'y parler à Dieu le père, et puis aussi à l'empereur.

— L'empereur ? dit Grégoire, étonné.

Elle sourit :

— Charles Quint, voyons ! (Et elle ajouta, facétieuse :) Ensuite, vous reviendrez tenir compagnie à ma filleule, avant le dîner. Nos filles ont préparé une merveilleuse flamiche à la crème. Elles en sont très fières !

Elle lança une œillade malicieuse à Renelde. Elle sortit de la pièce, victorieuse comme la Cour du roi réunie. Elle laissait sa filleule remettre des bûches dans la cheminée, en attendant.

Elle lui permettait surtout de reprendre ses esprits, et de calmer le « démon de midi ».

Lorsque Grégoire reparut, le feu crépitait.

Sa présence la fit tressaillir. Troublée, mais coquette, Renelde feignit de contempler un tableau flamand.

— C'est un héritage de ma mère, lui dit-elle avec douceur. Il est beau, n'est-ce pas?

La main puissante de l'homme, posée sur le dossier du siège, frôlait sciemment son cou dégagé, et provoquait en elle des sensations peu éprouvées jusqu'alors. La sensualité de son corps endormi se réveillait. Un feu étranger à celui de l'âtre parcourait son être, depuis ses joues jusqu'aux profondeurs les plus secrètes de son corps de femme. Son cœur battait à tout rompre.

Sans oser se retourner vers lui, submergée d'émotion, le visage résolument tourné vers la toile de maître, elle évoqua sa mère, qui admirait tant ces peintres de génie et lui avait appris à les aimer.

Pour le repas, il prit place à la grande table familiale, au milieu des dentellières. Il mangea plus que de coutume. Il fit honneur aux plats préparés dans le secret par les jeunes filles et la marraine, et les fit rougir de plaisir en les complimentant sur leur savoir-faire.

Ils parlèrent du métier de la dentelle, de leur ville, des voisins, de mille petites choses qui rendent l'humeur joyeuse.

Aucun n'aborda de sujet sérieux, de peur de gêner l'autre.

Les filles étaient sages. Marguerite très impressionnée.

Renelde et Grégoire s'espionnaient discrètement. Dès que l'un détournait les yeux, l'autre en profitait. Pas un seul geste de Renelde n'échappait à Grégoire. Il était charmé par l'univers d'émotion et de délicatesse qui inondait le visage limpide de la Flamande. Renelde s'attendrissait sur les milliers de petites rides auréolant le regard de Grégoire, quand il s'animait.

Cet après-midi-là, ils restèrent de longues heures ensemble.

Ils conversaient sans arrêt. La parole compensait les gestes qu'ils n'osaient faire. La Contre-Réforme était stricte; elle avait bridé les élans du corps.

Et puis, ils avaient des années de silence l'un et l'autre à rattraper. Plus une minute à perdre !

On les vit près de l'âtre.

Grégoire se sentit fondre de douceur au contact des flammes bienveillantes dont il s'était sciemment passé pendant des années.

Renelde acquit une certitude : cet inconnu lui était devenu très familier. Il lui confirma qu'il était originaire du Plat Pays. Mais il ne lui révéla pas qu'il s'appelait Corneille Van Noort, et venait de Moerbeke. Renelde avait tellement besoin de parler, et peur de dire... Avant... avec Charles... elle avait agi par devoir.

Oui, elle avait rempli sa charge d'épouse. Qu'était-ce au juste, sinon la tâche pénible de mère sans en être, de servante sans gages, d'amante soumise sans amour et d'esclave sans prison ? Leur lien n'avait été constitué que de renoncements, d'obligations et de souillure. Ah ! certes, elle avait régné sur son ménage ! Mais cette maison sans enfant et sans tendresse, qu'était-elle ? Une antichambre de la mort !

Charles était maître du désir.

Elle était devenue sa propre maîtresse en créant son petit univers de femmes. Elle avait rejeté la soumission, en disant non au mâle, non à celui qui octroie ou refuse.

Pour la première fois, elle ouvrait son cœur à un homme qui n'était ni son père ni son confesseur. Et il semblait l'écouter, l'accepter, l'aimer... Celui-là même qui l'avait agressée deux années auparavant. Il lui fallait se réconcilier avec l'autre sexe, retrouver un chemin vers lui, vers l'ami... l'amant peut-être, mais elle n'osait proférer ce mot en son for intérieur.

« Enfin, je crois enfin que le Seigneur nous a créés pour l'amour et pour l'échange. »

Comme ils n'avaient pas ce goût pour le paraître qui

était en vogue, ils allaient droit à l'âme, et pouvaient sonder leur conscience.

Elle lui conta sa vie passée, en taisant toutefois l'épisode cruel de la Male Mort. Il est des secrets qui font mal, qui sont pesants, mais que l'on garde en soi. Elle porterait celui-là dans ses entrailles, comme on porte sa croix.

Elle parla des dentellières qui la sauvèrent du couvent où sa famille voulait l'entraîner à nouveau :

— Mes petites filles me redonnèrent le goût de vivre.

Elle risqua quelques questions sur la vie austère et rigide de cet homme envers lequel la curiosité s'était rapidement transformée en amour.

Et Grégoire de la rassurer sur sa foi catholique :

— J'essaye de me rendre digne de la grâce divine, malgré les maladies de mon âme. Je remercie Dieu de m'avoir démasqué mes infirmités.

Renelde ne comprenait pas les allusions de Grégoire.

Elle était confiante. Ils avaient tout le temps devant eux pour mieux se connaître. Elle l'interrogea pourtant :

— Est-il indispensable, pour obtenir la grâce comme vous dites, de vivre en reclus, et dans l'ignorance, ou le mépris, du monde qui vous entoure ?

— Le monde est rempli de dangereuses tentations, répondit-il, énigmatique.

— Vous ne vivez pas totalement dans la pauvreté, n'est-ce pas ?

— Le dénuement n'est pas nécessaire, madame. Le danger n'est pas la richesse. Il se situe dans la manière de vivre avec faste et vanité.

Pour cela, elle partagea son avis.

Il ne fit pas allusion aux dons qu'il transmettait aux pauvres.

Il ajouta :

— Jusqu'à ce jour, je croyais ma solitude inéluctable.

— Et maintenant ? demanda Renelde avec l'imprudence des amoureux.

— Maintenant...

Il s'interrompit pour lui signifier de son regard fiévreux ce que sa bouche se retenait d'exprimer.

Elle en ressentit toute l'intensité.

— Permettez-moi de vous appeler Renelde.

Il avait prononcé son nom avec une douceur telle qu'une fois encore elle fut émue aux larmes.

Le doute emplissait de plus en plus l'esprit de Meï.

Depuis quelques jours, Louise s'attardait volontiers en la compagnie de Marie-Jeanne.

Dans la soirée de ce mardi, la vieille femme entendit chuchoter dans la pénombre du couloir.

C'était la voix doucereuse de l'étrangère. Aucune lumière de chandelle n'éclairait son visage. Louise avait emmené Marie-Jeanne dans le coin le plus sombre, situé à l'arrière de l'escalier. Elle se croyait à l'abri de toute curiosité, mais une vieille Flamande obstinée guettait, dans l'obscurité elle aussi, le moindre faux pas.

— La manufacture royale se réserve les meilleurs clients, les meilleurs dessins. Tu ne le regretteras pas : une place enviable, et plus tard, un notable pécule pour ton mariage. La manufacture y gagnera un bon élément, toi de l'avancement, et...

— Qu'est-ce que cela signifie? intervint Meï d'une voix coupante. Pourquoi cette enfant quitterait-elle Lille vers une région inconnue et peut-être dangereuse? Que voulez-vous donc, Louise?

— Moi... Mais... rien, madame Maes. J'informais juste Marie-Jeanne des avantages à travailler au sein d'une manufacture royale agréée par le roi. Ce n'est pas une moindre affaire, ce me semble!

— Effectivement, ce n'est pas une moindre affaire que de s'exiler à l'âge de Marie-Jeanne. Elle décidera elle-même de son avenir quand l'heure sera venue. Ne vous en mêlez plus, Louise.

Ainsi, la sournoise étrangère recrutait. Elle cherchait

à entraîner les dentellières vers l'une de ces immenses fabriques à dentelle. La marraine avisa aussitôt sa filleule des intrigues de Louise. Renelde rejeta une fois encore le danger. La dentellière venait d'une manufacture, il lui semblait normal qu'elle en vantât les bienfaits. Depuis deux ans, Louise s'était évertuée à se rapprocher de Renelde. Le cœur chaleureux de la Flamande était gagné, et leurs rapports avaient évolué favorablement vers une amicale cohabitation.

Meï n'insista pas.

Sa filleule rayonnait d'un bonheur nouveau, et venait de vivre sa première belle journée depuis le décès d'Ana.

« L'amour rend aveugle, pensa-t-elle, mais elle semble si heureuse, enfin ! » Et Meï s'endormit en se promettant de rester attentive aux faits et gestes de l'étrangère.

Grégoire et Renelde se retrouvèrent le lendemain, et ce mercredi-là, leur attirance se doubla de connivence.

On les vit sur le banc du jardinet arrière de la maison.

Là, Renelde revint à la charge sur sa façon de vivre :

— Que d'interdits, Grégoire, pour vous préserver du mal !

— Les amusements sont pure vanité, car, s'ils cachent la misère du monde, ils ne la guérissent pas.

Cette réponse rigoriste lui rappela leur querelle d'antan.

« Non, ce n'est pas possible qu'il croie cela. La vie serait un enfer, s'il n'y avait l'art et le théâtre. Il a peut-être raison, mais c'est trop triste. Ce n'est pas lui qui parle ainsi... »

Elle cita alors les chambres de rhétorique, sans deviner qu'elle l'atteignait à un point vulnérable. Puis elle justifia ses divertissements passés :

— Mon confesseur ne me blâme pas pour mes goûts. Les jésuites eux-mêmes organisent des représentations théâtrales. Ils reconnaissent que ce n'est pas un péché.

— Les comédiens sont excommuniés. Quant aux jésuites, ils agissent là où ils vous savent faibles et vulnérables.

— Pourquoi ?

— Pour être les maîtres de votre âme.

Elle refusa de le prendre au sérieux :

— Mais c'est démoniaque, ce que vous prétendez ! s'exclama-t-elle, en riant.

— Oui, le Diable n'est pas toujours où l'on croit.

Il leur restait encore du chemin à parcourir pour mieux se comprendre et accepter leurs différences. Elle l'attaqua sur son terrain :

— M. Racine, ami de Port-Royal et des jansénistes, écrit pour le théâtre, n'est-ce pas ?

Grégoire fut déconcerté d'être ainsi dévoilé. Il la jugea très bien renseignée, sans doute par ce confesseur qu'elle côtoyait.

Il répondit :

— Le théâtre a fait tomber Racine dans l'erreur. Il s'y perd en larmoiements et sensibleries.

Il s'arrêta, car en allant plus avant, il risquait de peiner la belle Flamande qu'il adorait.

— Je ne vous crois pas si dur. J'imagine que vous avez des raisons sérieuses d'être déçu... (Il songea à Iolande, et ne lui répondit rien.) ... Mais un jour, vous retrouverez la vie sans renier votre âme, cela j'en suis certaine.

— Je vous envie d'être si confiante.

— Je suis née coiffée ! dit-elle avec une pointe de coquetterie. (Elle ajouta :) Je veux vivre avec les miens. Je déplore toutefois qu'il y ait tant de choses à changer. Ah ! si nous en avions le pouvoir !

Là, elle le surprit. Ainsi, tous deux se rejoignaient dans l'insatisfaction. Rebelles à leur manière. Avec l'envie de participer à l'évolution du monde.

Elle ne l'entendit pas quand il lança certaines phrases savantes du type :

— J'ai mon alchimie intérieure à faire...

Elle le pressentait au comble de la fierté et de l'humilité. Un curieux mélange!

Tous deux se posaient des questions sur ce que l'autre pensait.

Il se rappela certaine réunion des échevins, en certain village.

— Dans ma campagne, j'étais jeune alors, il m'était égal d'être espagnol ou françois. Nous étions flamands, c'est tout. Aujourd'hui, je suis outré par ce roi de carnaval qui se prend pour Dieu, pour le soleil, et le centre de l'univers, qui a transformé notre Flandre en un vaste bourbier dans lequel le peuple s'enlise... Ce roi qui nous amène peu à peu à lui par des festivités et du luxe, et nous ensorcelle. Voyez-vous, Renelde, je suis indigné qu'un monarque veuille diriger nos âmes. Qu'il s'occupe de nos vies et de nos biens est assez!

— Comme vous, Grégoire, j'exècre Louis XIV. Je crains le pire pour nos corporations et nos coutumes. Et, malgré tout, je ne peux m'empêcher d'admirer le faste royal françois, le théâtre classique et les travaux accomplis dans notre cité... Je me sens remplie de contradictions!... Dieu que notre époque est compliquée!...

Tous deux se voulaient libres d'aimer les traditions ou les nouveautés. Pour des raisons différentes, ils aspiraient à la même chose : la liberté. Il lui parla de ces ouvrages introuvables et interdits par la censure, et qu'il fallait préserver :

— Je passe le plus clair de mon temps à les recopier sous le manteau, afin que les hommes n'en perdent pas la mémoire.

— Au fond, vous résistez, comme Marieke!

— Mon combat n'est pas dans les mots, il est dans les livres.

— Mais, dans les livres, il y a les mots...

Il la jugea bien fine, et s'en réjouit.

Elle eût aimé voir son travail. Mais il venait de baisser le voile sur son commerce clandestin. C'était beaucoup. Flattée du témoignage de confiance, elle n'insista pas.

— Avez-vous eu des nouvelles de votre père ? se risqua-t-il à demander, sans doute pour la sonder.

— Tis'je, mon ami le colporteur, m'a appris qu'il est mort au Plat Pays, et qu'il y est enterré. J'espère aller un jour au village de Tis'je, m'y recueillir. C'est le mien maintenant. Il y enferme un peu de moi-même.

L'homme qui avait fermé les yeux du brasseur se tenait devant elle. Troublé, Grégoire fut tenté de lui avouer ses origines, de lui divulguer son secret. Il se tut.

Mais il lui avait fourni une occasion de le questionner sur sa vie à la campagne, dont il n'avait rien dit. Ils s'étaient contentés de confronter leurs points de vue sur le présent, ce qui n'était déjà pas si mal ! Elle osa :

— Votre femme est-elle morte là-bas ?

Il détourna les yeux et les plongea dans l'eau de la Deûle qui coulait, paisible, en cette fin d'après-midi.

Il est des regards qui vous parlent au cœur. Renelde eut la confirmation de ses doutes : il y avait bien une fêlure, un drame caché. Elle le fixa longuement, afin d'extirper le mystère entourant ce grand homme massif et puissant de quarante-trois ans.

Renelde venait de rencontrer celui qui, comme elle, était en quête d'un savoir. Leurs chemins avaient couru en sens inverse. Cependant, ils étaient deux êtres doués d'une étonnante volonté à se soustraire à toute emprise ; deux êtres perdus qui cherchaient à vivre en accord avec eux-mêmes. Elle était sortie d'une torpeur naïve. La fatalité liée à l'ignorance avait laissé place à l'inquiétude, liée à la connaissance. Mais elle se sentait maîtresse de son destin. Elle était prête à tout oser, à ne plus se fondre dans le moule commun. Ils étaient seuls au monde.

Ils en auraient presque perdu la notion du mal, s'il n'y avait eu réticence encore à se découvrir tout à fait l'âme et le corps.

Ils ne s'aperçurent pas qu'autour d'eux l'on parlait aussi, de façon diverse.

Race universelle, les commères étaient aux aguets, et suivaient avec délice les allées et venues de l'étrange M. Grégoire. Jamais on ne l'avait tant vu. Jamais elles n'avaient pu le détailler de cette manière. Sans aucun doute, il était à compter parmi les prétendants de la charmante veuve.

Le père Van Elst, qui ne laissait pas deux jours s'écouler sans rendre visite à Renelde, la surprit en grande conversation avec le voisin de réputation douteuse. Pour la première fois depuis qu'il fréquentait le foyer de la dentellière, Philippe se sentit exclu et malheureux. Il se rabattit sur la petite Marguerite, qu'il savait être la plus bavarde et la plus influençable... ne la confessait-il pas régulièrement ?

— Que cherche cet homme en la demeure ?... Quels sont ces mystères ?...

Il la harcela de mille questions que la jeune apprentie était bien en peine de satisfaire. Il y avait un changement à la maison, mais tout s'était produit si vite ! Alors, dominé par la jalousie plus que par des sentiments pieux, Philippe fit ce qu'il ne s'était jamais permis dans ce foyer ami : une menace. Il lui intima l'ordre de répondre sous peine de tomber en enfer.

Marguerite n'avait pas encore été confrontée à la délation. Elle le regarda, ahurie par tant de véhémence, et se sauva sans un mot, comme s'il eût été lui-même un suppôt du Diable.

La brune et fière Louise observait, elle aussi, le manège amoureux. Se méfiait-elle de M. Grégoire, ou enviait-elle son employeuse et ses soupirants ?

Elle tenta d'entraîner Renelde chez des amis français possédant un très bel hôtel particulier dans la rue Royale :

— Ils organisent une soirée pour leur installation à Lille, en fin de semaine, dans la nuit de vendredi à samedi. On l'annonce très brillante!

Renelde ne l'écouta que d'une oreille distraite et refusa poliment l'invitation. Meï crut avoir mal entendu : ces Français faisaient donc fi des devoirs chrétiens? Elle ne put s'empêcher de s'écrier :

— Une fête un Vendredi saint! Qui sont ces gens qui osent se conduire de façon si... débauchée? Un Vendredi saint! Ce n'est pas possible!

— Il s'agit d'une simple veillée rassemblant de bons amis catholiques, expliqua Louise, très calme. Les divertissements proprement dits, comme la collation et le concert, ne débuteront qu'après les douze coups de minuit.

— Tout de même... On détourne facilement les lois de Dieu de nos jours!... Quelle honte! s'exclama Meï, hors d'elle, mue par une force vocale extraordinaire qui fit s'enfuir l'étrangère.

23

Et les cloches s'en allèrent vers Rome, laissant place au son strident des crécelles.

De jeunes enfants de chœur envahirent mystérieusement chaque parcelle de la cité, et sonnèrent les offices, actionnant de toutes leurs forces, avec une espiègle joie, l'infernal petit jouet de bois, instrument des Ténèbres.

Au signal péremptoire, comme tout bon chrétien de Lille, Marieke passa cape chaude et coiffe de dentelle. Elle s'apprêtait à quitter sa demeure pour celle du Seigneur lorsqu'elle croisa son maître, revêtu lui aussi — fait rarissime — d'une tenue de sortie très confortable.

— Ah ! enfin ! Vous vous joignez à nous pour la messe, not' maître ! s'exclama-t-elle, se méprenant sur ses intentions.

Depuis la veille, elle jubilait. Les rencontres avec la jolie veuve produisaient d'heureux effets sur le misanthrope.

— Non, Marieke. Il y a un travail urgent à fournir. Les temps sont à la méfiance. Il n'y a pas eu de livraison, tu le sais, depuis quatre nuits. Je serai de retour pour le couvre-feu.

— Il y a certainement une raison sérieuse à l'absence

de la messagère. Vous prenez trop de risques, not' maître! grommela la femme du peuple à l'esprit sensé. (Il ne répondit rien. Alors, elle murmura :) Je viens de la cave. Son état s'est empiré. Qu'est-ce qu'il faut faire?

— Prier, Marieke, prier. J'ai veillé cette nuit. C'est presque la fin, j'en ai peur... Je compte sur toi, ma bonne Marieke.

— Bien sûr! Mais vous devriez venir pour vos Pâques. (Elle pensa : « Avec Mme Renelde et moi-même. ») Cela rabaisserait le caquet des mauvaises langues qui vous disent mauvais chrétien. Sait-on jamais jusqu'où cela peut conduire! Marie-Jésus, mon Dieu!

Elle se signa.

— Je ne mérite pas l'absolution, Marieke.

Un épais paquet solidement enveloppé dans un linge et glissé sous sa cape noire, il sortit, sans se retourner sur la brave servante, déçue, et inquiète pour son « grand garçon ».

C'est ainsi qu'elle appelait secrètement son maître.

Dans l'église bondée, un prédicateur fit d'entrée un sermon des plus remuants. Du haut de sa chaire, il jeta son manteau sur la foule impressionnée, avec des gestes larges et théâtraux. Et, pour dénoncer la nouvelle mode parisienne, copiée dans les provinces, il s'écria, grandiloquent, à l'adresse des bourgeoises :

— Couvrez vos gorges, et prenez garde qu'étant toutes nues, il ne vous vienne quelque cancer comme à feu la reine mère Anne d'Autriche!

L'allusion était osée, mais l'effet désiré atteignit son objectif. Les chrétiennes baissèrent la tête. Les maris affichèrent un sourire entendu et échangèrent des regards victorieux.

Troublée, Renelde serra son mouchoir de col sur sa poitrine.

La messe fut longue en ce Jeudi saint. On y célébra la

Cène, et l'on se souvint des trahisons de Judas et de Pierre. Pendant la lecture de l'Évangile, on éteignit un à un les cierges, en signe de deuil. Jusqu'à dimanche, les lumières et les cloches seraient absentes. L'office achevé, les dentellières suivirent leur maîtresse et Marieke, à pied comme d'habitude, affrontant embarras, odeurs et boue. Quelques ruelles séparaient l'église de leur foyer.

Renelde croyait rêver, en se remémorant les deux dernières journées passées en compagnie de Grégoire.

Curieuse d'en découvrir davantage sur l'identité et la vie de son voisin encore mystérieux, elle profita de la présence de Marieke à ses côtés pour la questionner. Au travers des réponses gênées et ténues, elle devina le départ précipité de son nouvel ami vers une mission clandestine. Elle n'apprit rien de plus, car la servante se devait d'être discrète. Marieke estimait grandement Renelde et se réjouissait de la bonne tournure des événements. Mais elle craignait de trahir un secret. Elle ignorait jusqu'où les confidences de son maître étaient allées ces dernières heures.

Renelde se doutait qu'il était question des livres interdits, et son imagination vagabonda. Elle eut la vision d'un homme affrontant le danger pour sauver des trésors de pensée.

Et elle eut raison.

Quelque part en effet, vers une des frontières proches de la ville, à la lisière d'un bouquet de hêtres, Grégoire descendait de sa monture et remettait ses manuscrits à un homme chargé d'assurer le relais avec la Hollande.

En dépit de leur vigilance, des archers parurent au loin, qui chevauchaient dans leur direction. Grégoire n'eut que le temps de frapper son cheval, qui partit en galopant, servant d'appât aux poursuivants. Il se mit à fuir à travers champs et broussailles, ralenti dans sa course aveugle par la *clyte*, gluante et traîtresse. Soudain, son pied se coinça dans une racine. Il perdit l'équilibre, et sa tête heurta lourdement le sol encombré de branches d'arbres.

« Je lui ai caché l'essentiel de ma vie, pensa-t-il, tandis que son esprit s'enfonçait dans les souvenirs. ... Mes relations avec Iolande... La cave... La cave... »

Lorsqu'il reprit connaissance, la lune dispensait poliment sa lumière, les ombres envahissaient le fourré dans lequel il était tombé. Il se redressa sans mal, marcha à grandes enjambées vers les portes de la ville.

Il rentra bien tard dedans les murs de la cité endormie.

Il avait échappé de justesse aux archers du roi. Il trompa les sentinelles à l'entrée de la citadelle.

De retour chez lui, sale, épuisé, les bras reposant sur la longue table de la cuisine, il se laissa enlever les bottes par une Marieke qui maîtrisait mal son courroux.

Finalement elle le gronda, comme elle eût fait à un enfant ayant frôlé un mortel danger. Elle ignorait les aventures de Grégoire, mais elle avait pressenti le péril.

— L'exercice vous a rendu le corps bien faible ! Vous grelottez ! Si c'est pas une honte, ça ! Je vais vous chauffer un bon bouillon de poule. Et ne dites rien. Vous le boirez, pour une fois !

Exténué par sa course forcée, incapable de protester, il s'abandonnait avec délectation, tandis que ses pensées voguaient vers sa belle voisine.

— Je n'ai pas envie de vous voir partir de suite, là-haut... Dieu me pardonne ! ajouta-t-elle en se signant d'un geste machinal.

Là-haut, le ciel bleu de nuit était superbe, constellé de millions d'étoiles. L'air doux et serein avait attiré Meï sur le petit banc du jardin.

Assise très droite, immobile comme une statue de pierre, elle méditait sur l'avenir du monde et sur le sien.

Sa filleule ne fut pas longue à la rejoindre.

Elle lui amenait son grand châle. Elle le posa affectueusement sur les épaules à peine voûtées de ce vieux corps à l'âme enfantine.

— La lune est rousse ce soir. Elle risque de nous amener de nouvelles gelées... « En avril, ne te découvre pas d'un fil », n'est-ce pas, Marraine ? (Et elle murmura, s'asseyant à ses côtés :) Prends soin de toi ! J'ai besoin de ta présence, de ton réconfort.

Meï saisit dans sa longue main fraîche et fripée la main fiévreuse de sa filleule désemparée.

Toutes deux scrutèrent les plaines célestes un bon moment. Puis, Renelde ouvrit son cœur aux étoiles et à sa vieille marraine.

— Je ne sais si cela s'appelle l'amour... Mais notre voisin me... trouble beaucoup. Il exerce sur moi un charme tenace.

— Plus que ça : il t'obsède ! Et ce n'est pas d'aujourd'hui, ma chérie.

Renelde frissonna.

— Tu as raison, Meï. Mais cet ascendant n'est peut-être qu'un sentiment passager. (Elle pensa : « Une fièvre des sens, comme pour l'officier... ») Mais non ! poursuivit-elle tout haut, sans même s'en rendre compte. Ça dépasse les sens, ça concerne mon être entier. Et il y a autre chose, Marraine...

— Quoi donc, Renelde ?

— J'avoue qu'il m'inquiète. Nous avons tant conversé déjà, et pourtant, je sens qu'il doit parler encore. Il est retenu par je ne sais quelle force. Oui, il y a un mystère à éclaircir, un secret à découvrir. Marraine, il y a une âme à sauver. Je ne saurais dire pourquoi.

— Demain est Vendredi saint, le jour des Affligés. Je prierai pour lui, ma fille.

— Pour moi aussi, il faut prier, Marraine, dit

Renelde. (Elle ajouta, d'une voix à peine perceptible :) J'ai peur, et je ne sais d'où vient ce pressentiment.

Les deux mains s'accrochèrent l'une à l'autre avec force. Tout l'amour du monde s'écoula de leurs corps.

Et l'on ferma les yeux sur cette première journée sans l'homme devenu, si vite, indispensable.

Elle l'avait trop approché... Son absence était frustration.

A peine trempait-elle ses lèvres au calice de l'amour qu'on lui en retirait le breuvage, la laissant désemparée et fragile; en attente, assoiffée.

24

Une procession, en l'honneur de la sainte patronne Notre-Dame de la Treille, quitta la belle collégiale Saint-Pierre.

Les fenêtres s'ouvrirent et les citadins s'éveillèrent au Vendredi saint. La journée serait d'importance.

Dans une chambre de la cité flamande, un homme était en proie à un implacable mal de tête. Torturé par la douleur et les souvenirs, Grégoire avait laissé place à Corneille. Il ne pouvait plus échapper au passé.

Il entendit les psaumes et litanies s'élevant de la rue.

Il se jeta à terre et pria, les bras en croix.

Au travers des petits carreaux, on distingua une ombre. Surélevée, portée par les pèlerins, la Madone dépassa lentement les maisons de Grégoire et de Renelde.

Dès l'aube, Renelde parcourut avec célérité le chemin la conduisant à l'église des jésuites. Elle y trouva son ami en prières.

Fervente catholique, Renelde n'était guère en manque d'absolution. En cette période de carême, elle avait recherché, la veille, les péchés connus, et reçu, du curé de sa paroisse, le sacrement de pénitence. Ce matin, elle venait demander conseil et bénédiction à son directeur de conscience.

Devinant à ses yeux brillants l'importance de ce qu'elle allait lui confier, il la dirigea vers le confessionnal, plus solennel, plus discret aussi.

Elle fit le signe de croix.

— Bénissez-moi, mon père, parce que j'ai péché...

Elle recula le moment de se libérer de son inquiétude, et, d'une façon automatique, énuméra quelques actes réputés véniels : prières négligées, médisance, paroles un peu vives...

— N'y a-t-il rien d'autre, ma fille, dont vous désiriez décharger votre conscience?

— Si, mon père...

— Je vous écoute.

— Je... eh bien... voilà : je souhaiterais aider mon voisin à retrouver la paix, mais...

— Votre voisin? demanda Philippe, irrité.

Il savait parfaitement de quel homme il s'agissait.

— M. Grégoire.

Il avala sa salive.

— De quelle paix me parlez-vous?

— La paix de l'âme.

— Que vous a-t-il confié? Il a commis des crimes, n'est-ce pas?

D'une voix presque enfantine, elle protesta :

— Oh ! non, mon père! Mais, il... enfin, je le sens tourmenté, et malheureux...

Au-delà des mots exprimés maladroitement, le prêtre flaira le trouble. La voix tremblante de Renelde trahissait son émotion. Il la perçut d'autant mieux que lui-même était follement épris d'elle; et ce depuis le jour où il avait croisé, pour la première fois, un regard bleu perle au chevet d'une mère mourante.

Il avait toujours rejeté ce sentiment interdit, mais celui-ci revenait avec une intensité de plus en plus grande, comme une vague déferlant sur son cœur malmené.

Il lui fit donc la morale, avec forte conviction, car il éprouvait une jalousie envahissante :

— Méfiez-vous de ne pas faillir, lui dit-il.

— Mais il n'en est pas question ! rétorqua Renelde, offusquée par l'allusion directe de son confesseur.

— Je vois vos sentiments.

Dévoilée à elle-même, Renelde se tut. Il insista :

— Votre imagination, vos rêves, vos pensées sont coupables. Cela est déjà un péché, un grave péché. Il va falloir vous purifier par des prières.

Il savait bien de quoi il parlait. Il était atteint d'un mal similaire et se débattait jour et nuit entre Dieu et Diable. Sans démordre de son propos, il ajouta, d'une voix basse, comme il convenait au lieu, à l'heure, et à la gravité de la situation :

— Certes, nous comprenons la tentation. Elle est humaine.

Il ralentit son élocution afin que chaque syllabe détachée frappât l'esprit de la Lilloise.

Il la regardait passionnément, profitant inconsciemment de ce qu'elle avait les paupières baissées.

Brusquement, il se rendit compte qu'il abusait d'une innocence, qu'il était submergé par une envie folle de ce corps de femme, lui, un jésuite, en pleine confession, et un Vendredi saint !

Il s'étrangla de honte. Il s'arrêta quelques instants, pour reprendre le contrôle de ses sens.

Elle se méprit, et crut son ami ulcéré de sa conduite.

En homme de devoir cette fois, il l'exhorta à la prudence :

— N'oubliez pas que votre réputation et votre honneur de veuve réclament la chasteté. Le veuf Grégoire manque à la pratique. L'Église et le roi se méfient de ces mauvais catholiques qui font fi du pouvoir royal. La rumeur court. Faites attention à vous, Renelde.

— Justement, je peux l'aider à retrouver le chemin du Seigneur, si toutefois il l'a perdu.

— On le surveille. On le soupçonne de commerce de livres avec la Hollande. (Il appuya sur les mots :) De livres « interdits »! Vous devez éviter de le rencontrer dorénavant. (En proie à une forte crispation, il ajouta :) C'est trop dangereux pour vous.

Mais le prêtre ne lui apprenait rien qu'elle ne sache. En dépit des insinuations de Philippe, elle refusait de rompre tout contact avec Grégoire :

— Je veux lui apporter mon soutien. Il a besoin de secours; et moi de votre bénédiction.

— Le connaissez-vous vraiment, madame?

Le « madame » lui fit mal. Elle ne répondit pas. Il insista :

— Que savez-vous de cet homme?

— J'ai confiance en lui, affirma-t-elle, le visage levé vers son confesseur.

Un long silence s'ensuivit.

Alors, afin de la rallier à de sages sentiments, et de pouvoir lui accorder, au nom de Dieu, le pardon de ses fautes, il se décida à lui révéler le pire :

— Ce « M. Grégoire » a un passé inavouable. C'est pour cela qu'il ne vous a sans doute jamais dit qu'il venait d'un village de Flandre situé dans le Houtland, les terres qui s'étirent vers la mer.

— Mais si, je sais qu'il vient du Plat Pays. Cela n'est guère étrange.

Sa voix s'étranglait entre le rire et l'inquiétude.

— Il y fut mêlé à une sordide histoire de... sorcellerie.

Renelde se leva brutalement. Ses yeux lançaient des flammes. Sa voix résonna dans l'église, rompant la règle du silence :

— Comment osez-vous insinuer de telles horreurs! Vous, mon ami!

— Calmez-vous, et restez assise, lui ordonna-t-il d'une voix péremptoire. Je n'ai pas fini.

Des visages intrigués s'étaient tournés vers eux.

Renelde s'exécuta, confuse d'avoir piqué la curiosité des chrétiens en prière.

Sévère, Philippe ajouta :

— Écoutez-moi jusqu'au bout. Et vous jugerez ensuite de la conduite à adopter, si vous ne voulez pas rejoindre les filles du Raspuk, ou être déportée... Je ne parle pas par ouï-dire. Je tiens mes propos d'un colporteur de là-bas. Il vient une ou deux fois l'an à Lille je crois, et vous le fréquentez plus que moi. Il était à l'enterrement de votre jeune dentellière. Il semblait connaître votre M. Grégoire. Alors, je l'ai interrogé. Ensuite...

Elle l'interrompit, très pâle :

— Ensuite, vous avez poursuivi votre enquête.

« Mais oui, je le revois, Tis'je, lors de cet affreux jour. Il essaye de parler à Grégoire... Mais il l'appelle par un autre nom. Et Grégoire le repousse. Il lui dit qu'il se méprend. Quel était ce nom ? Quel était-il ?... Je n'y ai pas prêté attention... »

Un froid cuisant la pénétra.

Elle essaya de se persuader que Tis'je s'était trompé sur la personne. Le prêtre voulait la maintenir à l'intérieur des normes de la société.

Il avait réussi à l'ébranler.

« Voulez-vous être déportée... Fille du Raspuk... »

Dans une sorte d'hallucination, elle se vit sur la houre, humiliée, battue de verges, une pancarte au cou, expliquant son péché à la foule qui reconnaissait en la criminelle la fille de Pierre Van Eyck. Le châtiment lui était infligé car elle s'était donnée au Diable !

Grégoire était-il donc...
Elle ne se vit pas quitter l'église.

Dans un brouillard, elle croisa une procession de la confrérie des Pénitents, qui déambulait avec lenteur et tristesse à travers la cité. Courbé sous le fouet et le poids d'une lourde croix, une couronne d'épines sur la tête, un homme représentait le Christ montant au Golgotha pour la crucifixion.

Elle-même marchait avec l'impression d'être dénoncée, transpercée, livrée comme une femme qu'on va lapider.

Elle reprit conscience devant le *Pont-aux-Cygnes*, l'enseigne de l'estaminet situé à l'entrée de sa rue.

« Quelle chimère! Je n'ai pas cédé à la tentation... Allons, Renelde!... Est-il vraiment un suppôt de Satan? »

Marieke l'attendait à sa porte, inquiète pour son maître.

— Il est reparti Dieu sait où.

Elle invita sa voisine à venir bavarder un moment dans sa cuisine. Elle avait besoin de compagnie, et Renelde, qui l'aimait bien, accepta.

En fait, cela lui rendait service, car elle se devait de l'interroger, de savoir, coûte que coûte.

Marieke se faisait beaucoup de soucis pour les récentes allées et venues de M. Grégoire.

— On le surveille, lui dit Renelde. Je viens de l'apprendre.

— Mon Dieu! Que va-t-il advenir de lui?

— Aucune idée de sa destination?

— Aucune.

— Alors, on ne peut l'aider pour l'instant. Marieke... connaissez-vous le passé de votre maître, là-bas, au Plat Pays?... On dit qu'il a été... sorcier... ou quelque chose de ce genre?

Marieke la regarda intensément de ses yeux clairs et ne répondit rien.

Ignorait-elle son passé ? Partageait-elle un secret ?

Une idée germa dans l'esprit de Renelde tandis qu'elle faisait mine de s'intéresser à la préparation des harengs dont l'odeur forte emplissait la maison.

— J'ai les yeux très fatigués, ces temps-ci, par l'ouvrage. Je ne sais plus comment les soigner.

— Ce serait dommage de les abîmer, madame Renelde, ils sont si beaux, vos yeux. J'ai un remède pour vous. C'est Barbe Van Houte, la femme du vieil Étienne De Goed, de la paroisse Saint-Sauveur, qui m'en a procuré. Maintenant, j'en cultive au bout du jardin.

Renelde le savait.

Marieke se réjouissait de rendre service :

— Je vous en fais une décoction qu'il faudra appliquer à l'aide d'un linge sur les paupières. Écoutez, je la prépare et je viens vous la porter chez vous, dans un petit moment. Vous verrez, c'est un vrai miracle !

Elle s'empressa d'aller quérir sa médecine.

Renelde ne traversa point la rue.

Elle profita de l'absence de la servante et prit l'imposant escalier menant à l'étage. Sans hésiter elle se dirigea vers la porte qu'elle devinait être celle de la chambre de Grégoire, face à ses fenêtres. Elle entra et s'arrêta. Net. Subjuguée.

Une impressionnante bibliothèque s'étalait sous ses yeux, et contrastait singulièrement avec la pauvreté du mobilier, la simplicité de la couche.

Renelde aimait les écrits pour ce qu'ils contenaient de science et de belles histoires. Dès qu'on lui eut appris la lecture — privilège pour une demoiselle —, elle avait emprunté en cachette les recueils de son frère. La plupart parlaient de religion. Elle n'en avait pas toujours saisi le sens exact. Peu importait. Il s'y passait de grandes choses, dans les livres.

Elle n'en avait encore jamais tant vu à la fois ! Émue

par le nombre de volumes, par le savoir qu'ils représentaient, elle eut une folle envie d'embrasser Grégoire, de le remercier. Elle effleura de ses lèvres un manuscrit relié en maroquin. A voix haute, elle lut des noms inconnus, comme Jansénius, ou Galilée. Certains, tels Descartes ou Pascal, avaient été cités déjà par Nicolas et son ami le père Philippe, en termes peu élogieux.

Elle s'attarda sur les couvertures qui sentaient le bon cuir. Elle les caressait du bout des doigts avec une ineffable sensualité.

Sur un crucifix de buis, un Christ taillé dans l'os retint un instant son attention. Ses bras s'étiraient étrangement vers le haut. Elle examina la table de travail, jonchée de feuillets, de lettres et de signes dont elle ignorait le secret.

Dans le mur, une pierre attira son regard. Rien ne la distinguait des autres, si ce n'en était le contour, à peine mieux dessiné. Une légère entaille permettait à un doigt de s'y glisser.

Le temps n'était plus aux scrupules. Mue par une curiosité et une angoisse grandissantes, mue aussi par son instinct amoureux, elle y plaça l'index. La pierre bougea. Elle la retira.

Une profonde cavité dans l'épaisseur du mur servait de coffre à des papiers et quelques menus objets.

Là se trouvait ce qu'elle cherchait. Elle le savait.

Elle ne pouvait plus reculer. Elle devait poursuivre sa fouille.

Un couteau d'abord. Ancien. Pourquoi ? Depuis une année entière, les armes étaient interdites. Tous les Lillois avaient été enjoints de les déposer à l'hôtel de ville, sous peine de représailles.

Elle saisit un parchemin soigneusement enroulé.

Il portait un sceau inconnu, surmonté du Lion des Flandres.

Elle y déchiffra le mot « Haesebroek ». Le billet venait du collège des augustins. Il s'adressait à un certain Corneille Van Noort, échevin du marquisat de Moerbeke... Le pays de Tis'je!

Corneille Van Noort!

Oui! C'était bien ce nom-là, entendu sous la pluie et les larmes, lors de l'inhumation d'Ana.

Comme en ce jour damné, elle crut défaillir. Comme en ce maudit rêve, quelqu'un la soutint. C'était Marieke.

Renelde ne l'avait pas entendue grimper les marches de l'escalier, mécontente de l'abus de sa chère voisine.

— Madame Renelde, la visite est terminée. Il faut descendre maintenant.

Renelde ne répondit rien. Marieke insista plus gentiment :

— Je n'ai pas le droit de faire monter quiconque... Même vous... Pardonnez.

Dos à la servante, la nuque tendue, elle ne bougeait pas.

Son blond visage était d'une pâleur extrême.

Dans sa main, un linge blanc finement brodé s'ouvrait sur une magnifique mèche de cheveux couleur de blé doré.

— Alors, Renelde, m'accompagnez-vous ce soir? réitéra Louise.

Renelde ne répondit rien. Volubile, Louise poursuivit :

— Vous y verrez des hommes distingués, des habitués des hôtels de la haute société. Les Flamands ne sont pas les seuls à être amateurs de réjouissances. Et les François sont d'une galanterie et d'une finesse dans la conversation... Peut-être y ferez-vous une rencontre... Qui sait?

« Que le monde est mal fait! pensait Renelde. Pourquoi ne suis-je pas éprise d'un homme simple et sans histoires, ou d'un poète, qui me parlerait en vers et me bercerait de stances amoureuses?... »

Une terrible confusion régnait en son esprit.

Les accusations de Philippe ne la lâchaient pas. Il s'y mêlait la découverte de la chevelure blonde. Était-ce la relique d'une femme aimée, morte là-bas, dans la plaine, ou un symbole de... sorcellerie?

A mille lieues de ces préoccupations, Louise s'impatienta :

— Vous ne m'écoutez pas, Renelde. Pardonnez-moi, mais je crois qu'il est dans votre intérêt de sortir, de parler à des notables françois... Pour votre avenir, pour l'atelier... De nouveaux clients, peut-être...

Renelde sortit brutalement de ses rêveries :

— Pourquoi insistez-vous tant, Louise? Laissez-moi seule, je vous prie. Je ne suis pas d'humeur à m'amuser.

A cet instant précis, M. Grégoire entra dans le salon.

Louise se tourna vers Renelde, qui n'avait d'yeux que pour son hôte inattendu. Un léger sourire aux lèvres, elle murmura :

— Je laisse donc la place à votre amant...

Grégoire et Renelde se regardaient.

« Non, il ne sera pas mon amant. Je n'ai aucune envie de me retrouver au ban de la société. Je ne suis ni pestiférée, ni mendiante, ni femme de mauvaise vie. »

Elle avait toujours eu peur d'être mise à l'écart. Souffrant d'être fille pour participer aux jeux des garçons. Souffrant d'être mal mariée. Peur des rumeurs...

Et elle se rebella contre l'amour qui désormais la liait à cet homme.

Lui, il s'était hâté de la rejoindre à son retour de mission. Malgré les événements qui s'étaient produits, la journée du jeudi lui avait paru longue sans elle. Marieke lui avait avoué l'indiscrétion de Renelde, mais, loin d'en être furieux, il s'en trouvait singulièrement soulagé. Il venait vers elle, prêt à lui ouvrir davantage son cœur et ses tristes souvenirs.

Renelde ne lui en donna point l'occasion.

Comme il l'avait fait deux ans auparavant, à son tour, elle se déchaîna. Elle se défendait corps et âme contre un sentiment qu'elle ressentait plus vif que jamais, en dépit de ses effrayantes découvertes.

Elle ne le laissa ni s'exprimer, ni se justifier.

Elle l'accusa de l'avoir trompée, de ne point être le chrétien à la recherche de la vérité et de la grâce qu'il s'était targué d'être — pour lui plaire sans doute —, mais au contraire d'être entaché d'un passé honteux et criminel.

— Jamais, jamais plus je ne vous reverrai !

Aveugle à ses propres paroles, elle redoutait ce qu'elle affirmait. Avec impétuosité, elle le poussa vers la sortie. Dans un rire sinistre, elle s'écria :

— Adieu ! monsieur Corneille Van Noort !... Adieu !

Et pour mieux le fuir, elle alla s'enfermer dans sa chambre, avec l'envie de tuer la terre entière.

Minuit sonnait. Une longue veillée clôturait le Vendredi saint.

Les danses de cour, très prisées à Paris, dévoilaient une maîtrise parfaite du corps. Aucun laisser-aller, l'élégance avant tout, l'élégance à la limite du ridicule.

On allait procéder à une démonstration, au son d'un quatuor de chambre.

Le salon prenait presque tout le rez-de-chaussée de cette nouvelle et vaste demeure du quartier Saint-André. Un grand faste de lumières, de toilettes, de perruques, de laquais et de senteurs fortes était déployé pour la circonstance.

Renelde y fit une entrée très remarquée en compagnie de Louise.

Du temps de Charles, elle n'avait pas été reçue dans le beau monde. Il préférait sortir seul, pour être libre de ses fantaisies... Pour ne point montrer, peut-être, qu'il n'avait ni ami ni introduction dans la vraie noblesse !

La belle Flamande avait troqué ses vêtements de deuil contre une somptueuse robe de soirée. Elle était plus attirante que jamais, n'en déplaise à de rares petites rides auréolant son regard bleuté. Un sourire aux lèvres, elle salua la maîtresse de maison que lui présenta Louise.

C'était l'épouse d'un magistrat français. La famille venait de s'installer à Lille, envoyée bien sûr par le roi, et cette réception était la première qu'ils donnaient en ville.

— Il y en aura beaucoup d'autres ! Cette nuit, il faut être respectueux des devoirs chrétiens, mais je vous le dis, Renelde, il y en aura d'autres, encore plus brillantes ! lui murmura à l'oreille Louise, âpre à l'assurer que les fêtes auxquelles elle prenait part étaient glorieuses.

— Ils se sont implantés ici, définitivement ?

— Oh non ! (Et Louise ajouta, sur un ton confidentiel :) Elle pense bien gagner un jour la Cour du roi, et Versailles, dès l'achèvement du palais !

Renelde saisit l'air rêveur de la jeune femme. Il en disait long sur son propre désir de devenir une privilégiée.

Une éminente partie de l'administration civile et militaire de la ville, des artistes et de la noblesse de région, se côtoyait ici. Flamands et immigrés français semblaient faire bon ménage... En tout cas, ils y faisaient bonne figure.

Dans le salon et les pièces attenantes, on s'exclamait, on riait, on se louait, on se complimentait. On y créait grand bruit.

— Où nous aviez-vous caché cette blondeur des Flandres ? demandèrent plusieurs gentilshommes à la maîtresse des lieux, avec des signes de tête furtifs, mais connaisseurs, en direction de Renelde.

Celle-ci intriguait. Exquise et vulnérable. Prête à tronquer sa force pour un étourdissement passager, et à renoncer au combat qui s'était instauré entre son cœur et sa conscience.

Sous les feuilles jaunies des souvenirs réapparut la trace du bel officier de jadis. Il aurait pu se trouver au milieu de cette assemblée. Mais les années avaient passé. Il devait être loin aujourd'hui. Dommage ! Renelde était encline à oublier Grégoire et les complications dans les bras d'un beau brun galonné. Elle avait tant besoin que son corps exulte enfin !

Louise remarqua sa compagne prête à faillir à sa conduite chaste et prude. Nerveuse à présent qu'elle avait discerné ce penchant chez Renelde, elle l'observait avec un mélange de jalousie et d'amusement. Elle avait envie de la voir sombrer dans les excès, tout en redoutant le plaisir que Renelde y prendrait.

Celle-ci observait le manège identique de Louise, coquette et aguicheuse envers les hommes les mieux « placés » de la soirée.

Une représentation théâtrale était prévue dans la suite du programme.

Initiée par Louise aux manières françoises, Renelde semblait très à l'aise. Elle ne l'était pas. Elle s'aperçut vite que sa place n'était pas avec ces prétendants à la Cour, ces artistes flattant le roi, pourtant absent — « On ne sait jamais à qui l'on parle ! » —, et qui, de ce fait, réussissaient à grimper rapidement dans l'échelle sociale et celle des donations. Elle était indignée pour tous les autres : ceux qui peinent dans l'ombre, sans relations, qui vivent difficilement de leur art... quand toutefois, ils survivent !

Des femmes étaient masquées, comme au théâtre. Deux d'entre elles fumaient. Hors cet excès, Renelde n'y vit point de débauche, comme on le prétendait de la Cour.

Mais ce n'était pas la Cour, et il y avait aussi la proximité de Pâques... Et cela eût été assez pour révolter Meï !

Il y avait dans l'ensemble un bon goût extérieur,

celui-là même qui avait impressionné Renelde au moment de la venue du roi à Lille, après l'annexion.

« Allons ! se dit-elle. On ne va pas me convaincre par ce côté distingué et affecté. Il cache quelque chose. »

Sous leur digne allure et leur désir de paraître au mieux, Renelde sentait, avec sa sensibilité exacerbée, un relâchement certain dans l'esprit, sinon dans les manières, de ces courtisans bien vêtus, parfumés et serviles, avides de compliments et prêts aux courbettes. Et les Flamands présents n'étaient pas en reste.

Le pouvoir a un parfum trop mielleux !

Un malaise montait en elle. Le grand monde la décevait. Renelde n'avait rien à lui envier avec ses soirées musicales.

Elle regrettait de s'être laissé entraîner quand elle aperçut une femme différente des autres, conversant avec des gentilshommes. Celle-ci capta l'attention de Renelde, qui en oublia toutes ses appréhensions et rejoignit Louise près de la table dressée avec maintes gourmandises. Les plaisirs de la bouche semblaient autant réjouir cette dernière que le reste.

— Quelle allure ! Qui est-elle ?

Elle la trouvait sublime.

— C'est l'actrice. Elle est venue de Paris pour réciter une pièce nouvelle, une tragédie, je crois.

— Qui en est l'auteur ?

C'était trop demander à Louise. Elle alla s'en enquérir. La maîtresse de maison s'empressa de lui donner satisfaction.

— C'est d'un M. Racine, revint-elle, porteuse du savoir. Et elle est très connue à Paris. C'est une Précieuse !

Renelde fut très surprise :

— Mais on les dit excessives et maniérées. Regardez son aisance et sa simplicité !

— Elle n'est sous la tutelle de personne. Elle a choisi

sa vie, lui confia Louise, tenant l'information de son hôtesse. (Et elle ajouta, avec une pointe d'ironie.) Vous aussi, Renelde, vous êtes une Précieuse, à votre manière, vous qui vivez librement et avez organisé des réunions d'artistes.

Renelde se retrouva un instant avec Ana. Elle se rappela leurs promenades, leurs bavardages, et, main dans la main, leurs silences, faits de connivence et de bien-être.

« Elle serait âgée de seize années aujourd'hui. Comme elle aurait été heureuse, elle, de m'accompagner dans le monde ! Elle qui aimait tant les changements de Lille... Comme tout cela lui aurait plu... Comme la vie est injuste ! »

Ses pensées glissèrent vers sa filleule.

« Non, Isabelle ne doit pas baisser les bras, et subir son destin. Demain, j'irai rendre visite à Nicolas. Espérons qu'il travaille. C'est Samedi saint. Oh ! je suis certaine qu'il sera à la brasserie. C'est un refuge pour mon frère, quand il en a assez de souffrir la loi de Ludivine. Oui, il devrait y être demain. »

Lorsque la comédienne récita des passages de *Phèdre*, une paix extraordinaire plana sur l'assistance.

Elle ne déclamait pas pompeusement comme on le faisait dans les chambres de rhétorique, devenues, en un instant, désuètes aux yeux de Renelde. Les vers étaient parlés avec naturel, et l'interprète semblait sincère. Son émotion montait, et guidait, seule, son interprétation, tandis qu'elle prononçait :

— « Je m'abhorre encor plus que tu ne me détestes... »

Le regard troublant emprunté à Phèdre avait choisi, parmi les spectateurs, le minois bouleversé de Renelde.

L'artiste laissa échapper une voix ouatée et charnelle.

— « C'est peu de t'avoir fui, cruel, je t'ai chassé.

J'ai voulu te paraître odieuse, inhumaine... »

Des larmes coulaient sur les joues de la tragédienne. Elles passèrent comme par miracle sur les visages émus de l'assemblée.

— « Pour mieux te résister, j'ai recherché ta haine... »

La gorge serrée, Renelde comprit. Par-delà les réalités terrestres, le message lui était adressé. Peu importait le passé de Grégoire. Elle l'aimait. Et comme Phèdre, elle regrettait. Comme Phèdre, elle avait été prête à abandonner, par lâcheté.

Un regard échangé avec l'artiste lui dit son mystérieux soutien. Alors, en dépit de toute civilité, faisant fi des critiques, elle quitta Louise, stupéfaite. Elle se précipita au-dehors du bel hôtel particulier.

— C'est bien l'attitude rustre des Flamands, jugerait-on plus tard.

Elle ne vit pas l'attelage qui lui était proposé. Elle courait vers Grégoire. Elle courait dans les rues sombres. Le rayon de lune abreuvait son âme altérée.

Dans sa tête résonnait encore la voix de l'actrice alliée, se faisant l'écho de ses propres sentiments, en récitant *Phèdre* :

— « Il me semble déjà que ces murs, que ces voûtes
Vont prendre la parole... »

« Non, il n'est pas mauvais. Il n'est pas le Diable. Il a besoin de moi, et j'allais le rejeter ! »

Tard dans la nuit sonnèrent les matines.

Elle frappa à la grosse porte de chêne de son voisin.

Peu importait si elle réveillait quelque commère au sommeil suffisamment léger pour ne point manquer les rumeurs.

Personne ne répondit. Elle frappa encore, et encore.

Marieke parut.

— Il me faut voir M. Grégoire, de suite !

— C'est la nuit, madame Renelde. Mon maître est endormi. Rentrez chez vous.

La servante semblait effrayée. Que se passait-il ?

Renelde la bouscula, elle et les conventions et la bonne entente. Elle monta. Personne.

Elle redescendit quatre à quatre les marches, affolée.

— Où est-il, Marieke ? Où est-il ?

La servante avait jeté un coup d'œil involontaire vers la cave.

— Il est en bas... C'est cela, Marieke ?

— N'y allez pas, madame Renelde, ce que vous y découvririez, c'est le Diable tout ça, le Diable...

Renelde était dans le couloir.

Le cœur battait trop vite. Les jambes flageolaient. Elle avait peur. Elle ouvrit la porte.

Dans l'obscurité de la pièce voûtée, à peine éclairée par une unique chandelle, elle ne distingua d'abord que des formes. Une odeur de maladie lui piqua les narines et la gorge. Alors ses yeux aperçurent Grégoire.

Dos à Renelde, les genoux à terre, il tenait quelque chose ou plutôt quelqu'un dans les bras. Un corps menu et recroquevillé se tortillait de douleur. Il émit un soubresaut. Grégoire se retourna :

— C'est fini, Marieke !

Mais ce fut le regard atterré de Renelde qu'il croisa... Renelde éprouvée, fatiguée, perdue, qui n'avait vu que le visage décomposé de Grégoire, ainsi qu'une longue chevelure couleur de blé doré... Renelde qui se sauvait, loin de cette terrifiante découverte...

25

Elle ne dormait point. De sa fenêtre, encore tout habillée, elle épiait sans répit la rue déserte et la maison d'en face.

Seule une ondée perturbait la quiétude apparente du monde ensommeillé. Aucune turbulence. Rien ne semblait vouloir distinguer la demeure de Grégoire de celle des autres... Et pourtant!... Renelde ne pensait qu'à la cave aux murs épais, et au secret qu'elle enfermait...

« Depuis combien de temps?... A qui appartiennent ces longs cheveux dorés?... Sa femme, sûrement!... Il n'est donc pas veuf! ... Pourquoi la cache-t-il dans la cave?... L'y a-t-il cloîtrée?... Au contraire, l'a-t-il protégée et soignée?... »

De nombreuses interrogations affluaient à son esprit et restaient sans réponse.

« Pourquoi me suis-je sauvée?... Je n'ose affronter la vérité?... Pourquoi ai-je fui comme s'il y avait peste en la demeure?... » En remontant fiévreusement les marches, elle avait aperçu Marieke à genoux sur le sol glacé, les mains croisées. Elle implorait le pardon et la miséricorde du Seigneur.

« Pour qui?... Pour la malheureuse, ou pour Grégoire?... »

Renelde désirait le rejoindre, savoir, comprendre enfin, pardonner et... aimer. Mais, paralysée par ses appréhensions, elle se sentait incapable de traverser la rue. Il lui fallait avant tout reprendre ses esprits, réfléchir.

Affectionnait-elle un monstre?

« Je l'aurais senti quelque part en mon sein. Non, c'est impossible! Il ne pouvait faire mal à cette femme, dans la cave. D'ailleurs, ne la tenait-il pas dans les bras?... Oui! bien sûr! Il la chérit encore! Mais, moi, alors?... Que suis-je à ses yeux? »

Cinq heures sonnèrent au carillon de l'église.

L'averse redoubla.

Il était encore trop tôt en saison pour que le jour pointât son nez entre les pignons à pas de moineaux de la rue. Les chandelles finissaient de se consumer dans les lanternes.

Soudain, une ombre s'allongea. On venait, à grandes enjambées. Un des premiers artisans sans doute... Mais le jour était saint et chômé... La joyeuse « tournée des œufs » des enfants ne débuterait que dans quelques heures...

Un homme s'arrêta. Elle reconnut son frère. Il heurta brièvement le marteau.

En un éclair, Renelde lui fit face.

— Quelque malheur est-il arrivé, mon frère?

— J'avais besoin de te voir.

Nicolas avait couru. Sa perruque trempée et dégoulinante de pluie n'était plus qu'un semblant de coiffure et accentuait sa mine pitoyable.

Sans un mot, elle ralluma les braises à demi éteintes du salon et l'installa devant l'âtre. Elle attendit qu'il se soit réchauffé et veuille bien lui raconter son histoire.

Il était désorienté, presque autant qu'elle.

Mais la détresse de Renelde, il ne la vit point.

Plus égoïste, habitué dès l'enfance à être entouré de femmes pour le servir, le bercer, l'écouter... C'était normal.

Renelde, en femme de bien, était habile à cacher ses peines quand il le fallait. Aujourd'hui, son frère était venu à sa rencontre, en cachette de son épouse.

Il réclamait son aide.

Comme leur père, près de vingt ans auparavant, Nicolas ne savait plus quelle attitude adopter vis-à-vis de sa fille aînée.

— Isabelle est malheureuse?

— Elle ne proteste plus, mais je la sens en plein désarroi.

— Il est heureux, mon frère, que tu en sois conscient.

Il parut très étonné :

— Tu t'en étais rendu compte?... Elle t'a parlé?

— On n'a pas toujours besoin de parler, répondit-elle, en souriant.

— La rencontre prévue, pour choisir les dates de fiançailles et de mariage, a lieu dans l'après-dîner, à l'issue du repas que nous prenons chez toi.

— Ce samedi?

— Oui.

— Je ne croyais pas que vous iriez si vite en besogne, s'exclama-t-elle, très surprise. Vous ne me l'aviez pas dit, mardi dernier!

— Parce que nous l'ignorions. Ma femme est très pressée, maintenant.

— Elle craint que cela ne se fasse pas?

— Oui.

— En as-tu discuté avec Ludivine?

— Elle refuse.

— Mais tu es le maître chez toi, Nicolas!

— Elle répète que l'occasion est trop belle, qu'on ne doit pas la laisser passer, que j'en tirerai de la gloire et de la notoriété. Elle a raison.

— Alors, si vous en êtes assurés l'un et l'autre, pourquoi venir me voir, Nicolas?

— Tu as connu la même chose, ma petite sœur. J'avais besoin que tu me dises... avant de signer les engagements... Tu n'as pas été si malheureuse, n'est-ce pas? Tu as su tirer des avantages de cet hymen arrangé par les parents?

Renelde ne répliqua point.

Par son silence, par son regard plongé dans le sien, elle crut lui signifier sa réponse.

Mais voguait-il dans ses propres pensées, ou craignait-il la vérité? Sourd à son appel, Nicolas poursuivit :

— J'aimerais que tu lui rendes visite prochainement, pour la rassurer. Tu es sa marraine. Isabelle t'écoutera, et fera bonne figure à son promis.

Renelde regardait ce frère tant chéri, et tant admiré naguère. Elle avait trop présumé de lui. Il ne cherchait qu'une justification. Néanmoins, ses scrupules émurent Renelde, car il était venu vers elle. Elle l'avait donc à sa merci. Il avait l'aspect ce matin d'un pauvre être sans défense. Peut-être arriverait-elle à détourner Nicolas de ce malheureux projet.

Elle le prit dans ses bras, comme jadis leur mère l'eût fait. C'était cela aussi qu'il quémandait : un réconfort, de la tendresse, celle qu'il ne trouvait pas en son ménage.

— Pourtant, toi, Nicolas, tu as choisi ta femme, murmura-t-elle. Tu devrais être très heureux. Je vois que l'on peut se tromper soi-même quand on croit aimer, alors tu penses... Quand ce sont les autres qui décident pour toi...

Et tous deux s'attendrirent dans les bras l'un de l'autre. Égarés pareillement. Mais Nicolas, lui, ignorait le désordre dans lequel se débattait Renelde.

On demande parfois si vite aux petits de grandir. Ils n'ont plus assez le temps de pleurer.

Cela réconforte.

Lorsque les deux enfants Van Eyck se séparèrent, les coqs avaient chanté l'aurore.

Nicolas promit à sa sœur de s'entretenir avec son épouse, et de différer le projet de quelques semaines. Juste assez pour avoir l'occasion de parler à sa fille. De ne pas la heurter.

Renelde espérait détourner les parents de l'odieux marchandage. Ils se retrouveraient le midi même, sans aucune allusion à leur secrète entrevue matinale.

Tandis que les deux enfants Van Eyck recouvraient leur complicité, il se passait au-dehors des manœuvres insolites. Renelde, qui avait longuement guetté auparavant, ne s'aperçut pas que, dans la rue à demi obscure, on s'activait en catimini.

Revêtu de sa cape noire, Grégoire était sorti subrepticement de chez lui — Grégoire, ou plutôt Corneille.

La pluie avait cessé. Le ciel avait pâli, sillonné de lézardes roses. La montée du soleil était imminente.

Marieke avait amené une charrette rudimentaire.

Grégoire y plaça une forme humaine emmaillotée. Il la dissimula sous une toile grossière et autres débris.

Il s'éloigna rapidement vers les portes de la ville, qui s'ouvraient sur la campagne toute proche.

Plus loin, à l'abri des moulins, Grégoire s'agenouilla près d'une fosse refermée hâtivement.

Las, très las, il s'écroula et pria.

En grande tenue, dans un ébrouement de satin et de taffetas, Ludivine fit une entrée princière, suivie de son mari et des enfants. Empressée à montrer ses toilettes et sa richesse, elle arborait un air de reine de carnaval. Elle se croyait majestueuse. Elle était vulgaire. Trop gros, ses bijoux accentuaient l'épaisseur de ses bras et de son cou.

Elle accordait ses éloges avec parcimonie. Aussi

toucha-t-elle particulièrement Renelde en lui offrant un livre et un compliment :

— Je connais votre goût pour les belles lettres, aussi vous ai-je apporté cet ouvrage.

— Mais, Ludivine !... Que c'est aimable à vous ! s'exclama Renelde, prête à se prodiguer mille reproches sur le peu de confiance et d'amitié que l'une et l'autre s'étaient échangé jusqu'alors.

Elle ouvrit le paquet : il s'agissait d'un manuel de savoir-vivre, en français.

— J'ai pensé que cela vous serait utile, dit la belle-sœur avec un rictus qui se prétendait sourire.

Décidément, Ludivine possédait l'art d'utiliser une parole aimable pour sortir une humiliation.

« Doux présent, et charmante attention !... Une vraie sorcière ! »

Renelde sembla ne pas noter l'allusion déplaisante.

Elles s'embrassèrent, afin de sceller leurs retrouvailles.

Le dîner s'avéra des plus désagréables.

Préoccupée — et l'on sait pourquoi —, la maîtresse de maison éprouva de la difficulté à faire bonne figure auprès de ses invités. Les neveux s'étaient esquivés pour jouer avec les jeunes dentellières, enchantées de ces nouveaux amis. Quoique plus âgée, Isabelle avait, elle aussi, préféré l'invitation de Marie-Jeanne à dîner en leur compagnie, à la cuisine... C'était plus drôle !

La grande table réunissait donc le frère, la belle-sœur, la marraine, le père Philippe et Renelde.

Ludivine trouva mauvaise mine à la sœur de son mari.

Elle alla jusqu'à lui reprocher de vivre à l'ancienne.

Soucieuse que la réception se passât sans anicroche, et trop épuisée, Renelde ne releva pas le défi.

Le repas béni par l'ami jésuite tourna bientôt au cauchemar.

Impossible de croiser le regard fuyant de Nicolas.

Tout avait-il basculé si vite ?

Renelde prit peur pour Isabelle, et elle eut raison.

— Où en es-tu, Nicolas, de ces projets de mariage dont vous aviez abordé l'éventualité lors de ma visite ?

— Nous...

Ludivine lui coupa la parole :

— Elle sera fiancée après Pâques. (Elle montra un sourire de contentement.) Rien ne sert de laisser traîner les bonnes choses ! Nous rencontrons tantôt la famille, et nous concluons l'alliance dès que possible. Elle sera baronne de Vuoerden ! (Et elle précisa d'une manière acerbe :) Baronne !... Une vraie !

« Et voilà en ma faveur ! déplora Renelde. Nicolas, je ne peux plus compter sur toi ! Cela aussi, tu l'as dévoilé à ta mégère ! J'étais sotte de penser que tu garderais ma confidence au sujet du titre usurpé de Charles... Qu'a-t-elle fait de toi ? N'as-tu pas le courage de réagir ? Faut-il qu'elle soit bien forte et toi bien faible ! Elle a gagné. Tu n'as pas eu la hardiesse de résister, de frapper enfin du poing sur la table pour le bien-être de ta fille. Tu vas causer son malheur. Et le tien aussi. Par lâcheté.

» Les femmes de la maison n'ont pas réussi à compenser les absences trop fréquentes de notre père. Notre mère était trop fragile sans doute, et Marraine trop rassurante. Elles n'ont su te transmettre la volonté de dire non à cette marâtre qui perpétuera la misère des vierges. »

Élevée par ces mêmes femmes, Renelde oubliait qu'elle avait tenu bon, elle, face à l'injustice.

— Ainsi va la vie avec ses inégalités, aurait dit Meï.

« Pauvre Nicolas, songeait encore Renelde, je te plains de tout mon cœur. Puisse Isabelle s'en sortir malgré vous deux. Je ne peux rien pour toi, mon frère. »

Telles étaient les idées de Renelde, qui faisait mine de s'intéresser à un sujet futile. Les problèmes de sa filleule l'avaient sortie de ses alarmes quant au vrai visage de Grégoire.

Le plus dur restait à venir.

Au dessert, la délation déploya ses ailes.

Le jésuite annonça d'un ton sentencieux :

— Savez-vous, mes amis, qu'on a arrêté une messagère clandestine dans la paroisse ? Une enfant de dix ans. Elle faisait trafic de livres interdits, avec un individu que vous connaissez, Renelde : votre voisin, ce M. Grégoire. (Il la fixa, dans l'espoir d'accrocher son regard et d'y installer son propre pouvoir. Il conclut :) Mes soupçons étaient fondés.

Renelde vira au rouge et plongea dans son assiette.

— Que deviendra la fille? demanda Ludivine, un rien lubrique.

— Expulsée, tout au mieux. Au pire...

Il esquissa un geste de la main qui signifiait beaucoup et qui transperça le cœur tendre de Renelde. Philippe s'en aperçut, en ressentit une satisfaction malsaine.

Meï s'était tue jusqu'alors.

Sa filleule semblait incapable d'émettre un son. Elle intervint à sa place :

— Qu'en sera-t-il pour M. Grégoire?

— L'hérétique sera arrêté, lui, après le repos du Dimanche saint. L'ordre doit régner!

Après-demain!

Renelde blêmit. Un complot s'était-il ourdi à son insu? Elle leva les yeux sur les bouches rassasiées et comblées d'aise de ses invités.

« L'ordre doit régner! »

Les visages de Philippe, de Nicolas et de Ludivine étaient-ils déformés par la haine, la vengeance, ou par une peur travestie en grimaces? Les voyait-elle ainsi dans son imagination débordante?

Elle eut conscience du fossé qui s'était creusé entre eux.

Une excavation, qu'il serait malaisé de combler.

Ils étaient ses ennemis, à présent. Ils l'ignoraient.

Meï était vieille, mais elle était futée.

Elle se leva et prétexta la fatigue, très légitime à son grand âge. Les dentellières avaient servi et desservi le repas à tour de rôle. Marguerite venait d'entrer.

— Margot, tu veux me reconduire dans ma chambre, ma petite fille ?

Elle échangea un bref regard de connivence avec sa filleule, qui comprit son intention, et l'en remercia d'un discret sourire.

Elles ne montèrent pas dans la chambre de Meï.

Bras dessus, bras dessous, elles sortirent par le jardinet arrière.

La marraine souffla quelques mots à l'oreille de Marguerite, qui se faufila avec agilité entre des haies pour rejoindre la rue et la maison de M. Grégoire.

Elle avait mission de le prévenir, ainsi que la brave Marieke, du danger qu'ils encouraient.

Le départ de Meï activa celui des invités, qui rappelèrent les enfants et prirent congé de Renelde.

Le père Van Elst l'incita à une extrême prudence. Elle ne lui répondit point.

Elle retint un instant son frère. Ils se toisèrent. Incapable de soutenir plus longuement son regard, il baissa piteusement les paupières. Il ne put lui parler. Elle non plus. Et tout fut rompu. Rien, il n'y avait plus rien à se dire.

Impuissant, il haussa les épaules, émit un soupir de désolation et battit en retraite. Solitude refermée à jamais.

A peine leur équipage eut-il dépassé l'enseigne du *Pont-aux-Cygnes* que Margot repparut, main dans la main, cette fois, avec la servante de Grégoire. La fidèle Marieke était visiblement très inquiète.

— Mon maître est parti à l'aube pour enterrer le petit. Il n'est pas revenu.

— Le petit?... Quel petit?

— L'enfant, dans la cave. Vous l'avez vu, madame Renelde!

— Mon Dieu!... Ce n'était pas... sa femme? s'exclama-t-elle, ébahie.

— Mais non, voyons!

— Mais, Marieke, cette longue chevelure blond doré?

— Celle du petit, madame Renelde!

Renelde tombait des nues.

— Un enfant!... Mon Dieu!... Mais qui était cet enfant?

— Je ne sais pas... C'est vrai; je ne l'ai jamais su. Parfois, quand mon maître n'allait pas bien, il disait qu'il était le fruit du Diable. Parfois, qu'il était son fils.

— De quoi est-il mort?... Pourquoi le cachait-il?

Marieke devint très grave :

— Ses cheveux, c'est ce qu'il avait de mieux. Il était aveugle, il avait de brusques attaques convulsives, et, pire que tout, ses membres étaient atrophiés. C'est une bonne chose qu'il n'ait pas vécu. Ah! c'était pas beau à voir!

Oppressée par sa méprise, Renelde marqua une pause avant de s'enquérir, l'angoisse au ventre :

— Grégoire va revenir, Marieke?

— Dieu seul le sait. Mais il m'a donné une lettre pour vous, madame Renelde.

Elle la lui tendit. Elle en ignorait le contenu, ne sachant évidemment pas lire.

Renelde saisit fébrilement le bout de parchemin.

Quelques mots y étaient inscrits, d'une main tremblante :

Je suis un misérable. Je ne puis vous laisser prendre des risques... Je vous aime.

Elle s'effondra.

De peine, de bonheur, d'amour, de fatigue, et de confusion d'avoir douté de lui.

Sans le savoir, par son effroi de la nuit, elle lui avait permis d'échapper aux poursuites. Il partait à cause d'elle, mais il aurait dû fuir de toute façon, à cause de la rumeur.

Peut-être était-ce mieux ainsi.

Et s'il faisait demi-tour ?

... Oui ! Dans quelques heures, il reviendrait... Il l'aimait !

Dans quelques jours... Il l'aimait !

Dans quelques mois... Elle attendrait.

Ce samedi était jour d'espérance car, il y a très longtemps, en cette même nuit, Jésus était revenu parmi les vivants.

Mais, si Grégoire réapparaissait demain, il serait arrêté et...

Non ! Il fallait ouvrir l'œil, prêter l'oreille aussi longuement qu'on le rechercherait.

Le guetter, le prévenir, et le cacher !

Renelde se redressa, très digne. Elle n'avait plus le droit de faiblir.

Je vous aime.

Ces trois mots, entendus déjà de la bouche de ses soupirants, n'avaient jamais revêtu plus belle promesse.

Je vous aime.

Elle prit les commandes.

Elle retrouva son souffle et sa célérité.

— La délation est en marche. Il n'y a pas une minute à perdre. Il faut sauver ses livres, et son travail.

Elle réunit les dentellières et leur donna ses ordres.

Heureusement, Louise n'avait paru de la journée.

Renelde la soupçonnait d'avoir prolongé la fête chez l'un des galants croisés la nuit dernière.

Les voisins étaient tous très occupés en cette fin de Semaine sainte, entre les offices, les péchés à se faire pardonner, et la préparation du dimanche, jour sacré et béni, jour de résurrection. Cette effervescence occultait l'étrange agitation qui régnait entre les deux belles maisons du bout de la rue.

Meï alla prier dans le petit oratoire.

— On ne sait jamais! dit-elle avec malices en s'éloignant. Si Dieu a le temps de se pencher sur notre sort, cela ne coûte rien d'essayer.

Marieke, elle, fit le guet pour son maître.

Pour cette entreprise, elle s'assura l'aide de quelques âmes sûres qui se mirent en faction en divers points du quartier.

« Reviendra-t-il?... S'est-il exilé? »

Le mot de Grégoire sur le sein, le visage étincelant d'amour et mouillé de larmes, Renelde s'activait avec ses filles dans un dessein mystérieux.

Et l'attente commença.

26

— Les cloches sont revenues ! s'écriaient les enfants, ravis de les entendre sonner et carillonner à toute volée.

L'église paroissiale était plus que bondée... A croire qu'en temps ordinaire, il y manquait tout de même quelques fidèles !

Soucieuse de ne pas faillir à l'obligation pascale et de détourner les soupçons pesant sur elle et son entourage, Renelde courut vers son devoir.

Les dentellières avaient suivi l'office précédent.

Elle avait guetté...

Mais elle était en retard pour la première fois, et l'effet produit fut assez fâcheux : d'un seul mouvement, des dizaines de têtes aux regards inquisiteurs se tournèrent vers elle.

Elle prit conscience qu'elle s'était habillée à la hâte en jetant un bref coup d'œil aux toilettes apprêtées des bourgeoises endimanchées. Elle fit ses prières, toutes axées vers Grégoire et ses espoirs. Elle trépigna lors des interminables litanies. Elle rentra chez elle aussi promptement qu'elle était venue. Elle négligea ses devoirs de bon voisinage. On se retourna à nouveau, et l'on causa.

« Ne pas perdre espoir. Surtout. L'attente peut durer des semaines... Mais il reviendra ! »

Et l'escalade des mauvaises nouvelles commença.

Au salon, vêtue d'une tenue de voyage flamboyante, le teint blanchi, les joues et les lèvres rosies, le cou altier et le dos droit, Louise l'attendait comme au premier jour. Immobile.

— Je viens vous faire mes adieux, lui dit-elle simplement, sans prendre la peine d'esquisser le moindre sourire.

La soirée dans la haute société avait atteint les objectifs que Louise s'était fixés, car « on » lui proposait de rejoindre Paris. Il ne fallait pas être très malin pour comprendre par quelles grâces Louise obtenait sa promotion.

Souvent les femmes ne connaissaient pas d'autres moyens pour s'en sortir que de jouer de leurs charmes. Renelde s'était comportée, elle aussi, de cette lamentable manière pour survivre, un jour de grande détresse.

Elle n'avait pas revu Louise depuis la nuit du Vendredi saint.

Pas un mot sur la fuite de Renelde. Inutile sans doute. On n'en était plus là.

Surprise et déçue de la précipitation du départ, Renelde ne lui souhaita pas moins bonne chance. Elle fut étonnée de ne pas ressentir de peine. Elle avait cru en leur affection mutuelle.

Elle s'était donc trompée ?

La cassure s'était produite pendant la soirée de la rue Royale.

En la voyant se pavaner devant les courtisans, Renelde s'était brutalement détachée de la fragile union.

Et puis, il y avait eu cette merveilleuse tragédienne. Une intimité s'était créée, l'espace d'un moment privilégié et poétique. Elle, aurait pu devenir une véritable amie.

« Que Louise rejoigne la meute des aspirants à la Cour ! Elle sera à l'aise parmi ces moutons. Dieu que je suis mauvaise de penser cela ! J'appréciais cette femme !... Et je reviens de la messe ! Pardonnez-moi, Seigneur ! »

Elle jeta ses remords au panier dès que Louise, après un lourd silence, l'informa en ces termes :

— Madame... (Pourquoi ne l'appelait-elle plus par son prénom ?) Normalement, je ne devrais pas vous le dire, mais... il y a ordre de fermer votre atelier de dentellerie.

Renelde était stupéfaite :

— Fermer mon atelier ?

— Dès que les fêtes de Pâques seront passées.

— Dans moins d'une semaine ? Par qui l'avez-vous appris ?

Louise ne répondit rien.

— Et pourquoi ?... Ces dernières années, il était bien difficile de suivre l'exemple des manufactures, mais, en dépit des difficultés croissantes, nous n'avons jamais désobéi au roi. Vous en êtes témoin, Louise...

Celle-ci fixait un miroir face à elle, les mâchoires serrées, et évitait soigneusement toute confrontation du regard. Son visage avait perdu son masque respectueux. Un autre, plus dur, le remplaçait.

— A moins que... Oui, vous le saviez !... Et depuis un moment, n'est-ce pas, Louise ?... Vous le saviez, et ne m'en avez rien dit tant que votre propre départ n'était pas assuré !... Peut-être même en êtes-vous l'instigatrice !

— Vous ne m'avez pas écoutée, éclata Louise, une once de vulgarité dans la voix, sa vraie voix sans doute. Il ne fallait plus fréquenter ce M. Grégoire. C'est dangereux pour tout le monde, un hérétique.

— Pour vous surtout, Louise. Pour votre fortune, répondit Renelde, le timbre voilé par l'émotion. Il n'y a rien à reprocher à notre dentelle. C'est à la dentellière qu'on en veut. Vous aviez tout à gagner à me dénoncer comme mauvais sujet.

Louise n'esquissa pas le moindre geste de dénégation. Meï avait raison. L'intrigante s'offrait Paris en rendant le service de délation.

Renelde ravala son dégoût devant la perfidie de Louise. Elle l'avait considérée comme étant de la famille. L'amitié est importante dans le cœur des Flamands... La brisure en est plus grave. Louise la frappait par-derrière. Elle lui faussait compagnie avec hypocrisie. Renelde se sentait trahie dans le sentiment de solidarité, d'entente viscérale qui l'avait toujours unie aux femmes. Mais y a-t-il traîtrise s'il n'y a pas de partage d'amitié ? Oui, elle s'était crue l'amie de Louise. Mais cette dernière, à l'orgueil empreint de satanisme, ne pouvait s'attacher à ses compagnes. Elle ne s'enflammait que pour ce qui lui était utile.

Renelde eut la vision de cette triste réalité en un instant.

Elle n'ouvrit plus la bouche.

Elle laissa partir Louise, mal à l'aise dans cet inconfortable silence, plus difficile à assumer qu'un renvoi...

Les sens en alarme, Meï avait prêté l'oreille, Marguerite à ses côtés.

— Margot, es-tu capable de la suivre sans te faire remarquer ?... Je pressens quelque chose. Je ne sais quoi, mais je le sens. Si tes pas t'emmènent trop loin, reviens. Ne te risque pas dans les ruelles sombres, ni en dehors des remparts. Prends cet argent, tu peux en avoir besoin.

La fête pascale s'ouvrait sur un beau soleil printanier.

Les maisons sentaient le pain chaud et les gâteaux de fête. Légère en dépit de ses rondeurs enfantines, Marguerite se glissait, invisible, à travers les rues de Lille qu'elle connaissait parfaitement.

« Tiens, elle quitte Saint-Pierre, et à pied. »

Louise marchait vite. Marguerite courait. Elles prirent la direction de Saint-Maurice. En contournant l'église gothique, Louise fit un signe de croix. Peu après, Marguerite répéta le même geste.

« Où m'emmène-t-elle ? »

Margot s'amusait. Douée d'une certaine précocité, elle était excitée par la mission dont Marraine Meï l'avait investie, et fière de la confiance accordée.

« Pourvu que je ne rentre pas bredouille ! »

Si bruyante, si peuplée en temps ordinaire, la paroisse de Saint-Maurice, où vivait un grand nombre de sayetteurs, semblait inhabitée. On n'entendait pas le bruit régulier et incessant des métiers de tisserands. En cette heure et en ce jour de fête, aucun ouvrier, le pied sur la marche qui servait à faire lever et baisser les fils, ne fabriquait de « changeant », une étoffe teinte ensuite de différentes couleurs.

La messe était achevée. On préparait le dîner en famille. On s'encanaillait dans les cabarets en attendant les vêpres, et surtout la kermesse.

Un mendiant, bossu, surgit en face de la petite Marguerite. Elle sursauta, manqua de crier et de se trahir. Il éclata de rire, et s'éloigna.

L'irruption suffit néanmoins à effrayer l'enfant. Elle pensa alors aux bandes de voyous qui envahissaient parfois ces quartiers avec des bâtons, pour le seul plaisir d'agresser les bonnes gens et d'offenser Dieu. Son imagination fertile acheva de l'affoler. Elle allait rebrousser chemin lorsque, dans une ruelle attenant à la rue Notre-Dame, Louise disparut dans une maisonnette basse et de piteux aspect, accolée à l'enseigne d'un ouvroir de sayetterie. La jolie tête de Marguerite n'était pas vide. Son esprit vif l'inspira aussitôt.

Elle rattrapa le mendiant, lui glissa une pièce dans la main.

— Aide-moi, veux-tu ? Qui habite là ?

Il ne se fit pas prier :

— Une veuve, avec cinq fils, tous ouvriers sayetteurs. Le père est mort dans l'incendie de la taverne de *l'Homme Sauvage*, de la rue de Moleinelle, il y a au moins dix ans. Je m'en souviens. Un drôle de spectacle ! Elle est sage-femme, la vieille. C'est pas plus un métier que le mien ! Allez ! A ton service, ma jolie !

Et il fila quémander ailleurs son complément quotidien.

Margot se reposa sur des briques empilées contre le mur. Assise le visage dans les mains, les coudes sur les genoux, déçue et perplexe, elle se mit à réfléchir. Les propos du mendiant ne l'avançaient guère. Sans doute Louise venait-elle chercher ici une commande d'étoffe, avant son départ.

Soudain, elle entendit très distinctement deux voix féminines. L'une lui était étrangement familière, quoique d'une tonalité inhabituelle. C'était Louise. Mais elle avait perdu l'accent doucereux des clientes élégantes qui venaient de France.

Louise était lilloise !

Marguerite posa trois briques supplémentaires sur le monticule, et se hissa sur le rebord de la fenêtre d'où parvenaient les voix. Un rideau l'empêchait d'observer l'intérieur de la pièce, mais protégeait sa curiosité. Elle écouta.

Une vieille femme se lamentait :

— Louise, tu ne peux m'abandonner. De quoi vais-je vivre ? L'obole que m'offrent les familles que j'assiste est insuffisante. Tes frères ont sans cesse des amendes à payer. Tout ça pour des longueurs de pièces. On ne peut plus se ravitailler en laine de Hollande. Les droits, les vexations se multiplient. J'ai besoin de toi, ma fille.

— Maman, répondit une Louise aux accents inconnus, c'est de mon argent dont tu as besoin, pas de moi. Tu as survécu avant mon retour, il me semble. Et souviens-toi de ce mercredi de 1666… Moi, je voulais te garder. J'ai pleuré longtemps quand tu m'as laissée entre les mains d'un inconnu. J'ai cru que tu m'avais perdue dans la foule du marché. Mais non ! Tu m'as regardée, et tu as tourné le dos. Je me suis retrouvée entassée avec d'autres dans une charrette, en route vers la nouvelle manufacture royale d'Arras. J'avais les doigts et les pieds gelés par le froid. Personne ne s'occupait de la petite Flamande de neuf ans qui reniflait. Mais elle avait peur, la petite fille, et longtemps elle a cherché la main de sa maman. Tu m'as abandonnée.

— Sans ressources, je ne pouvais rien faire de mieux pour ton avenir. Tu devenais françoise. On nous promettait que tu t'en sortirais.

— Tu as raison. Je m'en suis sortie. Je sais me débrouiller à présent. Très bien même.

— Emmène-moi, Louise.

— C'est trop tard, maman...

Dans l'attente de Grégoire, les heures suivantes furent éprouvantes pour Renelde.

Allait-il vraiment revenir ?

La trahison de Louise, la faiblesse de son frère, l'abandon de son ami le jésuite étaient éléments à aggraver son malaise. Se mettrait-elle à douter ? Les deux phrases tracées à la hâte sur le parchemin montraient le désir de Grégoire de ne pas lui causer d'ennui, donc de ne pas l'importuner.

Mais il y avait aussi ces trois mots magiques :

Je vous aime.

Il lui signifiait son départ, mais avouait son amour.

Il avait encore tant de choses à lui dire. Il devait lui parler de sa vie passée, de cet enfant, de cette histoire terrible à laquelle il avait été mêlé. Non, il ne pouvait disparaître ainsi !

Elle tenterait de le retrouver si lui-même était dans l'impossibilité de revenir. Elle ne commettrait plus l'erreur d'hésiter, de douter. Elle se sentait prête à voler vers lui. Elle n'avait plus quinze ans. Elle était femme, et surtout, elle était libre !

Il fallait attendre, il fallait espérer.

Et c'est ainsi que, tiraillée entre le bonheur d'être aimée et la peur de perdre un amour à peine déclaré, Renelde vit arriver des sergents armés.

Ils envahirent la rue, provoquant un émoi dans la foule de ce dimanche de Pâques, qui sortait des vêpres.

Les serviteurs du roi prirent rapidement possession de la maison de M. Grégoire.

Marieke n'y resta point.

Un ballot d'effets sur l'épaule, elle se réfugia chez Renelde.

Éclairée par Meï et Marguerite sur les origines lilloises de Louise et sur sa lamentable histoire, Renelde n'en était pas encore revenue de sa stupéfaction quand le père Philippe fit son apparition.

Alors la colère tant contenue de Renelde éclata, vive et brutale.

— Vous vous êtes servi de moi, Philippe, pour accuser M. Grégoire !

Nerveux, il essaya d'abord de se défendre par la morale et les bonnes intentions. Il avait agi pour son bien. Pour la sauver. Pour la protéger.

Il n'en dit pas davantage...

Capturé par le démon de la passion, il ne put contenir plus longtemps ses sens exacerbés. Les prunelles embrasées de désir, il la saisit par les poignets. La voix frémissante, il lui révéla qu'il l'aimait, qu'il en était devenu fou. Il la supplia d'entendre son cri de désespoir.

Il ne se contrôlait plus. Avant même que Renelde, sortant de sa stupeur, ait trouvé la force de réagir, il lui prit le visage entre les mains, approcha ses lèvres des siennes et l'embrassa fougueusement.

Choquée, Renelde était incapable de bouger. Puis,

brusquement, elle recouvra ses esprits. Il avait ouvert son corsage. Elle se débattit.

Il essaya encore, d'une main gauche et moite, de lui palper les seins. Elle réussit enfin à se dégager de l'étreinte maladroite de Philippe.

— Lâchez-moi !... Vous perdez la tête !

Elle le repoussa d'un geste convulsif.

Vaincu, il s'écroula à ses pieds.

— Pardon, Renelde, pardon. Je ne sais ce qui m'arrive. Pardon. Dès que je vous ai vue, je vous ai aimée. Sans doute aurais-je dû fuir. Mais le venin avait pénétré mon âme. Coupable, affolé, imprudent, j'ai sans cesse recherché cet émoi. Oui, j'ai « donné » M. Grégoire, par jalousie plus que par conscience du devoir.

Renelde regarda le prêtre, ami de la famille depuis près de vingt ans, comme elle ne l'avait jamais fait : comme une femme envers un homme... Il le sentit, et ce regard qu'elle lui accorda, il allait le garder précieusement en sa mémoire, tel un présent. Son unique et dernier bonheur.

Il l'avait aimée !... Et en secret, depuis tant d'années ! Lui, son confesseur, le confident de ses troubles amoureux ! Comme il avait dû souffrir, dans sa position de serviteur de Dieu... Penaud et malheureux, il souffrait donc du même mal. Chacun décidément portait ses fêlures, ses tourments... Sa croix.

Fils d'élection ou hérétique, personne n'échappait totalement à l'enfer.

Elle ne le chassa pas. Elle le releva.

Il n'osait la regarder. Et il savait que jamais plus il ne la reverrait.

Le corps cassé de frustration, las de honte, il se laissa prendre les mains.

— Au revoir, mon ami, lui dit-elle doucement.

— Oh ! Pardonnez-moi ! Pardonnez au misérable que je suis !

Elle déposa un tendre baiser sur la joue trempée de larmes de l'infortuné.

— Je ne vous en veux pas, Philippe. Que Dieu vous protège!

« Et que Dieu me protège aussi... » pensa-t-elle.

Elles avaient eu juste le temps de ramener livres et parchemins appartenant à Grégoire. Elles les avaient placés dans la cave voûtée, qui prit ainsi l'allure de sa cellule monastique.

La nuit revenait doucement.

Seule dans la cave, un châle sur l'épaule, Renelde attendait.

Une intuition l'avait prévenue : cette nuit, il reviendrait.

Le silence tomba sur la maison... Un silence pesant. Les petites s'endormirent. Les remuements s'évanouirent.

Elle guettait le moindre bruissement.

Non, elle ne se laisserait pas envahir par le désespoir.

Elle frissonna. La pièce était humide. Mais c'est là qu'elle voulait l'attendre, là où il devrait se cacher s'il regagnait le quartier. Là étaient les ouvrages, le travail, tout ce qui restait de l'inconnu étrange et fascinant auquel elle se trouvait à jamais liée.

Des heures, sans doute, passèrent.

Les cloches la ramenèrent à la réalité. Elle sursauta. Était-ce la fin de l'espoir?

Une chandelle vacilla dans l'étroit couloir menant à la cave. Petits pas décidés de sa marraine.

D'autres, aussi, plus lourds... Lui. Enfin.

Sa large carrure s'encadra dans la porte ouverte.

Sans un mot, elle se jeta dans les bras puissants qui ne demandaient qu'à se refermer passionnément sur ce corps aimé.

Combien de secondes s'écoulèrent ainsi, tous deux enlacés ?

Ils ne virent pas Meï refermer avec délicatesse la porte derrière elle. Ils ne l'entendirent pas placer une chaise devant l'entrée du sous-sol, et s'y poster résolument.

La nuit allait être longue, très longue.

Il desserra son étreinte et la repoussa, avec douceur.

Il regarda les livres sauvés du péril.

— Oh ! Mon Dieu ! murmura-t-il, considérant avec émotion les risques encourus par ces Flamandes au cœur tendre pour le paria qu'il était.

Avec fermeté, il fit asseoir Renelde.

Tous deux face à face. Par où commencer ?... Tant de secrets à hurler, enfouis sous des couches de silence.

D'abord, il ne dit rien. Elle était belle. Elle attendit.

Sur une table, une collation, pour lui. Il ne mangea pas. Il le ferait plus tard.

Une âme à ouvrir, d'abord. Il avait lutté contre ses sentiments. En vain. Il l'aimait au-delà de ses refus, au-delà de ses hontes.

Il ne pouvait plus, il ne voulait plus surseoir à ses aveux. Il était fatigué. Mais il devait parler. Il était revenu pour cela. Pour elle.

Dans la cave humide, aménagée avec soin, une chandelle éclairait leurs deux visages proches l'un de l'autre.

Lentement, les premiers mots se détachèrent :

— Vous ignorez tout de moi, Renelde. Vous devez tout savoir. Oui, j'ai connu Tis'je, le colporteur. J'ai rencontré votre père. Je l'ai moi-même mis en terre. Je m'appelle... je m'appelais alors Corneille Van Noort. Je viens du marquisat de Moerbeke, en Plat Pays. Iolande était si jeune...

Les doigts de Renelde se resserrèrent sur son châle, trahissant l'émotion soudaine qui l'enveloppait.

Iolande!...

« Mais alors... c'était lui, le mari de la belle aux cheveux d'or!... La "Marie au blé" que j'ai rêvé d'être, la blonde et jolie Flamande qui fit pleurer mon ami Tis'je!... »

27

— Oui... Grégoire, Corneille, Jean Van Noort, premier échevin de Moerbeke, et gros cultivateur dans le pays. Trop important. Trop envié. Oui, je connus votre père. Et Tis'je fut un ami. Mais il me faut revenir en arrière.

» Je suis né dans une ferme isolée, située en haut et à l'écart du village. Ma famille était pauvre. Sa fierté fut sa première possession. J'étais le cadet des garçons. Deux sœurs allaient bientôt suivre. Le petit nom de Corneille fut le seul utilisé, car il éloignait les convulsions.

» Mes parents, Aurèle et Magdalène Van Noort, étaient acharnés à la besogne. Ils tirèrent profit de la petite exploitation.

» Mon frère aîné assistait mon père dans les champs.

» Un matin, alors âgé de huit ans, il fut grièvement blessé par un taureau. Il mourut dans de telles souffrances que ma mère, sur la tombe de Gilles, jura de me donner la possibilité d'être instruit, et d'échapper ainsi aux pénibles travaux des paysans.

» Le chef de notre clan, à l'impressionnante moustache rousse, ne l'entendit pas de cette manière.

» — L'école, dit-il, c'est pas la vie ! On y parle le

françois et le latin ! Il faut y aller, c'est sûr, mais juste le temps d'apprendre à compter et à signer.

» Deux saisons plus tard, mon père construisait une chambre au-dessus de la salle commune où nous dormions et prenions nos repas. Il voulut rattraper un outil qui avait glissé le long de la toiture. C'est ainsi que chuta et disparut Aurèle Van Noort, à la belle tête de Flamand.

» J'étais premier pour fronder les oiseaux. A sept ans, je devins l'homme de la famille.

» Avec l'oncle Floris et les cousins, nous travaillâmes sans relâche. Je logeais à même l'étable.

» A la mauvaise saison, de la Toussaint à Pâques, après la traite des vaches et les soins aux bêtes, je rejoignais l'école du village. C'était le vœu de ma mère.

» Les gens de chez nous ont toujours mis un point d'honneur à ce que leurs enfants sachent au moins écrire correctement leur nom... Peut-être l'influence du seigneur du village, à la fois prince et marquis...

» De mauvaises fièvres avaient succédé à la peste. A l'école, nous autres, les humbles, étions séparés des enfants riches, fils des échevins et du bailli, pour éviter les risques de contamination. Je refusais pourtant d'être traité de pouilleux, comme les pauvres. Mon grand-père avait été journalier. Je n'étais pas de bonne souche, mais j'avais de l'orgueil.

» Moi, j'étais du haut. Je dominais le village. Je dominais le beau château de Montmorency. Eh bien, Renelde, je jurai qu'un jour je n'aurais plus de motif d'envier notre marquis...

Après l'instant d'un sourire partagé, Grégoire reprit son récit :

— J'étais élevé dans la rigueur par une mère dévouée, opiniâtre et courageuse, qui ne s'accorda pas une heure, dans son existence, pour regarder son image au travers d'un miroir. Elle s'interdit de chercher un second mari à la kermesse.

» — J'ai trop à faire, affirmait-elle.

» J'ignorais que son homme, c'était moi, et qu'elle se saignait aux quatre veines, car elle avait projeté de m'envoyer au collège d'Haesebroek. La ville voisine, au fier clocher, était mieux pourvue en écoles. Aux Augustins, j'appris l'éloquence, les mathématiques et l'astronomie. Pendant mes études dans cette cité libre, je résolus, très jeune encore, de ne servir personne.

» Je revenais néanmoins tous les étés au village, pour les travaux champêtres. J'aimais la moisson. J'étais partagé entre mon amour de la terre et ma passion des livres.

» Un hiver, je rentrai à la maison pour enterrer celle qui m'avait élevé avec tant de ferveur. Je décidai de rester, pour mes petites sœurs, mais aussi pour moi. Je désirais reprendre la ferme, l'agrandir, et poursuivre la tâche entreprise par mes parents. Je me promis d'en faire la *hofstède* la plus belle, la plus étendue, la plus riche aussi de la contrée.

— A force de persévérance, de ténacité, vous avez réussi, pensa Renelde à haute voix.

— Oui. Grâce au Ciel, les études ne m'avaient pas apporté le dégoût de la terre. Revenu du collège, je fus de suite très accaparé par le travail. Je gardais des relations avec les pères augustins. A plusieurs reprises, j'eus l'occasion de les aider à réparer le couvent, endommagé par le passage des François.

— Et vous vous êtes marié...

— Non... Pas encore. Je ne cherchais pas le mariage, contrairement aux autres gars du village.

— Pourquoi? osa Renelde, intriguée.

— Comme ma mère, j'évitais les kermesses. Je ne sais pourquoi. Pour faire comme elle. Par souci de ne pas me laisser distraire, peut-être.

Il baissa les yeux, chercha ses mots. Sa chemise était entrouverte. On y devinait une poitrine musclée et velue. Quelque chose d'inexprimable vibra dans le corps de Renelde.

— Peut-être étais-je tout simplement timide en face des filles. J'avais sous les yeux le visage de Magdalène Van Noort, autoritaire et sage. Elle m'avait répété, avant de mourir : « Les oies grasses ne peuvent voler bien loin »... Il me fallait trouver femme au pays.

» Il me tenait à cœur de suivre son dernier vœu, mais elle ne m'en avait pas précisé l'heure. J'avais donc le temps, me disais-je, et cela me rassurait.

» La guerre recommença avec sa violence, ses pillages et ses insupportables charges. Les paysans souffraient, alors que notre pays, riche de son blé, du houblon, du lin, de sa crème, ne demandait qu'à vivre en paix.

Renelde se vit au marché de Lille achetant la crème de Moerbeke, renommée jusqu'à Madrid... Celle de Grégoire !

— Je devins aisé, craint, et échevin. Enfin je réalisais mon rêve ! Seul, le vœu pieux de ma mère demeurait insatisfait.

Ses mains, sans doute, devinrent moites, car il les essuya dans un mouchoir.

— C'est alors que je rencontrai Iolande, la passion et l'inquiétude. Ma vie, insensiblement, bascula dans le doute.

» Le mot "passion" signifie "souffrance" en latin. Je décidai de ne plus y songer, et je ne pensai plus qu'à elle.

» Je ne négligeais pas encore mon travail, bien au contraire : je me laissais totalement absorber par lui. J'espérais m'en enivrer, oublier. En vain.

» Par deux fois, Iolande vint à moi.

» Ce fut d'abord au beau mois des fruits rouges, lorsque le ciel et les champs bleutés fusionnent dans la brume d'été. Le lin était prêt à être fauché. J'engageai de nombreux manouvriers. Des enfants se joignirent à la file déjà longue de ces pauvres gens en quête de pain. Je l'aperçus. Elle attendait sagement son tour, en compagnie d'une autre paysanne, plus âgée, déjà entrevue à ses côtés : Adrienne.

» Elles étaient inséparables. Il s'agissait d'une cousine de sa mère. Sa seule parente. Je fis davantage preuve de justice en employant la solide Adrienne que la jolie et frêle Iolande aux cheveux dorés, attachés pour l'occasion.

» Je l'imaginais volant par-dessus les blés, tour à tour fée, sirène de la mer, ou sorcière de la forêt...

Il devina le trouble qu'il avait jeté dans l'âme de Renelde. Il s'arrêta, se tut.

Et Corneille redevint Grégoire.

La main de Renelde était glacée.

Sans un mot, il la réchauffa dans les siennes, ne la lâchant pas de son regard clair et pénétrant. Ses yeux quêtaient son amour, et la priaient de l'écouter jusqu'au bout.

Renelde lui sourit, et l'encouragea à poursuivre.

— L'air conquérant de Iolande déplut aux femmes. Des langues charitables m'en avertirent.

» Pour l'heure, j'étais trop heureux de participer aux mêmes travaux qu'elle. Dans les champs, je la surpris qui enveloppait un petit poignet endolori, à l'aide d'une peau d'anguille. Les larmes me vinrent aux yeux. Je détournai vite le visage, pour qu'elle ne s'aperçoive pas de mon émotion subite, de ma faiblesse.

» Il s'avérait évident que je venais de découvrir la mère de mes enfants. Comment me faire aimer, moi, fils de pauvre, et presque vieux — c'est ainsi que je me jugeais — de cette beauté descendue des astres ou extraite des profondeurs de la mer ?

» La seconde fois, ce fut à la Saint-Firmin, jour de dédicace de notre église... C'était en l'an 1659, je crois... Oui, 1659...

Un violent battement de cœur souleva la poitrine de Renelde : « Ce même jour !... Mon propre mariage !... »

Grégoire ne soupçonnait pas, au fur et à mesure qu'il ressuscitait ses souvenirs, que d'autres, pénibles, déferlaient par vagues dans l'esprit de Renelde. Elle chassa d'un battement de paupières la vision de la nuit d'horreur qu'elle avait alors subie, en ces heures de l'an 1659.

— Je l'emmenai à l'écart de la fête... Un petit air salé et enivrant... J'étais ensorcelé... Elle riait... Elle s'arracha une mèche de cheveux...

Renelde ferma les yeux.

Dès lors, mêlée à ce corps si vigoureux de Flamand, ce n'était plus Iolande. Non. C'était elle : Renelde.

Elle était devenue la jeune paysanne qui, sans attendre la bénédiction nuptiale, se mariait dans l'herbe tendre, sous le regard complice de quelques moutons. A la kermesse, elle posa sa main sur la puissante épaule, prouvant ainsi aux villageois qu'il était son homme. Et lui, si fier enfin d'être son captif aux yeux de tous!

— Ce qui l'attirait en moi devait être ma position d'échevin et ma bonne fortune. Je refusai de l'admettre.

» L'avais-je émue, au moins?

» Aujourd'hui qu'elle est loin, je me demande encore si elle m'a aimé — un peu.

« Elle t'a aimé », lui répondit silencieusement Renelde.

— J'étais travailleur. Je n'étais pas vif et fin d'esprit comme le sont certains jeunes François, par exemple. Je baignais dans une chance que je donnais trop à voir.

» En 1661, nous nous mariâmes.

» Et je perdis totalement ma quiétude et mes illusions.

« Au même moment, songeait Renelde, je perdais mon enfant et mon insouciance. »

Il lui parla de sa nouvelle vie d'homme marié, par souci de ne rien lui cacher, avec ce besoin qu'elle connaisse tout, de lui et de son effrayant fardeau.

« J'ai retrouvé ma Flandre dans les yeux couleur bleu perle de la belle Renelde, pensait Grégoire. Et je lui fais mal. M'acceptera-t-elle encore? Je ne pourrais vivre à ses côtés en lui dissimulant qui je suis, quel homme je fus. »

Il poursuivit :

— Cinq ans passèrent, sans grand événement. Sans enfant. Jeune et provocante, Iolande ne s'en souciait pas. Je me croyais une forteresse contre les médisances. J'ignorais à quel point l'on guettait le futur héritier du domaine de l'Orme.

» J'avais succédé à maître Itsweire dans la place de premier échevin... Trop vieux, et trop mêlé surtout au calvaire de la pauvre Jacquemine, accusée de sorcellerie, et dont il avait été le principal témoin à charge. Sa hargne s'était retournée contre lui. Itsweire vit mon ascension d'un mauvais œil, et je me fis là, involontairement, un ennemi.

» Insidieusement, durant les cinq années qui suivirent notre mariage, l'absence d'enfants, la présence d'une épouse trop jolie, les soucis de travail, altérèrent mon caractère.

» Vous en avez eu un écho, Renelde, il y a deux ans.

Elle ne lui répondit qu'en pressant sa main contre la sienne.

— L'année 1667 arriva. La guerre n'était pas loin. La peur non plus. Pillés de nombreuses fois dans le passé, nos braves paysans n'avaient guère reçu le secours des contrées voisines. « Chacun pour soi et Dieu pour tous. » Nous l'avions appris à nos dépens.

« Chacun pour soi... se dit Renelde. Oui, nous aussi, à cette époque, entre l'annexion et la peste... »

— La guerre est-elle achevée, là-bas ?

— Malheureusement non, Renelde. En cette année 1677, elle y commet encore de graves méfaits. On ignore actuellement le sort réservé à la châtellenie. Deviendra-t-elle françoise, à l'instar de Lille, ou restera-t-elle Pays-Bas espagnols ? Dieu seul le sait...

Arriva le moment, pour Grégoire, d'avouer les violences de Corneille à l'égard de sa jeune femme, ses instincts débridés, le rejet de la malheureuse Adrienne, et les ombres, enfin...

Les ombres de Iolande et de Jérémie, près du moulin…

Dans le Plat Pays, en cette même nuit de Pâques 1677, l'obscurité engourdissait peu à peu les êtres et la campagne.

Deux gardes de nuit faisaient leur ronde.

Ils chantaient en flamand, d'un ton monotone et plaintif, un refrain très connu :

La cloche a sonné douze heures.
Douze heures a sonné la cloche.
Gare au feu et à la lumière de la chandelle.
Priez pour les âmes qui sont dans les flammes du purgatoire.

28
Vade retro, Satana[1]

A partir de cet instant, Renelde pressentit les malheurs entraînés par la passion excessive de Corneille.

Il se leva, fit quelques pas, s'arrêta, la regarda gravement, et exhala un douloureux soupir. Enfin, il se rassit. Sa main gauche crispée, accrochée au bois de la chaise, trahissait une âme tourmentée. Grégoire n'avait pas encore touché au repas déposé à son intention.

L'atmosphère s'alourdit.

— A l'automne de l'an 1667, Lille était françoise, et vivait dans l'horreur de la Male Mort.

» Nous découvrîmes votre père, Renelde.

» Tis'je vous a raconté ce triste épisode. Soyez assurée qu'il repose en paix sur mes terres. Il était connaisseur en affaires. J'estimais grandement Pierre Van Eyck.

Une perle diaphane glissa inopinément sur la joue de Renelde.

Grégoire l'enleva avec une infinie délicatesse.

— La peste arrivait sur nous... "Elle est aux portes de Bailleul !" nous annonça le tambour.

---

1. *Vade retro, Satana* : Retire-toi, Satan. (Mat. IV-10).

» Nous interdîmes aux étrangers de pénétrer dans le village ; hors les missionnaires de l'Église bien entendu, ou les envoyés du pouvoir royal.

» On évita l'eau, suspectée de transmettre la Grande Maladie. On scruta la voûte céleste dans l'appréhension de signes avant-coureurs du désastre. Au crépuscule, des centaines de cierges vacillaient dans la campagne. Le chuchotement des prières remplaçait le coassement des grenouilles. Les arbres décorés de loques de malades, accrochées là pour "servir" les Saints, prenaient l'aspect d'étranges épouvantails.

» L'inquiétude montait et nous tenaillait l'esprit.

» Une seule visite, en 1668, déclencha la panique.

» Deux archidiacres, responsables de nombreuses paroisses, entrèrent au village. Ils parcouraient les campagnes, débitaient des sermons, enquêtaient sur la bonne moralité des gens, rendaient visite aux malades, et distribuaient les sacrements.

» En cette ère troublée, il leur était urgent de "récupérer" leurs ouailles. Ce fut aisé, car elles étaient effrayées et vulnérables à souhait.

» Aucun absent, ce matin-là, à l'office.

» — Méfiez-vous, gens de Moerbeke. Le feu a purifié votre village, en le débarrassant des êtres impurs et démoniaques, il y a dix ans. Veillez à ce que Satan ne réapparaisse pas à votre porte !

» Ils incitèrent au devoir de délation.

» Je n'avais rien dit à Iolande concernant le moulin. Adrienne m'avait suivi...

— Encore elle, murmura Renelde.

— Oui, encore elle, fit-il en écho. Elle m'avait suivi et ramassé dans la *clyte*. J'avais perdu goût à la vie, perdu ma hargne au travail, et toute notion de survie. Je n'avais exprimé aucun reproche à ma femme. Je n'étais plus révolté. J'étais anéanti, et absent.

— Elle s'était aperçu, je suppose, de votre changement d'attitude, à son égard. Vous interrogeait-elle ?

— Je ne répondais pas.

— Vous... approchait-elle ?

— Je fuyais.

» Sans doute m'observa-t-elle durant la messe. Elle sortit à mes côtés. Je la sentis me prendre tendrement le bras. Isolé et mortifié, je ne me retournai pas vers elle.

» En revanche, je croisai un regard dérangeant, celui de ma servante.

» L'élan de Iolande était-il simulé, à cause du beau Jérémie ne cessant de l'observer, ou de sa compagne au cœur empreint d'une sournoise et fatale rancune ? Une lueur maléfique dans l'œil d'Adrienne aurait dû me prévenir que la machine infernale se mettait en branle, pour ne plus s'arrêter. Iolande était-elle sincère, repentante ou vertueuse ? Je ne l'ai jamais su. Désirait-elle, par ce geste affectueux, montrer à tous quel était son choix ? Plus rien n'importait pour moi.

» Je portais le deuil d'une vivante. J'étais moi-même un spectre accomplissant le strict nécessaire pour la survie de la *hofstède*. J'avais égaré mon âme, et mon visage n'était plus qu'un masque dissimulant le vide.

» Adrienne fut l'instigatrice du malheur. Elle frappa la première en parlant au bailli et aux archidiacres.

» Et Iolande fut la proie à atteindre, la créature du Diable à détruire.

— Les... sorcières... (Renelde hésitait.) ... ne sont-elles pas essentiellement des malheureuses, vieilles et pauvres, qui exploitent notre crédulité ?

— Souvent. Comment croire, en effet, que Iolande, si jeune et naïve, pût être habitée par le démon ? Ses pratiques de la campagne furent peut-être ses seuls péchés.

— Ses pratiques ?

— La cueillette des « herbes du bonheur », ses dialogues avec les animaux de la ferme...

» Elle n'était pas responsable de sa beauté. Mais, à

l'heure de la méfiance, son insouciance n'était plus acceptable. Fut-elle coupable envers moi?... Aujourd'hui, je n'en suis pas convaincu, et le mystère ne se dévoilera qu'à l'heure de ma propre mort. A-t-elle manqué au devoir conjugal, ou témoigné d'une absence de tendresse ? A dire vrai, dans nos premières années, je n'oserais le certifier.

» La jalousie d'Adrienne déclencha le signal de la curée. Les forces du mal confluèrent à nos pieds.

» Derrière ce déchaînement d'agressivité, il y avait ma richesse et mon pouvoir, qui agaçaient. Mais moi, j'étais échevin, puissant et respecté. Iolande, non. J'ai eu le temps de comprendre, sinon d'admettre. Ce ne fut pas le peuple que nous gênâmes le plus. Non ! On se servit de lui. "On", c'était les autorités en place. Je les embarrassais, au même titre que les charlatans, les hérétiques, les soi-disant sorciers, qui allaient à l'encontre de leur influence.

» Aujourd'hui, je pardonne à nos paysans. Je n'ai pas le droit de leur lancer la pierre. Ce sont de braves gens, pour la plupart, je serais heureux de les revoir. Certains s'allièrent contre nous, c'est vrai, mais ils étaient effrayés, prisonniers.

» D'ailleurs, la sorcellerie ne fut pas l'apanage de Moerbeke. Bien d'autres furent atteints par ce fléau. On nous avait imprégnés de sermons, de contes. On nous avait saoulés de spectacles d'exécution.

— Vous parlez au passé, Grégoire, intervint Renelde, pensez-vous que cette époque soit révolue?

— Je l'espère de toute mon âme.

Et il reprit :

— Autrefois, chaque village possédait sa sorcière. A présent, il fallait nettoyer. Les archidiacres venaient d'insuffler dans la contrée un climat de suspicion et de crainte. L'insécurité due aux gens de guerre, la misère et la peste contribuèrent à la montée de la peur. La cause de tant d'infortune ne pouvait venir des puissants de ce monde. Des causes occultes s'immisçaient dans les épreuves.

» Un combat entre Dieu et Satan, son adversaire, avait commencé. En colère, l'un nous envoyait ses intempéries. L'autre, avec ses émissaires les sorciers, provoquait des ravages identiques.

— Je ne suis pas de cet avis! s'exclama Renelde. Jésus est amour!

— Vous avez raison. Ce que je vous rapporte là, ce sont nos croyances. Vous êtes comme moi, Renelde, une hérétique, car vous doutez de ces histoires saugrenues.

— Enfant, à la suite d'un conte, je me rappelle avoir eu très peur des maléfices. Ma marraine me rassura en ces termes : « Il n'y a qu'un esprit, c'est Dieu. Le Diable n'existe pas. C'est une invention. »

— Est-ce que la peur nous défigure? reprit Grégoire. Montre-t-elle au contraire notre vrai visage : celui d'un être brut? Une fois le mot fatal prononcé, « sorcière », la bête paniquée se mit à griffer, mordre et tuer. L'araignée de la calomnie ourdit sa toile. Dans notre village isolé, au milieu des marécages, les vieilles haines resurgirent avec vigueur.

Un frisson d'horreur parcourut le dos de Renelde.

— Aujourd'hui, dit-elle, l'hostilité refait surface. Et elle agit ici, vis-à-vis de nous.

— Il est probable qu'elle existera toujours, en période troublée, comme le reflet d'un état de fragilité.

— Mais je vous interromps sans cesse. Continuez, Grégoire.

Elle lui toucha la main, et accompagna son geste d'encouragement d'un tendre sourire.

— Le crime de sorcellerie est abominable. Le châtiment en est la mort. Nos gens ne voulurent pas être accusés de complicité en négligeant le devoir de délation... La délation! Cette sujétion infecte, écœurante, répugnante, qui rabaisse l'homme à ses plus bas instincts. On encourage ce vice. Je ne l'admets pas. Dieu ne l'a jamais ordonné.

» A la suite d'Adrienne, les dénonciateurs vinrent en quantité pour citer les méfaits de Iolande. Aucun, bien entendu, n'avait de griefs personnels ! A peine s'ils avaient aperçu quelques bizarreries... Il leur fallait coûte que coûte justifier leurs accusations ! Ils furent nombreux à me critiquer. Ce qui était plus légitime... Vous devinez, Renelde, de qui il s'agissait : de ces ouvriers mécontents et renvoyés, de l'ancien échevin aigri, de cette famille que j'avais heurtée dans leur chaumière et qui fut, à la suite d'une malheureuse réflexion du père, harcelée de questions. Comme par hasard, des cousins de nos victimes eurent aussi à se plaindre... Et l'on sait que nos villages regorgent de cousins !... Mais j'étais un échevin de renom et je ne pouvais donc être que dupe de la malignité de ma diabolique épouse.

» Alors, on dénonça — beaucoup, et par obligation — les multiples torts de la suspecte. Même ma famille ne l'épargna pas. Les ingrats !

— C'est vrai ! Vous m'aviez dit avoir deux sœurs, Grégoire ?

— Oui. Je les avais mariées avec des employés du domaine. Pour leurs épousailles, je leur avais procuré des maisons, dans Moerbeke. Ils y habitent encore, je suppose. Iolande ne fit pas l'effort de les inviter régulièrement. Moi non plus. Mon amour me suffisait... J'en oubliais la famille. Ils nourrirent de la rancœur, et laissèrent échapper, eux aussi, des paroles évasives, mais tranchantes, à propos de la réputation de ma femme. Adrienne l'avait vue parler avec les truies dans la cour, partir en promenade dans la forêt, défiant la nuit et ses êtres maléfiques. Elle l'avait surprise à cueillir « l'herbe du Diable » et des champignons aux effets étranges. Elle l'avait entendue me tancer vertement : « C'en était comme le monde à l'envers ! »

» Iolande m'avait ensorcelé, et elle avait envoûté Jérémie, et même le Thomas, dont la femme, Antoinette, prit le relais de ma servante. Les yeux rétrécis par la frustration, avec l'air de celle qui connaît tous les secrets du village, Antoinette accusa :

» — Iolande n'a-t-elle pas ri avec un des fils à Vraeghe, qui depuis ce jour ne quitte plus le lit ?

» Le père, lui, avait témoigné contre la Jacquemine. C'était de famille !

» Quatre de ses poules dépérissant, une voisine les avait fait exorciser par les pères. A présent, elle se rappelait les railleries acérées de Iolande...

» Moi-même, ne l'avais-je pas "envoyée au Diable" ? Cette simple parole en l'air, lancée un soir de colère dans la cour de ferme, n'était pas retombée dans de bienveillantes oreilles.

» — Elle a ri de moi, et ma vache est morte ce soir-là !

» — Après sa visite, le bois n'a plus pris dans l'âtre...

» On alla jusqu'à ces mesquineries...

» Les chuchotements des esprits échauffés se métamorphosèrent en grondements. Derrière le glaive des mots se cachaient la peur, l'angoisse. Au travers d'une créature vulnérable, on visait un maître austère et singulier. Il fallait regagner l'autorité que j'avais peu à peu usurpée.

» Au Conseil, réunissant curé et notables, je compris que Iolande était trop jolie, et moi trop différent.

» Mes pairs me firent un procès informel. Ils me reprochèrent d'avoir épousé une fille aux origines obscures hors de ma condition. J'avais été au collège, tout de même ! Un membre de notre communauté était pourri et la gangrène s'appelait Iolande. Il fallait la supprimer pour me sauver du mal...

» En réalité, pour me mutiler.

» Une femelle qui ne m'avait pas offert d'enfant ! Elle était probablement cause de mon infécondité.

» Voilà, on avait extirpé mon point faible.

» Convaincue de ce crime, elle encourait au moins l'emprisonnement, car le délit était d'importance.

» Ripostai-je à ces accusations ?

» M'avait-elle rendu stérile ?

» Je ne répondis rien.

Très pâle, Grégoire répéta :

— Renelde, je ne répondis rien... Rien !

Un silence suivit l'aveu.

Bouleversée, Renelde l'encouragea néanmoins à continuer :

— Muré dans un lâche mutisme, je commis mon péché le plus grave. En toute conscience, je condamnai Iolande.

Grégoire s'arrêta encore un instant, l'âme envahie de malaise.

Contracté par l'émotion, le visage de Renelde ne semblait pas le rejeter. Il ignorait qu'elle avait vécu l'enfer, elle aussi. Avec la même lâcheté, elle avait abandonné son mari à son triste sort.

Il poursuivit :

— Je savais Iolande innocente du crime de sorcellerie, mais j'étais certain qu'elle me trompait.

» L'espace d'un éclair, je voulus ouvrir la bouche, hurler sa candeur, la blanchir, mais le démon du ressentiment me bloqua la mâchoire. Je fus déchu de ma charge d'échevin.

» — Tu n'es pas coupable, on ne cherche pas à te punir, et à t'exclure de la communauté, prétendirent mes pairs. Par contre, nous sommes astreints à te tenir à l'écart des décisions et du procès.

» Misérable reflet de moi-même, infâme et vengé, j'assistai au désastre sans un mot. Je trahissais, et je maudissais la femme que je n'avais pas été capable de mettre sous ma tutelle...

» Les autorités ne furent pas mécontentes de dénicher, une fois de plus dans notre village de sorcières, un excutoire aux misères du peuple.

» Entre laudes et matines, on arrêta Iolande.

» Elle avait jusqu'alors méprisé la malveillance et le dénigrement. Elle fut si surprise qu'elle éclata de rire :

» — M'arrêter?... Ce n'est pas possible!... Moi, la femme du premier échevin!

» Non, son mari n'était plus échevin. Il ne le lui avait pas avoué. Ce n'était pas une plaisanterie.

» Prise de panique, les yeux clairs assombris, Iolande m'interrogea. Là encore, je restai muet. Incapable de réagir. J'avais perdu tout sens de l'honneur.

» Mon âme était crasseuse, comme le ciel, ce matin-là.

» On l'emmena dans une charrette identique à celle qui la transportait un jour de printemps, celui où je l'avais rencontrée pour la première fois, enfouie dans les cerises.

» Son joli rire s'effaça. Il était né, disait-on, à sa naissance, car elle avait été ondoyée un jour de carnaval par un parrain travesti.

— Mon Dieu!

Une pointe de fer transperça le cœur de Renelde, pensant à sa petite Marie-Angeline.

La voix de Grégoire devint sourde :

— Iolande me regarda intensément, désespérément, pour la dernière fois. Longtemps encore, j'allais voir son expression douloureuse du fond de ma solitude et de mes remords.

» La ferme de l'Orme devint l'enclos de la honte. Les propos apitoyés se transformèrent en un silence réprobateur, puis en hostilité. On allait bientôt me cracher au visage et je le méritais.

» J'eus alors un sursaut, un réveil : trop tardif. Impossible d'arrêter la machine. Le piège se refermait sur l'accusée qui devait faire "preuve contraire". Comment voulez-vous?

» Elle encourait le pire sans avoir pu se défendre. Le prince était le grand détenteur de la justice criminelle. A plusieurs reprises, Eugène avait frappé sans clémence. Implacable, et exemplaire.

» Parti chasser les sangliers ou les François, il était absent. Le bailli le représentait. Après les délateurs, les juges se multiplièrent. Tout nous échappait. On pouvait donc punir sur de simples préjugés.

» Au procès, les questions ne se situèrent plus au même niveau que les médisances. Le discours se tourna vers le Diable :

» — Depuis quand êtes-vous sorcière ?

» — Comment l'êtes-vous devenue ?

» — Comment se nomme votre supérieur, parmi les esprits malins ?

» — Où avez-vous célébré vos noces avec Satan ?

» — Quel serment avez-vous prêté ?

» — Qui y a assisté ?

» — Quelles musiques y a-t-on jouées ?

» — Quelles danses ?

» — Quels mets ?

» — A-t-on fait une marque sur votre corps ?

» — Une marque...

» Révoltée, Iolande fut prise d'un fou rire nerveux, me rapporta Jehan, présent à l'interrogatoire.

» Ne pas verser de larmes était déjà mauvais signe. Le rire allait la condamner davantage. On le jugea offensant et diabolique.

» — Qui sait, lui dit-on, si votre haleine n'a pas empoisonné nombre d'entre nous ?

» Elle répondit que, si on lui trouvait une seule marque, elle voulait bien être sorcière !

— L'imprudente ! s'écria Renelde.

— Oui, imprudente Iolande ! Elle ignorait que ce point insensible où elle était censée avoir été touchée par le Diable était simplement l'endroit où le supplicié, à bout de souffrance, ne réagissait plus.

» Le corps frêle de ma belle fut rasé par Jehan, l'ami fidèle, honteux et bouleversé d'avoir à exécuter ce travail sur une Iolande hagarde, dont il n'eut pas la force de croiser le regard. Il était loin, le temps de la plaisanterie !

» Terré chez moi, j'imaginais l'œil lubrique des hommes examinant avec complaisance son corps dénudé, le bourreau la piquant en tous endroits, même, et surtout, dans ses parties les plus secrètes. Ses hurlements résonnèrent dans ma tête, et plus cruel encore, son silence. Silence d'épuisement. Pauvre objet offert à un Satan, caché non pas en son sein, mais dans le plus profond de ces êtres calmes et froids, qui poursuivaient leur lamentable besogne.

» Le dégoût me prit à la gorge. Jehan me retrouva prostré dans un coin, inconscient, et baignant dans mes propres vomissures.

» On avait découvert la marque du Diable.

» C'était déjà un heureux résultat. Il fallait donc aller plus loin.

» On lui imposa la torture pour obtenir les aveux définitifs.

» Le bourreau de Dunkerque connaissait bien son affaire.

» J'entendis à nouveau les gémissements de la malheureuse qui suppliait qu'on cessât, qui réclamait la mort, tandis qu'on lui étirait les tendons, et que les brodequins de bois lui cassaient les jambes.

» Anéantie par la douleur, le corps brisé, sa résistance vaincue par huit heures de tourment, rendue folle par les pointes de fer sous les ongles, elle confessa ce que l'on espérait. La satanée "question", la torture, avait atteint son objectif.

» Elle avoua.

» S'il n'y avait eu que les maléfices à l'encontre de ses voisins, on l'eût peut-être acquittée. Les insinuations avaient permis l'emprisonnement, sans constituer de preuve à la sorcellerie. Mais elle avoua l'onguent vert avec lequel elle se frottait l'aine et les cuisses pour voler dans les airs. Elle avoua le sabbat, banquet des sorcières, et ses danses au son du tambourin et de la flûte. Pour cela, un seul châtiment : le bûcher.

» Ce qu'elle avait reconnu, le cerveau embué par la souffrance, n'était-ce pas ce qu'elle avait fait à la kermesse, tout simplement ?... Des danses innocentes...

» Pourtant, il y en a dans toutes les régions, de ces orgies bien réelles dues à la faim, à la soif aussi de relâchement.

» Oublier la misère, vivre quelque chose d'excitant, de grisant... Y avait-elle été mêlée ?... Cette idée me vint à l'esprit.

Un léger frémissement soulevait sa joue droite. Il s'exprima alors, avec difficulté, d'une voix tremblante :

— Après le procès, tandis qu'ils festoyaient pour se remettre de leurs émotions et fêter la victoire du Bien sur le Mal, on ramena Iolande dans sa cellule nauséabonde et malsaine. Après les humiliations et supplices subis, on lui donna de la paille fraîche, comme il était de coutume.

» Iolande défigurée, les membres distordus, les stigmates de l'horreur marqués sur son visage, les yeux révulsés et les mâchoires crispées, la langue pendante...

Grégoire ne put contenir plus longtemps son émotion, et ce fut comme la mer, qui déborde...

29

— Vous étiez ivre d'amour et de souffrances. Cette folie vous a amené à la renier, dit Renelde.

N'avait-elle pas voulu l'oublier, elle aussi, lors de la soirée de la rue Royale ?

— Ne cherchez pas à me justifier. Je suis un meurtrier, car j'ai désiré sa mort. Je ne peux me prévaloir de pures intentions. (Et il poursuivit :) Jehan vint me dire adieu. Le curé l'accompagnait. De braves hommes que ces deux-là.

» En dépit de ses abus de pouvoir sur nos âmes, ce vieil abbé, je l'aimais bien. Il nous avait initiés, enfants, aux grands mystères de la vie. Aujourd'hui il a rejoint Dieu le père.

» Je fus très surpris d'entendre qu'il doutait de la culpabilité de Iolande :

» — Elle était gentille. J'étais sévère avec elle, parce qu'elle avait tendance à jouer de ses yeux et de son sourire aguicheur. Quoique encore... Elle récoltait de belles recettes à la quête avec son air angélique et sa chevelure de princesse !...

» Il fit le signe de croix, et ajouta, l'air faussement contrit :

» — Ça ne s'avoue pas, ça, normalement, quand on est prêtre. Mais plus rien n'est normal de nos jours !

» Je le suppliai de me répondre :

» — En confession, a-t-elle reconnu avoir fauté avec le Jérémie ?

» — Elle ne m'en a rien dit. Pure, honteuse, ou méfiante ?... J'ai bien essayé de savoir, mais sans succès. Elle a eu raison d'ailleurs de se défier de moi, car je viens de lever le voile sur le secret de la pénitence ! En tout cas, ça, je te le certifie, mon fils, elle n'oubliait jamais ses devoirs de chrétienne.

— Mais alors ? intervint Renelde, étonnée.

— Eh bien, le bon prêtre avait eu son heure de lâcheté, comme nous tous, comme Jehan même, qui n'avait pas refusé de la raser. Sous peine d'être un suppôt de Satan, l'abbé n'avait osé émettre la moindre remarque et s'opposer à des supérieurs venus d'ailleurs. Qui n'avait peur de la sainte Inquisition ? Hommes de fief et hommes d'Église, tous étaient pareillement policés.

» Ils me pressèrent de fuir :

» — Mon fils, il te faut partir. Il n'y a qu'avec un corps sain et sauf que tu trouveras en toi la force de sauver ton âme.

» — Le père n'a pas tort, Corneille. Une fois tes biens confisqués, la loi risque de sévir encore plus à ton égard. Je crains pour toi, mon ami.

» Iolande était gardée par deux sergents de la seigneurie, enrôlés pour l'empêcher de s'échapper, ou de mettre fin à ses jours avant la cérémonie finale du bûcher.

» Aucune lumière n'était apparue dans le crépuscule de son esprit malade. Quant à son corps, brisé, il était souhaitable que le feu purificateur en libère l'âme. Elle s'élèverait vers Dieu. Le curé priait assez pour cela.

» Pour l'heure, la mienne voguait dans les sables mouvants de mes turpitudes. Ils avaient raison. Je devais quitter la région, pour éviter de trépasser avant d'avoir recouvré la paix, et l'espérance du paradis.

» Nous nous embrassâmes, Jehan et moi. Je lui confiai mes biens les plus précieux : mes livres. Je préférais les savoir entre ses mains plutôt qu'éparpillés Dieu sait où ! Peut-être les a-t-il toujours en sa possession.

» Je me demande souvent ce qu'il est devenu. Il a mon amitié. J'ai la sienne. Fidèle Jehan. Il n'avait pas déserté ma ferme, lui. Nous nous reverrons dans l'autre monde...

» On s'empara d'Adrienne. Sa trahison se retournait contre elle. Acculée à donner des noms, Iolande l'avait accusée à son tour. Le spectacle qu'elle offrit fut pitoyable et tragique. Elle se débattit de toutes ses forces comme une diablesse, hurlant son innocence. Il était difficile de croire qu'une telle violence ait pu se tapir dans un corps de femme.

» — C'est Satan ! Il est en elle ! criait-on.

» Il fallut l'assommer. On la traîna à terre, par les cheveux, vers une torture inutile.

» Pauvre Adrienne ! Polluée, elle aussi, par une passion destructrice, consumée par le dépit et par la haine, avant même d'être brûlée.

» Je réunis quelques papiers, mon couteau...

« Et la mèche de cheveux de Iolande », pensa Renelde.

— ... Je retirai mon épargne, enfouie dans le sol de la cuisine. Lorsque je sortis, au loin sonnait la première cloche. Le village, doucement, se réveillait. Il faisait encore trop sombre pour que les voisins, campés derrière les fenêtres de leur chaumière, vissent passer ma silhouette vénéneuse.

» Je répudiais mon passé et mon déshonneur, tandis que mes pieds et mon âme pataugeaient dans la boue des chemins impraticables des environs de Moerbeke.

» Au détour d'un sentier, je sursautai. L'ombre d'un homme ou d'un enfant ? J'eus peine à distinguer les traits effarés de Piete, le simple d'esprit. N'appartenait-il pas lui-même à l'au-delà ? Il me lança de la *clyte* au visage. Il était le plus bête, disait-on. Il venait d'avoir le geste le plus sensé.

» La fange me réveilla.

» Non, je ne vivrai pas avec une éternité de regrets !

» Je fis demi-tour. Je l'attrapai au collet. Il eut d'abord très peur.

— Je ne te veux pas de mal. Aide-moi à sauver Iolande.

» Piete me suivit aussitôt. Il était le moins lâche d'entre nous. Le plus digne de rentrer dans le royaume de Dieu.

» Agile et petit, il réussit à nous frayer un passage vers la geôle de ma femme, sans nous faire repérer.

» La chance se mit de notre côté. Un seul homme était en faction, l'un de nos pauvres, stipendié par les sentinelles en mal de repos. Je le fis boire. A la cinquième jatte de bière, le bougre accepta une bourse bien pleine. Nous emmenâmes Iolande hors de péril. Nous aperçûmes des villageois qui ramassaient du bois sur mes terres. La population était contrainte à fournir les fagots qui bientôt s'amoncelleraient sur la place. Pour Adrienne.

» Piete et le geôlier m'accompagnèrent un moment. Puis ils disparurent.

» Alors je m'enfonçai dans les marais et dans la brume, sur une barque d'emprunt, un corps recroquevillé au fond de l'embarcation. Moi qui me vantais de dompter la terre, j'eus la tentation de m'y engloutir, mais non l'audace de damner mon âme à jamais. Je me rappelais les paroles du curé : oui, il me fallait survivre pour retrouver la voie de la lumière, et protéger Iolande. Allais-je fuir vers la mer ? C'était trop dangereux, avec ma femme malade. En ces années confuses, nous ignorions qui était françois, qui était espagnol. Tis'je m'avait appris que des batailles faisaient rage sur les dunes.

» Terré dans un labyrinthe de marécages, j'attendis les Nekkers ; mais ces esprits malins ne vinrent pas. Les loups ne nous attaquèrent pas. Et les sergents recruteurs ne m'enrôlèrent pas. Ils ne se risquaient pas dans la *clyte* et l'ombre trouble des eaux stagnantes. Une nuit de pleine lune, à l'abri des halliers impénétrables, je crus voir la Dame Blanche à travers les sapins et les ormes. Elle avait revêtu le visage de Iolande, qui, elle, ne parlait plus, ne me regardait plus.

» Moi aussi, je délirais.

» Tantôt, j'avais l'impression d'être le Diable. Tantôt l'opprimé.

» D'autres épreuves restaient à subir. J'avais honte, oui, mais essentiellement de mes faiblesses d'amour. Je découvris, horrifié, que la passion qui m'avait lié à Iolande s'était commuée en une immense pitié. De si grands sentiments pouvaient-ils donc se défaire si brusquement ? La nature humaine est bien lamentable, me disais-je encore.

» Et cependant, cela me plaisait de m'ériger en victime. Je ne savais plus si je pleurais mon amour pour Iolande, ou notre triste condition. Je m'apitoyais autant sur mon sort que sur le sien. Et je me méprisais du même coup. Et en me méprisant, j'avais le sentiment fou de l'aimer mieux. Plus j'étais bas, plus elle sortait auréolée de sainteté. Plus je me redressais, plus il m'était facile de la condamner et de tuer Satan, en quelque sorte.

» Un désordre complet régnait en moi.

» Voyez-vous, Renelde, comme il est effrayant de s'apercevoir — des années après ce drame — dans quel abîme plonge notre âme, quand elle est à la dérive...

» Je décidai de rejoindre la France, et Lille, mais d'abord de nous cacher quelque temps à Haesebroek, ville libre sans dépendance de seigneurie. Il était urgent de panser les plaies de Iolande. Son état ne s'était pas amélioré dans les bois et les eaux croupissantes propices aux fièvres.

» Je frappai tout naturellement à la porte du collège des augustins. Au-dehors, j'entendis une complainte, venant du marché. Elle chantait la légende de “la belle Iolande envolée par le trou de la serrure”...

» Mon Dieu ! s'ils avaient vu ma femme à ce moment-là ! Absente, vivante et morte à la fois.

» Grâce à l'hospitalité des frères du couvent, nous fûmes accueillis comme de simples pèlerins.

» Premier échevin, riche laboureur, donnant ses autorisations aux marchands, rendant la justice et venant traiter avec de gros bourgeois en la halle aux draps, Corneille Van Noort n'était plus qu'un pauvre hère en exil, moins bien loti qu'un colporteur, réduit à la condition de mendiant, et traînant à ses côtés une loque humaine, dont l'esprit planait Dieu sait où.

» C'est alors que je fis une terrifiante découverte : Iolande était grosse de plusieurs mois !

— L'enfant dans la cave ! murmura Renelde.

— Oui.

» L'ignorait-elle au moment du procès ? Dans quelles conditions allait-il naître ?

» Une question, surtout, me tourmentait : ce petit, qui venait trop tard, était-il le mien ou celui de Jérémie ?

» Je traversai tous les états : heureux d'attendre enfin une progéniture, malheureux que sa mère ne s'en rende plus compte, horrifié à la pensée qu'il naisse sans refuge, rongé par le doute, âpre à rejeter le fruit du péché.

» Était-il mon enfant ?...

» Alimenté par les bons pères, et par les lectures de saint Augustin, je trouvai un repos relatif, et des justifications à mes actes : ne disait-il pas, ce sage, que si l'homme est à l'image de Dieu, la femme ne l'est que par son âme, car son corps est un obstacle ?

» Un frère nous dégotta une chambre chez une vieille de la rue de Rubecque. Je la remboursai par de menus services.

» Iolande me donna un fils, et mourut.

» Il avait ses yeux, mais il ne voyait pas. Il avait sa chevelure, mais, battu dans le ventre de sa mère torturée, il était bossu.

» Enfant de suppliciée ou du Diable, enfant sacrifié.

» Je décidai de ne pas l'enfermer à la maladrerie. Il était mon fardeau, ma pénitence, et peut-être mon œuvre.

» Une voisine compatissante et discrète le nourrit en cachette. Le garçon sevré, je l'emportai et rejoignis le canal. Un batelier faisait route vers Lille, et recherchait une dizaine de haleurs pour son coche d'eau. Il accepta de me prendre, et ferma les yeux sur ma charge incongrue. Je travaillai avec la force de trois hommes. Cela me permit de regagner de l'argent et de donner à manger au petit. Je côtoyai toutes sortes de gens.

» Sur les canaux, des marchands d'Ypres me parlèrent d'un évêque, Jansénius, qui avait condamné le pouvoir absolu des rois avant sa mort. Peut-être m'y suis-je intéressé car Haesebroek dépendait de ce diocèse. Évitant les zones infestées par la peste et la guerre, nous arrivâmes aux portes de la ville, mais nous dûmes attendre la fin de l'épidémie pour y entrer.

» Je fis la connaissance d'un homme remarquable, un Vénitien. Trente ans auparavant, il avait accompagné son père à Rome, et assisté au procès de Galilée. Après de nombreux voyages, à la recherche incessante d'idées neuves, envoûté par Amsterdam, il s'y était installé. Éditeur en Hollande, il vulgarisait des écrits prohibés en France. Aussi préférait-il la clandestinité pour s'en aller mourir en paix dans sa Venise natale.

» Nous nous abritâmes, ensemble, dans une petite maison de maraîchers, et liâmes une grande amitié.

» Il m'apprit beaucoup sur la splendeur d'Amsterdam, la tolérance de ses régents et les nouveaux courants de pensée. Il me considéra, je crois, comme son fils spirituel. En me quittant, il me légua un véritable héritage en savoir.

» Inconnu à Lille, je décidai d'y poursuivre son œuvre de sauvegarde.

» Quand je pris cette maison voisine de la vôtre, Renelde, je savais que vous étiez la fille de Pierre Van Eyck. C'était une espèce de gage d'amitié envers le brasseur. J'ignorais encore à quel point j'allais veiller... par amour.

» Dès mon arrivée, je me procurai de nombreux livres et y trouvai une justification à mes erreurs : hérétiques ou non, le salut n'était pas assuré à tous. Le péché originel venait des filles d'Ève, et de leur perversion.

» Pour résister, il fallait la grâce...

Renelde l'interrompit :

— Le croyez-vous réellement ?

— J'ai voulu le croire...

Et Grégoire ajouta :

— Jusqu'à cette année.

Il sonda Renelde de ses yeux clairs.

Ce qui lui troubla le cœur autant que les sens.

— Je me réfugiai dans la prière et le travail, afin de mériter la faveur de Dieu et d'expier ma faute. Je vécus en misanthrope, fuyant la femme, et le péché de chair. Je vous observais, Renelde, âpre à vous voir entachée. Je luttais entre mes pulsions et mon désir de pureté. Les marteaux qui cassèrent Iolande me brisaient la tête. Je jurai que jamais plus mes sens ne me posséderaient. Je refusais de tomber aux mains de Satan et d'être entraîné dans les plaisirs. La méditation, mon étude sur la pensée et sur l'univers me dérobaient à mon entourage et à la vie extérieure. D'autant que mon fils grandissait, aveugle et difforme. Je ne voulais pas prendre le risque d'exposer le malheureux et le caractère d'opprobre de son existence aux yeux du voisinage.

» Cachée entre les murs épais de ses ténèbres et de notre maison, la tare familiale semblait éclipsée vis-à-vis des autres. Il m'était impossible de m'en séparer et de le mettre à l'asile. Visage du mal aux cheveux couleur de blé doré, fils ou non, je devais le garder près de moi.

» Dès qu'un rare visiteur s'annonçait, je descendais l'enfant à la cave. Marieke s'en occupa avec la patience d'une mère, dans l'ignorance de notre passé. Cependant, je crois qu'il l'effrayait. Vous savez le reste. L'enfant sans nom est mort.

» Aujourd'hui, enfin, je l'appelle "mon fils". Même s'il n'est pas né de moi. Et je le pleure car je l'ai aimé, et haï.

» Mais aimé plus encore !

» Aujourd'hui, j'ai grandi. Et c'est enfin un homme que vous avez, cette nuit, en face de vous, Renelde. Un homme avec beaucoup de faiblesses, mais prêt à tout, pour vivre mieux... S'il n'est pas trop tard. J'ai reconquis mon âme, Renelde, en vous offrant mon cœur. La grâce que je quémandais, je l'ai trouvée dans votre amour, et dans votre foi. Vous avez extirpé mon être des entrailles du démon. Vous m'avez rouvert les yeux sur les dons de Dieu que sont la nature, la musique, les enfants, la tendresse, et sur nous, pauvres êtres, à la fois pitoyables et beaux.

La chandelle brûla jusqu'à l'aube. On distingua le petit matin par le soupirail placé en haut du mur de la cave.

Le regard de Grégoire n'était qu'humilité, et trahissait son inquiétude à la suite du long et douloureux aveu.

— Le mal est partout, soupira Renelde, qui ne pouvait plus garder en elle son infernal secret. Nous ne sommes innocents ni l'un ni l'autre, et portons à jamais la marque de ces pestiférés qui habitèrent nos maisons.

Elle lui avoua son passé, et sa propre honte.

Et, à son tour, Grégoire écouta et pardonna.

Le temps ne fut plus aux paroles.

Les corps enfin devaient vivre. Un long silence s'ensuivit où ils se reconnurent.

— Je vous aime, Renelde.

Elle disjoignit ses mains resserrées sur son châle, qui tomba.

— Je t'aime, Grégoire.

Ses doigts se délièrent, et se transformèrent en caresses. Leurs peaux se touchèrent.

Avec une incommensurable douceur, il lui ouvrit le corsage, et découvrit ses seins, qu'il baisa. Parcourue de frémissements, elle gémit une première fois de plaisir. Il la dépouilla de ses vêtements, ne cessant de la regarder.

Elle s'offrit sans honte au plaisir partagé.

— Dieu que tu es belle ! murmura-t-il avant de l'enlacer puissamment.

Il lui prit les lèvres avec passion ; fit courir ses doigts jusqu'au bas de ses reins, provoquant un second gémissement. Il l'entraîna sur un lit de volupté et de fièvre.

Elle sut enfin ce qu'était cette tempête des sens qui peut emmener l'âme vers l'au-delà.

Elle vécut une vraie nuit d'amour, sa première enfin, là, dans cette cave humide. Elle avait voulu son corps sans mémoire, lui qu'elle avait offert maintes fois sans affection. Mais il avait gardé la trace d'un souvenir qui s'était ancré en elle à son insu : la façon dont l'officier français l'avait jadis regardée.

Aujourd'hui, son corps revendiquait le droit de vivre.

Mariée à Charles, elle n'avait connu que l'étreinte de l'angoisse. Elle avait fini, plus ou moins, par surmonter son dégoût, mais de cette époque lui était restée une étrange impression de salissement... Sentiment glauque, dérangeant, car elle était sa femme...

Aujourd'hui, assailli de baisers, son corps osait ses désirs, en étanchait la soif. Et elle se sentit meilleure par cet acte de chair, qui, loin de lui sembler un crime, la rapprochait de Dieu.

Elle avait souffert de ne pas se sentir une bonne chrétienne. Peu importait à présent qu'elle fût hérétique ou révoltée.

Elle se rappela ce que sa marraine lui avait confié à mi-mots :

— Les grandes joies...

Elle comprit l'obstination de Marieke à revoir son mari. Et aussi les dernières paroles d'Ana :

— L'amour ! Savez-vous au moins ce que c'est ?

Elle réconcilia son âme et son corps. Tous deux s'unirent en une émotion qui avait qualité d'éternité.

Elle ressentit tout cela comme un don de Dieu, et non comme un péché. Un don que le Seigneur avait transmis aux hommes : celui d'aimer, mais aussi de crier et d'exalter cet amour. Les autres créatures de l'univers n'avaient pas cette possibilité. Elle pensa que la religion accordait bien peu de mérite à ce miracle-là. Pourquoi bafouer, interdire, mépriser cette communion ?

Son besoin si longtemps frustré, refréné, cette façon animale d'être, lui parurent soudain si naturels !

L'alchimie merveilleuse de la vie, c'était ça ! Une disponibilité totale en mourant presque dans les bras d'un homme, et pénétrer au cœur de l'autre par cet échange !

Elle comprit enfin que cela lui était essentiel, depuis qu'elle avait été bercée par la tendresse et les baisers de sa mère et de sa marraine.

Et elle ressentit le tout en un éclair.

30
Ad vitam aeternam[1]

Aux cloches pleines d'allégresse du Lundi de Pâques répondirent les musiques saccadées des réjouissances profanes.

Posté en sentinelle sur le seuil d'une maison jouxtant celle de la dentellière, Tis'je pressentait le danger.

Ces dernières années, il avait beaucoup observé son petit monde.

« Décidément, se disait-il, quand l'amour se mêle à la vie, celle-ci ne peut lutter. »

Les bruits de la kermesse s'amplifièrent.

Une autre fête resurgit d'un lointain passé : Iolande, cheveux au vent, y invitait le beau Jérémie.

« Non !... Plus de malheur !... Au Diable l'adversité ! »

D'honnêtes Lillois sortaient éméchés du *Pont-aux-Cygnes*, une bande de tire-laine en profita pour les détrousser. Assis sur le parvis de Saint-Pierre, un mendiant insultait les bourgeois au gousset bien garni. Des enfants regardaient avec fascination un montreur italien de marionnettes, qui installait son petit théâtre.

---

1. *Ad vitam aeternam* : Pour la vie éternelle.

Sous peu, un charlatan allait abuser de la naïveté du bon peuple en exhibant un animal rare.

— Venez, messieurs, mesdames !... Comme les Altesses et les rois, venez admirer mon phénomène !...

Il n'avait pas désarmé, le montreur d'enfant sauvage !

Dans la solitude de sa cellule, un misérable pleurait sa détresse et crachait son péché. Philippe avait retiré sa soutane et revêtu la capuche d'un simple pèlerin. Il devait expier sa faute... La faute d'avoir aimé de manière sensuelle, humaine et vaine. Rompues, les promesses avec le ciel ! Satan avait gagné ! Le serpent lui mangeait le cœur. Il était temps pour lui, fuyant l'attrait des biens terrestres, de partir sur les traces de saint Ignace.

Errant sur les chemins, un simple bâton à la main pour éviter les attaques et les marécages, une gourde à la ceinture, le recueil des *Exercices spirituels* dans un maigre ballot, le jésuite s'en irait chercher le repos et le salut de son âme.

Quand il aurait suffisamment versé de larmes de repentir, alors, peut-être, s'embarquerait-il en mission vers la Nouvelle-France, loin des puissants et des compromissions.

Renelde et Grégoire s'exilaient aussi.

Dans quelques heures, on fermerait l'atelier, et la maison serait fouillée.

Elle mit ses dentellières à l'abri chez des voisins de confiance. Accompagnées par Marieke, les jeunes filles partirent avec leurs ouvrages, leur carreau, du fil et de l'argent. La volière s'ouvrait pour que les petites prennent leur envol.

Bientôt, elles en sauraient assez pour enseigner à leur tour la technique du fuseau. Bientôt, ces enfants-là se sentiraient pleinement françaises.

La mutine et espiègle Marguerite ne voulut rien entendre.

Elle s'accrocha avec une ardeur furieuse et opiniâtre aux jupes de sa petite mère.

Et Renelde ne demandait que cela.

Elle n'attendait que ce geste-là.

Elle la prit dans les bras, lui baisa les joues, le front, les yeux, et décida de l'emmener avec eux.

— Non, Margot, je ne t'abandonne pas. Je te garde, ma chérie.

Grégoire et Renelde partaient vers la Hollande, refuge des persécutés, là où les Réformés refusaient toute chasse aux sorciers ; là où l'on vivait tranquille pour les recherches ; dans ce pays neuf qui se passionnait pour les arts, joie de Renelde, et pour les sciences, espoir de Grégoire.

Tous deux y trouveraient leur compte. Elle regrettait leurs anciennes coutumes. Il redoutait l'absolutisme du « François ». La Flandre quittait le baroque pour le classicisme, et la Flandre y perdait sa liberté.

Ils fuyaient l'emprisonnement, mais aussi le moule dans lequel Louis avait décidé de couler petits et grands du royaume.

Le Roi-Soleil organisait son monumental État en mettant à sa botte la noblesse et la justice.

Ils fuyaient le marasme d'une société culpabilisante.

Si dense en événements, cette Semaine sainte avait-elle été chemin de croix, route initiatique vers la grâce, quête du Graal ? Grégoire s'était réconcilié avec la vie en s'attachant à Renelde.

Elle ne l'avait pas rejeté après son aveu, bien au contraire...

Elle aimait quelqu'un de si personnel, qui se permettait de vivre à l'écart de l'Église, tout en croyant à la parole du Christ.

Elle espérait lui faire apprécier ses traditions et ses fêtes. Mais il l'avait ébranlée dans certaines de ses convictions.

Déniaisée, elle partait sans remords, sinon sans regret... Renelde l'hérétique !

Leur regard sur les autres et sur eux-mêmes s'était modifié, tandis qu'ils cessaient de s'interdire, et d'avoir honte, s'accordant enfin le courage de leurs envies, de leur plaisir.

A Lille, en Flandre, on se dissolvait, on se mettait en osmose avec le pouvoir royal. Eux préféraient sauver leur différence, ailleurs.

Malgré ses chagrins et ses soucis, Renelde adorait cette vie, qui s'écoulait si vite. Avec ses trente-cinq ans, elle n'était plus très jeune. Des rides s'étaient dessinées dans les coins de ses yeux bleu perle. D'une manière inexorable et imperceptible, ses longs cheveux blonds évoluaient vers le gris. Elle connaissait le bonheur de l'amour, à un âge où la plupart des femmes sont presque vieilles, et inaptes à le rencontrer.

Elle trembla de l'espérance de voir naître un enfant, un petit Flamand, fruit de l'amour ; frère de Marguerite, d'Ana, de Marie-Angeline, et de ses chères dentellières qu'elle quittait, le cœur endolori.

Ils partaient.

Bien entendu, Renelde voulut emmener Meï.

— Non, ma fille, dit la marraine, d'un ton qui ne laissait aucune place à la discussion. Un soir de peste, tu m'as sauvée, en te sacrifiant. Tu m'as permis de rester à tes côtés quelques années de plus.

— Tu savais ?... murmura Renelde.

— Oui. Mon tour est venu de t'aider à fuir et à vivre.

Une dernière tâche incombait à la Flamande.

Elle se dirigea vers sa volumineuse malle d'osier. Elle en sortit un écrin et le remit à sa filleule :

— Tu l'ouvriras plus tard. Ce sont quelques bijoux et jolies valeurs, dit-elle avec coquetterie. Je n'en ai plus besoin.

Renelde tenta de la dissuader de son projet.

— Non ! répliqua Meï-la-têtue. Je reste ! Mais c'est bien là-bas, tu verras. Les femmes commandent, elles tiennent la bourse du ménage... Elles sont plus libres, quoi !

Elle surprit Renelde :

— Comment le sais-tu, Meï ?

— Ah ! ça, c'est mon secret ! Je le sais, c'est tout... Même à l'office, les chœurs sont mixtes !

— Oh ! Comment peux-tu parler ainsi, toi, si catholique ?

Et la merveilleuse marraine de rire avec la candeur d'une petite fille :

— Bon, toi, tu y vas. C'est bien. N'insiste pas, ma chérie.

— Non, je ne veux pas te laisser seule. Tu t'exposes au péril !

— Je ne suis pas seule, et je ne risque rien à mon âge, sinon d'aller rencontrer Dieu, ce qui n'est pas si mal. On ne déloge pas les vieilles carcasses de leur nid. Marieke me prêtera main-forte s'il le faut, puisqu'elle attend son homme à Lille. Si je fatigue, j'irai au béguinage voir la cousine Guette. Elle ne repoussera pas ma compagnie. Elle s'ennuie depuis qu'elle s'est enfin résolue à ne plus guetter avec appréhension le retour de son mari, qui avait si mauvais caractère.

Ses yeux se plissèrent de malice :

— Il aurait près de cent ans maintenant ! Et puis, j'ai mes souvenirs. Ils me tiennent chaud. Comme ton amour. Rappelle-toi, ma fille, je te l'ai dit et redit : où que tu sois, je suis près de toi. Mon âme, bientôt, sera délivrée de mon pauvre squelette, et elle sera libre, libre de t'aimer partout et toujours. (Elle ajouta, avec sérieux :) Je suis sûre que le Bon Dieu me dicte ces paroles. Lui qui a créé l'univers entier, il ne peut dépenser toute son énergie à s'occuper de nos petites misères quotidiennes. Il serait bien empêtré s'il ne déléguait pas sur terre les âmes des trépassés pour soutenir celles des vivants. Je crois que notre avenir est celui-là, et que nous sommes voués à ce destin. J'ai confiance. Mon vieux corps, lui, a décidé de mourir à Lille. Tu ne l'en empêcheras pas. Tu le connais. Tu me laisses à présent. Je n'aime pas les adieux.

— Meï! Marraine! Mam...

Il n'était plus temps.

Grégoire la saisit de force. Il emporta dans ses bras puissants une Renelde aux yeux bleu-gris noyés de larmes.

Les archers se rapprochaient.

Ils sautèrent dans une embarcation, à l'extrémité du jardinet arrière, pour rejoindre la diligence appelée en secret par Marieke et qui s'était arrêtée, avec prudence, un peu plus loin.

Quitter sans oublier, recommencer, et renaître...

Comme il était difficile pour Renelde de perdre ses dentellières, et Marieke, et sa chère marraine!

Partir... Mais avec l'espoir au cœur, sa petite Marguerite lui tenant fermement la main, et l'homme qu'elle aimait à ses côtés.

Partir.

Mais rien n'était fini.

Ce nouveau bonheur voulu, désiré, conscient et libre...

Au-dehors, mêlé à une foule de plus en plus exubérante, un colporteur vendait en cachette des libelles hollandais contre la Cour et les ministres. Lui aussi tournait le dos à Louis, trop imbu de ses victoires et de sa gloire.

Tis'je veillait.

Il vit les archers se diriger vers la maison de Renelde.

L'étau se resserrait. Il essaya de détourner leur attention.

En vain.

Les hommes du roi forcèrent la grosse porte de chêne.

Meï s'y opposa de tout son être. Frappée, elle tomba à terre.

Ils envahirent la demeure.

Elle se traîna dans la chambre. La poitrine l'oppressait avec violence. Il serait bientôt l'heure.

Elle revint à la malle, y retira une coiffe de dentelle, qu'elle tint serrée dans la main. Elle s'allongea sur ses trésors.

Un archer entra.

— Il n'y a qu'une vieille Flamande. Morte ! cria-t-il aux autres.

Les yeux fermés, elle les entendit parler entre eux. Le brouhaha s'estompa. Ils interrompaient leurs recherches.

« Sauvés, enfin ! »

Elle vit une image, celle des amants en fuite. Elle sourit.

Une autre ombre passa devant ses yeux clairs, embués de larmes : celle du beau navigateur hollandais qu'autrefois elle avait tant aimé. On n'avait pas accepté l'étranger dans sa famille. Elle n'avait pas osé le suivre dans cette vie.

Elle tendit la main.

Il était là, au rendez-vous que la jeune Catherine Maes, âgée de seize ans, lui avait fixé dans l'autre vie... Elle rejoignit alors celui qu'elle avait quitté si tôt. Trop tôt.

Sereine, elle referma les yeux, et s'en alla, à ses côtés.

L'âme heureuse.

Dans la diligence, une larme s'écoula des yeux bleu perle de Renelde. Une fulgurante douleur venait de lui annoncer qu'elle ne reverrait plus sa chère Meï.

En partance vers l'étranger, elle aussi mourait un peu.

Mais en aimant, n'avait-elle pas emprunté, déjà, ce chemin vers l'inconnu ?

Les archers du roi condamnèrent les maisons hérétiques de Renelde et de Grégoire. Par les fenêtres, ils jetèrent indifféremment coffrets, papiers et livres, afin de les brûler.

Loin de la jubilation barbare des curieux assistant au saccage, Tis'je leva discrètement la main.

Il fit un petit signe amical en direction de la diligence qui filait vers le nord, dans un nuage de poussière.

Petite dans l'immensité. Elle s'évanouit sur la ligne de l'horizon. Tis'je prit une autre direction ; celle de son village, que la guerre et la peur avaient, un temps, rendu fou.

En ce printemps 1677, Moerbeke était toujours sous domination espagnole. Pour combien d'années encore ? Peu importait.

C'était sa terre, ses marais. C'était sa *clyte* ; et dans celle-là, il était prêt à patauger. Cette boue-là, il la connaissait !

C'était son pays.

Il y retrouverait les siens. La nuit, il pourrait y rêver de la Iolande, sa « Marie au blé », et l'apercevoir entre les ailes des moulins.

Peut-être y accueillerait-il aussi la belle Renelde aux yeux couleur de son ciel frémissant...

La fête battait son plein, comme à chaque moment dramatique qu'avait vécu Renelde.

La foule rassemblée exultait en une kermesse démoniaque.

Dans la voiture, la rumeur s'évanouit.

La peur d'être rattrapés se dissipa. Émus, les trois évadés se regardèrent. Aux larmes se mêla le rire complice.

Renelde caressa la joue de Marguerite, qui abritait sa petite main dans la sienne. Elle la prit sur ses genoux, et la berça.

L'enfant rêva au bonheur, et s'assoupit.

Renelde enfouit son visage dans la chevelure dorée et soyeuse de sa petite fille, y huma l'odeur de l'innocence, et à son tour se perdit dans les songes.

On n'entendait plus que le tressautement des roues sur le sol, et le grincement des ressorts...

Quand elle rouvrit les yeux, un regard bleuté la fixait et semblait l'inviter à l'amour. Elle ressentit une folle envie d'être à nouveau dans les bras de Grégoire, nue et confiante, contre cet autre corps, nu et chaud.

Ainsi, ce qu'elle n'attendait plus était survenu : l'amour.

Elle se sentait bien, n'éprouvait pas le besoin de parler.

Loin de l'effrayer, le silence, enfin, l'invitait à la paix, au langage des âmes.

Souvent Dieu s'était caché.

Aujourd'hui, il lui souriait.

Verrait-elle une aurore se lever sur le pays natal de son compagnon, Grégoire-Corneille Van Noort, et de Tis'je le colporteur ?... Cette terre à présent si familière, dans laquelle reposait Pierre Van Eyck le brasseur, son père...

Oui, un jour, peut-être, Grégoire lui montrerait son grand orme, et son moulin.

En attendant, d'autres moulins, d'autres canaux les attendaient.

Mais qu'elle fût en Hollande, à Lille, à Paris ou dans le Plat Pays, qu'elle y souffrît ou qu'elle aimât, Renelde savait, au plus profond de son être, que toujours elle garderait le cœur en Flandre...

Table des matières

Achevé d'imprimer en décembre 1993
sur presse CAMERON,
dans les ateliers de la S.E.P.C.
à Saint-Amand-Montrond (Cher)

— N° d'édit. 6171. — N° d'imp. 3034. —
Dépôt légal : décembre 1993.

Imprimé en France